河出文庫

暗黒のメルヘン

澁澤龍彥 編

河出書房新社

暗黒のメルヘン

目次

暗黒のメルヘン

龍潭譚

泉 鏡花

躑躅《つつじ》か丘《をか》

日は午《ご》なり。あらら木のたらたら坂に樹の蔭もなし。寺の門、植木屋の庭、花屋の店など、坂下を挟《さしはさ》みて町の入口にはあたれど、のぼるに従ひて、ただ畑《はた》ばかりとなれり。番小屋めきたるもの小だかき処《ところ》に見ゆ。谷には菜の花残りたり。路《みち》の右左、躑躅《つつじ》の花の紅《くれなゐ》なるが、見渡す方《かた》、見返る方《かた》、いまを盛《さかり》なりき。ありくにつれて汗少しいでぬ。

空よく晴れて一点の雲もなく、風あたたかに野面《のづら》を吹けり。

一人にては行くことなかれと、優しき姉上《あねうへ》のいひたりしを、肯《き》かで、しのびて来つ。おもしろきながめかな。山の上の方《かた》より一束の薪《たきぎ》をかつぎたる漢《をのこ》おり来《きた》れり。眉《まゆ》太く、眼の細きが、向《むかう》ざまに顱巻《はちまき》したる、額のあたり汗になりて、のしのしと近づきつつ、細き道をかたよけてわれを通せしが、ふりかへり、

「危ないぞ危ないぞ。」

といひずてに眦《まなじり》に皺《しわ》を寄せてさつさつと行過ぎぬ。

見返ればハヤたらたらさがりに、其肩《そのかた》躑躅《つつじ》の花にかくれて、髪結《ゆ》ひたる天窓《あたま》のみ、やがて山蔭に見えずなりぬ。草がくれの径《こみち》遠く、小川流るる谷間《たにあひ》の畦道《あぜみち》を、菅笠冠《すげがさかむ》りたる婦人《をんな》の、跣足《はだし》にて鋤《すき》をば肩にし、小さき女《むすめ》の児の手をひきて彼方《あなた》にゆく背姿《うしろすがた》ありしが、それも杉の樹立《こだち》に入りたり。

行く方も躑躅《つつじ》なり。来《こ》し方も躑躅なり。山土のいろもあかく見えたる、あまりうつくしさに恐しくなりて、家路に帰らむと思ふ時、わが居たる一株の躑躅のなかより、羽音《はおと》たかく、虫のつと立ちて頬を掠《かす》めしが、かなたに飛びて、およそ五六尺隔てたる処に礫《つぶて》のありたる其《その》わきにとどまりぬ。羽をふるふさまも見えたり。手をあげて走りかかれば、ぱつとまた立ちあがりて、おなじ距離五六尺ばかりのところにとまりたり。其《その》まま小石を拾ひあげて狙《ねら》ひうちし、石はそれぬ。虫はくるりと一ツまはりて、また旧《もと》のやうにぞ居《を》る。追ひかくれば迅《はや》くもまた遁《に》げぬ。遁ぐるが遠くには去らず、いつもおなじほどのあはひを置きてはキラキラとささやかなる羽ばたきして、鷹揚《おうやう》に其《その》二すぢの細き髯《ひげ》を上《うへ》下《した》にわづくりておし動かすぞいと憎さげなりける。

われは足踏《あしぶみ》して心いらてり。其居《そのゐ》たるあとを踏みにじりて、

「畜生、畜生。」

と呟《つぶや》きざま、躍りかかりてハタと打ちし、拳《こぶし》はいたづらに土によごれぬ。

渠《かれ》は一足先なる方《かた》に悠々と羽づくろひす。憎しと思ふ心を籠《こ》めて瞻《みまも》りたれば、虫は動

かずなりたり。つくづく見れば羽蟻《はあり》の形して、それよりもやや大《おほい》なる、身はただ五彩《ごさい》の色を帯びて青みがちにかがやきたる、うつくしさいはむ方なし。

色彩あり光沢ある虫は毒なりと、姉上の教へたるをふと思ひ出《い》でたれば、打置《うちお》きてすごすごと引返《ひつかへ》せしが、足許《あしもと》にさきの石の二ッに砕《くだ》けて落ちたるより俄《にはか》に心動き、拾ひあげて取つて返し、きと毒虫をねらひたり。

このたびはあやまたず、したたかうつて殺しぬ。嬉しく走りつきて石をあはせ、ひたと打《うち》ひしぎて蹴飛《けと》ばしたる、石は躑躅《つつじ》のなかをくぐりて小砂利《こじやり》をさそひ、ばらばらと谷深くおちゆく音しき。

袂《たもと》のちり打《うち》はらひて空を仰げば、日脚《ひあし》やや斜《ななめ》になりぬ。ほかほかとかほあつき日向《ひなた》に唇かわきて、眼のふちより頰のあたりむず痒《がゆ》きこと限りなかりき。

心着けば旧来《もとき》し方《かた》にはあらじと思ふ坂道の異《こと》なる方《かた》にわれはいつかおりかけ居たり。丘ひとつ越えたりけむ、戻る路はまたさきとおなじのぼりになりぬ。見渡せば、見まはせば、赤土《あかつち》の道幅せまく、うねりうねり果しなきに、両側つづきの躑躅の花、遠き方《かた》は前後を塞《ふさ》ぎて、日かげあかく咲込《さきこ》めたる空のいろの真蒼《まさを》き下に、彳《たたず》むはわれのみなり。

鎮守《ちんじゆ》の社《やしろ》

坂は急ならず長くもあらねど、一つ尽《つく》ればまたあらたに顕《あらは》る。起伏恰《あたか》も大波の如く打《うち》続《つゞ》きて、いつ坦《たん》ならむとも見えざりき。

あまり倦《う》みたれば、一ッおりてのぼる坂の窪《くぼみ》に踞《つくば》ひし、手のあきたるまま何ならむ指もて土にかきはじめぬ。さといふ字も出来たり。くといふ字も書きたり。曲りたるもの、直《すぐ》なるもの、心の趣《おもむ》くままに落書《らくがき》したり。しかなせるあひだにも、頬のあたり先刻《さき》に毒虫の触れたらむと覚ゆるが、しきりにかゆければ、袖《そで》もてひまなく擦《こす》りぬ。擦りてはまたもの書きなどせる、なかにむつかしき字のひとつ形よく出来たるを、姉に見せばやと思ふに、俄《にはか》に其《その》顔の見たうぞなりたる。

立あがりてゆくてを見れば、左右より小枝を組みてあはひも透《す》かで躑躅《つつじ》咲きたり。日影ひとしほ赤《あか》うなりまさりたるに、手を見たれば掌《たなそこ》に照りそひぬ。

一文字にかけのぼりて、唯《と》見《み》ればおなじ躑躅のだらだらおりなり。走りおりて走りのぼりつ。いつまでか恁《かく》てあらむ、こたびこそと思ふに違《たが》ひて、道はまた蜿《うね》れる坂なり。踏心地《ふみごこち》柔かく小石ひとつあらずなりぬ。

いまだ家には遠しとみゆるに、忍びがたくも姉の顔なつかしく、しばらくも得堪《えた》へずなりたり。

再びかけのぼり、またかけりおりたる時、われしらず泣きて居《ゐ》つ。泣きながらひたばしりに走りたれど、なほ家ある処に至らず、坂も躑躅も少しもさきに異らずして、日の傾くぞ心細き。肩、背のあたり寒うなりぬ。ゆふ日あざやかにぱつと茜《あかね》さして、眼もあやに躑躅の花、ただ紅《くれなゐ》の雪の降積めるかと疑はる。

われは涙の声たかく、あるほど声を絞りて姉をもとめぬ。一《ひと》たび二《ふた》たび三《み》たびして、

こたへやすると耳を澄《すま》せば、遥《はるか》に瀧《たき》の音聞えたり。どうどうと響くなかに、いと高く冴《さ》えたる声の幽《かすか》に、

「もういいよ、もういいよ。」

と呼びたる聞えき。こはいとけなき我がなかまの隠れ遊びといふものするあひ図なることを認め得たる、一声くりかへすと、ハヤきこえずなりしが、やうやう心たしかに其《そ》の声したる方《かた》にたどりて、また坂ひとつおりて一つのぼり、こだかき所に立ちて瞰《み》おろせば、あまり雑作《ざふさ》なしや、堂の瓦屋根、杉の樹立のなかより見えぬ。かくてわれ踏迷ひたる紅の雪のなかをばのがれつ。背後《うしろ》には躑躅の花飛び飛びに咲きて、青き草まばらに、やがて堂のうらに達せし時は一株も花のあかきはなくて、たそがれの色、境内《けいだい》の手洗水《みたらし》のあたりを籠《こ》めたり。柵結《ゆ》ひたる井戸ひとつ、銀杏《いてふ》の古《ふ》りたる樹あり、そがうしろに人の家の土塀《どべい》あり。此方《こなた》は裏木戸のあき地にて、むかひに小さき稲荷の堂あり。石の鳥居あり。木の鳥居あり。この木の鳥居の左の柱には割れめありて太き鉄の輪を嵌《は》めたるさへ、心たしかに覚えある、ここよりはハヤ家に近しと思ふに、さきの恐しさは全く忘れ果てつ。ただひとへにゆふ日照りそひたるつつじの花の、わが丈よりも高き処、前後左右を咲埋《さきうづ》めたるあかき色のあかきがなかに、緑と、紅《くれなゐ》と、紫と、青白《せいはく》の光を羽色に帯びたる毒虫のキラキラと飛びたるさまの広き景色のみぞ、画の如く小さき胸にゑがかれける。

かくれあそび

さきにわれ泣きいだして救《すくひ》を姉にもとめしを、渠《かれ》に認められしぞ幸《さいはひ》なる。いふことを背《き》かで一人いで来《き》しを、弱りて泣きたりと知られむには、さもこそとて笑はれなむ。優しき人のなつかしけれど、顔をあはせて謂《い》ひまけむは口惜《くちを》しきに。

嬉しく喜ばしき思ひ胸にみちては、また急に家に帰らむとはおもはず。ひとり境内に彳《たたず》みしに、わッといふ声、笑ふ声、木の蔭、井戸の裏、堂の奥、廻廊《くわいらう》の下よりして、五ツより八ツまでなる児《こ》の五六人前後《あとさき》に走り出でたり、こはかくれ遊びの一人が見いだされたるものぞとよ。二人三人《ふたりみたり》走り来て、わが其処《そこ》に立てるを見つ。皆瞳《ひとみ》を集めしが、「お遊びな、一所《いつしよ》にお遊びな。」とせまりて勧めぬ。小家《こいへ》あちこち、このあたりに住《よ》むは、かたゐといふものなりとぞ。風俗少しく異なれり。児どもが親達の家富みたるも好き衣《きぬ》着たるはあらず、大抵跣足《はだし》なり。三味線弾《ひ》きて折々わが門《かど》に来るもの、溝川《みぞかは》に鰌《どぢやう》を捕ふるもの、附木《つけぎ》、草履《ざうり》など鬻《ひさ》ぎに来るものだちは、皆この児どもが母なり、父なり、祖母などなり。さるものとはともに遊ぶな、とわが友は常に戒《いまし》めつ。然《さ》るに町方《まちかた》の者としいへば、かたゐなる児ども尊《たふと》び敬《うやま》ひて、頃刻《しばらく》もともに遊ばんことを希《こひねが》ふや、親しく、優しく勉《つと》めてすなれど、不断は此方《こなた》より遠ざかりしが、其時は先にあまり淋しくて、友欲しき念の堪へがたかりし其心のまだ失《う》せざると、恐しかりしあとの楽しきとに、われは拒《こば》まずして頷《うなづ》きぬ。

児どもはさざめき喜びたりき。さてまたかくれあそびを繰返すとて、拳《けん》してさがすものを定めしに、われ其任《そのにん》にあたりたり。面《おもて》を蔽《おほ》へといふままにしつ。ひッそとなりて、堂の裏崖をさかさに落つる瀧の音どうどうと松杉の梢《こずゑ》ゆふ風に鳴り渡る。かすかに、

「もう可《い》いよ、もう可いよ。」

と呼ぶ声、谺《こだま》に響けり。眼をあくればあたり静まり返りて、たそがれの色また一際《ひときは》襲ひ来れり。大《おほい》なる樹のすくすくとならべるが朦朧《もうろう》としてうすぐらきなかに隠れむとす。

声したる方《かた》をと思ふ処には誰も居らず。ここかしこさがしたれど人らしきものあらざりき。

また旧《もと》の境内《けいだい》の中央に立ちて、もの淋《さび》しく瞶《みまは》しぬ。山の奥にも響くべく凄《すさま》じき音して堂の扉を鎖《とざ》す音しつ、闃《げき》としてものも聞えずなりぬ。

親しき友にはあらず。常にうとましき児どもなれば、かかる機会《をり》を得てわれをば苦めむとや企《たく》みけむ。身を隠したるまま密《ひそか》に遁《に》げ去りたらむには、探せばとて獲《え》らるべき。益《やく》もなきことをと不図《ふと》思ひうかぶに、うちすてて踵《くびす》をかへしつ。さるにても万一《もし》わがみいだすを待ちてあらばいつまでも出でくることを得ざるべし、それもまたはかり難しと、心迷ひて、とつ、おいつ、徒《いたづら》に立ちて困《こう》ずる折しも、何処《いづく》より来《きた》りしとも見えず、暗うなりたる境内の、うつくしく掃《は》いたる土のひろびろと灰色なせるに際立《きはだ》ちて、顔の色白く、うつくしき人、いつかわが傍《かたはら》に居て、うつむきざまにわれをば見き。

極めて丈《たけ》高き女なりし、其《その》手を懐《ふところ》にして肩を垂れたり。優しきこゑにて、

「此方《こちら》へおいで。此方。」といひて前《さき》に立ちて導きたり。見知りたる女《ひと》にあらねど、うつくしき顔の笑《ゑみ》をば含みたる、よき人と思ひたれば、怪しまで、隠れたる児のありかを教ふるとさとりたれば、いそいそと従ひぬ。

あふ魔《ま》が時《とき》

わが思ふ処に違《たが》はず、堂の前を左にめぐりて少しゆきたる突《つき》あたりに小さき稲荷《いなり》の社《やしろ》あり。青き旗、白き旗、二三本其《その》前に立ちて、うしろはただちに山の裾《すそ》なる雑樹《ざふき》斜《なな》めに生《お》ひて、社《やしろ》の上を蔽《おほ》ひたる、其下のをぐらき処、孔《あな》の如き空地《くうち》なるをソとめくばせしき。瞳は水のしたたるばかり斜《ななめ》にわが顔を見て動けるほどに、あきらかに其心ぞ読まれたる。さればいささかもためらはで、つかつかと社《やしろ》の裏をのぞき込む、鼻うつばかり冷たき風あり。落葉、朽葉《くちば》堆《うづたか》く水くさき土のにほひしたるのみ、人の気勢《けはひ》もせで、頸《えり》もとの冷《ひや》かなるに、と胸をつきて見返りたる、またたくまと思ふ彼《か》の女《ひと》はハヤ見えざりき。何方《いづかた》にか去りけむ、暗くなりたり。

身の毛よだちて、思はず啊呀《あなや》と叫びぬ。

人顔《ひとがほ》のさだかならぬ時、暗き隅《すみ》に行くべからず、たそがれの片隅には、怪しきもの居て人を惑はすと、姉上の教へしことあり。

われは茫然として眼《まなこ》を睜《みは》りぬ。足ふるひたれば動きもならず、固くなりて立ちすくみたる、左手《ゆんで》に坂あり。穴の如く、其底よりは風の吹き出づると思ふ黒闇々《こくあんあん》たる坂下より、もののぼるやうなれば、ここにあらば捕へられむと恐《おそろ》しく、とかうの思慮もなさで社《やしろ》の裏の狭きなかににげ入りつ。眼を塞《ふさ》ぎ、呼吸《いき》をころしてひそみたるに、四足《よつあし》のものの歩むけはひして、社の前を横ぎりたり。

われは人心地もあらで見られじとのみひたすら手足を縮めつ。さるにてもさきの女《ひと》のうつくしかりし顔、優《やさし》かりし眼を忘れず。ここをわれに教へしを、今にして思へばかくれたる児どものありかにあらで、何等《なんら》か恐しきもののわれを捕へむとするを、ここに潜《ひそ》め、助かるべしとて、導きしにはあらずやなど、はかなきことを考へぬ。しばらくして小提灯《こぢやうちん》の火影《ほかげ》あかきが坂下より急ぎのぼりて彼方《かなた》に走るを見つ。ほどなく引返してわがひそみたる社の前に近づきし時は、一人ならず二人三人《ふたりみたり》連立《つれだ》ちて来りし感あり。恰《あたか》も其立留《たちどま》りし折から、別なる跫音《あしおと》、また坂をのぼりてさきのものと落合ひたり。

「おいおい分らないか。」

「ふしぎだな、なんでも此辺《このへん》で見たといふものがあるんだが。」

とあとよりいひたるはわが家につかひたる下男の声に似たるに、あはや出《い》でむとせしが、恐しきものの然《さ》はたばかりて、おびき出《いだ》すにやあらむと恐しさは一しほ増しぬ。

「もう一度念のためだ、田圃《たんぼ》の方でも廻つて見よう、お前も頼む。」

「それでは。」といひて上下《うへした》にばらばらと分れて行く。

再び寂《せき》としたれば、ソと身うごきして、足をのべ、板めに手をかけて眼ばかりと思ふ顔少し差出だして、外《と》の方《かた》をうかがふに、何ごともあらざりければ、やや落着きたり。怪しきものども、何とてやはわれをみいだし得む、愚《おろか》なる、と冷《ひやや》かに笑ひしに、思ひがけず、誰《たれ》ならむたまぎる声して、あわてふためき遁《に》ぐるがありき。驚きてまたひそみぬ。「ちさとや、ちさとや。」と坂下あたり、かなしげにわれを呼ぶは、姉上の声なりき。

大《おほ》　沼《ぬま》

「居ないッて私あ何《ど》うしよう、爺《ぢい》や。」

「根ッから居さつしやらぬことはござりますまいが、日は暮れまする。何せい、御心配なこんでござります。お前様遊びに出します時、帯の結《むすび》めを丁《とん》とたたいてやらつしやれば好《よ》いに。」

「ああ、いつもはさうして出してやるのだけれど、けふはお前私にかくれてそッと出て行つたらうではないかねえ。」

「それはハヤ不念《ぶねん》なこんだ。帯の結《むすび》めさへ叩《たた》いときや、何がそれで姉様なり、母様《おふくろさま》なりの魂が入るもんだで魔《エテ》めは何《ど》うすることもしえないでごす。」

「さうねえ。」とものかなしげに語らひつつ、社《やしろ》の前をよこぎりたまへり。

走りいでしが、あまりおそかりき。

いかなればわれ姉上をまで怪《あやし》みたる。

悔《く》ゆれど及ばず、かなたなる境内《けいだい》の鳥居のあたりまで追ひかけたれど、早《は》や其《その》姿は見えざりき。

涙ぐみて彳《たたず》む時、ふと見る銀杏《いてふ》の木のくらき夜の空に、大《おほい》なる円《まる》き影して茂れる下に、女の後姿《うしろすがた》ありてわが眼《まなこ》を遮《さへぎ》りたり。

あまりよく似たれば、姉上と呼ばむとせしが、よしなきものに声かけて、なまじひにわが此処《ここ》にあるを知られむは、拙《つたな》きわざなればと思ひてやみぬ。

とばかりありて、其《その》姿またかくれ去りつ。見えずなればなほなつかしく、たとへ恐しきものなればとて、かりにもわが優しき姉上の姿に化《け》したる上は、われを捕《とら》へてむごからむや。さきなるは然《さ》もなくて、いま幻に見えたるがまこと其人なりけむもわかざるを、何とて言《ことば》はかけざりしと、打泣《うち》きしが、かひもあらず。

あはれさまざまのものの怪しきは、すべてわが眼《まなこ》のいかにかせし作用なるべし、さらずば涙にくもりしや、術《すべ》こそありけれ、かなたなる御手洗《みたらし》にて清めてみばやと寄りぬ。煤《すす》けたる行灯《あんどう》の横長きが一つ上にかかりて、ほとときすの画と句など書いたり。灯をともしたるに、水はよく澄みて、青き苔《こけ》むしたる石鉢の底もあきらかなり。手に掬《むす》ばむとしてうつむく時、思ひかけず見たるわが顔はそもそもいかなるものぞ。覚えず叫びしが心を籠《こ》めて、気を鎮《しづ》めて、両の眼《まなこ》を拭《ぬぐ》ひ拭ひ、水に臨む。

われにもあらでまたとは見るに忍びぬを、いかでわれかかるべき、必ず心の迷へるならむ、今こそ、今こそとわななきながら見直したる、肩をとらへて声ふるはし、「お、お、千里《ちさと》。ええも、お前は。」と姉上ののたまふに、縋《すが》りつかまくみかへりたる、

わが顔を見たまひしが、

「あれ！」

といひて一足すさりて、

「違つてたよ、坊や。」とのみいひずてに衝《つ》と馳《は》せ去りたまへり。

怪しき神のさまざまのことしてなぶるわと、あまりのことに腹立たしく、あしずりして泣きに泣きつつ、ひたばしりに追ひかけぬ。捕へて何をかなさむとせし、そはわれ知らず。ひたすらものの口惜《くちを》しければ、とにかくもならばとてなむ。

坂もおりたり、のぼりたり、大路《おほみち》と覚《おぼ》しき町にも出でたり、暗き径《こみち》も辿《たど》りたり、野もよこぎりぬ。畦《あぜ》も越えぬ。あとをも見ずて駈けたりし。

道いかばかりなりけむ、漫々たる水面やみのなかに銀河の如く横《よこた》はりて、黒き、恐しき森四方をかこめる、大沼とも覚《おぼ》しきが、前途《ゆくて》を塞《ふさ》ぐと覚ゆる蘆《あし》の葉の繁《しげ》きがなかにわが身体《からだ》倒れたる、あとは知らず。

五位《ご ゐ》鷺《さぎ》

眼のふち清々《すがすが》しく、涼《すず》しき薫《かをり》つよく薫ると心着く、身は柔かき蒲団《ふとん》の上に臥《ふ》したり。やや枕をもたげて見る、竹縁《ちくえん》の障子《しやうじ》あけ放して、庭つづきに向ひなる山懐《やまふところ》に、緑の草の、ぬれ色青く生茂《おひしげ》りつ。其《その》半腹にかかりある巌角《いはかど》の苔《こけ》のなめらかなるに、一挺《いつちやう》はだか蠟《らう》に灯《ひ》ともしたる灯影《ほかげ》すずしく、筧《かけひ》の水むくむくと湧《わ》きて玉ちるあたりに盥《たらひ》を据《す》ゑて、うつくしく髪結《ゆ》うたる女《ひと》の、身に一糸《いっし》もかけで、むかうざまにひたりて居たり。筧《かけひ》の水は其《その》たらひに落ちて、溢《あふ》れにあふれて、地の窪《くぼ》みに流るる音しつ。蠟《らう》の灯は吹くとなき山おろしにあかくなり、くらうなりて、ちらちらと眼に映ずる雪なす膚《はだへ》白かりき。

わが寝返る音に、ふと此方《こなた》を見返り、それと頷《うなづ》く状《さま》にて、片手をふちにかけつつ片足を立てて盥《たらひ》のそとにいだせる時、颯《さ》と音して、烏《からす》よりは小さき鳥の真白《ましろ》きがひらひらと舞ひおりて、うつくしき人の脛《はぎ》のあたりをかすめつ。其《その》ままおそれげもなう翼を休めたるに、ざぶりと水をあびせざま莞爾《にっこ》とあでやかに笑うてたちぬ。手早く衣《きぬ》もて其《その》胸をば蔽《おほ》へり。鳥はおどろきてはたはたと飛去りぬ。

夜の色は極めてくらし、蠟を取りたるうつくしき人の姿さやかに、庭下駄《げた》重く引く音しつ。ゆるやかに縁《えん》の端に腰をおろすとともに、手をつきそらして捩《ねぢ》向きざま、わがかほをば見つ。

「気分は癒《なほ》つたかい、坊や。」

といひて頭《かうべ》を傾けぬ。ちかまさりせる面《おもて》けだかく、眉《まゆ》あざやかに、瞳すずしく、鼻やや高く、唇の紅《くれなゐ》なる、額《ひたひ》つき頰のあたり臈《らふ》たけたり。こは予《かね》てわがよしと思ひ詰《つめ》たる雛《ひな》のおもかげによく似たれば貴《たふと》き人ぞと見き。年は姉上よりたけたまへり。知人《しりびと》にはあらざれど、はじめて逢《あ》ひし方《かた》とは思はず、さりや、誰にかあるらむとつくづくみまもりぬ。

またほほゑみたまひて、

「お前あれは斑猫《はんめう》といつて大変な毒虫なの。もう可《い》いね、まるでかはつたやうにうつくしくなつた、あれでは姉様《ねえさん》が見違へるのも無理はないのだもの。」

われも然《さ》あらむと思はざりしにもあらざりき。いまはたしかにそれよと疑はずなりて、のたまふままに頷《うなづ》きつ。あたりのめづらしければ起きむとする夜着《よぎ》の肩、ながく柔かにおさへたまへり。

「ぢつとしておいで、あんばいがわるいのだから、落着いて、ね、気をしづめるのだよ、可《い》いかい。」

われはさからはで、ただ眼をもて答へぬ。

「どれ。」といひて立つたる折、のしのしと道芝《みちしば》を踏む音して、つづれをまとうたる老夫《おやぢ》の、顔の色いと赤きが縁《えん》近う入《はひ》り来つ。

「はい、これはお児さまがござらつせえたの、可愛いお児ぢや、お前様も嬉しかろ。ははは、どりや、またいつものを頂きましよか。」

腰をななめにうつむきて、ひつたりとかの筧《かけひ》に顔をあて、口をおしつけてごつごつごつとたてつづけにのみたるが、ふッといきを吹きて空を仰ぎぬ。

「やれやれ甘《うま》いことかな。はい、参ります。」

と踵《くびす》を返すを、此方《こなた》より呼びたまひぬ。

「ぢいや、御苦労だが。また来ておくれ、この児を返さねばならぬから。」

「あいあい。」

と答へて去る。山風颯《さつ》とおろして、彼の白き鳥また翔《た》ちおりつ。黒き盥《たらひ》のふちに乗りて羽づくろひして静まりぬ。

「もう、風邪を引かないやうに寝させてあげよう、どれそんなら私も。」とて静《しづか》に雨戸をひきたまひき。

九《ここの》ツ 谺《こだま》

やがて添臥《そひぶし》したまひし、さきに水を浴びたまひし故にや、わが膚《はだ》をりをり慄然《りつぜん》たりしが何の心もなうひしと取縋《とりすが》りまゐらせぬ。あとをあとをといふに、をさな物語二ツ三ツ聞かせ給《たま》ひつ。やがて、

「一ツ谺《こだま》、坊や、二ツ谺といへるかい。」

「二ツ谺。」

「三《み》ツ谺、四《よ》ツ谺といつて御覧。」

「四ツ谺。」

「五ツ谺、そのあとは。」

「六ツ谺。」

「さうさう七ツ谺。」

「八ツ谺。」

「九ツ谺——ここはね、九ツ谺といふ処なの。さあもうおとなにして寝るんです。」

背に手をかけ引寄せて、玉の如き其乳房《そのちぶさ》をふくませたまひぬ。露《あらは》に白き襟《えり》、肩のあたり鬢《びん》のおくれ毛はらはらとぞみだれたる、かかるさまは、わが姉上とは太《いた》く違へり。乳をのまむといふを姉上は許したまはず。

ふところをかいさぐれば常に叱りたまふなり。母上みまかりたまひてよりこのかた三《み》年《とせ》を経《へ》つ。乳《ち》の味は忘れざりしかど、いまふくめられたるはそれには似ざりき。垂玉《すゐぎよく》の乳房ただ淡雪の如く含むと舌にきえて触るるものなく、すずしき唾のみぞあふれいでたる。

軽く背《せな》をさすられて、われ現《うつつ》になる時、屋《や》の棟《むね》、天井の上を覚《おぼ》し、凄《すさ》まじき音してしばらくは鳴りも止《や》まず。ここにつむじ風吹くと柱動く恐しさに、わななき取《とり》つくを抱きしめつつ、

「あれ、お客があるんだから、もう今夜は堪忍《かんにん》しておくれよ、いけません。」

とキとのたまへば、やがてぞ静まりける。

「恐くはないよ。鼠《ねずみ》だもの。」

とある、さりげなきも、われはなほ其響《そのひびき》のうちにものの叫びたる声せしが耳に残りてふるへたり。

うつくしき人はなかばのりいでたまひて、とある蒔絵《まきゑ》ものの手箱のなかより、一口《ひとふり》の守刀《まもりがたな》を取出しつつ鞘《さや》ながら引《ひき》そばめ、雄々《をを》しき声にて、

「何が来てももう恐くはない、安心してお寝よ。」とのたまふ、たのもしき状《さま》よと思ひ

てひたと其胸にわが顔をつけたるが、ふと眼をさましぬ。残灯《ありあけ》暗く床柱《とこばしら》の黒うつややかにひかるあたり薄き紫の色籠《こ》めて、香《かう》の薫《かをり》残りたり。枕をはづして顔をあげつ。顔に顔をもたせてゆるく閉《とぢ》たまひたる眼の睫毛《まつげ》かぞふるばかり、すやすやと寝入りて居たまひぬ。ものいはむとおもふ心おくれて、しばし瞻《みまも》りしが、淋《さび》しさにたへねばひそかに其唇に指さきをふれて見ぬ。指はそれて唇には届かでなむ、あまりよくねむりたまへり。鼻をやつままむ眼をやおさむとまたつくづくと打《うち》まもりぬ。ふと其鼻頭《はなさき》をねらひて手をふれしに空《くう》を捻《ひね》りて、うつくしき人は雛《ひな》の如く顔の筋《すぢ》ひとつゆるみもせざりき。またその眼のふちをおしたれど水晶のなかなるものの形を取らむとするやう、わが顔は其おくれげのはしに頬をなでらるるまで近々《ちかぢか》とありながら、いかにしても指さきは其顔に届かざるに、はては心いれて、乳《ち》の下に面《おもて》をふせて、強く額《ひたひ》もて圧《お》したるに、顔にはただあたたかき霞《かすみ》のまとふとばかり、のどかにふはふはとさはりしが、薄葉一重《うすえふひとへ》の支《ささ》ふるなく着けたる額《ひたひ》はつと下に落ち沈むを、心着けば、うつくしき人の胸は、もとの如く傍《かたはら》にあをむき居て、わが鼻は、いたづらにおのが膚《はだ》にぬくまりたる、柔《やはらか》き蒲団《ふとん》に埋《うも》れて、をかし。

渡船《わたしぶね》

夢幻《ゆめまぼろし》ともわかぬに、心をしづめ、眼をさだめて見たる、片手はわれに枕させたまひし元のまま柔《やはら》かに力なげに蒲団《ふとん》のうへに垂れたまへり。

片手をば胸にあてて、いと白くたをやかなる五指《ごし》をひらきて黄金の目貫《めぬき》キラキラとうつくしき鞘《さや》の塗《ぬり》の輝きたる小さき守刀《まもりがたな》をしかと持つともなく乳《ち》のあたりに落して据《す》ゑたる、鼻たかき顔のあをむきたる、唇のものいふ如き、閉ぢたる眼のほほ笑《ゑ》む如き、髪のさらさらしたる、枕にみだれかかりたる、それも違《たが》はぬに、胸に剣《つるぎ》をさへのせたまひたれば、亡き母上の爾時《そのとき》のさまに紛《まが》ふべくも見えずなむ、コハこの君もみまかりしよとおもふいまはしさに、はや取除けなむと、胸なる其守《まもりがたな》刀に手をかけて、つと引く、せつぱゆるみて、青き光眼《まなこ》を射たるほどこそあれ、いかなるはずみにか血汐《ちしほ》さとほとばしりぬ。眼もくれたり。したしたとながれにじむをあなやと両の拳《こぶし》もてしかとおさへたれど、留《と》まらで、たふたふと音するばかりぞ淋漓《りんり》としてながれつたへる、血汐《ちしほ》のくれなゐ衣《きぬ》をそめつ。うつくしき人は寂《せき》として石像の如く静《しづか》なる鳩尾《みづをち》のしたよりしてやがて半身をひたし尽《つく》しぬ。おさへたるわが手には血の色つかぬに、灯《ともしび》にすかす指のなかの紅《くれなゐ》なるは、人の血の染みたる色にはあらず、訝《いぶか》しく撫《な》で試《こころ》むる掌《たなそこ》の其血汐《ちしほ》にはぬれもこそせね、こころづきて見定むれば、かいやりし夜のもののあらはになりて、すずしの絹をすきて見ゆる其膚《はだ》にまとひたまひし紅《くれなゐ》の色なりける。いまはわれにもあらで声高《こわだか》に、母上、母上と呼びたれど、叫びたれど、ゆり動かし、おしうごかししたりしが、効《かひ》なくてなむ、ひた泣きに泣く泣くいつのまにか寝たりと覚《おぼ》し。顔あたたかに胸をおさるる心地に眼覚めぬ。空青く晴れて日影まばゆく、木も草もてらてらと暑きほどなり。

われはハヤゆうべ見し顔のあかき老夫《をぢ》の背《せな》に負はれて、とある山路《やまぢ》を行くなりけり。うしろよりは彼《か》のうつくしき人したがひ来ましぬ。

さてはあつらへたまひし如く家に送りたまふならむと推《おし》はかるのみ、わが胸の中はすべて見すかすばかり知りたまふやうなれば、わかれの惜しきも、ことのいぶかしきも、取出でていはむは益《やく》なし。教ふべきことならむには、彼方《かなた》より先んじてうちいでこそしたまふべけれ。

家に帰るべきわが運ならば、強《し》ひて止まらむと乞ひたりとて何かせん、さるべきいはれあればこそ、と大人《おとな》しう、ものもいはでぞ行く。

断崖の左右に聳《そび》えて、点滴《てんてき》声する処ありき。雑草高き径《こみち》ありき。松柏《まつかしは》のなかを行く処もありき。きき知らぬ鳥うたへり。褐色《かつしよく》なる獣《けもの》ありて、をりをり叢《くさむら》に躍り入りたり。ふみわくる道とにもあらざりしかど、去年《こぞ》の落葉《おちば》道《みち》を埋みて、人多く通ふ所としも見えざりき。

をぢは一挺《いつちやう》の斧を腰にしたり。れいによりてのしのしとあゆみながら、茨《いばら》など生《お》ひしげりて、衣《きぬ》の袖《そで》をさへぎるにあへば、すかすかと切つて払ひて、うつくしき人を通し参らす。されば山路《やまみち》のなやみなく、高き塗下駄《ぬりげた》の見えがくれに長き裾《すそ》さばきながら来たまひつ。

かくて大沼の岸に臨みたり。水は漫々として藍《らん》を湛《たた》へ、まばゆき日のかげも此処《ここ》の森にはささで、水面をわたる風寒く、颯々《さつさつ》として声あり。をぢはここに来てソとわれをおろしつ。はしり寄れば手を取りて立ちながら肩を抱きたまふ、衣《きぬ》の袖《そで》左右より長くわが肩にかかりぬ。

蘆間《あしま》の小舟《をぶね》の纜《ともづな》を解きて、老夫《をぢ》はわれをかかへて乗せたり。一緒ならではと、しばしむづかりたれど、めまひのすればとて乗りたまはず、さらばとのたまふはしに棹《さを》を立てぬ。船は出《い》でつ。わッと泣きて立上りしがよろめきてしりゐに倒れぬ。舟といふものにははじめて乗りたり。水を切るごとに眼くるめくや、背後《うしろ》に居たまへりとおもふ人の大《おほい》なる環《わ》にまはりて前途《ゆくて》なる汀《みぎは》に居たまひき。いかにして渡し越したまひつらむと思ふときハヤ左手《ゆんで》なる汀《みぎは》に見えき。見る見る右手《めて》なる汀《みぎは》にまはりて、やがて旧《もと》のうしろに立ちたまひつ。箕《み》の形したる大《おほい》なる沼は、汀《みぎは》の蘆《あし》と、松の木と、建札《たてふだ》と、其傍《そのかたはら》なるうつくしき人ともろともに緩《ゆる》き環を描いて廻転し、はじめは徐《おもむ》ろにまはりしが、あとあと急になり、疾《はや》くなりつ、くるくるくるくると次第にこまかくまはるまはる、わが顔と一尺ばかりへだたりたる、まぢかき処に松の木にすがりて見えたまへる、とばかりありて眼の前《さき》にうつくしき顔の﨟《らふ》たけたるが莞爾《にっこ》とあでやかに笑《ゑ》みたまひしが、そののちは見えざりき。蘆《あし》は繁《しげ》く丈《たけ》よりも高き汀《みぎは》に、船はとんとつきあたりぬ。

ふるさと

をぢはわれを扶《たす》けて船より出《い》だしつ。また其背《そのせな》を向けたり。

「泣くでねえ泣くでねえ。もうぢきに坊ッさまの家《うち》ぢや。」と慰めぬ。かなしさはそれにはあらねど、いふもかひなくてただ泣きたりしが、しだいに身のつかれを感じて、手も足も綿の如くうちかけらるるやう肩に負はれて、顔を垂れてぞともなはれし。見覚えある板塀《いたべい》のあたりに来て、日のややくれかかる時、老夫《をぢ》はわれを抱《いだ》き下《おろ》して、溝《みぞ》のふちに立たせ、ほくほく打《うち》ゑみつつ、慇懃《いんぎん》に会釈《ゑしやく》したり。

「おとなにしさつしやりませ。はい。」

といひずてに何地《いづち》ゆくらむ。別れはそれにも惜しかりしが、あと追ふべき力もなくて見おくり果てつ。指《さ》す方《かた》もあらでありくともなく歩《ほ》をうつすに、頭《かしら》ふらふらと足の重たくて行悩《ゆきなや》む、前に行くも、後ろに帰るも皆見知越《みしりごし》のものなれど、誰も取りあはむとはせで往《ゆ》きつ来《きた》りつす。さるにてもなほものありげにわが顔をみつつ行くが、冷かに嘲《あざけ》るが如く憎さげなるぞ腹立しき。おもしろからぬ町ぞとばかり、足はわれ知らず向直《むきなほ》りて、とぼとぼとまた山ある方《かた》にあるき出《いだ》しぬ。

けたたましき跫音《あしおと》して鷲掴《わしづかみ》に襟《えり》を掴《つか》むものあり。あなやと振返ればわが家の後見《うしろみ》せる奈四郎《なしらう》といへる力逞《ちからたく》ましき叔父の、凄《すさ》まじき気色《けしき》して、

「つままれめ、何処《どこ》をほッつく。」と喚《わめ》きざま、引立てたり。また庭に引出《ひきいだ》して水をやあびせられむかと、泣叫びてふりもぎるに、おさへたる手をゆるべず、

「しつかりしろ。やい。」

とめくるめくばかり背を拍《う》ちて宙につるしながら、走りて家に帰りつ。立騒ぐ召《めし》つかひどもを叱りつつも細引《ほそびき》を持《も》て来さして、しかと両手をゆはへあへず奥まりたる三畳の暗き一室《ひとま》に引立《ひつた》てゆきて其《その》まま柱に縛《いまし》めたり。近く寄れ、喰《くひ》さきなむと思ふのみ、歯がみして睨《にら》まへたる、眼の色こそ怪しくなりたれ、逆《さか》つりたる眦《まなじり》は憑《つ》きもののわざよとて、寄

りたかりて口々にののしるぞ無念なりける。

おもての方《かた》さざめきて、何処《いづく》にか行き居れる姉上帰りましつと覚《おぼ》し、襖《ふすま》いくつかぱたぱたと音してハヤここに来たまひつ。叔父は室の外にさへぎり迎へて、

「ま、やつと取返したが、縄を解いてはならんぞ。もう眼が血走つて居て、すきがあると駈け出すぢや。魔《エテ》どのがそれしよびくでの。」

と戒《いまし》めたり。いふことよくわが心を得たるよ、然《しか》り、隙《ひま》だにあらむにはいかでかここにとどまるべき。

「あ。」とばかりにいらへて姉上はまろび入りて、ひしと取着きたまひぬ。ものはいはでさめざめとぞ泣きたまへる、おん情手《なさけ》にこもりて抱《いだ》かれたるわが胸絞らるるやうなりき。

姉上の膝《ひざ》に臥《ふ》したるあひだに、医師来《きた》りてわが脈をうかがひなどしつ。叔父は医師とともに彼方《あなた》に去りぬ。

「ちさや、何《ど》うぞ気をたしかにもつておくれ。もう姉様《ねえさん》は何《ど》うしようね。お前、私だよ。姉さんだよ。ね、わかるだらう、私だよ。」

といきつくづくぢつとわが顔をみまもりたまふ、涙痕《るいこん》したたるばかりなり。

其《その》心の安んずるやう、強《し》ひて顔つくりてニッコと笑うて見せぬ。

「おお、薄気味が悪いねえ。」

と傍《かたはら》にありたる奈四郎《なしらう》の妻なる人呟《つぶや》きて身ぶるひしき。

やがてまた人々われを取巻きてありしことども責《せ》むるが如くに問ひぬ。くはしく語りて疑《うたがひ》を解かむとおもふに、をさなき口の順序正しく語るを得むや、根問《ねど》ひ、葉問《はど》ひするに一々《いちいちときあ》説明かさむに、しかもわれあまりに疲れたり。うつつ心に何をかいひたる。

やうやくいましめはゆるされたれど、なほ心の狂ひたるものとしてわれをあしらひぬ。いふこと信ぜられず、すること皆人の疑《うたがひ》を増すをいかにせむ。ひしと取籠《とりこ》めて庭にも出《いだ》さで日を過《すご》しぬ。血色わるくなりて痩《や》せもしつとて、姉上のきづかひたまひ、後見《うしろみ》の叔父夫婦にはいとせめて秘《かく》しつつ、そとゆふぐれを忍びて、おもての景色見せたまひしに、門辺《かどべ》にありたる多くの児ども我が姿を見ると、一斉に、アレさらはれものの、気狂《きちがひ》の、狐つきを見よやといふいふ、砂利《じやり》、小砂利《こじやり》をつかみて投げつくるは不断親しかりし朋達《ともだち》なり。

姉上は袖《そで》もてわれを庇《かば》ひながら顔を赤《あか》うして遁《に》げ入りたまひつ。人目なき処にわれを引据《ひきす》ゑつと見るまに取つて伏せて、打ちたまひぬ。

悲しくなりて泣出せしに、あわただしく背《せな》をばさすりて、

「堪忍《かんにん》しておくれよ、よ、こんなかはいさうなものを。」

といひかけて、

「私あもう気でも違ひたいよ。」としみじみと掻口説《かきくど》きたまひたり。いつのわれにはかはらじを、何とてさはあやまるや、世にただ一人なつかしき姉上までわが顔を見るごとに、気を確《たしか》に、心を鎮《しづ》めよ、と涙ながらいはるるにぞ、さてはいかにしてか、心の狂ひ

しにはあらずやとわれとわが身を危ぶむやう其毎《そのたび》になりまさりて、果《はて》はまことにものくるはしくもなりもてゆくなる。

たとへば怪しき糸の十重《とへ》二十重《はたへ》にわが身をまとふ心地しつ。しだいしだいに暗きなかに奥深くおちいりてゆく思《おもひ》あり。それをば刈払《かりはら》ひ、遁出《のがれい》でむとするに其術《そのすべ》なく、すること、なすこと、人見て必ず、眉《まゆ》を顰《ひそ》め、嘲《あざけ》り、笑ひ、卑《いやし》め、罵《ののし》り、はた悲み憂《うれ》ひなどするにぞ、気あがり、心激し、ただじれにじれて、すべてのもの皆われをはらだたしむ。口惜《くちを》しく腹立たしきまま身の周囲《まはり》はことごとく敵《かたき》ぞと思はるる。町も、家も、樹も、鳥籠《とりかご》も、はたそれ何等のものぞ、姉とてまことの姉なりや、さきには一たびわれを見て其弟を忘れしことあり。塵《ちり》一つとしてわが眼に入《い》るは、すべてものの化《け》したるにて、恐しきあやしき神のわれを悩まさむとて現《げん》じたるものならむ。さればぞ姉がわが快復を祈る言《ことば》もわれに心を狂はすやう、わざと然《さ》はいふならむと、一たびおもひては堪《た》ふべからず、力あらば恣《ほしいまま》にともかくもせばやせよかし、近づかば喰ひさきくれむ、蹴飛ばしやらむ、掻《かき》むしらむ、透《すき》あらばとびいでて、九ッ谺《こだま》とをしへたる、たふときうつくしきかのひとの許《もと》に遁《に》げ去らむと、胸の湧《わ》きたつほどこそあれ、ふたたび暗室にいましめられぬ。

千呪陀羅尼《せんじゆだらに》

毒ありと疑へばものも食はず、薬もいかでか飲まむ、うつくしき顔したりとて、優しきことをいひたりとて、いつはりの姉にはわれことばもかけじ。眼にふれて見ゆるものとしいへば、たけりくるひ、罵《ののし》り叫びてあれたりしが、つひには声も出《い》でず、身も動かず、われ人をわきまへず心地死ぬべくなれりしを、うつらうつら昇《か》きあげられて高き石壇をのぼり、大《おほい》なる門を入りて、赤土《あかつち》の色きれいに掃《は》きたる一条《ひとすぢ》の道長き、右左、石灯《いしどう》籠《ろう》と石榴《ざくろ》の樹の小さきと、おなじほどの距離にかはるがはる続きたるを行きて、香《かう》の薫《かをり》しみつきたる太き円柱《まるばしら》の際《きは》に寺の本堂に据《す》ゑられつ、ト思ふ耳のはたに竹を破《わ》る響《ひびき》きこえて、僧ども五三人一斉に声を揃へ、高らかに誦《じゆ》する声耳を聾《ろう》するばかり喧《かし》ましさ堪《た》ふべからず、禿顱《とくろ》ならび居る木のはしの法師《ほふし》ばら、何をかすると、拳《こぶし》をあげて一人の天窓《あたま》をうたむとせしに、一幅《ひとはば》の青き光颯《さつ》と窓を射て、水晶の念珠《ねんじゆ》瞳《ひとみ》をかすめ、ハッシと胸をうちたるに、ひるみて踞《うづく》まる時、若僧《じやくそう》円柱をいざり出でつつ、つい居て、サラサラと金《きん》襴《らん》の帳《とばり》を絞る、燦爛《さんらん》たる御厨子《みづし》のなかに尊《たふと》き像《すがた》こそ拝《をが》まれたれ。一段高まる経《きやう》の声、トタンにはたたがみ天地に鳴りぬ。

端厳微妙《たんげんみめう》のおんかほばせ、雲の袖、霞の袴《はかま》ちらちらと瓔珞《えうらく》をかけたまひたる、玉なす胸に繊手《せんしゆ》を添《そ》へて、ひたと、をさなごを抱《いだ》きたまへるが、仰ぐ仰ぐ瞳《ひとみ》うごきて、ほほゑみたまふと、見たる時、やさしき手のさき肩にかかりて、姉上は念じたまへり。

瀧や此《この》堂にかかるかと、折しも雨の降りしきりつ。渦《うづま》いて寄する風の音、遠き方《かた》より呻《うな》り来て、どつと満山《まんざん》に打《うち》あたる。

本堂青光《あをびかり》して、はたたがみ堂の空をまろびゆくに、たまぎりつつ、今は姉上を頼までやは、あなやと膝《ひざ》にはひあがりて、ひしと其《その》胸を抱《いだ》きたれば、かかるものをふりすてむとはしたまはで、あたたかき腕《かひな》はわが背《せな》にて組合はされたり。さるにや気も心もよわよわとなりもてゆく、ものを見る明かに、耳の鳴るがやみて、恐しき吹降《ふきぶ》りのなかに陀羅《だら》尼《に》を呪《じゅ》する聖《ひじり》の声々さわやかに聞きとられつ。あはれに心細くもの凄《すご》きに、身の置処《おきどころ》あらずなりぬ。からだひとつ消えよかしと両手を肩に縋《すが》りながら顔もて其胸を押しわけたれば、襟《えり》をば掻《か》きひらきたまひつつ、乳《ち》の下にわがつむり押入れて、両袖を打《うち》かさねて深くわが背《せな》を蔽《おほ》ひ給へり。御仏《みほとけ》の其《その》をさなごを抱《いだ》きたまへるも斯《か》くこそと嬉しきに、おちゐて、心地すがすがしく胸のうち安く平らになりぬ。やがてぞ呪《じゅ》もはてたる。雷《らい》の音も遠ざかる。わが背《せ》をしかと抱きたまへる姉上の腕《かひな》もゆるみたれば、ソと其懐《そのふところ》より顔をいだしてこはごは其顔をば見上げつ。うつくしさはそれにもかはらでなむ、いたくもやつれたまへりけり。雨風のなほはげしく外《おもて》をうかがふことだにならざる、静まるを待てば夜もすがら暴通《あれとほ》しつ。家に帰るべくもあらねば姉上は通夜《つや》したまひぬ。其《その》一夜の風雨にて、くるま山の山中、俗に九ッ谺《こだま》といひたる谷、あけがたに杣《そま》のみいだしたるが、忽《たちま》ち淵《ふち》になりぬといふ。

里の者、町の人皆挙《こぞ》りて見にゆく。日を経てわれも姉上とともに来《きた》り見き。其日一天《いってん》うららかに空の色も水の色も青く澄みて、軟風《なんぷう》おもむろに小波《さざなみ》わたる淵《ふち》の上には、塵一《ちりひと》葉《は》の浮べるあらで、白き鳥の翼広きがゆたかに藍碧《らんぺき》なる水面を横ぎりて舞へり。すさまじき暴風雨《あらし》なりしかな。此《この》谷もと薬研《やげん》の如き形したりきとぞ。

幾株となき松柏《かしは》の根こそぎになりて谷間に吹倒《ふきたふ》されしに山腹の土落ちたまりて、底をながるる谷川をせきとめたる、おのづからなる堤防をなして、凄《すさ》まじき水をば湛《たた》へつ。一たびこのところ決潰《けつくわい》せむか、城《じやう》の端《はな》の町は水底《みなそこ》の都となるべしと、人々の恐れまどひて、怠《おこた》らず土を装《も》り石を伏せて堅き堤防を築きしが、恰《あたか》も今の関屋《せきや》少将の夫人姉上十七の時なれば、年つもりて、嫩《ふたば》なりし常磐木《ときはぎ》もハヤ丈のびつ。草生ひ、苔《こけ》むして、いにしへよりかかりけむと思ひ紛《まが》ふばかりなり。

あはれ礫《つぶて》を投《とう》ずる事なかれ、うつくしき人の夢や驚かさむと、血気《けつき》なる友のいたづらを叱り留《とど》めつ。年若く面《おもて》清き海軍の少尉候補生は、薄暮《はくぼ》暗碧《あんぺき》を湛《たた》へたる淵《ふち》に臨みて粛然《しゆくぜん》とせり。

桜の森の満開の下

坂口安吾

桜の花が咲くと人々は酒をぶらさげたり団子をたべて花の下を歩いて絶景だの春ランマンだのと浮かれて陽気になりますが、これは嘘です。なぜ嘘かと申しますと、桜の花の下へ人がより集って酔っ払ってゲロを吐いて喧嘩して、これは江戸時代からの話で、大昔は桜の花の下は怖しいと思っても、絶景だなどとは誰も思いませんでした。近頃は桜の下といえば人間がより集って酒をのんで喧嘩してますから陽気でにぎやかだと思いこんでいますが、桜の花の下から人間を取り去ると怖ろしい景色になりますので、能にも、さる母親が愛児を人さらいにさらわれて子供を探して発狂して桜の花の満開の林の下へ来かかり、見渡す花びらの陰に子供の幻を描いて狂い死して花びらに埋まってしまう（このところ小生の蛇足）という話もあり、桜の林の花の下に姿がなければ怖しいばかりです。

昔、鈴鹿峠にも旅人が桜の森の花の下を通らなければならないような道になっていました。花の咲かない頃はよろしいのですが、花の季節になると、旅人はみんな森の花の下で気が変になりました。できるだけ早く花の下から逃げようと思って、青い木や枯れ木のある方へ一目散に走りだしたものです。一人だとまだよいので、なぜかというと、花の下を一目散に逃げて、あたりまえの木の下へくるとホッとしてヤレヤレと思って、すむからですが、二人連は都合が悪い。なぜなら人間の足の早さは各人各様で、一人が遅れますから、オイ待ってくれ、後から必死に叫んでも、みんな気違いで、友達をすてて走ります。それで鈴鹿峠の桜の森の花の下を通過したとたんに今迄仲のよかった旅人が仲が悪くなり、相手の友情を信用しなくなります。そんなことから旅人も自然に桜の森の下を通らないで、わざわざ遠まわりの別の山道を歩くようになり、やがて桜の森は街道を外れて人の子一人通らない山の静寂へとり残されてしまいました。

そうなって何年かあとに、この山に一人の山賊が住みはじめましたが、この山賊はずいぶんむごたらしい男で、街道へでて情容赦なく着物をはぎ人の命も断ちましたが、こんな男でも桜の森の花の下へくるとやっぱり怖しくなって気が変になりました。そこで山賊はそれ以来花がきらいで、花というものは怖しいものだな、なんだか厭なものだ、そういう風に腹の中では呟いていました。花の下では風がないのにゴウゴウ風が鳴っているような気がしました。そのくせ風がちっともなく、一つも物音がありません。自分の姿と跫音ばかりで、それがひっそり冷めたいそして動かない風の中につつまれていました。花びらがぽそぽそ散るように魂が散っていのちがだんだん衰えて行くように思われます。それで目をつぶって何か叫んで逃げたくなりますが、目をつぶると桜の木にぶつかるので目をつぶるわけにも行きませんから、一そう気違いになるのでした。

けれども山賊は落付いた男で、後悔ということを知らない男ですから、これはおかしいと考えたのです。ひとつ、来年、考えてやろう。そう思いました。今年は考える気がしなかったのです。そして、来年、花がさいたら、そのときじっくり考えようと思いました。毎年そう考えて、もう十何年もたち、今年も亦、来年になったら考えてやろうと思って、又、年が暮れてしまいました。

そう考えているうちに、始めは一人だった女房がもう七人にもなり、八人目の女房を又街道から女の亭主の着物と一緒にさらってきました。女の亭主は殺してきました。山賊は女の亭主を殺す時から、どうも変だと思っていました。いつもと勝手が違うのです。どこということは分らぬけれども、変てこで、けれども彼の心は物にこだわることに慣れませんので、そのときも格別深く心にとめませんでした。

山賊は始めは男を殺す気はなかったので、身ぐるみ脱がせて、いつもするようにとっとと失せろと蹴とばしてやるつもりでしたが、女が美しすぎたので、ふと、男を斬りすてていました。彼自身に思いがけない出来事であったばかりでなく、女にとっても思いがけない出来事だったしるしに、山賊がふりむくと女は腰をぬかして彼の顔をぼんやり見つめました。今日からお前は俺の女房だと言うと、女はうなずきました。手をとって女を引き起すと、女は歩けないからオブっておくれと言います。山賊は承知承知と女を軽々と背負って歩きましたが、険しい登り坂へきて、ここは危いから降りて歩いて貰おうと言っても、女はしがみついて厭々、厭ョ、と言って降りません。

「お前のような山男が苦しがるほどの坂道をどうして私が歩けるものか、考えてごらんよ」

「そうか、そうか、よしよし」と男は疲れて苦しくても好機嫌でした。「でも、一度だけ降りておくれ。私は強いのだから、苦しくて、一休みしたいというわけじゃないぜ。眼の玉が頭の後側にあるというわけのものじゃないから、さっきからお前さんをオブっていてもなんとなくもどかしくて仕方がないのよ。一度だけ下へ降りてかわいい顔を拝ましてもらいたいものだ」

「厭よ、厭よ」と、又、女はやけに首っ玉にしがみつきました。「私はこんな淋しいところに一っときもジッとしていられないヨ。お前のうちのあるところまで一っときも休まず急いでおくれ。さもないと、私はお前の女房になってやらないよ。私にこんな淋しい思いをさせるなら、私は舌を嚙んで死んでしまうから」

「よしよし。分った。お前のたのみはなんでもきいてやろう」

山賊はこの美しい女房を相手に未来のたのしみを考えて、とけるような幸福を感じました。彼は威張りかえって肩を張って、前の山、後の山、右の山、左の山、ぐるりと一回転して女に見せて、

「これだけの山という山がみんな俺のものなんだぜ」

と言いましたが、女はそんなことにはてんで取りあいません。彼は意外に又残念で、

「いいかい。お前の目に見える山という山、木という木、谷という谷、その谷からわく雲まで、みんな俺のものなんだぜ」

「早く歩いておくれ。私はこんな岩コブだらけの崖の下にいたくないのだから」

「よし、よし今にうちにつくと飛びきりの御馳走をこしらえてやるよ」

「お前はもっと急げないのかえ。走っておくれ」

「なかなかこの坂道は俺が一人でもそうは駈けられない難所だよ」

「お前も見かけによらない意気地なしだねえ。私としたことが、とんだ甲斐性なしの女房になってしまった。ああ、ああ。これから何をたよりに暮したらいいのだろう」

「なにを馬鹿な。これぐらいの坂道が」

「アア、もどかしいねえ。お前はもう疲れたのかえ」

「馬鹿なことを。この坂道をつきぬけると、鹿もかなわぬように走ってみせるから」

「でもお前の息は苦しそうだよ。顔色が青いじゃないか」

「なんでも物事の始めのうちはそういうものさ。今に勢いのはずみがつけば、お前が背中で目を廻すぐらい速く走るよ」

　けれども山賊は身体が節々からバラバラに分かれてしまったように疲れていました。そしてわが家の前へ辿りついたときには目もくらみ耳もなり嗄れ声のひときれをふりしぼる力もありません。家の中から七人の女房が迎えに出てきましたが、山賊は石のようにこわばった身体をほぐして背中の女を下すだけで勢一杯でした。

七人の女房は今迄に見かけたこともない女の美しさに打たれましたが、女は七人の女房の汚さに驚きました。七人の女房の中には昔はかなり綺麗な女もいたのですが今は見る影もありません。女は薄気味悪がって男の背へしりぞいて、

「この山女は何なのよ」

「これは俺の昔の女房なんだよ」

と男は困って「昔の」という文句を考えついて加えたのは、とっさの返事にしては良く出来ていましたが、女は容赦がありません。

「まァ、これがお前の女房かえ」

「それは、お前、俺はお前のような可愛いい女がいようとは知らなかったのだからね」

「あの女を斬り殺しておくれ」

女はいちばん顔形のととのった一人を指して叫びました。

「だって、お前、殺さなくっとも、女中だと思えばいいじゃないか」

「お前は私の亭主を殺したくせに、自分の女房が殺せないのかえ。お前はそれでも私を女房にするつもりなのかえ」

男の結ばれた口から呻きがもれました。男はとびあがるように一躍りして指された女を斬り倒していました。然し、息つくひまもありません。

「この女よ。今度は、それ、この女よ」

男はためらいましたが、すぐズカズカ歩いて行って、女の頸へザクリとダンビラを斬

りこみました。首がまだコロコロととまらぬうちに、女のふっくらツヤのある透きとおる声は次の女を指して美しく響いていました。

「この女よ。今度は」

指された女は両手に顔をかくしてキャーという叫び声をはりあげました。その叫びにふりかぶって、ダンビラは宙を閃いて走りました。残る女たちは俄に一時に立ち上って四方に散りました。

「一人でも逃したら承知しないよ。藪の陰にも一人いるよ。上手へ一人逃げて行くよ」

男は血刀をふりあげて山の林を駈け狂いました。たった一人逃げおくれて腰をぬかした女がいました。それはいちばん醜くて、ビッコの女でしたが、男が逃げた女を一人あまさず斬りすてて戻ってきて、無造作にダンビラをふりあげますと、

「いいのよ。この女だけは。これは私が女中に使うから」

「ついでだから、やってしまうよ」

「バカだね。私が殺さないでおくれと言うのだよ」

「アア、そうか。ほんとだ」

男は血刀を投げすてて尻もちをつきました。疲れがどッとこみあげて目がくらみ、土から生えた尻のように重みが分ってきました。ふと静寂に気がつきました。とびたつような怖ろしさがこみあげ、ぎょッとして振向くと、女はそこにいくらかやる瀬ない風情でたたずんでいます。男は悪夢からさめたような気がしました。そして、目も魂も自然

に女の美しさに吸いよせられて動かなくなってしまいました。けれども男は不安でした。どういう不安だか、なぜ、不安だが、何が、不安だか、彼には分らぬのです。女が美しすぎて、彼の魂がそれに吸いよせられていたので、胸の不安の波立ちをさして気にせずにいられただけです。

なんだか、似ているようだな、と彼は思いました。似たことが、いつか、あった、それは、と彼は考えました。アア、そうだ、あれだ。気がつくと彼はびっくりしました。

桜の森の満開の下です。あの下を通る時に似ていました。どこが、何が、どんな風に似ているのだか分りません。けれども、何か、似ていることは、たしかでした。彼にはいつもそれぐらいのことしか分らず、それから先は分らなくても気にならぬたちの男でした。

山の長い冬が終り、山のてっぺんの方や谷のくぼみに樹の陰には雪はポツポツ残っていましたが、やがて花の季節が訪れようとして春のきざしが空いちめんにかがやいていました。

今年、桜の花が咲いたら、と、彼は考えました。花の下にさしかかる時はまだそれほどではありません。それで思いきって花の下へ歩いてみます。だんだん歩くうちに気が変になり、前も後も右も左も、どっちを見ても上にかぶさる花ばかり、森のまんなかに近づくと怖しさに盲滅法たまらなくなるのでした。今年はひとつ、あの花ざかりの林のまんなかで、ジッと動かずに、いや、思いきって地べたに坐ってやろう、と彼は考えました。そのとき、この女もつれて行こうか、彼はふと考えて、女の顔をチラと見ると、胸さわぎがして慌てて目をそらしました。自分の肚が女に知れては大変だという気持が、なぜだか胸に焼け残りました。

＊

女は大変なわがまま者でした。どんなに心をこめた御馳走をこしらえてやっても、必ず不服をいいました。彼は小鳥や鹿をとりに山を走りました。猪も熊もとりました。ビッコの女は木の芽や草の根をさがしてひねもす林間をさまよいました。然し女は満足を示したことはありません。

「毎日こんなものを私に食えというのかえ」

「だって、飛び切りの御馳走なんだぜ。お前がここへくるまでは、十日に一度ぐらいしかこれだけのものは食わなかったものだ」

「お前は山男だからそれでいいだろうさ。私の喉は通らないよ。こんな淋しい山奥で、夜の夜長にきくものと云えば梟の声ばかり、せめて食べる物でも都に劣らぬおいしい物が食べられないものかねえ。都の風がどんなものか。その都の風をせきとめられた私の思いのせつなさがどんなものか、お前には察しることも出来ないのだね。お前は私から都の風をもぎとって、その代りにお前の呉れた物といえば鴉や梟の鳴く声ばかり。お前はそれを羞しいとも、むごたらしいとも思わないのだよ」

女の怨じる言葉の道理が男には呑みこめなかったのです。なぜなら男は都の風がどんなものだか知りません。見当もつかないのです。この生活この幸福に足りないものがあるという事実に就て思い当るものがない。彼はただ女の怨じる風情の切なさに当惑し、それをどのように処置してよいか目当に就て何の事実も知らないので、もどかしさに苦しみました。

今迄には都からの旅人を何人殺したか知れません。都からの旅人は金持で所持品も豪華ですから、都は彼のよい鴨で、せっかく所持品を奪ってみても中身がつまらなかったりするとチェッこの田舎者め、とか土百姓めとか罵ったもので、つまり彼は都に就てはそれだけが知識の全部で、豪華な所持品をもつ人達のいるところであり、彼はそれをまきあげるという考え以外に余念はありませんでした。都の空がどっちの方角だということすらも考えてみる必要がなかったのです。

女は櫛だの笄だの簪だの紅だのを大事にしました。彼が泥の手や山の獣の血にぬれた手でかすかに着物にふれただけでも女は彼を叱りました。まるで着物が女のいのちであるように、そしてそれをまもることが自分のつとめであるように、身の廻りを清潔にさせ、家の手入れを命じます。その着物は一枚の小袖と細紐だけでは事足らず、何枚かの着物といくつかの紐と、そしてその紐は妙な形にむすばれ不必要に垂れ流されて、色々の飾り物をつけたすことによって一つの姿が完成されて行くのでした。男は目を見はりました。そして嘆声をもらしました。彼は納得させられたのです。かくして一つの美が成りたち、その美に彼が満たされている、それは疑る余地がない、個としては意味をもたない不完全かつ不可解な断片が集まることによって一つの物を完成する、その物を分解すれば無意味なる断片に帰する、それは彼らしく一つの妙なる魔術として納得させられたのでした。

男は山の木を切りだして女の命じるものを作ります。何物が、そして何用につくられるのか、彼自身それを作りつつあるうちは知ることが出来ないのでした。それは胡床と肱掛でした。胡床はつまり椅子です。お天気の日、女はこれを外へ出させて、日向に、又、木陰に、腰かけて目をつぶります。部屋の中では肱掛にもたれて物思いにふけるような、そしてそれは、それを見る男の目にはすべてが異様な、なまめかしく、なやましい姿に外ならぬのでした。魔術は現実に行われており、彼自らがその魔術の助手でありながら、その行われる魔術の結果に常にいぶかりそして嘆賞するのでした。

ビッコの女は朝毎に女の長い黒髪をくしけずります。そのために用いる水を、男は谷川の特に遠い清水からくみとり、そして特別そのように注意を払う自分の労苦をなつかしみました。自分自身が魔術の一つの力になりたいということが男の願いになっていました。そして彼自身くしけずられた黒髪にわが手を加えてみたいものだと思います。いやよ、そんな手は、と女は男を払いのけて叱ります。男は子供のように手をひっこめて、てれながら、黒髪にツヤが立ち、結ばれ、そして顔があらわれ、一つの美が描かれ生まれてくることを見果てぬ夢に思うのでした。

「こんなものがなあ」

彼は模様のある櫛や飾のある笄をいじり廻しました。それは彼が今迄は意味も値打もみとめることのできなかったものでしたが、今も尚、物と物との調和や関係、飾りという意味の批判はありません。けれども魔力が分ります。魔力は物のいのちでした。物の中にもいのちがあります。

「お前がいじってはいけないよ。なぜ毎日きまったような手をだすのだろうね」

「不思議なものだなァ」

「何が不思議なのさ」

「何がってこともないけどさ」

と男はてれました。彼には驚きがありましたが、その対象は分らぬのです。

そして男に都を怖れる心が生れていました。その怖れは恐怖ではなく、知らないということに対する羞恥と不安で、物知りが未知の事柄にいだく不安と羞恥に似ていました。女が「都」というたびに彼の心は怯え戦《おのの》きました。けれども彼は目に見える何物も怖れたことがなかったので、怖れの心になじみがなく、羞じる心にも馴れていません。そして彼は都に対して敵意だけをもちました。

何百何千の都からの旅人を襲ったが手に立つ者がなかったのだから、と彼は満足して考えました。どんな過去を思いだしても、裏切られ傷けられる不安がありません。それに気付くと、彼は常に愉快で又誇りやかでした。彼は女の美に対して自分の強さを対比しました。そして強さの自覚の上で多少の苦手と見られるものは猪だけでした。その猪も実際はさして怖るべき敵ではないので、彼はゆとりがありました。

「都には牙のある人間がいるかい」

「弓をもったサムライがいるよ」

「ハッハッハ。弓なら俺は谷の向うの雀の子でも落すのだからな。都には刀が折れてしまうような皮の堅い人間はいないだろう」

「鎧をきたサムライがいるよ」

「鎧は刀が折れるのか」

「折れるよ」

「俺は熊も猪も組み伏せてしまうのだからな」

「お前が本当に強い男なら、私を都へ連れて行っておくれ。お前の力で、私の欲しい物、都の粋を私の身の廻りへ飾っておくれ。そして私にシンから楽しい思いを授けてくれることができるなら、お前は本当に強い男なのさ」

「わけのないことだ」

男は都へ行くことに心をきめました。彼は都にありとある櫛や笄や簪や着物や鏡や紅を三日三晩とたたないうちに女の廻りへ積みあげてみせるつもりでした。何の気がかりもありません。一つだけ気にかかることは、まったく都に関係のない別なことでした。

それは桜の森でした。

二日か三日の後に森の満開が訪れようとしていました。今年こそ、彼は決意していました。桜の森の花ざかりのまんなかで、身動きもせずジッと坐っていてみせる。彼は毎日ひそかに桜の森へでかけて蕾のふくらみをはかっていました。あと三日、彼は出発を急ぐ女に言いました。

「お前に仕度の面倒があるものかね」と女は眉をよせました。「じらさないでおくれ。都が私をよんでいるんだよ」

「それでも約束があるからね」

「お前がかえ。この山奥に約束した誰がいるのさ」

「それは誰もいないけれども、ね。けれども、約束があるのだよ」

「それはマァ珍しいことがあるものだねえ。誰もいなくって誰と約束するのだえ」

男は嘘がつけなくなりました。

「桜の花が咲くのだよ」

「桜の花と約束したのかえ」

「桜の花が咲くから、それを見てから出掛けなければならないのだよ」

「どういうわけで」

「桜の森の下へ行ってみなければならないからだよ」

「だから、なぜ行って見なければならないのよ」

「花が咲くからだよ」

「花が咲くから、なぜさ」

「花の下は冷めたい風がはりつめているからだよ」

「花の下にかえ」

「花の下は涯がないからだよ」

「花の下がかえ」

男は分らなくなってクシャクシャしました。

「私も花の下へ連れて行っておくれ」

「それは、だめだ」

男はキッパリ言いました。

「一人でなくちゃ、だめなんだ」

女は苦笑しました。

男は苦笑というものは始めて見ました。そんな意地の悪い笑いを彼は今まで知らなかったのでした。そしてそれを彼は「意地の悪い」という風には判断せずに、刀で斬っても斬れないように、と判断しました。その証拠には、苦笑は彼の頭にハンを捺したように刻みつけられてしまったからです。それは刀の刃のように思いだすたびにチクチク頭をきりました。そして彼がそれを斬ることはできないのでした。

三日目がきました。

彼はひそかに出かけました。桜の森は満開でした。一足ふみこむとき、彼は女の苦笑を思いだしました。それは今までに覚えのない鋭さで頭を斬りました。それだけでもう彼は混乱していました。花の下の冷めたさは涯のない四方からドッと押し寄せてきました。彼の身体は忽ちその風に吹きさらされて透明になり、四方の風はゴウゴウと吹き通り、すでに風だけがはりつめているのでした。彼の声のみが叫びました。彼は走りました。何という虚空でしょう。彼は泣き、祈り、もがき、ただ逃げ去ろうとしていました。そして、花の下をぬけだしたことが分ったとき、夢の中から我にかえった同じ気持を見出しました。夢と違っていることは、本当に息も絶え絶えになっている身の苦しさでありました。

＊

男と女とビッコの女は都に住みはじめました。

男は夜毎に女の命じる邸宅へ忍び入りました。着物や宝石や装身具も持ちだしましたが、それのみが女の心を充たす物ではありませんでした。女の何より欲しがるものは、その家に住む人の首でした。

彼等の家にはすでに何十の邸宅の首が集められていました。部屋の四方の衝立に仕切られて首は並べられ、ある首はつるされ、男には首の数が多すぎてどれがどれやら分らなくとも、女は一々覚えており、すでに毛がぬけ、肉がくさり、白骨になっても、どこのだれということをよく覚えていました。男やビッコの女が首の場所を変えると怒り、ここはどこの家族、ここは誰の家族とやかましく言いました。

女は毎日首遊びをしました。首は家来をつれて散歩にでます。首の家族へ別の首の家族が遊びに来ます。首が恋をします。女の首が男の首をふり、又、男の首が女の首をすてて女の首を泣かせることもありました。

姫君の首は大納言の首にだまされました。大納言の首は月のない夜、姫君の首に恋する人の首のふりをして忍んで行って契りを結びます。契りの後に姫君の首が気がつきます。姫君の首は大納言の首を憎むことができず我が身のさだめの悲しさに泣いて、尼になるのでした。すると大納言の首は尼寺へ行って、尼になった姫君の首を犯します。姫君の首は死のうとしますが大納言のささやきに負けて尼寺を逃げて山科の里へかくれて大納言の首のかこい者となって髪の毛を生やします。姫君の首も大納言の首ももはや毛がぬけ肉がくさりウジ虫がわき骨がのぞけていました。二人の首は酒もりをして恋にたわぶれ、歯の骨と歯の骨と噛み合ってカチカチ鳴り、くさった肉がペチャペチャくっつき合い鼻もつぶれ目の玉もくりぬけていました。

ペチャペチャとくッつき二人の顔の形がくずれるたびに女は大喜びで、けたたましく笑いさざめきました。

「ほれ、ホッペタを食べてやりなさい。ああおいしい。姫君の喉もたべてやりましょう。ハイ、目の玉もかじりましょう。すすってやりましょうね。ハイ、ペロペロ。アラ、おいしいね。もう、たまらないのよ、ねえ、ほら、ウンとかじりついてやれ」

女はカラカラ笑います。綺麗な澄んだ笑い声です。薄い陶器が鳴るような爽やかな声でした。

坊主の首もありました。坊主の首は女に憎がられていました。いつも悪い役をふられ、憎まれて、なぶり殺しにされたり、役人に処刑されたりしました。坊主の首は首になって後に却って毛が生え、やがてその毛もぬけてくさりはて、白骨になりました。白骨になると、女は別の坊主の首を持ってくるように命じました。新しい坊主の首はまだうら若い水々しい稚子の美しさが残っていました。女はよろこんで机にのせ酒をふくませ頬ずりして舐めたりくすぐったりしましたが、じきにあきました。

「もっと太った憎たらしい首よ」

女は命じました。男は面倒になって五ツほどブラさげて来ました。ヨボヨボの老僧の首も、眉の太い頬っぺたの厚い、蛙がしがみついているような鼻の形の顔もありました。耳のとがった馬のような坊主の首も、ひどく神妙な首の坊主もあります。けれども女の気に入ったのは一つでした。それは五十ぐらいの大坊主の首で、ブ男で目尻がたれ、頬がたるみ、唇が厚くて、その重さで口があいているようなだらしのない首でした。女はたれた目尻の両端を両手の指で押えて、クリクリと吊りあげて廻したり、獅子鼻の孔へ二本の棒をさしこんだり、逆さに立ててころがしたり、だきしめて自分のお乳を厚い唇の間へ押しこんでシャブらせたりして大笑いしました。けれどもじきにあきました。

美しい娘の首がありました。清らかな静かな高貴な首でした。子供っぽくて、そのくせ死んだ顔ですから妙に大人びた憂いがあり、閉じられたマブタの奥に楽しい思いも悲しい思いもマセた思いも一度にゴッちゃに隠されているようでした。女はその首を自分の娘か妹のように可愛がりました。黒い髪の毛をすいてやり、顔にお化粧してやりました。ああでもない、こうでもないと念を入れて、花の香りのむらだつようなやさしい顔が浮きあがりました。

娘の首のために、一人の若い貴公子の首が必要でした。貴公子の首も念入りにお化粧され、二人の若者の首は燃え狂うような恋の遊びにふけります。すねたり、怒ったり、憎んだり、嘘をついたり、だましたり、悲しい顔をしてみせたり、けれども二人の情熱が一度に燃えあがるときは一人の火がめいめい他の一人を焼きこがしてどっちも焼かれて舞いあがる火焔になって燃えまじりました。けれども間もなく悪侍だの色好みの大人だの悪僧だの汚い首が邪魔にでて、貴公子の首は蹴られて打たれたあげくに殺されて、右から左から前から後から汚い首がゴチャゴチャ娘に挑みかかって、娘の首には汚い首の腐った肉がへばりつき、牙のような歯に食いつかれ、鼻の先が欠けたり、毛がむしられたりします。すると女は娘の首を針でつついて穴をあけ小刀で切ったり、えぐったり、誰れの首よりも汚らしい目も当てられない首にして投げだすのでした。

男は都を嫌いました。都の珍らしさも馴れてしまうと、なじめない気持ばかりが残りました。彼も都では人並に水干を着ても脛をだして歩いていました。白昼は刀をさすことも出来ません。市へ買物に行かなければなりませんし、白首のいる居酒屋で酒をのんでも金を払わねばなりません。市の商人は彼をなぶりました。野菜をつんで売りにくる田舎女も子供までなぶりました。白首も彼を笑いました。都では貴族は牛車で道のまんなかを通ります。水干をきた跣足の家来はたいがいふるまい酒に顔を赤くして威張りちらして歩いて行きました。彼はマヌケだのバカだのノロマだのと市でも路上でもお寺の庭でも怒鳴られました。それでもうそれぐらいのことには腹が立たなくなっていました。

男は何よりも退屈に苦しみました。人間共というものは退屈なものだ、と彼はつくづく思いました。彼はつまり人間がうるさいのでした。大きな犬が歩いていると、小さな犬が吠えます。男は吠えられる犬のようなものでした。彼はひがんだり嫉んだりすねたり考えたりすることが嫌いでした。山の獣や樹や川や鳥はうるさくはなかったがな、と彼は思いました。

「都は退屈なところだなァ」と彼はビッコの女に言いました。「お前は山へ帰りたいと思わないか」

「私は都は退屈ではないからね」

とビッコの女は答えました。ビッコの女は一日中料理をこしらえ洗濯し近所の人達とお喋りしていました。

「都ではお喋りができるから退屈しないよ。私は山は退屈で嫌いさ」

「お前はお喋りが退屈でないのか」

「あたりまえさ。誰だって喋っていれば退屈しないものだよ」

「俺は喋れば喋るほど退屈するのになあ」

「お前は喋らないから退屈なのさ」

「そんなことがあるものか。喋ると退屈するから喋らないのだ」

「でも喋ってごらんよ。きっと退屈を忘れるから」

「何を」

「何でも喋りたいことをさ」

「喋りたいことなんかあるものか」

男はいまいましがってアクビをしました。

都にも山がありました。然し、山の上には寺があったり庵があったり、そして、そこには却って多くの人の往来がありました。山から都が一目に見えます。なんというたくさんの家だろう。そして、なんという汚い眺めだろう、と思いました。

彼は毎晩人を殺していることを昼は殆ど忘れていました。なぜなら彼は人を殺すことにも退屈しているからでした。何も興味はありません。刀で叩くと首がポロリと落ちているだけでした。首はやわらかいものでした。首の手応えはまったく感じることがないもので、大根を斬るのと同じようなものでした。その首の重さの方が彼には余程意外でした。

彼には女の気持が分るような気がしました。鐘つき堂では一人の坊主がヤケになって鐘をついています。何んというバカげたことをやるのだろうと彼は思いました。何をやりだすか分りません。こういう奴等と顔を見合って暮すとしたら、俺でも奴等を首にして一緒に暮すことを選ぶだろうさ、と思うのでした。

けれども彼は女の欲望にキリがないので、そのことにも退屈していたのでした。女の欲望は、いわば常にキリもなく空を直線に飛びつづけている鳥のようなものでした。休むひまもなく常に直線に飛びつづけているのです。その鳥は疲れません。常に爽快に風をきり、スイスイと小気味よく無限に飛びつづけているのでした。

けれども彼はただの鳥でした。枝から枝を飛び廻り、たまに谷を渉るぐらいがせいぜいで、枝にとまってうたたねしている梟にも似ていました。彼は敏捷でした。全身がよく動き、よく歩き、動作は生き生きしていました。彼の心は然し尻の重たい鳥なのでした。彼は無限に直線に飛ぶことなどは思いもよらないのです。

男は山の上から都の空を眺めています。その空を一羽の鳥が直線に飛んで行きます。空は昼から夜になり、夜から昼になり、無限の明暗がくりかえしつづきます。その涯に何もなくいつまでたってもただ無限の明暗があるだけ、男は無限を事実に於て納得することが出来ません。その先の日、その先の日、その又先の日、明暗の無限のくりかえしを考えます。彼の頭は割れそうになりました。それは考えの疲れでなしに、考えの苦しさのためでした。

家へ帰ると、女はいつものように首遊びに耽けっていました。彼の姿を見ると、女は待ち構えていたのでした。

「今夜は白拍子の首を持ってきておくれ。とびきり美しい白拍子の首だよ。舞を舞わせるのだから、私が今様を唄ってきかせてあげるよ」

男はさっき山の上から見つめていた無限の明暗を思いだそうとしました。この部屋があのいつまでも涯のない無限の明暗のくりかえしの空の筈ですが、それはもう思いだすことができません。そして女は鳥ではなしに、やっぱり美しいいつもの女でありました。けれども彼は答えました。

「俺は厭だよ」

女はびっくりしました。そのあげくに笑いだしました。

「おやおや。お前も臆病風に吹かれたの。お前も、ただの弱虫ね」

「そんな弱虫じゃないのだ」

「じゃ、何さ」

「キリがないから厭になったのさ」

「あら、おかしいね。なんでもキリがないものよ。毎日毎日ごはんを食べて、キリがないじゃないか。毎日毎日ねむって、キリがないじゃないか」

「それと違うのだ」

「どんな風に違うのよ」

男は返事につまりました。けれども違うと思いました。それで言いくるめられる苦しさを逃れて外へ出ました。

「白拍子の首をもっておいで」

女の声が後から呼びかけましたが、彼は答えませんでした。

彼は、なぜどんな風に違うのだろうと考えましたが分りません。だんだん夜になりました。彼は又山の上へ登りました。もう空は見えなくなっていました。

彼は気がつくと、空が落ちてくることを考えていました。空が落ちてきます。彼は首をしめつけられるように苦しんでいました。それは女を殺すことでした。

空の無限の明暗を走りつづけることは、女を殺すことによって、とめることができます。そして、空は落ちてきます。彼はホッとすることができます。然し、彼の心臓には孔があいているのでした。彼の胸から鳥の姿が飛び去り、掻き消えているのでした。

あの女が俺なんだろうか？　そして空を無限に直線に飛ぶ鳥が俺自身だったのだろうか？　と彼は疑りました。女を殺すと、俺を殺してしまうのだろうか。俺は何を考えているのだろう？

なぜ空を落さねばならないのだか、それも分らなくなっていました。あらゆる想念が捉えがたいものでありました。そして想念のひいたあとに残るものは苦痛のみでした。夜が明けました。彼は女のいる家へ戻る勇気が失われていました。そして数日、山中をさまよいました。

ある朝、目がさめると、彼は桜の花の下にねていました。その桜の木は一本でした。桜の木は満開でした。彼は驚いて飛び起きましたが、それは逃げだすためではありません。なぜなら、たった一本の桜の木でしたから。彼は鈴鹿の山の桜の森のことを突然思いだしていたのでした。あの山の桜の森も花盛りにちがいありません。彼はなつかしさに吾を忘れ、深い物思いに沈みました。

山へ帰ろう。山へ帰るのだ。なぜこの単純なことを忘れていたのだろう？　そして、なぜ空を落すことなどを考え耽っていたのだろう？　彼は悪夢のさめた思いがしました。救われた思いがしました。今までその知覚まで失っていた山の早春の匂いが身にせまって強く冷たく分るのでした。

男は家へ帰りました。

女は嬉しげに彼を迎えました。

「どこへ行っていたのさ。無理なことを言ってお前を苦しめてすまなかったわね。でも、お前がいなくなってからの私の淋しさを察しておくれな」

女がこんなにやさしいことは今までにないことでした。男の胸は痛みました。もうすこしで彼の決意はとけて消えてしまいそうです。けれども彼は思い決しました。

「俺は山へ帰ることにしたよ」

「私を残してかえ。そんなむごたらしいことがどうしてお前の心に棲むようになったのだろう」

女の眼は怒りに燃えました。その顔は裏切られた口惜しさで一ぱいでした。

「お前はいつからそんな薄情者になったのよ」

「だからさ。俺は都がきらいなんだ」

「私という者がいてもかえ」

「俺は都に住んでいたくないだけなんだ」

「でも、私がいるじゃないか。お前は私が嫌いになったのかえ。私はお前のいない留守はお前のことばかり考えていたのだよ」

女の目に涙の滴が宿りました。女の目に涙の宿ったのは始めてのことでした。女の顔にはもはや怒りは消えていました。つれなさを恨む切なさのみが溢れていました。

「だってお前は都でなきゃ住むことができないのだろう。俺は山でなきゃ住んでいられないのだ」

「私はお前と一緒でなきゃ生きていられないのだよ。私の思いがお前には分らないのかねえ」

「でも俺は山でなきゃ住んでいられないのだぜ」

「だから、お前が山へ帰るなら、私も一緒に山へ帰るよ。私はたとえ一日でもお前と離れて生きていられないのだもの」

女の目は涙にぬれていました。男の胸に顔を押しあてて熱い涙をながしました。涙の熱さは男の胸にしみました。

たしかに、女は男なしでは生きられなくなっていました。新しい首は女のいのちでした。そしてその首を女のためにもたらす者は彼の外にはなかったからです。彼は女の一部でした。女はそれを放すわけにいきません。男のノスタルジイがみたされたとき、再び都へつれもどす確信が女にはあるのでした。

「でもお前は山で暮せるかえ」

「お前と一緒ならどこででも暮すことができるよ」

「山にはお前の欲しがるような首がないのだぜ」

「お前と首と、どっちか一つを選ばなければならないなら、私は首をあきらめるよ」

夢ではないかと男は疑りました。あまり嬉しすぎて信じられないからでした。夢にすらこんな願ってもないことは考えることが出来なかったのでした。

彼の胸は新な希望でいっぱいでした。その訪れは唐突で乱暴で、今のさっき迄の苦しい思いが、もはや捉えがたい彼方へ距てられていました。彼はこんなにやさしくはなかった昨日までの女のことを忘れました。今と明日があるだけでした。

二人は直ちに出発しました。ビッコの女は残すことにしました。そして出発のとき、女はビッコの女に向って、じき帰ってくるから待っておいで、とひそかに言い残しました。

＊

目の前に昔の山々の姿が現れました。呼べば答えるようでした。旧道をとることにしました。その道はもう踏む人がなく、道の姿は消え失せて、ただの林、ただの山坂になっていました。その道を行くと、桜の森の下を通ることになるのでした。

「背負っておくれ。こんな道のない山坂は私は歩くことができないよ」

「ああ、いいとも」

男は軽々と女を背負いました。

男は始めて女を得た日のことを思いだしました。その日も彼は女を背負って峠のあちらの側の山径を登ったのでした。その日も幸せで一ぱいでしたが、今日の幸せはさらに豊かなものでした。

「はじめてお前に会った日もオンブして貰ったわね」

と、女も思いだして、言いました。

「俺もそれを思いだしていたのだぜ」

男は嬉しそうに笑いました。

「ほら、見えるだろう。あれがみんな俺の山だ。谷も木も鳥も雲まで俺の山さ。山はいいなあ。走ってみたくなるじゃないか。都ではそんなことはなかったからな」

「始めての日はオンブしてお前を走らせたものだったわね」

「ほんとだ。ずいぶん疲れて、目がまわったものさ」

男は桜の森の花ざかりを忘れていませんでした。然し、この幸福な日に、あの森の花ざかりの下が何ほどのものでしょうか。彼は怖れていませんでした。

そして桜の森が彼の眼前に現れてきました。まさしく一面の満開でした。風に吹かれた花びらがパラパラと落ちています。土肌の上は一面に花びらがしかれていました。この花びらはどこから落ちてきたのだろう？　なぜなら、花びらの一ひらが落ちたとも思われぬ満開の花のふさが見はるかす頭上にひろがっているからでした。

男は満開の花の下へ歩きこみました。あたりはひっそりと、だんだん冷めたくなるようでした。彼はふと女の手が冷くなっているのに気がつきました。俄に不安になりました。とっさに彼は分りました。女が鬼であることを。突然どッという冷めたい風が花の下の四方の涯から吹きよせていました。

男の背中にしがみついているのは、全身が紫色の顔の大きな老婆でした。その口は耳までさけ、ちぢくれた髪の毛は緑でした。男は走りました。振り落そうとしました。鬼の手に力がこもり彼の喉にくいこみました。彼の目は見えなくなろうとしました。彼は夢中でした。全身の力をこめて鬼の手をゆるめました。その手の隙間から首をぬくと、背中をすべって、どさりと鬼は落ちました。今度は彼が鬼に組みつく番でした。鬼の首をしめました。そして彼がふと気付いたとき、彼は全身の力をこめて女の首をしめつけ、そして女はすでに息絶えていました。

彼の目は霞んでいました。彼はより大きく目を見開くことを試みましたが、それによって視覚が戻ってきたように感じることができませんでした。なぜなら、彼のしめ殺したのはさっきと変らず矢張り女で、同じ女の屍体がそこに在るばかりだからでありました。

彼の呼吸はとまりました。彼の力も、彼の思念も、すべてが同時にとまりました。女の屍体の上には、すでに幾つかの桜の花びらが落ちてきました。彼は女をゆさぶりました。呼びました。抱きました。徒労でした。彼はワッと泣きふしました。たぶん彼がこの山に住みついてから、この日まで、泣いたことはなかったでしょう。そして彼が自然に我にかえったとき、彼の背には白い花びらがつもっていました。

そこは桜の森のちょうどまんなかのあたりでした。四方の涯は花にかくれて奥が見えませんでした。日頃のような怖れや不安は消えていました。花の涯から吹きよせる冷めたい風もありません。ただひっそりと、そしてひそひそと、花びらが散りつづけているばかりでした。彼は始めて桜の森の満開の下に坐っていました。いつまでもそこに坐っていることができます。彼はもう帰るところがないのですから。

桜の森の満開の下の秘密は誰にも今も分りません。あるいは「孤独」というものであったかも知れません。なぜなら、男はもはや孤独を怖れる必要がなかったのです。彼自らが孤独自体でありました。

彼は始めて四方を見廻しました。頭上に花がありました。その下にひっそりと無限の虚空がみちていました。ひそひそと花が降ります。それだけのことです。外には何の秘密もないのでした。

ほど経て彼はただ一つのなまあたたかな何物かを感じました。そしてそれが彼自身の胸の悲しみであることに気がつきました。花と虚空の冴えた冷めたさにつつまれて、ほのあたたかいふくらみが、すこしずつ分りかけてくるのでした。

彼は女の顔の上の花びらをとってやろうとしました。彼の手が女の顔にとどこうとした時に、何か変ったことが起ったように思われました。すると、彼の手の下には降りつもった花びらばかりで、女の姿は掻き消えてただ幾つかの花びらになっていました。そして、その花びらを掻き分けようとした彼の手も彼の身体も、延した時にはもはや消えていました。あとに花びらと、冷めたい虚空がはりつめているばかりでした。

山桜

石川　淳

判りにくい道といってもこうして図に描けば簡単だが、どう描いても簡単にしか描けないとすればこれはよほど判りにくい道に相違なく、第一今鉛筆描きの略図を頼りに杖の先で地べたに引いている直線や曲線こそ簡単どころか、この中には丘もあるし林もあるし流もあるし人家もあるし、しかもその道をこれから辿らねばならぬ身とすればそろそろ茫然としかけるのだが、肝腎の行先は相変らず見当がつかず、わずかに測定し得たかと思われるのは二つの点、つまり現在のわたしの位置と先刻電車を降りた国分寺の在処だけであった。駅から南寄りに約一里ばかり、もう少し伸せば府中あたりへ出るのであろうか、ここは武蔵野のただ中、とある櫟林のほとりで、わたしは若草の上に寝ころび晴れわたった空の光にうつらうつらとしているのだ。これというのも初めての判りにくい道を御丁寧にもさらにあらぬ方へと踏み迷ったためで、その元は一本の山桜のせいだが、抑々《よくよく》どうしてこんな思いがけぬところにまで出て来たかというにこれは畢竟《ひっきょう》ヂェラアル・ド・ネルヴァルのマントのせいらしい。何もかもあのせいこのせいと、傍《はた》にかづけるのは気のさす話だが、実際のところ昨日正午《ひる》さがりわたしが神田の片隅にある貸間、天井の低い二階の四畳半から寝巻姿のままふらりと街中へさ迷い出たのはまさしくネルヴァルのマントのなせるわざであった。ところでこのマントというやつには格別の仔細はなく、曾て読んだ或る本の中に「ヂェラアル・ド・ネルヴァルが長身に黒のソフト、黒のマントをひらひらと夜風になびかせ……」とあった、それだけの短い文句が不思議にも頭の中に沁み入り、恰もわたし自身ネルヴァルに出会ったかのごとく時々まざまざとその光景を想い見るのだが、そのおりには忽ち魔法にかかったように体が宙に吊り上げられて、さあ、こうしてはいられないぞと、じっと堪えるすべもあることか、真昼深夜の別ちなく怪しい熱に浮かされて外へ駆け出てしまうという、これは何ともえたいの知れぬ浅ましいわたしの発作なのだ。で、昨日もこうしてニコライ堂の下あたり、雨あがりの、春の陽とはいえ一面にぎらぎら照りつける鋪道の上を歩いていると、うしろで「おい、おい。」はっと我に返り、ふり向くまでもなく巡査よりほか出す声でないとは知れたがそのまま行き過ぎようとすると、また「おい、おい。」拠所なく立ち止って、「何です。」「どこへ行く。」わたしにとってこれ以上の難問はないので黙っていると、「きょうは仕事は休みか、朝めしはどこで食った。」勤労者と見立ててくれたばかりか、食事の心配までしてくれる親切を持て余しながら、わたしは四辻の塵埃を頭から浴びて返答もしどろもどろであった。結局その場は無事にすんだものの考えるまでもなく咎はこちらにあるので、おどろの髪をふり乱し、よれよれの寝巻の上から垢まみれのレインコオトを被って、擦り減った朴歯をがらがらという風態を白日の下に暴したのでは誰の眼にも不審に見えようではないか。今やわたしを生活の閾《しきい》ぎわに食い止め此世の屈辱から守ってくれるものは世間並の実直な服装よりほかないのだと、わたしはすぐ青山の親戚、退職判事のもとを訪れて、「金を貸してくれませんか。」「何にする。」「洋服を質から出すんです。」「洋服はともかく、そんな暮らしぶりをいつまでつづけるつもりなのだ。職にでも就いたらどうだ。」「どんな職があるんです。画なんかいくら描いたって売れませんし、寄席の下足番にでもと思っても、素人はお断りだそうですし、この上は山伏修験の道でも学ぶよりほかありませんな。」「下らんことをいっておる暇に生活の建て直しを考えたらどうだ。」「それにしても金です。」「わしのような貧乏人のところへ来て金、金といっても精々五円か十円か、それさえ差し障えるくらいだ。吉波に相談してみたか。」「いいえ。」「一応頼んでみるがよかろう。あれも善太郎が病身でな、今国分寺の別荘へ行っとる。君はまだあの家を知らんか。図を描いてやろう。」鉛筆描きの略図に添えて出された十円札で怪しげな身なりを整え、さて今草に寝ころんでいるわたしの懐にはもう帰りの電車賃しか残ってはいず、しかも尋ねる吉波善作の別荘はどの方角やら、辛うじて判ったのが前に述べた二つの地点だけとすれば、もはやこの二点を結ぶ直線を辿り返すより仕方なく、駅からはまた電車でお茶の水まで逆戻りをするばかり。──こうなると結局のんびりして金策の件はどうともなれ、まだ残っている煙草が尽きたらば帰るまでのこと、晩にはまた洋服を元に納めて安酒でもと、掌で地を打ってあおむけにふり仰ぐ中空にゆらゆらと山桜のすがた……これとてもネルヴァルのマント同様何のたわいもないことで、さきほど原中の道の岐れ目で一本の山桜を見たというだけの話である。

もっとも多少の因縁といえば、わたしはもう十一二年ばかり前青山の判事の家で庭にただ一本の山桜の下に判事の娘の京子を立たせて写真を撮ったことがあるのだ。当時わたしは写真に凝って三脚の附いた重いのをやたらに担ぎ廻ったものだが京子を撮ったのはそれ一度ぎり、たぶん京子がその春結婚する前に、これもわたしの遠縁に当る吉波現在は予備の騎兵大佐で某肥料会社の重役を勤めている善作のもとへ嫁ぐ前に記念のためというのでもあったか、父親の判事も縁先に出てうしろから眺めていたと思う。しかし先刻道ばたの山桜の下に佇んだ時、わたしは京子の回想というよりも思いがけなく写真機の亡霊に取り憑かれてしまったのだ。つまり突然誰かがわたしの背後に忍び寄って例の赤裏の黒布を頭からすっぽり被せ、うろたえる眼の先にレンズをぎゅっと押し当てでもしたかのように、もうわたしは宙にちらちらする花びらよりほか何も見えなくなってしまったのだ。それは既に一本の山桜ではなくて一目千本の名所に分け入ったごとく、わたしは頼りの略図を忘れてつい幻に釣られつつ、物見遊山にでも出て来たような浮かれ心持になり当てもなくふわふわここまで迷いこんだ始末である。どうやらわたしは吉波の家を訪ねることは気が進まないらしくもあるが、それよりも第一今日の糧にも窮する身の上でありながら銀貨の夢でも見ることか、こんな呆《ほう》けた態たらくでは生活の建て直しどころではなく、のんきとか、ずぼらとか、ずうずうしいとか、これは今やそんな言葉では片づけることのできぬわたしの本性なのであろうか。せめては本性の見極めがつくならばともかく、何が本性やら化性やら、途方にくれて寝ころんでいるわたしであってみれば、もう意味のない線を杖の先で地べたに印すばかりであるが、その時眼の前の草の上に一帯の影がさしたのにふと頭を擡げて見ると、赤い小型自転車に体を凭らせて子供が一人立っていた。ひょろひょろと長い脛の、その靴下のまくれたところから見える肌の色が顔の色とおなじく蒼白な、早熟らしい眼鼻だちだが、金釦の光る上著のポケットのふくれているのはキャラメルでもはいっていそうな小学生であった。

「おじさん。」

「うん。」

「ぼく、おじさん知ってるよ。」

「どうして。」

「おじさん、画を描くおじさんだろ。」

「あ、そうか。」数年前この子供がまだ七八歳の頃一二度会ったことのある記憶が急に甦って、

「善坊か。善太郎君だったな、君は。大きくなったな。」

「おじさん、どこへ行くの。」

「君のとこへでも行こうかと思ってる。」

「じゃ一緒に行こう。パパいるよ。」

「どこだい、君のうちは。」

「あすこ。」と子供の指さした森のかなたに、西洋瓦の屋根が見えがくれしていた。

わたしは善太郎と一緒に歩き出したが、それは殆どわたし独りで歩いて行ったようなものだ。原を横ぎりながら前にちらつく小型自転車の赤い色こそ眼に残っているが、子供が何を話しかけたか、それにどんな受け応えをしたか、或は黙ったままでいたか甚だおぼろげなのだ。実はこの時気になりかけたのは靴の裏皮のことで、わたしの靴は夙《とう》に底が破れてぱくぱくになり、いつも蹠《あしのうら》に硬いものを踏みつけるたびごとにずきんと虫歯で石を嚙んだような思いをしているのだが、この柔軟な草の上にあって突然田舎道の小砂利の痛さがざらざらと頭に響き始め、一つ気になり出すと涯のない癖で訳もなくささくれる焦躁に息を切らしているうちに、さっと日が翳って風が冷かになりいつか原が尽きてそこは森の中で、今わたしの靴は蟠《まが》った木の根や落ち散った小枝の上を踏み越えているにも係らずもう裏皮のことは念頭にのぼらず、わたしはまたも茫然たる沈静の底に吸いこまれていた。

森の涯というよりも森の一部を仕切った粗い柵の中にその家は建っているのだが、人は道を行きながらついそこに迷い入り、向うにエスパニャ風の玄関を望むまでは大きな自然木の門を通り過ぎたことに気がつかないくらいだ。ここに、わたしはその門内の立木の間を歩きつつ先刻から奇怪にも額がじりじり焦げつくような感じに責め立てられ、太陽に近づくイカルスさながら進むに従って髪の根が燃えるばかりの苦しさに頭を一ふり揺り上げると、前面の二階に張り出した露台の上で、欄干に蔽いかぶさる葉ごもりを透して二つの眼が爛々とこちらを睨んでいた。がっしり椅子に倚った着流しの体つきは吉波善作と一目で知れたが、わたしはその視線の鋭さ烈しさに突然魔物にでも出会ったごとく狼狽しかけた時、善作はついと立って手を振りかざした。それは決して歓迎の意を表わした態度ではなく、呪咀に満ちみちた人の恰好にほかならず、あわや巨大な鉄の熊手が風を切って頭上に落ちかかるのではないかと思わずわたしは頸を縮めたが、そのとたん善作の手は空にさっと弧を描いて振りおろされ、同時にぴしゃりという音が響いた。椅子とか卓とかを打つ音ではなく、それはまさしく憎悪をもって人の生身を打つ音なのだ。わたしは自分の耳朶を張りとばされたと同然、どきんと息をつまらせてふり仰ぐと、欄干の葉がくれにぶるぶる顫える袂、しっとり水に濡れたような著物の主は、京子でなくて誰であろう、わたしの足はぎょっとしてそこに釘づけになってしまった。打たれたのが京子にほかならないとすれば、これはどうした訳なのか。善作がその粗野な愛情を捧げつくしているという妻をなんで打たなければならないのか。しかも今冴えきっている私の耳にごく微かな悲鳴さえ聞えて来ないのは、一体京子がどれほどの悩みに歯を食いしばらなければならないというのだ。危くのけ反ろうとする体をぐっと踏みこたえると、つい傍の柔いものに突き当り、ああそうだ、善太郎がいたのだと気がつきながらそのまま手をかけて小さな肩に縋ったが、この時顔と顔をひたと突き合せるや、どこの悪魔の不意打か、わたしはううんと恐怖の呻きを上げて、奈落に陥るばかり顚倒してしまった。今眼のあたりに見る顔はわたしの顔よりほかのものではないのだ。時々鏡の裡に見かける顔、まごう方ないわたし自身の相好なのだ。実はさきほど原の中で善太郎の顔を見た際、故知らず胸をとどろかし、いや、これは京子の幻に脅かされたか、と読んだ通俗小説の一場面を演じたものかなと苦笑したのであったが、今はもう苦笑どころではなく、わたしは瘧《おこり》やみのごとくがたがた慄え出す全身を抑えようもなかった。いってみれば、これとても通俗小説的な感動ではあろう。しかし生爪を剝がしたぐらいのことにも、我身の上となれば人は苦痛に堪えられないではないか。この衝撃の酷しさに、虚心も反省もあった話か、わたしは醬《ひしお》のようにぺちゃんと叩きつけられてしまったのだ。一体誰がこんな落し穴を掘っておいたのか。かかる怖ろしい秘密がいつの間にわたしを待ち受けていたのか、なるほど、こうして善太郎とわたしと並んだところを眺めては善作の眼が呪詛に輝き出すのも無理はないが、抑々善作はあの粗い神経をもって一目でこの秘密を見破り得たのであろうか。当人のわたしこそ知らぬが仏であるにしても、おそらく傍目《はため》の確かさは神経のきめに係りないのであろう。第一これは善作自身にとって容易ならぬ急所の一抉りではないか。いや、いや、そんな筈はない、善作は今突然この秘密に気づいたのではないのだ。かかる出会の光景は前もって善作の心の裡に練り上げられていたものに相違あるまい。その証拠には、わたしが門内に踏み入るや否や、あの眼の光は早くも遠くからわたしの額に焼きつき始めたのではないか。京子にしても、現に京子は善作の打撃の下に声一つ立て得ないほどあらかじめこの秘密に圧しひしがれているではないか。これはわたし一人にとっての不意打でしかなく、吉波一家にあってはもはや疑惑嫉妬などという生やさしい漣《さざなみ》を越えた命取りの渦潮なのだ。ところでわたしは今この渦の中にだらしなく鼻の穴を拡げ、破れ靴を曳きずりながら金を貸してくれといいに行こうとしているのだ……

「どうしたの、おじさん。上ろうよ、さあ。」

この時わたしの想像の中でわたしは善太郎の手を振り切って驀《まっしぐ》らに門外に駆け出していたにも係らず、いつか雲を踏むような足どりで玄関を過ぎ露台へ通ずる階段を上っていたというのはもう人の示す指先よりほかわたしには方向が……いや、無意味なことを喋り出したものだ、今時分方向のあるなしがどうしたというのだ。実はポオの書いた或る人物のようにわたしはここで我身が独楽《こま》になったと思いこみ、ぶんぶん体を振り廻しかねない状態であったが、こうして階段の上に立ったわたしは鶯の谷渡りとでもいう独楽のすがたで、夢うつつの堺の糸に乗りながら、あれよと見る間に辷りのぼる自分をどうしようもなかった。

露台で、善作は籐椅子にかけて葉巻を嚙んでいた。少し離れたところに、欄干まで伸びて来ている梢のかげに横顔を隠して、京子がやはり籐椅子の上にいた。わたしが慄えの止まらぬ脚を突っぱりながらおどおど挨拶の言葉をかけても京子は身動きもせず、善作はわずかに「やあ」と頭を振ったきり、すぐ善太郎のほうへ向いて、

「善太郎、どこへ行ってたんだ、御飯もたべないで。」

「ぼく、お友だちんところで遊んでたんだよ。帰りに原っぱでおじさんに会ったから連れて来て上げたの。」

「いいから下へ行ってなさい。」

善太郎が行ってしまうと椅子をくるりと廻して向うを眺めている善作に取りつく島もなく、わたしはうそ寒く縮まって咽喉をからからに干乾らびさせるばかりであったが、もはやこの沈黙に堪えきれず、かかる異常な重圧の下に胸を緊めつけられているよりはどんな愚かしい響を立てるにしろ、いっそ音に出でて吐息をつこうと、その時わたしの縺《もつ》れる舌から押し出された言葉は、ああ、「金を貸してくれませんか。」とたんに、体じゅうに赫《かっ》と汗が湧き出て、わたしは屈辱に歯ぎしりを始めた。

「金。ふん、金か。」

やはりそっぽを向いたまま鼻で嘯《うそぶ》いていた善作はむっくり立ち上って、

「ただ金、金とさわいだところで、金が降って来る筈はなかろう。だが、折角来たものだから少しぐらいなら用立ててもいい。酒落や道楽で出すわけじゃない。君に早く帰ってもらおうと思ってな。こっちは忙がしい体だから君の相手なんかしておられん。」

身から出た鏽《さび》とはいえ、わたしは京子の眼の前であまりの侮辱に忍びかね、今下へ降りて行く善作の後姿に飛びかかろうとしかけたが、軍隊で鍛えた逞ましい腕に細い襟頸を捩じ上げられて猫の仔のように抛り出されるまでのことと思えば、結局腑甲斐なく椅子にしがみついたまま、一度恥をかき出すと止度なく恥をかくものだなと籐の網目に体が千裂れるほどの切なさで、うわべは擦れからしの銭貰い同然しゃあしゃあとした面の皮を暴している有様であった。だが、こうして二人きりになっても、やはり京子は声をかけるはおろかふり向いてさえくれないのだ。わたしはさっきから京子の言葉を今か今かと待っているのだが、この冷淡さは善作の侮辱にもまして我慢がならず、我を忘れて跳ね上りながら「京子さん」と呼んだ。沈黙。もう一度呼んでみたが依然として手応えのない相手にこちらから何と切り出そう言葉とてはなく、また椅子によろけかかって空しく京子を見つづけた。この邂逅は何年ぶりのことであろう。しかしわたしにとってこれは意外の京子ではないのだ。というのは、わたしは時々独り紙を伸べて京子の姿を描きかけることがあるのだが、いつも紙の上に印されるのは著物をきた女の形だけで、肝腎の顔の線はどう探っても満足に引かれた例《ためし》がなく、白紙を前にじっと凝視すればするほどわたしの瞼はいつか濛々と曇ってしまうのだ。現にこうして眼のあたりに京子を見つめながら、藍地に青海波の著物の模様は徒らに鮮やかでも冷い横顔は葉がくれに白くちらちらするばかりで、それさえ空の碧に融けがちの始末である。今わたしは懐から紙片を取り出して、ここに京子のスケッチを試みているのだが、二枚、三枚と鉛筆を走らせても結果はいつもと同じこと、いかにへぼ画描きにせよ、下手は下手なりの出来上りがあろうものをと、わたしは首のない女の像を前にして恰も名工苦心の態のごとくであったとはいえ、内心は何の精進ぞ、ただわくわく胸を波打たせて呆れたゆとうほかなく、またも喘ぎながら、「京子さん、ちょっとこっちを向いて下さい。ぼくはあなたの顔を見なければならないんだ。」と喚いた。その時かすかに揺れたかと思われた京子の姿に近寄る間もなく、うしろから脊椎にひびくほど押し迫る物のけはいにふり返ると、善作がそこに立っていた。わたしは善作の体臭にくらくらとして、「あっ」と叫びながら倒れかかる体を卓の上に投げて、拡げたままの紙片を咄嗟に隠そうとしたが、おののく指先を辷り抜けて、首のない女の像は明らさまにはらはらと床に落ち散った。こうしてこちらから秘密の底を割って見せた上は、どんなみじめな敗北に打ちのめされようとも善作と戦わなければならないのだと、わたしは動悸を抑えながら静脈の顫える拳に力をこめて起き上った。善作は立ったままじっとわたしを睨んでいたが、突然さっと針のような光を瞳に走らせ、掌にくちゃくちゃと握っていたものをわたしの面上に投げつけると、大声に叫びながら身を翻して階段を駆け降りて行った。散乱した数枚の紙幣とともに善作の声が響きわたった。

「帰ってくれ、さっさと帰ってくれ、帰れ。」

今わたしは椅子の上にくず折れ、もう一歩を踏み出す力も失せて、どこでどんな位置におかれていようと構いなく、きょとんと眼を空に据えているのだ。しかし決してぼんやりしているどころか、かかる場合にこそ到底ぼんやりしてなどいられる筈ではないのだ。思想へ繋がる我がための命綱が幸にまだ朽ちきっていないならば今こそ綱の端に縋らなければならない時だ。だが、一体どこの綱手をどう手繰れば鈴が鳴るというのか。

堂々たる理法の綾の中に紛れこもうなどという贅沢な望みではなく、どんな頼りない言葉の藁ぎれでも摑みたいと喘いでいる有様なのだが、それほどの手がかりさえぷっつり断たれているほどわたしは痴呆性だといよいよ相場がきまったのであろうか。それならそれで、わたしにも覚悟の定めようがあろうに……しかしその覚悟に辿り著くまでのゆとりもこの時わたしには与えられなかった。というのは、いつの間にか上って来た善太郎の声をもう傍に聞かなければならなかったのだ。

「おじさん邪魔だよ。轢いちゃうよ、ぽう、ぽう。」

善太郎は鋼のレエルを床の上に敷いて外国製らしい機関車を走らせる支度をしていた。子供といっても十一二歳のませた性なのにこんながんぜない遊びをするとは、わたしのためにはしゃいで見せたのであろうか。わたしは今度こそ、ぼんやりとして小さな汽車の動くのを眺め始めたのだが、突然善太郎は何を認めたのか欄干のほうへ駆けて行き「パパ、パパ」と手を叩きながら躍り出した。わたしも立ち上って見ると、すぐ下の池の傍で、遠乗にでも行くのであろう、乗馬服に着更えた善作がこちらに背中を向けて石の上に腰かけ、鞭をふるってぴしゃりぴしゃりと水の面を打っていた。水のしぶきの中でいくつかの緋鯉の鱗が跳ね返って光るのに、善作の鞭は一そう猛り狂い、空を劃してひゅうひゅうと鳴りひびくのだ。抑々初めから訳のわからぬことずくめだのに、こちらがそれに輪をかけた判じ物の面相をしていたのでは益々話がこじれる一方ではないか、いっそ、けらけらと笑ってやれと、わたしはこの光景を前にして洞穴からひょっくり首を出したように奇しくも濶然として天地の開ける思いをなしたが、ここに恥ずかしいことにはわたしは突拍子もない時に愚かな言葉を口走る病があるので、今も、「京子さん、お宅ではいつもああして鯉に運動させるんですか」といいながら、うしろをふり向くと、とたんに京子の姿は籐椅子の上から拭いたように消え失せ、下枝の葉が二三片風に落ちているばかりであった。その時はっと、そうだ、京子は去年のくれ肺炎でたしかに死んでしまっているのだ、全くそうだったと、ぴんと鳴らす指の音で鼻面を打たれたごとく、わたしの眼路のかぎりに立ち罩《こ》めた霧は今とぎれとぎれに散りかけるのであったが、さてそんなにも明るい光線の下でまだ頑なに鞭をふるっている善作の背中の表情に直面しなければならぬ羽目に立ち至ったかと思えば、ほっと一息入れる束の間の安息とてはなく、わたしは襟元がぞくぞくしてその場に立ちすくんでしまった。（昭和十年作）

押絵と旅する男

江戸川乱歩

　この話が私の夢か私の一時的狂気の幻でなかったならば、あの押絵と旅をしていた男こそ狂人であったに相違ない。だが、夢が時として、どこかこの世界と喰違った別の世界を、チラリと覗かせてくれるように、また狂人が、我々のまったく感じ得ぬ物事を見たり聞いたりすると同じに、これは私が、不可思議な大気のレンズ仕掛けを通して、一刹那《せつな》、この世の視野のほかにある、別の世界の一隅を、ふと隙見《すきみ》したのであったかもしれない。

　いつともしれぬ、ある暖い薄曇った日のことである。その時、私はわざわざ魚津《うおづ》へ蜃《しん》気楼《きろう》を見に出掛けた帰り途《みち》であった。私がこの話をすると、時々、お前は魚津なんかへ行ったことはないじゃないかと、親しい友達に突込まれることがある。そう云われてみると、私はいつの何日に魚津へ行ったのだと、ハッキリ証拠を示すことが出来ぬ。それではやっぱり夢であったのか。だが、私はかつて、あのように濃厚な色彩を持った夢を見たことがない。夢の中の景色は、映画と同じに、まったく色彩を伴わぬものであるのに、あの折の汽車の中の景色だけは、それもあの毒々しい押絵の画面が中心になって、紫と臙脂《えんじ》の勝った色彩で、まるで蛇の眼の瞳孔のように、生々しく私の記憶に焼きついている。着色映画の夢というものがあるのであろうか。

私はその時、生れて初めて蜃気楼というものを見た。蛤《はまぐり》の息《いき》の中に美しい竜宮城の浮んでいる、あの古風な絵を想像していた私は、本物の蜃気楼を見て、膏汗《あぶらあせ》のにじむような、恐怖に近い驚きに撃たれた。

魚津の浜の松並木に豆粒のような人間がウジャウジャと集って、息を殺して、眼界一杯の大空と海面とを眺めていた。私はあんな静かな、啞《おし》のようにだまっている海を見たことがない。日本海は荒海と思い込んでいた私には、それもひどく意外であった。その海は、灰色で、全く小波《さざなみ》一つなく、無限のかなたにまで打続く沼かと思われた。そして、太平洋の海のように、水平線はなくて、海と空とは、同じ灰色に溶け合い、厚さの知れぬ靄《もや》に覆いつくされた感じであった。空だとばかり思っていた、上部の靄の中を、案外にもそこが海面であって、フワフワと幽霊のような、大きな白帆が滑って行ったりした。

蜃気楼とは、乳色のフィルムの表面に墨汁をたらして、それが自然にジワジワとにじんで行くのを、途方もなく巨大な映画にして、大空に映し出したようなものであった。

遥かな能登《のと》半島の森林が、喰違った大気の変形レンズを通して、すぐ目の前の大空に焦点のよく合わぬ顕微鏡の下の黒い虫みたいに、曖昧《あいまい》に、しかも馬鹿馬鹿しく拡大されて、見る者の頭上におしかぶさって来るのであった。それは、妙な形の黒雲と似ていたけれど、黒雲なればその所在がハッキリ分っているに反し、蜃気楼は、不思議にも、それと見る者との距離が非常に曖昧《あいまい》なのだ。遠くの海上に漂う大入道のようでもあり、ともすれば、眼前一尺に迫る異形の靄《もや》かと見え、はては、見る者の角膜の表面に、ポッツリと浮んだ、一点の曇りのようにさえ感じられた。この距離の曖昧さが、蜃気楼に、想像以上の不気味な気違いめいた感じを与えるのだ。

曖昧な形の、真黒な巨大な三角形が、塔のように積み重なって行ったり、またたく間にくずれたり、横に延びて長い汽車のように走ったり、それが幾つかにくずれ、立並ぶ檜《ひのき》の梢と見えたり、じっと動かぬようでいながら、いつとはなく、まったく違った形に化けて行った。

蜃気楼の魔力が、人間を気違いにするものであったなら、恐らく私は、少くとも帰り途の汽車の中までは、その魔力を逃れることが出来なかったのであろう。二時間の余も立ち尽して、大空の妖異を眺めていた私は、その夕方魚津を立って、汽車の中に一夜を過すまで、全く日常と異った気持でいたことは確かである。もしかしたら、それは通り魔のように、人間の心をかすめ冒《おか》すところの、一時的狂気の類ででもあったであろうか。

魚津の駅から上野への汽車に乗ったのは、夕方の六時頃であった。不思議な偶然であろうか、あの辺の汽車はいつでもそうなのか、私の乗った二等車は、教会のようにガランとしていて、私のほかにたった一人の先客が、向うの隅のクッションに蹲《うずくま》っているばかりであった。

汽車は淋しい海岸の、けわしい崕《がけ》や砂浜の上を、単調な機械の音を響かせて、はてしもなく走っていた。沼のような海上の、靄の奥深く、黒血の色の夕焼けが、ボンヤリと感じられた。異様に大きく見える白帆が、その中を、夢のように滑っていた。少しも風のない、むしむしする日であったから、所々開かれた汽車の窓から、進行につれて忍び込むそよ風も、幽霊のように尻切れとんぼであった。たくさんの短いトンネルと雪除けの柱の列が、広漠たる灰色の空と海とを、縞目に区切って通り過ぎた。

親不知《おやしらず》の断崖を通過する頃、車内の電灯と空の明るさとが同じに感じられたほど、夕闇が迫って来た。ちょうどその時分向うの隅のたった一人の同乗者が、突然立上って、クッションの上に大きな黒繻子《くろじゆす》の風呂敷を拡げ、窓に立てかけてあった、二尺に三尺ほどの、扁平な荷物を、その中へ包み始めた。それが私になんとやら奇妙な感じを与えたのである。

その扁平なものは、多分額《がく》に相違ないのだが、それの表側の方を、何か特別の意味でもあるらしく、窓ガラスに向けて立てかけてあった。一度風呂敷に包んであったものを、わざわざ取出して、そんなふうに外に向けて立てかけたものとしか考えられなかった。それに、彼が再び包む時にチラとみたところによると、額の表面に描かれた極彩色の絵が、妙に生々しく、なんとなく世の常ならず見えたことであった。

私はあらためて、この変てこな荷物の持主を観察した。そして、持主その人が、荷物の異様さにもまして、一段と異様であったことに驚かされた。

彼は非常に古風な、我々の父親の若い時分の色あせた写真でしか見ることの出来ないような、襟の狭い、肩のすぼけた、黒の背広服を着ていたが、しかしそれが、背が高くて、足の長い彼に、妙にシックリと合って、はなはだ意気にさえ見えたのである。顔は細面で、両眼が少しギラギラし過ぎていたほかは、一体によく整っていて、スマートな感じであった。そして綺麗に分けた頭髪が、豊かに黒々と光っているので、一見四十前後であったが、よく注意してみると、顔中におびただしい皺があって、一飛びに六十ぐらいにも見えぬことはなかった。この黒々とした頭髪と、色白の顔面を縦横にきざんだ皺との対照が、初めてそれに気づいた時、私をハッとさせたほども、非常に不気味な感じを与えた。

彼はていねいに荷物を包み終ると、ひょいと私の方に顔を向けたが、ちょうど私の方でも熱心に相手の動作を眺めていた時であったから、二人の視線がガッチリとぶつかってしまった。すると、彼は何か恥しそうに唇の隅を曲げて、かすかに笑ってみせるのであった。私も思わず首を動かして挨拶を返した。

それから、小駅を二、三通過する間、私達はお互いの隅に坐ったまま、遠くから、時々視線をまじえては、気まずくそっぽを向くことを、繰返していた。外はまったく暗闇になっていた。窓ガラスに顔を押しつけて覗《のぞ》いて見ても、時たま沖の漁船の舷灯が遠く遠くポッツリと浮んでいるほかには、まったくなんの光もなかった。はてのない暗闇の中に、私達の細長い車室だけが、たった一つの世界のように、いつまでもいつまでも、ガタンガタンと動いて行った。そのほの暗い車室の中へ、私達二人だけを取り残して、全世界が、あらゆる生物が、跡方もなく消え失せてしまった感じであった。

私達の二等車には、どの駅からも一人の乗客もなかったし、列車ボーイや車掌も一度も姿をみせなかった。そういうことも今になって考えてみると、はなはだ奇怪に感じられるのである。

私は、四十歳にも六十歳にもみえる、西洋の魔術師のような風采のその男が、だんだん怖くなって来た。怖さというものは、ほかにまぎれる事柄のない場合には、無限に大きく、身体中一杯に拡がって行くものである。私はついには、産毛の先までも怖さが満ちて、たまらなくなって、突然立上ると、向うの隅のその男の方へツカツカと歩いて行った。その男がいとわしく、恐ろしければこそ、私はその男に近づいて行ったのであった。

私は彼と向き合ったクッションへ、そっと腰をおろし、近寄れば一層異様にみえる彼の皺だらけの白い顔を、私自身が妖怪ででもあるような、一種不可思議な、顛倒した気持で、目を細め息を殺してじっと覗き込んだものである。

男は、私が自分の席を立った時から、ずっと目で私を迎えるようにしていたが、そうして私が彼の顔を覗込むと、待ち受けていたように、顎で傍《かたわら》の例の扁平な荷物を指示《さししめ》し、なんの前置きもなく、さもそれが当然の挨拶ででもあるように、

「これでございますか。」

と云った。その口調が、あまり当り前であったので、私はかえって、ギョッとしたほどであった。

「これが御覧になりたいのでございましょう。」

私が黙っているので、彼はもう一度同じことを繰返した。

「見せて下さいますか。」

私は相手の調子に引込まれて、つい変なことを云ってしまった。私は決してその荷物を見たいために席を立ったわけではなかったのだけれど。

「喜んでお見せ致しますよ。わたくしは、さっきから考えていたのでございますよ。あなたはきっとこれを見にお出でなさるだろうとね。」

男は——むしろ老人と云った方がふさわしいのだが——そう云いながら、長い指で、器用に大風呂敷をほどいて、その額みたいなものを、今度は表を向けて、窓の所へ立てかけたのである。

私は一目チラッと、その表面を見ると、思わず目をとじた。なぜであったか、その理由は今でも分らないのだが、なんとなくそうしなければならぬ感じがして、数秒の間目をふさいでいた。ふたたび目を開いた時、私の前に、かつて見たことのないような、奇妙なものがあった。と云って、私はその「奇妙」な点をハッキリと説明する言葉を持たぬのだが。

額には歌舞伎芝居の御殿の背景みたいに、幾つもの部屋を打抜いて、極度の遠近法で、青畳と格子天井が遥か向うの方まで続いているような光景が、藍を主とした泥絵具で毒々しく塗りつけてあった。左手の前方には、墨黒々と不細工な書院風の窓が描かれ、同じ色の文机が、そのそばに角度を無視した描き方で、据えてあった。それらの背景は、あの絵馬札の絵の独特な画風に似ていたと云えば、一番よく分るであろうか。

その背景の中に、一尺ぐらいの丈《たけ》の二人の人物が浮き出していた。浮き出していたと云うのは、その人物だけが、押絵細工で出来ていたからである。黒天鵞絨《びろうど》の古風な洋服を着た白髪の老人が、窮屈そうに坐っていると（不思議なことには、その容貌が、髪の色を除くと、額の持主の老人にそのままなばかりか、着ている洋服の仕立方までそっくりであった）緋鹿《ひか》の子《こ》の振袖に、黒繻子《くろじゅす》の帯の映りのよい十七、八の水のたれるような結綿《ゆいわた》の美少女がなんとも云えぬ嬌羞《きょうしゅう》を含んで、その老人の洋服の膝にしなだれかかっている、いわば芝居の濡場に類する画面であった。

洋服の老人と色娘の対照が、はなはだ異様であったことは云うまでもないが、だが私が「奇妙」に感じたというのは、そのことではない。

背景の粗雑に引きかえて、押絵の細工の精巧なことは驚くばかりであった。顔の部分は、白絹に凹凸《おうとつ》を作って、細い皺まで一つ一つ現わしてあったし、娘の髪は、本当の毛髪を一本一本植えつけて、人間の髪を結うように結ってあり、老人の頭は、これも多分本物の白髪を、丹念に植えたものに相違なかった。洋服には正しい縫目があり、適当な場所に粟粒《あわ》ほどの釦《ぼたん》までつけてあるし、娘の乳のふくらみと云い、腿《もも》のあたりの艶《なま》めいた曲線と云い、こぼれた緋縮緬《ひぢりめん》、チラと見える肌の色、指には貝殻のような爪が生えていた。虫眼鏡で覗いて見たら、毛穴や産毛《うぶげ》まで、ちゃんと拵《こしら》えてあるのではないかと思われたほどである。

私は押絵と云えば、羽子板の役者の似顔の細工しか見たことがなかったが、そして、羽子板の細工にも、随分精巧なものもあるのだけれど、この押絵は、こんなものとは、まるで比較にもならぬほど、巧緻をきわめていたのである。恐らくその道の名人の手に成ったものであろうか。だが、それが私のいわゆる「奇妙」な点ではなかった。

額全体がよほど古いものらしく、背景の泥絵具は所々はげ落ちていたし、娘の緋鹿の子も、老人の天鵞絨《びろうど》も、見る影もなく色あせていたけれど、はげ落ち色あせたなりに、名状し難き毒々しさを保ち、ギラギラと、見る者の眼底に焼きつくような生気を持っていたことも、不思議と云えば不思議であった。だが、私の「奇妙」という意味はそれでもない。

それは、もし強《し》いて云うならば、押絵の人物が二つとも、生きていたことである。

文楽の人形芝居で、一日の演技のうちに、たった一度か二度、それもほんの一瞬間、名人の使っている人形が、ふと神の息吹をかけられでもしたように、本当に生きていることがあるものだが、この押絵の人物は、その生きた瞬間の人形を、命の逃げ出す隙を与えず、とっさの間に、そのまま板にはりつけたという感じで、永遠に生きながらえているかと見えたのである。

私の表情に驚きの色を見て取ったからか、老人は、いとたのもしげな口調で、ほとんど叫ぶように、

「アア、あなたは分って下さるかもしれません。」

と云いながら、肩から下げていた、黒革のケースを、ていねいに鍵で開いて、その中から、いとも古風な双眼鏡を取り出し、それを私の方へ差出すのであった。

「コレ、この遠眼鏡で一度御覧下さいませ。イエ、そこからでは近すぎます。失礼ですが、もう少しあちらの方から。さようちょうどその辺がようございましょう。」

まことに異様な頼みではあったけれど、私は限りなき好奇心のとりことなって、老人の云うがままに、席を立って額から五、六歩遠ざかった。老人は私の見やすいように、両手で額を持って、電灯にかざしてくれた。今から思うと、実に変てこな、気違いめいた光景であったに相違ないのである。

遠眼鏡と云うのは、恐らく二、三十年も以前の舶来品であろうか、私達が子供の時分、よく眼鏡屋の看板で見かけたような、異様な形のプリズム双眼鏡であったが、それが手ずれのために、黒い覆皮がはげて、所々真鍮《しんちゅう》の生地が現われているという、持主の洋服と同様に、いかにも古風な、物懐かしい品物であった。

私は珍しさに、しばらくその双眼鏡をひねくり廻していたが、やがて、それを覗くために、両手で眼の前に持って行った時である。突然、実に突然、老人が悲鳴に近い叫声を立てたので、私は危く眼鏡を取落すところであった。

「いけません。いけません。それはさかさですよ。さかさに覗いてはいけません。いけません。」

老人は、真青になって、目をまんまるに見開いて、しきりと手を振っていた。双眼鏡を逆に覗くことが、なぜそれほど大変なのか、私は老人の異様な挙動を理解することが出来なかった。

「なるほど、なるほど、さかさでしたっけ。」

私は双眼鏡を覗くことに気を取られていたので、この老人の不審な表情を、さして気にもとめず、眼鏡を正しい方向に持ちなおすと、急いでそれを目に当てて、押絵の人物を覗いたのである。

焦点が合って行くに従って、二つの円形の視野が、徐々に一つに重なり、ボンヤリとした虹のようなものが、だんだんハッキリして来ると、びっくりするほど大きな娘の胸から上が、それが全世界ででもあるように、私の眼界一杯に拡った。

あんなふうな物の現われ方を、私はあとにも先にも見たことがないので、読む人に分らせるのが難儀なのだが、それに近い感じを思出して見ると、例えば、舟の上から、海にもぐった蜑《あま》の、ある瞬間の姿に似ていたとでも形容すべきであろうか。蜑の裸身が、底の方にある時は、青い水の層の複雑な動揺のために、その身体が、まるで海草のように、不自然にクネクネと曲り、輪廓もぼやけて、白っぽいお化《ばけ》みたいに見えているが、それが、つうッと浮上って来るに従って、水の層の青さがだんだん薄くなり、形がハッキリして来て、ポッカリと水上に首を出すと、その瞬間、ハッと目が覚めたように、水中の白いお化《ばけ》が、たちまち人間の正体を現わすのである。ちょうどそれと同じ感じで、押絵の娘は、双眼鏡の中で、私の前に姿を現わし、実物大の一人の生きた娘として、蠢《うごめ》き始めたのである。

十九世紀の古風なプリズム双眼鏡の玉の向側には、全く私達の思いも及ばぬ別世界があって、そこに結綿《ゆいわた》の色娘と、古風な洋服の白髪男とが、奇怪な生活を営んでいる。覗いては悪いものを、私は今魔法使に覗かされているのだ、といったような形容の出来ない変てこな気持で、しかし私は憑かれたように、その不可思議な世界に見入ってしまった。

娘は動いていたわけではないが、その全身の感じが、肉眼でみた時とは、ガラリと変って、生気に満ち、青白い顔がやや桃色に上気し、胸は脈打ち（実際私は心臓の鼓動をさえ聞いた）肉体からは縮緬の衣裳を通して、むしむしと、若い女の生気が蒸発しているように思われた。

私は一渡り、女の全身を、双眼鏡の先で、嘗《な》め廻してから、その娘がしなだれ掛っている、仕合せな白髪男の方へ、眼鏡を転じた。

老人も、双眼鏡の世界で、生きていたことは同じであったが、みたところ四十ほども年の違う、若い女の肩に手を廻して、さも幸福そうな形でありながら、妙なことには、レンズ一杯の大きさに写った、彼の皺《しわ》の多い顔が、その何百本の皺の底で、いぶかしき苦悶の相を現わしているのである。それは、老人の顔がレンズのために、眼前一尺の近さに、異様に大きく迫っていたからでもあったであろうが、見つめていればいるほど、ゾッと怖くなるような、悲痛と恐怖との混り合った一種異様の表情であった。

それを見ると、私はうなされたような気分になって、双眼鏡を覗いていることが、耐え難く感じられたので、思わず、目を離して、キョロキョロとあたりを見廻わした。すると、それはやっぱり淋しい夜の汽車の中であって、押絵の額も、それをささげた、老人の姿も、元のままで、窓の外は真暗だし、単調な車輪の響も、変りなく聞えていた。悪夢から醒めた気持であった。

「あなた様は、不思議そうな顔をしておいでなさいますね。」

老人は額を、元の窓の所へ立てかけて、席につくと、私にもその向側へ坐るように、手真似をしながら、私の顔を見つめて、こんなことを云った。

「私の頭が、どうかしているようです。いやに蒸しますね。」

私はてれ隠しみたいな挨拶をした。すると老人は猫背《ねこぜ》になって、顔をぐっと私の方へ近寄せ、膝の上で細長い指を合図でもするように、ヘラヘラと動かしながら、低い低い囁き声になって、

「あれらは、生きておりましたろう。」

と云った。そして、さも一大事を打明けるといった調子で、一層猫背になって、ギラギラした目を、まん丸に見開いて、私の顔を穴のあくほど見つめながら、こんなことを

囁くのであった。

「あなたは、あれらの本当の身の上話を聞きたいとはおぼしめしませんかね。」

私は汽車の動揺と、車輪の響きのために、老人の低い、呟《つぶや》くような声を、聞き間違えたのではないかと思った。

「身の上話とおっしゃいましたか。」

「身の上話でございますよ。」老人はやっぱり低い声で答えた。「ことに、一方の、白髪の老人の身の上話をでございますよ。」

「若い時分からのですか。」

私も、その晩は、なぜか妙に調子はずれな物の云い方をした。

「ハイ、あれが二十五歳の時のお話でございますよ。」

「ぜひうかがいたいものですね。」

私は、普通の生きた人間の身の上話をでも催促するように、ごくなんでもないことのように、老人をうながしたのである。すると、老人は顔の皺を、さも嬉しそうにゆがめて、「アア、あなたは、やっぱり聞いて下さいますね。」と云いながら、さて、次のような、世にも不思議の物語を始めたのであった。

「それはもう、一生涯の大事件ですから、よく記憶しておりますが、明治二十八年の四月の、兄があんなに(と云って彼は押絵の老人を指さした)なりましたのが、二十七日の夕方のことでございました。当時、私も兄も、まだ部屋住みで、住居は日本橋通三丁目でして、親爺が呉服商を営んでおりましたがね。なんでも浅草の十二階が出来て、間もなくのことでございましたよ。だもんですから、兄なんぞは、毎日のようにあの凌雲閣へ昇って喜んでいたものです。と申しますのが、兄は妙に異国物が好きで、新しがり屋でござんしたからね。この遠眼鏡にしろ、やっぱりそれで、兄が外国船の船長の持物だったというやつを、横浜の支那人町の、変てこな道具屋の店先で、めっけて来ましてね、当時にしちゃあ、随分高いお金を払ったと申しておりましたっけ。」

老人は「兄が」と云うたびに、まるでそこにその人が坐ってでもいるように、押絵の方に目をやったり、指さしたりした。老人は彼の記憶にある本当の兄と、その押絵の白髪の老人とを、混同して、押絵が生きて彼の話を聞いてでもいるような、すぐ側に第三者を意識したような話し方をした。だが、不思議なことに、私はそれを少しもおかしいとは感じなかった。私達はその瞬間、自然の法則を超越した、我々の世界とどこかで喰違っているところの、別の世界に住んでいたらしいのである。

「あなたは、十二階へお昇りなすったことがおありですか。アア、おありなさらない。それは残念ですね。あれは一体どこの魔法使が建てましたものか、実に途方もない、変てこれんな代物でございましたよ。表面は伊太利《イタリイ》の技師のバルトンと申すものが設計したことになっていましたがね。まあ考えて御覧なさい。その頃の浅草公園と云えば、名物がまず蜘蛛《くも》男《おとこ》の見世物、娘剣舞に、玉乗り、源水《げんすい》の独楽《こま》廻《まわ》しに、覗きからくりなどで、せいぜい変ったところが、お富士さまの作り物に、メーズと云って、八陣隠れ杉の見世物ぐらいでございましたからね。そこへあなた、ニョキニョキと、まあ飛んでもない高い煉瓦造りの塔が出来ちまったんですから、驚くじゃござんせんか。高さが三十六間と申しますから、半丁の余で、八角型の頂上が、唐人の帽子みたいに、とんがっていて、ちょっと高台へ昇りさえすれば、東京中どこからでも、その赤いお化けが見られたものです。

今も申す通り、明治二十八年の春、兄がこの遠眼鏡を手に入れて間もない頃でした。兄の身に妙なことが起ってまいりました。親爺なんぞ、兄め気でも違うのじゃないかって、ひどく心配しておりましたが、私もね、お察しでしょうが、馬鹿に兄思いでしてね。兄の変てこれんなそぶりが、心配で心配でたまらなかったものです。どんなふうかと申しますと、兄はご飯もろくろくたべないで、家内の者とも口を利かず、家にいる時は一間にとじ籠って考えごとばかりしている。身体は痩せてしまい顔は肺病やみのように、土気色で、目ばかりギョロギョロさせている。もっとも平常から顔色のいい方じゃあござんせんでしたがね。それが一倍青ざめて、沈んでいるのですから、本当に気の毒なようでした。その癖ね、そんなでいて、毎日欠かさず、まるで勤めにでも出るように、おひるっから、日暮れ時分まで、フラフラとどっかへ出掛けるんです。どこへ行くのかって、聞いて見ても、ちっとも云いません。母親が心配して、兄のふさいでいる訳を、手を変え品を変え尋ねても、少しも打明けません。そんなことが、一月ほども続いたのですよ。

あんまり心配だものだから、私はある日、兄が一体どこへ出掛けるのかと、ソッとあとをつけました。そうするように、母親が私に頼むもんですからね。兄はその日も、ちょうど今日のようなどんよりした、いやな日でございましたが、おひる過ぎから、その頃兄の工夫で仕立てさせた当時としては飛び切りハイカラな、黒天鵞絨《くろびろうど》の洋服を着ましてね、この遠眼鏡を肩から下げ、ヒョロヒョロと、日本橋通りの、馬車鉄道の方へ歩いて行くのです。私は兄に気どられぬように、ついて行ったわけですよ。よございますか。しますとね、兄は上野行きの馬車鉄道を待ち合わせて、ひょいとそれに乗り込んでしまったのです。当今の電車と違って、次の車に乗ってあとをつけるというわけには行きませんん。なんしろ車台が少のうございますからね。私は仕方がないので母親にもらったお小遣いをふんぱつして、人力車に乗りました。人力車だって、少し威勢のいい挽子《ひきこ》なれば馬車鉄道を見失わないように、あとをつけるなんぞ、わけなかったものでございますよ。

兄が馬車鉄道を降りると、私も人力車を降りて、またテクテクと跡をつける。そうして、行きついたところが、なんと浅草の観音様じゃございませんか。兄は仲店《なかみせ》から、お堂の前を素通りして、お堂裏の見世物小屋の間を、人波をかき分けるようにしてさっき申上げた十二階の前まで来ますと、石の門をはいって、お金を払って、「凌雲閣」という額の上った入口から、塔の中へ姿を消したじゃあございませんか。まさか兄がこんなところへ、毎日毎日通っていようとは、夢にも存じませんので、私はあきれてしまいましたよ。子供心にね、私はその時まだ二十《はたち》にもなってませんでしたので、兄はこの十二階の化物に魅入られたんじゃないかなんて、変なことを考えたものですよ。

私は十二階へは、父親につれられて、一度昇った切りで、その後行ったことがありませんので、なんだか気味が悪いように思いましたが、兄が昇って行くものですから、仕方がないので、私も、一階ぐらいおくれて、あの薄暗い石の段々を昇って行きました。窓も大きくございませんし、煉瓦の壁が厚うござんすので、穴蔵のように冷々と致しましてね。それに日清戦争の当時ですから、その頃は珍しかった、戦争の油絵が、一方の壁にずっと懸け並べてあります。まるで狼みたいな、おっそろしい顔をして、吠えながら、突貫している日本兵や、剣つき鉄砲に脇腹をえぐられ、ふき出す血のりを両手で押えて、顔や唇を紫色にしてもがいている支那兵や、ちょんぎられた辮髪《べんぱつ》の頭が、風船玉のように空高く飛上っているところや、なんとも云えない毒々しい、血みどろの油絵が、窓からの薄白い光線で、テラテラと光っているのでございますよ。その間を、陰気な石の段々が、蝸牛《かたつむり》の殻みたいに、上へ上へと際限もなく続いております。本当に変てこれんな気持でしたよ。

頂上は八角形の欄干だけで、壁のない、見晴の廊下になっていましてね。そこへたどりつくと、にわかにパッと明るくなって、今までの薄暗い道中が長うござんしただけに、びっくりしてしまいます。雲が手の届きそうな低いところにあって、見渡すと、東京中の屋根がごみみたいに、ゴチャゴチャしていて、品川の御台場が、盆石のように見えております。目まいがしそうなのを我慢して、下を覗きますと、観音様のお堂だってずっと低いところにありますし、小屋掛けの見世物が、おもちゃのようで、歩いている人間が、頭と足ばかりに見えるのです。

　頂上には十人余りの見物が一かたまりになっておっかなそうな顔をして、ボソボソ小声で囁きながら、品川の海の方を眺めておりましたが、兄はと見ると、それとは離れた場所に、一人ぼっちで、遠眼鏡を目に当てて、しきりと浅草の境内を眺め廻しておりました。それをうしろから見ますと、白っぽくどんよりとした雲ばかりの中に、兄の天鵞絨の洋服姿が、クッキリと浮上って、下の方のゴチャゴチャしたものがなにも見えぬものですから、兄だということは分っていましても、なんだか西洋の油絵の中の人物みたいな気持がして、神々しいようで、言葉をかけるのも憚《はばか》られたほどでございましたっけ。

　でも、母の云いつけを思い出しますと、そうもしていられませんので、私は兄のうしろに近づいて『兄さんなにを見ていらっしゃいます。』と声をかけたのでございます。兄はビクッとして、振向きましたが、気拙《まず》い顔をしてなにも云いません。私は『兄さんのこの頃の御様子には、お父さんもお母さんも大変心配していらっしゃいます。毎日毎日どこへお出掛なさるのかと不思議に思っておりましたら、兄さんはこんなところへ来ていらしったのでございますね。どうかその訳を云って下さいまし。日頃仲よしの私にだけでも打明けて下さいまし。』と、近くに人のいないのを幸いに、その塔の上で、兄をかき口説いたものですよ。

　なかなか打明けませんでしたが、私が繰返し繰返し頼むものですから、兄も根負けをしたと見えまして、とうとう一ヶ月来の胸の秘密を私に話してくれました。ところが、その兄の煩悶の原因と申すものが、これがまたまことに変てこれんな事柄だったのでございますよ。兄が申しますには、一月ばかり前に、十二階へ昇りまして、この遠眼鏡で観音様の境内を眺めておりました時、人混みの間に、チラッと、一人の娘の顔を見たのだそうでございます。その娘が、それはもうなんとも云えない、この世のものとも思えない、美しい人で、日頃女にはいっこう冷淡であった兄も、その遠眼鏡の中の娘だけには、ゾッと寒気がしたほども、すっかり心を乱されてしまったと申しますよ。

その時兄は、一目見ただけで、びっくりして、遠眼鏡をはずしてしまったものですから、もう一度見ようと思って、同じ見当を夢中になって探したそうですが、眼鏡の先が、どうしてもその娘の顔にぶっつかりません。遠眼鏡では近くに見えても実際は遠方のことですし、沢山の人混みの中ですから、一度見えたからと云って、二度目に探し出せるときまったものではございませんからね。

それからと申すもの、兄はこの眼鏡の中の美しい娘が忘れられず、ごくごく内気なひとでしたから、古風な恋わずらいをわずらい始めたのでございます。今のお人はお笑いなさるかもしれませんが、その頃の人間は、まことにおっとりしたものでして、行きずりに一目見た女を恋して、わずらいついた男なども多かった時代でございますからね。云うまでもなく、兄はそんなご飯もろくろくたべられないような、衰えた身体を引きずって、またその娘が観音様の境内を通りかかることもあろうかと悲しい空頼みから、毎日毎日、勤めのように、十二階に昇っては、眼鏡を覗いていたわけでございます。恋というものは、不思議なものでございますね。

兄は私に打明けてしまうと、また熱病やみのように眼鏡を覗き始めましたっけが、私は兄の気持にすっかり同情致しましてね、千に一つも望みのない、無駄な探し物ですけれど、およしなさいと止めだてする気も起らず、あまりのことに涙ぐんで、兄のうしろ姿をじっと眺めていたものですよ。するとその時……アア、私はあの怪しくも美しかった光景を、忘れることが出来ません。三十年以上も昔のことですけれど、こうして目をふさぎますと、その夢のような色どりが、まざまざと浮んで来るほどでございます。

さっきも申しました通り、兄のうしろに立っていますと、見えるものは、空ばかりで、モヤモヤとした、むら雲の中に、兄のほっそりとした洋服姿が、絵のように浮上って、むら雲の方で動いているのを、兄の身体が宙を漂うかと見誤るばかりでございました。がそこへ、突然、花火でも打上げたように、白っぽい大空の中を、赤や青や紫の無数の玉が、先を争って、フワリフワリと昇って行ったのでございます。お話したのでは分りますまいが、本当に絵のようで、またなにかの前兆のようで、私はなんとも云えない怪しい気持になったものでした。なんであろうと、急いで下を覗いて見ますと、どうかしたはずみで、風船屋が粗相をして、ゴム風船を、一度に空へ飛ばしたものと分りましたが、その時分は、ゴム風船そのものが、今よりはずっと珍しゅうござんしたから正体が分っても、私はまだ妙な気持がしておりましたものですよ。

妙なもので、それがきっかけになったというわけでもありますまいが、ちょうどその時、兄は非常に興奮した様子で、青白い顔をぽっと赤らめ、息をはずませて、私の方へやってまいり、いきなり私の手をとって『さあ行こう。早く行かぬと間に合わぬ』と申して、グングン私を引張るのでございます。引張られて、塔の石段をかけ降りながら、訳を尋ねますと、いつかの娘さんが見つかったらしいので、青畳を敷いた広い座敷に坐っていたから、これから行っても大丈夫元のところにいると申すのでございます。

兄が見当をつけた場所というのは、観音堂の裏手の、大きな松の木が目印で、そこに広い座敷があったと申すのですが、さて、二人でそこへ行って、探して見ましても、松の木はちゃんとありますけれど、その近所には、家らしい家もなく、まるで狐につままれたような塩梅《あんばい》なのですよ。兄の気の迷いだとは思いましたが、しおれ返っている様子が、あまり気の毒だものですから、気休めに、その辺の掛茶屋などを尋ね廻ってみましたけれども、そんな娘さんの影も形もありません。

探している間に、兄と分れ分れになってしまいましたが、掛茶屋を一巡して、しばらくたって元の松の木の下へ戻ってまいりますとね。そこにはいろいろな露店に並んで、一軒の覗きからくり屋が、ピシャンピシャンと鞭の音を立てて、商売をしておりましたが、見ますと、その覗きの眼鏡を、兄が中腰になって、一生懸命覗いていたじゃございませんか。『兄さんなにをしていらっしゃる』と云って、肩を叩きますと、ビックリして振向きましたが、その時の兄の顔を、私はいまだに忘れることが出来ませんよ。なんて、遠い所を見ているような目つきになって、私に話す声さえも、変にうつろに聞えたのでございます。そして、『お前、私達が探していた娘さんはこの中にいるよ。』と申すのです。

そう云われたものですから、私は急いでおあしを払って、覗きの眼鏡を覗いてみますと、それは八百屋お七の覗きからくりでした。ちょうど吉祥寺の書院で、お七が吉三にしなだれかかっている絵が出ておりました。忘れもしません。からくり屋の夫婦者は、しわがれ声を合せて、鞭で拍子を取りながら、『膝でつらついて、目で知らせ』と申す文句を歌っているところでした。アアあの『膝でつらついて、目で知らせ』という変な節廻しが、耳についているようでございます。

覗き絵の人物は押絵になっておりましたが、その道の名人の作であったのでしょうね、お七の顔の生々として綺麗であったこと。私の目にさえ本当に生きているように見えたのですから、兄があんなことを申したのも、全く無理はありません。兄が申しますには『たといこの娘さんが、拵えものの押絵だと分っても、私はどうもあきらめられない。悲しいことだがあきらめられない。たった一度でいい、私もあの吉三のような、押絵の中の男になって、この娘さんと話がしてみたい。』と云って、ぼんやりと、そこに突立ったまま、動こうともしないのでございます。考えて見ますとその覗きからくりの絵が、光線を取るために上の方が開けてあるので、それが斜めに十二階の頂上から見えたものに違いありません。

　その時分には、もう日が暮れかけて、人足《ひとあし》もまばらになり、覗きの前にも、二、三人のおかっぱの子供が、未練らしく立去りかねて、うろうろしているばかりでした。昼間からどんより曇っていたのが、日暮には、今にも一雨来そうに、雲が下って来て、一層圧《おさ》えつけられるような、気でも狂うのじゃないかと思うような、いやな天候になっておりました。そして、耳の底にドロドロと太鼓の鳴っているような音が聞えているのですよ。その中で、兄は、じっと遠くの方を見据えて、いつまでもいつまでも、立ちつくしておりました。その間が、たっぷり一時間はあったように思われます。

　もうすっかり暮れ切って、遠くの玉乗りの花瓦斯《ガス》が、チロチロと美しく輝き出した時分に、兄はハッと目が醒めたように、突然私の腕を掴んで『アア、いいことを思いついた。お前、お頼みだから、この遠眼鏡をさかさにして、大きなガラス玉の方を目に当てて、そこから私を見ておくれでないか。』と、変なことを云い出しました。『なぜです』って尋ねても、『まあいいから、そうしておくれな』と申して聞かないのでございます。一体私は生れつき眼鏡類を、余り好みませんので、遠眼鏡にしろ、顕微鏡にしろ、遠い所の物が、目の前へ飛びついて来たり、小さな虫けらが、けだものみたいに大きくなる、お化けじみた作用が薄気味悪いのですよ。で、兄の秘蔵の遠眼鏡も、あまり覗いたことがなく、覗いたことが少いだけに、余計それが魔性の機械に思われたものです。しかも、日が暮れて人顔もさだかに見えぬ、うすら淋しい観音堂の裏で、遠眼鏡をさかさにして、兄を覗くなんて、気違いじみてもいますれば、薄気味悪くもありましたが、兄がたって頼むものですから、仕方なく云われた通りにして覗いたのですよ。さかさに覗くのですから、二、三間向うに立っている兄の姿が、二尺ぐらいに小さくなって、小さいだけに、ハッキリと、闇の中に浮出して見えるのです。ほかの景色はなにも映らないで、小さくなった兄の洋服姿だけが、眼鏡の真中に、キチンと立っているのです。それが、多分兄があとじさりに歩いて行ったのでしょう。見る見る小さくなって、とうとう一尺ぐらいの、人形みたいな可愛らしい姿になってしまいました。そして、その姿が、ツーッと宙に浮いたかと見ると、アッと思う間に、闇の中へ溶け込んでしまったのでございます。

私は怖くなって、(こんなことを申すと、年甲斐もないと思召しましょうが、その時は、本当にゾッと、怖さが身にしみたものですよ)いきなり眼鏡を離して、『兄さん』と呼んで、兄の見えなくなった方へ走り出しました。ですが、どうしたわけか、いくら探しても探しても兄の姿が見えません。時間から申しても、遠くへ行ったはずはないのに、どこを尋ねても分りません。なんと、あなた、こうして私の兄は、それっきり、この世から姿を消してしまったのでございますよ……それ以来というもの、私は一層遠眼鏡という魔性の器械を恐れるようになりました。ことに、このどこの国の船長とも分らぬ、異人の持物であった遠眼鏡が、特別にいやでして、ほかの眼鏡はしらず、この眼鏡だけは、どんなことがあっても、さかさに見てはならぬ。さかさに覗けば凶事が起ると、固く信じているのでございます。あなたがさっき、これをさかさにお持ちなすった時、私が慌《あわ》ててお止め申した訳がお分りでございましょう。

ところが、長い間探し疲れて、元の覗き屋の前へ戻ってまいった時でした。私はハタとあることに気がついたのです。と申すのは、兄は押絵の娘に恋いこがれたあまり、魔性の遠眼鏡の力を借りて、自分の身体を押絵の娘と同じくらいの大きさに縮めて、ソッと押絵の世界へ忍込んだのではあるまいかということでした。そこで、私はまだ店をかたづけないでいた覗き屋に頼みまして、吉祥寺の場を見せて貰いましたが、なんとあなた、案の定、兄は押絵になって、カンテラの光の中で、吉三の代りに、嬉しそうな顔をして、お七を抱きしめていたではございませんか。

でもね、私は悲しいとは思いませんで、そうして本望を達した、兄の仕合せが、涙の出るほど嬉しかったものですよ。私はその絵をどんなに高くてもよいから、必ず私に譲ってくれと、覗き屋に固い約束をして、(妙なことに、小姓の吉三の代りに洋服姿の兄が坐っているのを、覗き屋は少しも気がつかない様子でした)家へ飛んで帰って、一伍《ぶ》一什《しじゅう》を母に告げましたところ父も母も、なにを云うのだ。お前は気でも違ったのじゃないかと申して、なんと云っても取上げてくれません。おかしいじゃありませんか。ハハハハハハ。」老人は、そこで、さもさも滑稽だと云わぬばかりに笑い出した。そして、変なことには、私もまた、老人に同感して、一緒になって、ゲラゲラと笑ったのである。

「あの人たちは、人間は押絵なんぞになるものじゃないと思い込んでいたのですよ。でも押絵になった証拠には、その後兄の姿が、ふっつりと、この世から見えなくなってしまったじゃありませんか。それをも、あの人たちは、家出したのだなんぞと、まるで見当違いな当て推量をしているのですよ。おかしいですね。結局、私はなんと云われてもかまわず、母にお金をねだって、とうとうその覗き絵を手に入れ、それを持って、箱根から鎌倉の方へ旅をしました。それはね、兄に新婚旅行がさせてやりたかったからですよ。こうして汽車に乗っておりますと、その時のことを思い出してなりません。やっぱり、今日のように、この絵を窓に立てかけて、兄や兄の恋人に、外の景色を見せてやったのですからね。兄はどんなにか仕合せでございましたろう。娘の方でも、兄のこれほどの真心を、どうしていやに思いましょう。二人は本当の新婚者のように、恥かしそうに顔を赤らめながら、お互の肌と肌とを触れ合って、さもむつまじく、尽きぬ睦言を語り合ったものでございますよ。

その後、父は東京の商売をたたみ、富山近くの故郷へ引込みましたので、それにつれて、私もずっとそこに住んでおりますが、あれからもう三十年の余になりますので、久々で兄にも変った東京が見せてやりたいと思いましてね、こうして兄と一緒に旅をしているわけでございますよ。

ところが、あなた、悲しいことには、娘の方は、いくら生きているとは云え、もともと人の拵えたものですから、年をとるということがありませんけれど、兄の方は、押絵になっても、それは無理やりに形を変えたまでで、根が寿命のある人間のことですから、私達と同じように年をとってまいります。御覧下さいまし、二五歳の美少年であった兄が、もうあのように白髪になって、顔には醜い皺が寄ってしまいました。兄の身にとっては、どんなにか悲しいことでございましょう。相手の娘はいつまでも若くて美しいのに、自分ばかりが汚く老い込んで行くのですもの。恐ろしいことです。兄は悲しげな顔をしております。数年以前から、いつもあんな苦しそうな顔をしております。それを思うと、私は兄が気の毒でしようがないのでございますよ。」

老人は黯然《あんぜん》として押絵の中の老人を見やっていたが、やがて、ふと気がついたように、

「アア、飛んだ長話を致しました。しかし、あなたは分って下さいましたでしょうね。ほかの人達のように、私を気違いだとはおっしゃいませんでしょうね。アア、それで私もお話甲斐があったと申すものですよ。どれ、兄さん達もくたびれたでしょう。それに、あなたを前に置いて、あんな話をしましたので、さぞかし恥しがっておいででしょう。では、今やすませて上げますよ。」

と云いながら、押絵の額を、ソッと黒い風呂敷に包むのであった。その刹那、私の気のせいであったか、押絵の人形達の顔が、少しくずれて、ちょっと恥しそうに、唇の隅で、私に挨拶の微笑を送ったように見えたのである。老人はそれきり黙り込んでしまった。私も黙っていた。汽車は相も変らず、ゴトンゴトンと鈍い音を立てて、闇の中を走っていた。

十分ばかりそうしていると、車輪の音がのろくなって、窓の外にチラチラと、二つ三つ灯火が見え、汽車は、どこともしれぬ山間の小駅に停車した。駅員がたった一人、ぽっつりと、プラットフォームに立っているのが見えた。

「ではお先へ、私は一晩ここの親戚へ泊りますので。」

老人は額の包みを抱えてヒョイと立上り、そんな挨拶を残して、車の外へ出て行ったが、窓から見ていると、細長い老人の後姿は（それがなんと押絵の老人そのままの姿であったことか）簡略な柵の所で、駅員に切符を渡したかと見ると、そのまま背後の闇の中へ、溶け込むように消えて行ったのである。

瓶詰の地獄

夢野久作

拝呈、時下益々御清栄、奉慶賀候、陳者、予てより御通達の、潮流研究用と覚しき、赤封蠟付き麦酒瓶、拾得次第届告仕る様、島民一般に申渡置候処、此程、本島南岸に、別小包の如き樹脂封蠟付きの麦酒瓶が三個漂着致し居るを発見、届出申候。右は何れも約半里、乃至、一里余を隔てたる個所に、或は砂に埋もれ、又は岩の隙間に固く挟まれ居りたるものにて、よほど以前に漂着致したるものらしく、中味も、御高示の如き、官製端書とは相見えず、雑記帳の破片様のものらしく候為め、御下命の如き漂着の時日等の記入は不可能と被為存候。然れ共尚何かの御参考と存じ、三個とも封瓶のまま、村費にて御送付申上候間、何卒御落手相願度、此段得貴意候

敬具

月　日

××島村役場㊞

海洋研究所御中

◇第一の瓶の内容

ああ……この離れ島に、救いの舟がとうとう来ました。大きな二本エントツの舟から、ボートが二艘、荒浪の上におろされました。舟の上から、それを見送っている人々の中にまじって、私達のお父さまや、お母さまと思われる、なつかしいお姿が見えます。そうして……ああ……私達の方に向って、白いハンカチを振って下さるのが、ここからよくわかります。

お父さまや、お母さまたちはきっと、私達が一番はじめに出した、ビール瓶の手紙を御覧になって、助けに来て下すったに違いありませぬ。

大きな船から真白い煙が出て、今助けに行くぞ……と言うように、高い高い笛の音が聞こえて来ました。その音がこの小さな島の中の、禽鳥や昆虫を一時に飛び立たせて、遠い海中《わだなか》に消えて行きました。

けれども、それは、私達二人に取って、最後の審判の日の箛《らっぱ》よりも怖ろしい響でございました。私達の前で天と地が裂けて、神様のお眼の光りと、地獄の火焰が一時に閃めき出たように思われました。

ああ、手が慄えて、心が愴惶《あわ》て書かれませぬ。涙で眼が見えなくなります。

私達二人は、今から、あの大きな船の真正面に在る高い崖の上に登って、お父様や、お母様や救いに来て下さる水夫さん達によく見えるように、シッカリと抱き合ったまま、深い淵の中へ身を投げて死にます。そうしたら、いつも、あそこに泳いでいるフカが、間もなく、私達を喰べてしまってくれるでしょう。そうして、あとには、この手紙を詰めたビール瓶が一本浮いているのを、ボートに乗っている人々が見つけて、拾い上げて下さるでしょう。

ああ。お父様。お母様。すみません。すみません、すみません、すみません。私達は、初めから、あなた方の愛子《いとしご》でなかったと思って諦らめて下さいませ。

又、せっかく遠い故郷から、私達二人を、わざわざ助けに来て下すった皆様の御親切に対しても、こんなことをするとは私達二人はホントにホントに済みません。どうぞどうぞお赦し下さい。そうして、お父様と、お母様に懐かれて、人間の世界へ帰る喜びの時が来ると同時に、死んで行かねばならぬ不幸な私達の運命をお矜恤《あわれみ》下さいませ。

私達はこうして私達の肉体と霊魂を罰せねば、犯した罪の報償《つぐない》が出来ないのです。この離れ島の中で、私達二人が犯した、それはそれは恐ろしい悖戻《よこしま》の報責《むくい》なのです。どうぞ、これより以上に懺悔することを、おゆるし下さい。私達二人はフカの餌食になる価打《ねうち》しかない、狂妄《しれもの》だったのですから……。

ああ。さようなら。

神様からも人間からも救われ得ぬ

哀しき二人より

お父様　お母様　皆々様

◇第二の瓶の内容

ああ。隠微《かくれ》たるに鑒《み》たまう神様よ。

この困難から救われる道は、私が死ぬよりほかに、どうしてもないので御座いましょうか。

私達が、神様の足凳《あしだい》と呼んでいる、あの高い崖の上に私がたった一人で登って、いつも二、三匹のフカが遊び泳いでいる、あの底なしの淵の中を、のぞいてみた事は、今までに何度あったかわかりませぬ。そこから今にも身を投げようと思ったことも、いく度であったか知れませぬ。けれどもそのたんびに、あの憐憫《あわれ》なアヤ子の事を思い出しては、霊魂を滅亡《ほろぼ》す深いため息をしいしい、岩の圭角《かど》を降りて来るのでした。私が死にましたならば、あとから、きっと、アヤ子も身を投げるであろうことが、わかり切っているからでした。

*

私と、アヤ子の二人が、あのボートの上で付添いの乳母夫婦や、センチョーサンや、ウンテンシュさん達を波に浚われたまま、この小さな離れ島に漂《なが》れついてから、もう何年になりましょうか。この島は年中夏のようで、クリスマスもお正月も、よくわかりませぬが、もう十年ぐらい過《た》っているように思います。

その時に、私達が持っていたものは、一本のエンピツと、ナイフと、一冊のノートブックと、一個のムシメガネと、水を入れた三本のビール瓶と、小さな新約聖書が一冊と……それだけでした。

けれども、私達は幸福でした。

この小さな緑色に繁茂《しげ》り栄えた島の中には、稀《まれ》に居る大きな蟻のほかに、私達を憂患《わずらわ》す禽獣、昆虫は一匹も居ませんでした。そうして、その時、十一歳であった私と、七ッになったばかりのアヤ子と二人のために、余るほどの豊饒な食物が、みちみちて居りました。キュウカンチョウだの、鸚鵡《おうむ》だの、絵でしか見たことのないゴクラク鳥だの、見たことも聞いたこともない華麗な蝶だのが居りました。おいしいヤシの実だの、パイナプルだの、バナナだの、赤と紫の大きな花だの、香気のいい草だの、または、大きい、小さい鳥の卵だのが、一年中、どこかにありました。鳥や魚なぞは、棒切れでたたくと、何ほどでも取れました。

私達は、そんなものを集めて来ると、ムシメガネで、天日《てんぴ》を枯れ草に取って、流れ木に燃やしつけて焼いて食べました。

そのうちに島の東に在る岬と磐《いわ》の間から、キレイな泉が潮の引いた時だけ湧いているのを見つけましたから、その近くの砂浜の岩の間に、壊れたボートで小舎を作って、柔らかい枯れ草を集めて、アヤ子と二人で寝られるようにしました。それから小舎のすぐ横の岩の横腹を、ボートの古釘で四角に掘って、小さな倉庫みたようなものを作りました。しまいには、外衣《うわぎ》も裏衣《したぎ》も、雨や、風や、岩角に破られてしまって、二人ともホントのヤバン人のように裸体になってしまいましたが、それでも朝と晩には、キット二人で、あの神様の足凳の崖に登って、聖書を読んで、お父様やお母様のためにお祈りをしました。

私達は、それから、お父様とお母様にお手紙を書いて大切なビール瓶の中の一本に入れて、シッカリと樹脂で封じて、二人で何遍も何遍も接吻をしてから海の中に投げ込みました。そのビール瓶は、この島のまわりを環《めぐ》る、潮の流れに連れられて、ズンズンと海中遠く出て行って、二度とこの島に帰って来ませんでした。私達はそれから、誰かが助けに来て下さる目標になるように、神様の足凳の一番高い所へ、長い棒切れを樹《た》てて、いつも何かしら、青い木の葉を吊して置くようにしました。

私達は時々争論《いきかい》をしました。けれどもすぐに和平《なかなおり》をして、学校ゴッコや何かをするのでした。私はよくアヤ子を生徒にして、聖書の言葉や字の書き方を教えてやりました。そうして二人とも、聖書を、神様とも、お父様とも、お母様とも、先生とも思って、ムシメガネや、ビール瓶よりもズット大切にして、岩の穴の一番高い棚の上に上げて置きました。私達は、ホントに幸福で、平安でした。この島は天国のようでした。

*

かような離れ島の中の、たった二人切りの幸福の中に、恐しい悪魔が忍び込んで来ようと、どうして思われましょう。

けれども、それは、ホントウに忍び込んで来たに違いないのでした。

それは何時《いつ》からとも、わかりませんが、月日の経つのにつれて、アヤ子の肉体が、奇蹟のように美しく麗沢《つややか》に育って行くのが、アリアリと私の眼に見えて来ました。ある時は花の精のようにまぶしく、又ある時は悪魔のようになやましく……そうして私はそれを見ていると、何故かわからずに思念《おもい》が曚昧《くら》く、哀しくなって来るのでした。

「お兄さま……」

とアヤ子が叫びながら、何の罪穢《けが》れもない瞳を輝かして、私の肩へ飛びついて来るたんびに、私の胸が今までとはまるで違った気持でワクワクするのが、わかって来ました。そうして、その一度その一度ごとに、私の心は沈淪《ほろび》の患難《なやみ》に付《わた》されるかのように、畏懼《おそ》れ、慄えるのでした。

けれども、そのうちにアヤ子の方も、いつとなく態度がかわって来ました。やはり私と同じように、今までとはまるで違った……もっともっとなつかしい、涙にうるんだ眼で私を見るようになりました。そうして、それにつれて何となく私の身体に触るのが恥かしいような、悲しいような気持ちがするらしく見えて来ました。

二人はちっとも争論をしなくなりました。その代り、何となし憂容《うれいがお》をして、時々ソッと嘆息をするようになりました。それは二人切りでこの離れ島にいるのが、何ともいいようのないくらい、なやましく、嬉しく、淋しくなって来たからでした。それればかりでなく、お互いに顔を見合っているうちに、眼の前が見る見る死陰のように暗くなって来ます。そうして神様のお啓示《しめし》か、悪魔の戯弄《からかい》かわからないままに、ドキンと、胸が轟くと一緒にハッと吾に返るような事が、一日のうちに何度となくあるようになりました。二人は互いに、こうした二人の心をハッキリと知り合っていながら、神様の責罰《いましめ》を恐れて、口に出し得ずに居るのでした。万一《もし》、そんなことをし出かしたアトで、救いの舟が来たらどうしよう……という心配に打たれていることが、何にもいわないまんまに、二人同士の心によくわかっているのでした。

けれども、ある静かに晴れ渡った午後の事、ウミガメの卵を焼いて食べたあとで、二人が砂原に足を投げ出して、はるかの海の上を辷《すべ》って行く白い雲を見つめているうちにアヤ子はフイと、こんなことをいい出しました。

「ネエ。お兄様。あたし達二人のうち一人が、もし病気になって死んだら、あとは、どうしたらいいでしょうネエ」

そういううちにアヤ子は、面《かお》を真赤にしてうつむきまして、涙をホロホロと焼け砂の上に落しながら、何ともいえない悲しい笑い顔をして見せました。

＊

その時に私が、どんな顔をしたか、私は知りませぬ。ただ死ぬ程息苦しくなって、張り裂けるほど胸が轟いて、唖のように何の返事もし得ないまま立ち上りますと、ソロソロとアヤ子から離れて行きました。そうしてあの神様の足凳の上に来て、頭を掻き毟《むし》り掻き毟りひれ伏しました。

「ああ。天にましますす神様よ。アヤ子は何も知りませぬ。ですから、あんな事を私にいったのです。どうぞ、あの処女《むすめ》を罰しないで下さい。そうして、いつまでもいつまでも清浄にお守り下さいませ。そうして私も……。

ああ。けれども……けれども……ああ。神様よ。私はどうしたら、いいのでしょう。どうしたらこの患難《なやみ》から救われるのでしょう。私が生きて居りますのは、アヤ子のためにこの上もない罪悪《つみ》です。けれども私が死にましたならば、尚更深い、悲しみと、苦しみをアヤ子に与えることになります。ああ、どうしたらいいでしょう私は……。

おお、神様よ……。

私の髪毛は砂にまみれ、私の腹は岩に押しつけられて居ります。もし私の死にたいお願いが聖意《みこころ》にかないましたならば、ただ今すぐに私の生命を、燃ゆる閃電《いなづま》にお付《わた》し下さいませ。ああ、隠微《かくれ》たるに鑒《み》給う神様よ。どうぞどうぞ聖名《みな》を崇《あが》めさせ給え。み体徴《しるし》を地上にあらわし給え……」

けれども神様は、何のお示しもなさいませんでした。藍色の空には、白く光る雲が、糸のように流れているばかり……崖の下には、真青く、真白く渦巻きどよめく波の間を、遊び戯れているフカの尻尾やヒレが、時々ヒラヒラと見えているだけです。

その青澄んだ、底無しの深淵を、いつまでもいつまでも見つめているうちに、私の目は、いつになくグルグルと、眩暈《くる》めき始めました。思わずヨロヨロとよろめいて、漂い砕ける波の泡の中に落ち込みそうになりましたが、やっとの思いで崖の端に踏み止まりました。……と思う間もなく私は崖の上の一番高い処まで一跳びに引き返しました。その絶頂に立って居りました棒切れと、その尖端に結びつけてあるヤシの枯れ葉を、一思いに引きたおして、眼の下はるかの淵に投げ込んでしまいました。

「もう大丈夫だ。こうして置けば、救いの船が来ても通り過ぎて行くだろう」

こう考えて、何かしらゲラゲラと嘲り笑いながら、残狼《おおかみ》のように崖を駈け降りて、小舎の中へ駈け込みますと、詩篇の処を開いてあった聖書を取り上げて、ウミガメの卵を焼いた火の残りの上に載せ、上から枯れ草を投げかけて焔を吹き立てました。そうして声のある限り、アヤ子の名を呼びながら、砂浜の方へ駈け出して、そこいらを見まわしました……が……。

見るとアヤ子は、はるかに海の中に突き出ている岬の大磐の上に跪《ひざまず》いて、大空を仰ぎながらお祈りをしているようです。

＊

私は二足、三足うしろへ、よろめきました。荒浪に取り巻かれた紫色の大磐の上に、夕日を受けて血のように輝いている処女の背中の神々しさ……。

ズンズンと潮が高まって来て、膝の下の海藻を洗い漂わしているのも気づかずに、黄金色の滝浪を浴びながら一心に祈っている、その姿の崇高さ……まぶしさ……。

　私は身体を石のように固《こわ》ばらせながら、暫くの間、ボンヤリと眼をみはって居りました。けれども、そのうちにフイッと、そうしているアヤ子の決心がわかりますと、私はハッとして飛び上りました。夢中になって馳け出して、貝殻ばかりの岩の上を、傷だらけになって辷《すべ》りながら、岬の大磐の上に這い上りました。キチガイのように暴れ狂い、哭《な》き喚ぶアヤ子を、両腕にシッカリと抱えて身体中血だらけになって、やっとの思いで、小舎の処へ帰って来ました。

　けれども私達の小舎は、もうそこにはありませんでした。聖書や枯草と一緒に、白い煙となって、青空のはるか向うに消え失せてしまっているのでした。

*

　それから後の私達二人は、肉体も霊魂も、ホントウの幽暗に逐い出されて、夜となく昼となく哀哭《かなし》み、切歯《はがみ》しなければならなくなりました。そうしてお互いに相抱き、慰さめ、励まし、祈り、悲しみ合うことはおろか、同じ処に寝る事さえも出来ない気もちになってしまったのでした。

　それは、おおかた、私が聖書を焼いた罰なのでしょう。

　夜になると星の光りや、浪の音や、虫の声や、風の葉ずれや、木の実の落ちる音が、一ッ一ッに聖書の言葉を囁きながら、私達二人を取り巻いて、一歩一歩と近づいて来るように思われるのでした。そうして、身動き一つ出来ず、微睡《まどろ》むことも出来ないままに、離れ離れになって悶えている私達二人の心を、窺視《うかがい》に来るかのように物怖ろしいのでした。

こうして長い長い夜が明けますと、今度は同じように長い長い昼が来ます。そうするとこの島の中に照る太陽も、唄う鸚鵡も、舞う極楽鳥も、玉虫も、蛾も、ヤシも、パイナプルも、花の色も、草の芳香も、海も、雲も、風も、虹も、みんなアヤ子の、まぶしい姿や、息苦しい肌の香とゴッチャになって、グルグルグルグルと渦巻き輝やきながら、四方八方から私を包み殺そうとして、襲いかかって来るように思われるのです。その中から、私とおんなじ苦しみに囚われているアヤ子の、なやましい瞳が、神様のような悲しみと悪魔のようなホホエミを別々に籠めて、いつまでもいつまでも私を、ジィッと見つめているのです。

＊

鉛筆がなくなりかけていますから、もうあまり長く書かれません。

私はこれだけの虐遇と迫害に会いながら、なおも神様の禁責を恐れている私達のまごころをこの瓶に封じこめて、海に投げ込もうと思っているのです。

明日にも悪魔の誘惑に負けるような事がありませぬうちに……。せめて二人の肉体だけでも清浄で居りますうちに……。

ああ神様……私達二人は、こんな苛責に会いながら、病気一つせずに、日に増し丸々と肥って、康強《すこやか》に、美しく育って行くのです。この島の清らかな風と、水と、豊穣な食物と、美しい、楽しい、花と鳥とに護られて……。

ああ。何という恐ろしい責め苦でしょう。この美しい、楽しい島はもうスッカリ地獄です。

神様。神様。

あなたはなぜ私達二人を、一思いに虐殺《ころ》して下さらないのですか……。

——太郎記す……

◇第三の瓶の内容

オ父サマ、オ母サマ。ボクタチ兄ダイハ、ナカヨク、タッシャニ、コノシマニ、クラシテイマス。ハヤク、タスケニ、キテクダサイ。

市　川　太　郎

イチカワアヤコ

白蟻

小栗虫太郎

序、騎西一家の流刑地

秩父町から志賀坂峠を越えて、上州神ヶ原の宿に出ると、街を貫いて、埃《ほこ》りっぽい赤土道が流れている。それが、二子山麓の万場《ばんば》を発している十石街道であって、その道は、しばしの間を蜿々《えんえん》とくねりながら、高原を這い上って行く。そして、やがては十石峠を分水嶺に、上信の国境を越えて行くのだ。所が、その峠を下り切った所は、右手の緩斜から前方にかけ、広大な地峡をなしていて、そこは見渡す限りの荒蕪地《こうぶち》だったが、その辺をよく注意してみると、峠の裾寄りのところに、僅かそれと見える一条の小径《こみち》が岐《わか》れていた。

その小径は、毛茛《きんぽうげ》や釣鐘草や簪草《かんざしぐさ》などのひ弱い夏花や、鋭い棘のある淫羊藿《いかりそう》、空木《うつぎ》などの丈低い草木で覆われていて、その入口でさえも、密生している叢《くさむら》のような暗さだった。従って、何処をどう透し見ても、土の表面は容易に発見されず、たとい見えても、そこは濃い黝《くろず》んだ緑色をしていて、その湿った土が、熱気と地いきれとでもって湧き立ち、ドロリとした、液のような感じを眼に流し入れて来る。けれども、そのように見える土の流れは、ものの三尺と行かぬ間に、はや波のような下生《したば》えの中に没し去ってしまう。が、その前方――半里四方にも及ぶなだらかな緩斜は、それはまたとない、草木だけの世界だった。そこからは、熟れいきれ切った、まったく堪らない生気が発散していて、その瘴気《しょうき》のようなものが、草原の上層一帯を覆い尽し、そこを匂いの幕のように鎖《くさ》していた。然《しか》し此処《ここ》に何よりまして奇異《ふしぎ》なのは、そこ一帯の風物から、何とも云えぬ異様な色彩が眼を打って来る事だった。それが、あの真夏の飽和――燃えさかるような緑でない事は明らかであるが、さりとてまた、雑色でも混淆《こんこう》でもなく、一種病的な色彩と云うの外《ほか》になかった。却《かえ》ってそれは、心を冷たく打ち挫《ひし》ぎ、まるで枯れ尽した菅《すげ》か、荒壁を思わす朽樹の肌でも見るかのような、妙にうら淋れた――まったく見ていると、その暗い情感が、犇《ひし》と心にのしかかって来るのだった。

云うまでもなく、それには原因があって、この地峡も、過去に於いては何遍か興亡を繰返し、幾つかの血腥《ちなまぐさ》い記録を持っていたからであり、また一つには、そこを弾左谿《だんざだに》と呼ぶ地名の出所でもあった。天文六年八月に、対岸の小法師岳《こぼうしだけ》に砦を築いていた淵上《ふちがみ》武士の頭領西東蔵人《さいとうくらんど》尚海が、予《かね》てより人質酬《むく》いが因《もと》で反目し合っていた、日貴弾左衛門珍《へきだんざえもんちん》政《せい》のために攻め滅ぼされ、その時家中の老若婦女子を始めに、町家の者共まで加えた千人にも及ぶ人数が、この緩斜に引出されて斬首にされてしまった。そして弾左衛門は、その屍《しかばね》を数段に積み重ね、地下深くに埋めたのだった。所が、その後明暦三年になると、この地峡に地辷《じすべ》りが起って、とうにその時は土化してしまっている、屍の層が露き出しにされた。そうすると、腐朽し切った屍の中に根を張り始めたせいか、そこに生える草木には、異常な生長が現われて来て、やがてはその烈《はげ》しい生気が、旧《ふる》い地峡の死気を貪り尽してしまったのである。そうして、いまでもその巨人化と密生とは、昔日に異ならなかった。相変らず、その薄気味悪い肥土を啜《すす》り取っていて、高く懸け垂れている一本の幹があれば、それには、別の茎が何本となく纏《まと》わり抱き合い、その空隙《あいだ》をまた、葉や巻鬚が、隙間なく層をなして重なり合っているのだ。が、そうしているうちには、吸盤が触れ合い、茎棘が刺し交《かわ》されてしまうので、その形相凄《すさま》じい噛み合いの歯音は、やがて音のない夢幻となって、いつか知らず色の中に滲み出て来るのだった。

わけても、鬼猪殃々《おにやえもぐら》のような武装の固い兇暴な植物は、ひ弱い他の草木の滴《しずく》までも啜り取ってしまうので、自然茎の節々が、次第に瘤《こぶ》か腫物《はれもの》のように張り膨らんで来て、妙に寄生的にも見える、薄気味悪い変容を所々見せたりして、すくすくと巨人のような生長をしているのだった。従って、鬼猪殃々は妙に中毒的な、ドス黒く灰ばんだ、まるで病んだような色をしていた。しかも、長くひょろひょろした頸《くび》を空高くに差し伸べていて、それがまた、上層で絡み合い撚《よ》り合っているので、自然柵とも格檣《かくしょう》ともつかぬ、櫓《やぐら》のようなものが出来てしまい、それがこの広大な地域を、砦のように固めているのだった。また、その小暗い下蔭には、ひ弱い草木共が、数知れずいぎたなく打ち倒されている。

おまけに、澱み切った新鮮でない熱気に蒸し立てられるので、花粉は腐り、葉や幹は朽ち液化して行って、当然そこから発酵して来るものには、小動物や昆虫などの、糞汁の臭いも入り混って、一種堪え難い毒気となって襲って来るのだった。それは、鳥渡《ちょっと》臭素に似た匂いであって、それには人間でさえも咽喉を害し、睡眠を妨げられるばかりでなく、次第に視力さえも薄れて来るのだから、自然そうした瘴気に抵抗力の強い、大形な黄金虫《こがねむし》ややすでやむかで、或は、好んで不健康な湿地ばかりを好む猛悪な爬虫以外のものは、一切おしなべてその区域では生存を拒まれているのだった。

まことに、そこ一帯の高原は、原野と云うものの精気と荒廃の気とが、一つの鬼形《きぎょう》を凝《こ》りなしていて、世にもまさしく奇異《ふしぎ》な一つに相違なかった。然し、その情景をかくも執拗に記し続ける作者の意図と云うのは、決して、いつもながらの饒舌癖からばかり発しているのではない。作者はこの一篇の主題に対して、本文に入らぬまえ、一つの転換《メタモル》変容《フォーズ》を掲げて置きたいのである。と云うのは、もし人間と物質との同一化が行われるものとして、人間がまず草木に、その欲望と情熱とを托したとしよう。そうすれば、当然草木の呻吟《しんぎん》と揺動とはその人のものとなって、遂に、人は草木である――と云う結論に達してしまうのではないだろうか。更に、その原野の標章と云えば、すぐさま、糧にしている刑屍体の腐肉が想い出されるけれども、そのために草木の髄の中では、何か細胞を異にしている、異様な個体が成長しているのではないかとも考えられて来る。そして、一度憶えた甘味の舌触りが、恐らくあの烈しい生気と化していて、その靡《な》びくところは、仮令《たとい》どのような生物でも圧し竦《すく》められねばならないとすると、現在緩斜の底に棲む騎西《きさい》一家の悲運と敗惨とは、たしかに、人と植物の立場が転倒しているからであろう。いや、ただ単に、その人達を喚起するばかりではなかった。わけても、その原野の正確な擬人化と云うのが、鬼猪殃々《おにやえもぐら》の奇態を極めた生活の中にあった。

あの鬼草は、逞《たく》ましい意慾に充ち満ちていて、それは流石《さすが》に、草原の王者と云うに適《ふさ》わしいばかりでなく、その力もまた衰えを知らず、何時《いつ》かな飽く事のない、兇暴一図《いちず》なのであった。が、此処《ここ》に不思議な事と云うのは、それに意志の力が高まり欲求が漲《みなぎ》って来ると、却《かえ》って貌《かたち》の上では、変容が現われて行くのである。そして不断に物懶《ものう》いガサガサした音を発していて、その皮には、幾条《すじ》かの思案気な皺《しわ》が刻まれて行き、次第に呻《うめ》き悩みながら、あの鬼草は畸形化されてしまうのであった。

明らかに、それは一種の病的変化であろう。また、そのような植物妖異の世界が、この世の何処に有り得ようと思われるだろうが、然《しか》し、騎西滝人《きさいたきと》の心理に影像を作ってみれば、その二つがピタリと、鏡像のように符合してしまうのである。まったく、その照応の神秘には、頭脳が分析する余裕などは到底なく、ただただ怖れとも駭《おど》きともつかぬ、異様な情緒を覚えるばかりであった。けれども、それがこの一篇では、決して白蟻の歯音を形象化しているのではない。たしかに、特異な色彩とは云えるけれども、然し土台の底深くに潜んでいて、そこを蜂窩《はちす》のように蝕《むしば》み歩き、やがては思いもつかぬ、自壊作用を起させようとするあの悪虫の力は、恐らく真昼よりも黄昏《たそがれ》——色彩よりも、色合い《ニュアンス》の怖ろしさではないだろうか。

然し、作者は此処で筆を換えて、騎西一家とこの地峡に関する概述的な記述を急ぎ、この序篇を終りたいと思う。事実、晩春から仲秋にかけては、その原野の奥が孤島に等しかった。その期間中には、一つしかない小径が隙間なく塞がれてしまうので、交通などは真実思いも依《よ》らず、ただただ見渡す限りを、陰々たる焔が包んでしまうのだ。然し、もう一段眺望を高めると、その沈んだ色彩の周縁《ぐるり》が、コロナのような輝きを帯びていて、そこから視野のあらん限りを、明るい緑が涯《はて》しもなく押し拡がって行く。地峡は、草原の前方辺りで、小法師岳の裾を馬蹄形《かなぐつ》に迂廻して行き、やがては南佐久の高原中に消えてしまうのであるが、その小法師岳は数段の樹相をなしていて、中腹近くには鬱蒼と生い繁った樅林《もみ》があり、また樹立の間には小沼があって、キラキラ光る面が絶《き》れ切れに点綴《てんてつ》されているのだ。そして、そこから一段下った全くの底には、黒い扁平《ひらた》い、積木を幾つも重ねたように、見える建物があった。

それは、一山支配《ひとやましなべ》当時の遺物で、郷土館であったが、中央に高い望楼のある母屋を置いて、小さな五つ余りの棟がそれを取り囲み、更にその一劃《いっかく》を白壁の土塀が繞《めぐ》っていた。だがもし、その情景を、烈々たる陽盛りの下に眺めたとすれば、水面から揺ぎ上って来る眩ゆいばかりの晃耀《こうよう》が、その一団の建物を、陽炎《かげろう》のように包んでしまい、全くそこには、遠近高低の測度が失われて、土も草も静かな水のように見える。また建物はその上で揺ぎ動いている、美しい船体としか思われなくなってしまうのだった。そうして、現在そこには、騎西一家が棲んでいる――と云うよりも、代々馬霊教《ばれいきょう》を以《もっ》て鳴るこの南信の名族にとれば、寧《むし》ろ悲惨を極めた、流刑地と云うの外《ほか》になかったのである。

所で、騎西一家を説明するためには、是非にも馬霊教の縁起を記さなければならない。その発端を、文政十一年十月に発していて、当時は騎西家の二十七代――それまで代を重ねての、一族婚が災いしたのであろうか、その怖ろしい果実が、当主の熊次郎に至り始めて結ばれた。それが、今日の神経病学で云う、所謂《いわゆる》幻覚性偏執症だったが、偶然にもその月、彼の幻覚が現実と符合してしまった。そして、夢中云うところの場所を掘ってみると、果してそこには、馬の屍体が埋められてあった。と云うのが、一種の透視的な驚異を帯びて来て、それから村里から村里の間を伝わり、やがて江戸までも席捲してしまったと云うのが、抑《そもそも》の始まりである。その事は「馬《ば》死《し》霊祓《れいはらい》柱之《はしらの》珂《あ》玲《か》霊祝詞《れいののりと》」の首文とまでなっていて、「淵上村神野《ふちがみむらかみの》毛馬埋有上爾《げにうまうずめありて》雨之《あめの》夜々《よよ》陰火之《いんかの》立昇依而《たちのぼるによって》文政《ぶんせい》十一年十月十四日騎西《きさい》熊次郎《くまじろう》依願祭之《ねがいによってこれをまつる》」と云う以上の一文に依っても明らかであるが、更にその祝詞《のりと》に、馬の死霊に神格までも附けて、五瀬霊神と呼ぶ、異様な顛神に化してしまったのである。

然し、その布教の本体はと云えば、いつもながら、淫祠《いんし》邪教には附きものの催眠宗教であって、わけても、当局の指弾をうけた点と云うのが、一つあった。それは、信者の催眠中、癩《らい》に似た感覚を暗示する事で、それがために、白羽の矢を立てられた信者は、身も世もあらぬ恐怖に駆られるが、そこが、教主くらの悪狡《わるがしこ》い附け目だった。彼女は得たりとばかりに、不可解至極な因果論を説き出して、なおそれに附け加え、霊神より離れぬ限りは永劫発病の懼《おそ》れなし——と宣言するのである。けれども、もともと根も葉もない病の事とて、どう間違っても発病の憂いはないのであるから、当然そう云った詭計が信者の狂信を煽《あお》り立てて、馬霊教の声望はいやが上にも高められて行った。所が、その矢先、当局の弾圧が下ったのである。そして、遂に二年前の昭和×年六月九日に、当時復活した所払いを、いの一番に適用されたので、止むなく騎西一家は東京を捨て、生地の弾左谿《だんざだに》に帰還しなければならなくなってしまった。

その夜、板橋を始めにして、とりとめ難い物の響が、中仙道の宿々を駭《おどろ》かしながら伝わって行った。その響は雷鳴のようでもあり、行進の足踏みのようにも思えたけれども、この真黒な一団が眼前に現われたとき、不意に狂わし気な旋律を持った、神楽《かぐら》歌が唱い出され、それがもの恐ろしくも鳴り渡って行った。老い皺張った教主のくらを先頭にして、長男の十四郎、その側《かたわ》らに、妙な籠のようなものを背負った妻の滝人、次男である白痴の喜惣《きそう》、妹娘の時江——と以上の五人を中心に取り囲み、更にその周囲《ぐるり》を、真黒な密集が蠢《うごめ》いていたのである。その千にも余る跣足《はだし》の信者共は、口を真黒に開いていて、互の頸《くび》に腕をかけ、肩と肩とを組み、熱意に燃えて変貌したような顔をしていたが、その不思議な行進には佩剣《はいけん》の響も伴っていて、一角が崩されると、その人達は尚一層激昂して蒼白くなるが、やがてそうしているうちに、最初は一つだった集団が、幾つにも、水銀の玉のように分れて行くのだった。然し、信者の群は、尚も闇の中から、むくむく湧き出して来るのだったけれども、それが深谷《ふかや》辺りになると、大半が切り崩されてしまい、既に神ヶ原では、五人の周囲に人影もなかった。

斯《か》くして、一種の悲壮美が、怪教馬霊教の終焉《しゅうえん》を飾ったのだったが、その五人の一族は、それぞれに特異な宿命を背負っていた。それればかりでなく、とうに四年前──滝人が稚市《ちごいち》を生み落して以来と云うものは、一族の誰もかもが、已れの血に怖ろしい疑惑を抱くようになって来て、やがては肉も骨も溶け去ってしまうだろうと──まったく聴いてさえも慄然《ぞっ》とするような、或る悪疫の懼《おそ》れを抱くようになってしまった。そうして、そのしぶとい相剋が、地峡の云い知れぬ荒廃と寂寥の気に触れたとすれば、当然いつかは、狂気とも衝動ともなりそうな、妙に底からひたぶりに揺り上げるようなものが溜って来た。事実騎西一家は、最初滝人が背負って来た、籠の中の生物のために打ち挫《ひし》がれ、続いてその残骸を、最後の一滴までも弾左谿が呑み尽してしまったのである。

扨《さ》て、騎西家の人達は、そのようにして文明から截ち切られ、それから二年余りも、今日まで隠遁を破ろうとはしなかった。が、そうしているうちに、この地峡の中も、次第に所謂《いわゆる》別世界と化して行って、いつとなく、奇怪な生活が営まれるようになった。所が、その異常さと云うのがまた、眼に見えて、斯《こ》うと指摘出来るような所にはなかったのである。現に、その谿間《たにま》に移ってからと云うものは、騎西家の人達は見違えるほど野性的になってしまって、体軀《からだ》のいろいろな角が、ずんぐりと節くれ立って来て、皮膚の色にも、既に払い了《おお》せぬ土の香りが滲み込んでいた。わけても、男達の逞《たくま》しさには、その頸筋を見ただけで、もう侵し難い山の気に触れた心持がして来る。それ程、その二人の男には密林の形容が具《そな》わって来て、朴訥《ぼくとつ》な信心深い杣人《そまびと》のような偉観が、既に動かし難いものとなってしまった。

従って、異常とか病的傾向とか云うような――それらしいものは、そこに何一つ見出されないのが当然である。が、そうかと云って、その人達の異様な鈍さを見るにつけても、またそこには、何か不思議な干渉が、行われているのではないかとも考えられて来るのだ。事実、人間の精神生活を朽ちさせたり、官能の世界までも、蝕《むしば》み喰《くら》い尽くそうとする力の怖ろしさは、決して悪臭を慕ったり、自分自ら植付けた、病根に酔いしれると云った――あの伊達《だて》姿にはないのである。いや寧《むし》ろ、そのような反抗や感性などを、根こそぎ奪われてしまっている世界があるとすれば、却《かえ》ってその方に、真実の闇があるのではないだろうか。それは正に、人間退化の極みである。或は、孤島の中にもあろうし、極地に近い辺土にも――そこに棲む人達さえあれば、必ず捉まえてしまうであろう。けれども、そういった、何時《いつ》尽きるか判らない孤独でさえも、人間の身内の中で意慾の力が燃えさかり、生存の前途に、尚何等かの、希望が残っているうちだけは左程《さほど》でないけれども、やがて、そう云ったものが薄らぎ消えて来ると、そろそろ自然の触手が伸べられ来て、次第に人間と取って代ってしまう。そこで、自然は俳優となり、人間は背景に過ぎなくなって、遂に、動かない荘厳そのものが人間になってしまうと、例えば虹を見ても、その眼醒めるような生々した感情が、却って自然の中から微笑まれて来るのである。然し、そのような世界は、事実有り得べくもないと思われるであろうが、また、この広大な地上を考えると、何処《どこ》かに存在していないとも限らないのである。現に、騎西家の人達は、その奇異《ふしぎ》な掟《おきて》の囚虜《とりこ》となって、いっかな涯《はて》しない、孤独と懶惰《らんだ》の中で朽ち行こうとしていたのであった。

そこで、その人達の生活の中で、如何に自然の力が正確に刻まれているかを云えば……。前夜の睡眠中に捲かれて置いた弾条《ぜんまい》が、毎朝一分も違《たが》わぬ時刻に——眼醒めると動き出して、何時には、貫木《たるき》の下から仏間の入口にかけて二回往復し、それから四分ほど過ぎると、土間の右から数えて五番目の踏板から下に降りて、そこの土の窪みだけを踏み、揚戸《あげど》を開きに行くと云った具合に……。日夜かっきりと、同じ時刻に同じ動作が反覆されて行くのであるから、いつとなく頭の中の曲柄《クランク》や聯動機《ギヤ》が仕事を止めてしまって、今では、大きな惰性で動いているとしか思えないのである。全く、その人達の生理の中には、既に動かし得ない毒素の層が出来てしまって、最初のうちこそ、何かの驚きや拍子外れのものや、またそうなっても、自分だけは決して驚かされまいとする——一種の韜晦味《とうかいみ》などを求めていたけれども、次第にそう云った期待が望み薄くなるにつれて、もう今日此の頃では、全く異様なものに変形されてしまった。

然し、そうなると、時折ふと眼が醒めたように、神経が鋭くなる時期が訪れて来る。その時になると、あの荒涼とした物の輝き一つない倦怠《けだるさ》の中から、妙に音のような、何となく鎖が引き摺《ず》られて行くのに似た、響が聞えて来て、しかも、それが今にも、皮質をぐるぐる捲き付けて、動けなくでもしてしまいそうな、何かしら一つの、怖ろしい節《リト》奏《ムス》があるように思われるのだった。それが、彼等を戦《おのの》かせ、狂気に近い怖れを与えて、ひたすらその攻撃に、捉えられまいと努めるようになった。そこで、日常の談話の中でも、口にする文章の句切りを測ってみたり、同じ歩むにしても、それに花文字や傾斜体《イタリ》文字《ツク》でも感じているのではないかと思われるような、一足一足、雛卵の中を歩むような足取りをしたりなどして、ひたすら無慈悲な単調の中からあがき抜けようとしていた。そうして、それに縋《すが》り付いて、無理にも一つの偏執を作らなかったならば、何ら考え事もない、仕事もなく眼も使わない日々の生活には、あの滅入って来るような、音のない節奏《リトムス》の世界を、身辺から遠ざける工夫とて外《ほか》になかったのである。

けれども、そうしている傍《かたわ》ら、彼等の情緒からも感情からも、次第と固有の動きが失せて来て、終いには気象の変化や風物の形容などに、規則正しく動かされるようになってしまった。わけても、そう云う傾向が、妹娘の時江に著しかった。彼女は、自然を玩具《ジュウジュウ》の世界にして、その幻の中でのみ生きている女だった。それで、空気が暖か過ぎても冷た過ぎても、濃過ぎても薄過ぎても病気になり……、例えば黄昏《たそがれ》時だが、始めのリラ色から紅に移って行く際に、夕陽のコロナに煽《あお》られている、周囲《ぐるり》の団子雲を見ていると、いつとなく（私は揺する、感じる、私は揺する）の、甘い詩の橙《オレンジ》が思い出されて来て、心に明るい燦爛《ブントハイト》が輝くのだ。けれども、やがて暗い黄に移り、雲が魚のような形で、南の方に棚引出すと、時江はその方角から、不図《ふと》遣瀬《やるせ》ない郷愁を感じて、心が暗く打沈んでしまうのだった。また朽樹の洞《ほら》の蛞蝓《なめくじ》を見ては、はっと顔を染めるような性慾感を覚えたり、時としては、一面にしばが生えた円い丘に陽の当る具合に依《よ》っては、その複雑な陰影が、彼女の眼に幻影の市街を現わす事などもあるが、わけても樹の葉の形には、寧《むし》ろ病的と云えるほどに、鋭敏な感覚を持っていた。然し、松風草の葉のようなものは、恰度《ちょうど》心臓を逆さにして、またその二股になった所が、指みたいな形で左右に分れている。所が、それを見ると、時江はハッと顔色を変えて、激しい呼吸を始め、その場に立ち竦《すく》んでしまうのであるが、それには、どんなに固く眼を瞑《つむ》り、頭の中にもみ込んでしまおうとしても、結局その悪夢のような恐怖だけは、どうにも払いようがなくなってしまうのだった。と云うのは、それが稚市の形であって、それには歴然とした、畸形癩の瘢痕《はんこん》がとどめられていたからである。

長男の十四郎と滝人との間に生れた稚市は、恰度数え年で五つになるが、その子は生れながらに眼を外けさせるような、醜悪なものを具えていた。しかも、分娩と同時に死に、標本だけのものならともかく、現在生きているのだから、一目見ただけで、全身に粟粒のような鳥肌が立って来る。然し、顔は極めて美しく、到底現在の十四郎が、父であると思われぬ程だが、奇態な事は、大きな才槌《さいづち》頭が顔の方につれて盛上って行き、額にかけて、そこが庇髪《ひさしがみ》のようなお凸《でこ》になっていた。おまけに、金仏《かなぶつ》光りに禿《はげ》上っていて、細長い虫のような皺が、二つ三つ這っているのだが、後頭《うしろ》部の僅かな部分だけには、嫋々《なよなよ》とした、生毛《うぶげ》みたいなものが残されている。事実まったく、その対照には耐らぬ薄気味悪さがあって、ちょっと薄汚れた因果絵でも見るかのような、何か酷《むご》たらしい罪業でも、底の底に動いているのではないかと云う気がするのだった。なお、皮膚の色にも、遠眼だと、瘢痕か結節としか見えない鉛色の斑点が、無数に浮上っているのだけれども、稚市の持つ最大の妖気は、むしろ四肢の指先にあった。既に、眼がそこに及んでしまうと、それまでの妖怪めいた夢幻的なものが、一斉に掻き消えてしまって、まるで内臓の分泌を、その滓《かす》までも絞り抜いてでもしまいそうな、恐らく現実の醜さとして、それが極端であろうと思われるようなものが、そこにあった。稚市の両手は、恰度孫の手と云った形で、左右共に、二つ目の関節から上が欠け落ちていて、拇指《おやゆび》などは、寧ろ肉瘤と云った方が適《ふさ》わしい位である。それから下肢になると、右足は拇指だけを残して、他の四本ともペッタリ潰れたような形になっていて、そこは、肉色の繃帯《ほうたい》を万遍なく捲き付けたように見える。が、左足はより以上醜怪《グロテスク》だった。と云うのは、これも拇指だけがズバ抜けて大きいのだが、わけても気味悪い事には、先へ行くにつれて、耳のような形に曲り始め、しかもその端が、外輪《そとわ》に反《そ》り返っているのだ。また、他の四本も、中指には殆んど痕跡さえもなく、残りの三本も萎《な》えしなびていて、そこには椎の実が三つ――いや更に、それを細長くしたようなものが、固まっているに過ぎない。従って、全体の形が、何かの冠か、片輪鰭《びれ》みたいに思われるのである。そして、四肢のどこにも、その部分だけがいやに銅光りをしていて、妙に汚いながらも触りたくなるような、襞《ひだ》や段だらに覆われていた。のみならず、この奇怪な変形児は、全くの唖であるばかりか、智能の点でも、母の識別がつかないと云うのだから、恐らくは生物としては、この上もなく下等な存在であろう。事実稚市には、僅かに見、喰うだけの、意識しか与えられていなかったのである。

従って稚市が、この世で始めての呼吸《いき》を吐くと、その息吹と同時に、一家の心臓が摑み上げられてしまったのだ。云うまでもなく、その原因は四肢《てあし》の変形にあって、しかも形は、疑うべくもない癩潰瘍《らいかいよう》だった。現に、仏医ショアベーの名著「暖国の疾病《しっぺい》」を繰ってみれば判る通りで、それにある畸形癩の標本を、一々稚市と対照して行けば、やがて幾つか、符合したものが見出されるに相違ない。おまけに、両脚がガニ股のまま強直していて、この変形児は、てっきり置燈籠《おきどうろう》（）とでも云えば、似つかわしげな形で這い歩いているのだった。だが、そうなると稚市の誕生には、また鳥渡《ちょっと》、因果噺めいた臆測がされて来て、或は、根もない恐怖に虐げられていた、信徒達の酬《むく》いではあるまいかとも考えられて来る。が、そうしているうちに、その迷信めいた考えを払うに足るものが、古い文書の中から発見された。それは、くらの夫——即《すなわ》ち先代の近四郎が、草津在の癩村に祈禱のため赴いたと云う事実である。するとそれからは、たとえそれが、遺伝性であろうと伝染性であろうと、また胎中発病が、有り得ようが有り得まいが、もうそんな病理論などは、物の数ではなくなってしまって、はや騎西家の人達は、自分達の身体に腐爛の臭いを気にするようになって来た。そして明け暮れ、己れの手足ばかりを眺めながら、惨《いた》ましい絶望の中で生き続けていたのである。

所が、斯《こ》うした中にも、恐怖には聊《いささ》かも染まらないばかりでなく、寧ろそれを嘲り返している、不思議な一人があった。それが、十四郎の妻の滝人である。彼女は、一種奇蹟的な力強さでもって、あの悪病の兆《きざし》にもめげず、絶えず去勢しようと狙って来る、自然力とも壮烈に闘っていて、依然害《そこな》われぬ理性の力を保ち続けていた。それには、何か異常な原因がなくてはならぬであろう。事実滝人には、一つの大きな疑惑があって、それには、彼女が一生を賭《と》してまでもと思い、片時も忘れ去る事のない、ひたむきな偏執が注がれていた。そして、絶えずその神秘の中に、分け入って行くような蠱惑《こわく》を感じていて、その一片でも征服する毎に、いつも勝ち誇ったような、気持になるのが常であった。然し、その疑惑の渦が、次第と拡がるにつれて、やがては、悪病も孤独も寂寥《せきりょう》も——何もかも、この地峡に於ける一切のものが、妙に不安定な、一つの空気を作り上げてしまうのだった。

一、二つの変貌と人瘤

八月十六日——その日は、早朝からこの地峡の上層を、真白な薄雲が一面に覆うているので、空気は少しも微《ゆる》ごうとはせず、それは肢体に浸み渡らんばかりの蒸し暑さだった。それでも正午頃になると、八ヶ岳の裾の方から雲が割れて来て、弾左谿の上空には所々碧空《あおぞら》が覗かれたが、間もなく、そうして片方に寄り重なった雲には、次第に薄気味悪い墨色が加わって来た。そして、その一団の密雲は、恰度《ちょうど》渓谷の対岸辺りを縁にして、徐々と西北の方角に動き始めたのであったが、そのうち、いやにぬくもりを含んだ風が、峯から吹き下りて来たかと思うと、やがて轟々《ごうごう》たる反響が、広い地峡の中を揺ぶり初めた。然しその雲も、小法師岳寄りの側になると、余程薄らいでいて、時折太い雨脚が一つ二つ見えると云う程度だったけれども、葉末の中ははや黄昏《たそがれ》ていて、その暗がりの中で絶えず黄ばんだ光りが瞬《また》いていた。その頃、騎西家の頭上にある沼の畔で、不安気に、雲の行脚《ゆきあし》を眺めている一人の女があった。それは、見ようによっては三十近くにも見えるだろうが、大体に塊量と云った感じがなく、何処から何処まで妙にギスギス棘立っていて、その癖何となく、熱情的な感じがする女だった。そして、薄汚い篠輪絣《ささのわかすり》の単衣《ひとえ》に、縞目も見えなくなった軽山袴《かるさんばかま》をはいていて、服装だけは、如何にも地臭《エルトゲルフ》そのものであろうが、それに引きかえ顔立ちには、全然それとはそぐわない、透き徹った理智的な、寧ろ冷酷ではないかと思われるような峻烈なものがあって、その二つが異様な対照をなしていた。十四郎の妻の滝人は、斯うして一時間も前から、沼の水際を離れなかったのである。

けれども、その顔が漠然とした、仮面のように見えるのは、何故であろうか。勿論それには、あの耐えられない憂鬱や、多産のせいもあるとは云え、たかが三十を二つ越えたばかりの肉体が、何故にそう見る影もなく害《そこな》われているのであろうか。顔からも四肢の艶《つや》からも、張りや脂肪の層が既に薄らぎ消えていて、はや果敢《はか》ない、朽ち葉のような匂いが立ち上っているのだった。然し、眼には眦《まなじり》が鋭く切れて、それには絶えず、同じ事のみ眺め考えているからであろうか、瞳の中が泉のように澄み切っていた。事実、彼女の心の中には、あのふしだらな単調な生活にも破壊されず、決して倦《う》む事もなく、絶えず一つの思念を、凝視して行く活力があった。それが、滝人の蒼ざめた顔の中で、不断の欲望を燃えさからせ、絶えず閃《ひらめ》いては、あの不思議な神経を動かして行った。そのためかしら、滝人の顔には、次第と図抜けて、眼だけが大きくなって行った。そして、肉体の衰えにつれて、鼻端が愈《いよいよ》尖り出し唇が薄らいで来ると、その毛虫のような逞《たく》ましい眉と俟《ま》って、唯さえ険相な顔が、より一層物凄く見えるのだった。そのように、滝人には一つの狂的な憑着《ひょうちゃく》があって、その一事は、既に五年越しの疑惑になっていた。けれども、そのために、時折危険な感動を覚えると云う事が、却《かえ》って今となっては、滝人の生を肯定している唯一のものになってしまった。事実、彼女はそれに依って、唯一人かけ離れた不思議な生き方をしているのだった。そして、疑惑の何処かに、僅かな陰影でもあれば、絶えずそれを捉えようとあがいていたのである。が、そのうちいつとなく、気持の上に均衡が失われて来て、今では、もう動かし難い、心理的な病的な性質が具わってしまった。扨《さ》て、滝人の心中に渦巻き狂っていると云うその疑惑は、抑《そもそも》何事であろうか——これを述べるに先立って、一言、彼女と夫十四郎との関係を記して置きたいと思う。

その二人は、同じながら晩婚であって、滝人は二十六までを処女で過し、また十四郎は、土木工学の秀才として三十を五つも過ぎるまで洗馬《せんば》隧道《トンネル》の掘鑿《くつさく》に追われていた。そして、滝人の実家が馬霊《ばれい》教の信者である事が、抑《そもそも》の最初だった。それから、繁《はげし》い往来《ゆきき》が始まって、そうしているうちに何時しか二人は、互に相手の理智と聡明さに惹かれてしまったのである。然し、始めのうちは隧道際《トンネルぎわ》の官舎に住み、そのうちこそ、二人だけの世界を持っていたのだったが、恰度《ちょうど》結婚後一年ばかり過ぎた頃に、思いがけない落盤の惨事が、二人を深淵に突き落してしまった。所が十四郎は、運よく救い出された、三人のうちの一人だったけれども、それを転機にして、運命の神は死に優る苦悩で、彼女を弄《もてあそ》び始めた。と云うのは、落盤に鎖された真暗な隧道の中で、十四郎は恐怖のために変貌を来たしてしまい、あまつさえ、その六日に渉る暗黒生活に依って、その後の彼には、性格の上にも不思議な転換が現われて来た。そうして滝人は、これが十四郎であると差し示されたにも拘《かかわ》らず、どうして顔も性格も、以前とは似てもつかぬ、醜い男を夫と信じられたであろうか。

成程《なるほど》、持ち物は正しくそうだし、且《か》つ又《また》身長から骨格まで殆んど等しいのであったが、十四郎は全く過去の記憶を喪《うしな》っていて、あの明敏な青年技師は、一介の農夫にも劣る愚《ぐ》昧《まい》な存在になってしまった。その上、それ迄は邪教と罵っていた、母の馬霊教に専心するようになったのだが、彼の変換した人格は、重《おも》にその影響を滝人の方に齎《もた》せていた。と云うのは、第一十四郎の気性が、粗暴になって来て、血腥《ちなまぐさ》い狩猟などに耽り、燔祭《はんさい》の生き餌までも、手ずから屠《ほふ》ると云ったように、著しい嗜《し》血《けつ》癖が現われて来た事だった。

またもう一つは、非度《ひど》く淫事を嗜《たしな》むようになったと云う事で、彼女は夜を重ねる毎に、自分の矜持《ほこり》が凋《しぼ》んで行くのを、眺めるより外になかった。あの動物的な、掠奪《ひった》くるような要求には——それに慣れるまで、彼女は幾度か死を決した事だったろう。そして、その翌年、惨事当時姙《みご》もっていた稚市を生み落した以後は、毎年毎に流産や死産が続いていて、彼女の肉体はやがて衰えの果てを知る事が出来ないようになってしまった。然し、滝人にとると、そうして魔法のような風に乗り、訪れて来た男が、第一自分の夫であるか否《どう》かと云うよりも、まずそれを決める、尺準がないのに困惑してしまった。

変貌、人格の変換——そうした事は、仮説上まさしくあり得るだろうが、一方には、それをまた根底から否定してしまうような事実を、直後に知ってしまったのだった。そうして、疑惑と苦悩の渦は、依然五年後の今日になっても、波紋を変えなかった。滝人もまた、それに狂的な偏執を持つようになって、恐らくこれが、永遠に解けぬ謎であろうとも、どうして脳裡から、離れ去る機《おり》があろうとは思われなかった。それからの滝人の生活は、夢うつつなどと云うよりも、恐らく悪夢と云う地獄味の中で——殊《こと》に味の最も熾烈《しれつ》なものだったに相違ない。多分彼女には、現実も、幻も、その差別がつかなかったであろう。そして五年にも渉って、夫とも他人ともつかぬ、異様な男と同棲を続けて来た事は、事実苦悩とも何とも附かない——それ以上、人間の世界には限度があるまいと思われるほど、痛ましい経験だった事であろう。然し、より以上怖ろしさを覚えるのは、滝人の飽く事のない執着だった。それが一方に於いて、強烈な精神力を築き上げてしまい、彼女には自分の外界がどう変って行こうが、そんな事にはてんで頓着がなく、ひたすらその、執念一図《いちず》にのみ生き続けていたのである。それ故、五年前の救護所に於ける彼女と、今しも沼の面を、無心に眺め続けている滝人との差を求めたとすれば、僅かに肉体の衰えをそうと云えるのみであろう。その間は、日毎同じような循環論が繰返されて行って、あの痛々しげな喘《あえ》ぎが、如何にかすれ行くとも、彼女の生が終るまでは、どうして断たれる事があろうと思われた。その時、雷の嫌いな滝人は、暫《しばら》く顔を上げて空を眺めていたが、漸《ようや》く雲の行脚に安堵したものか、やおら立ち上って、畔《へり》近い槲《かしわ》の木立の中に入って行った。そこには、樹疫のためか、皮が剝がれて、瘤々した赤い肌が露われている老樹が立ち並んでいた。滝人は、それを一つ一つ数えながら、奥深く入って行ったが、やがて人間のように、四肢《てあし》をはだけた古木の前に立つと、彼女は眼の光りを消し、それを微笑に変らせて行った。そして、唇からは、夢幻的な、恍《う》っとりとしたような韻《いん》が繰り出された。

「こんな風に貴方の前に立っただけで、もう私は、何とも云えぬ不思議な気持になってしまいます。貴方は、私が雷が嫌いなのを御承知でいらっしゃいましょう。いいえ、御存知でなくても、私はそうに決めてしまいますわ。そして、何時もそんな時には、額から瞼の上にかけて、重い幕のようなものに包まれてしまって、膝は鉛のように気懶《けだる》くなり、ホオラこんな具合に、眼の中から脈膊の音が聴こえて来るのです。そうしますと、眼に映っている事物の線が何だかビクビク引《ひっ》釣れ出して来たような気持がして来て、貴方のお顔にどうやら似ているると思われるこの瘤の模様が、時には微笑《ほほえみ》出したように思ったりなどして、私も、ともどもそれにつれて笑い出そうと致しますのですが、またそのような時は、急に恥かしくなって来て、こんな風に真っ赤になってしまうので御座いますよ。ああ貴方は、決して遠い処に、お暮しになっているのでは御座いません。私が永い間流し続けて来た涙は、いつか知らず、このような奇体な修練を覚えさせてくれたのです。貴方の本当のお顔を、この幹の中ではじめて見た時には、今度はまるで性質のちがった涙が、私の心をうまく掻《か》き雑《ま》ぜてくれました。私はどうしても、そうせずにはいられなかったのです。この三重の奇態な生活が、結局無駄とは知りながらも、そう知れば知るほど、その夢幻が何にも換えられなくなって参ります。ねえ貴方、あの男は、一体真実の貴方なのでしょうか。それとも、私がそれではないかと疑ぐっている、鵜飼邦《うかいくに》太郎《たろう》なのでしょうか。もし、その差別《けじめ》をクッキリとつける事が出来れば、もう木の瘤の貴方の所へは、私、二度とは参りますまいが……」

その槲《かしわ》の木は、片側の樹皮が根際まで剝ぎ取られていて、露出した肌が、何となく不気味な生々しい赤色で、それが腐り爛《ただ》れた四肢の肉のように見えた。そして、その中央辺に、奇妙な瘤が五つ六つあって、その一帯が、てっきり人の顔でも聯想させるような、異様な起伏を現わしていた。けれども、その樹の前に立ち塞がって、人瘤に優しく呼びかけている女と云うものが、もしも花の冠でもつけた、オフィリヤでもあるのなら、この情景はさしずめ銅版画の夢でもあろう。然し、滝人の眼は、吐いて行く言葉の優しさとは異なり、異様な鋭さを見せていて、その中には一つの貫かずには措《お》かない、烈しい意慾の力が燃えていた。彼女は、額の後毛《おくれげ》を無雑作にはね上げて、幹に突っ張った、片手の肩口から覗き込むようにして、尚も話しかけるのを止めようとはしなかった。

「あの時、同じ救い出された三人のうちで、たしか弓削《ゆげ》とか云う、工手の方が居りましたわね。その方が、私にこう云う事実を教えてくれました。何でも、最後の七日目の日だったとか云うそうですが、その時まで生き残っていたのが、貴方はじめ技手の鵜飼、それから二人の工手だったそうで御座いましたわね。そして、最初の落盤が、水脈を塞いでしまったために水がなく、もうその時は水筒の水も尽きていて、あの暗黒の中では、何より烈しい渇きが、貴方がたを苦しめていたのでした。それに、あの辺は温泉地帯なので、その地熱の猛烈な事と云ったら、一方凍死を助けてくれたとは云い条、そのために、一刻も水がなくては過せなかったのでは御座いませんでしたか。それで、貴方はもう矢も盾も耐《たま》らなくなって、洞《ほら》の壁に滴水《したたりみず》のある所を捜しに出かけたのでしたわね。そして、遂々《とうとう》その場所を見付けたのでしたが、その滴水と云うのが、間歇泉《かんけつせん》の枝脈なのですから、一時は吹き出しても、それは間もなく止んでしまって、再び地熱のためからからに干上ってしまうのです。所が、その水の出口に唇を当てているうちに、あの湿った柔かい土の中に、貴方のお顔は、ずるずると入り込んで行ったのです。ああ私は、自分ながらこの奇異《ふしぎ》な感情を、何と云い表したらよいものでしょうか……。だって、人もあろうに貴方に向って、現在御自分がお出逢いになった経験を、お聴かせしなければならないのですものね。いいえ、貴方はもう、この世にはお出でにならないのかも知れませんわ。屹度《きっと》それでなければ、楽しい想い出まで、何もかもお忘れになった、あの阿呆のような方になってしまって……」

そこで滝人は再び口を噤《つぐ》んで、視線を力なく下に落した。その時、雷雲の中心が、対岸の斑鳩山《いかるがざん》の真上に迫っていて、この小暗い樹立《こだち》の中には、黄斑《きわだ》を打《ぶ》ちまけたような光りが明滅を始めた。すると、黄金虫や団子蜂などが一団と化して、兇暴な唸り声を立て、この樹林の中に侵入して来た。そして、その――重く引き摺るような音響に、彼女は、以前遠くから聴いた落盤の響を聯想した。

「ねえ、そうでは御座いませんか。私は、あの怖ろしい疑惑を解くために、どれほど酷《むご》い鞭を、神経にくれた事だったか。まったく、私の精神力が、今にも尽きそうでいて、その癖未《ま》だ衰えないのですけれど、それがどうしてどうして、私には不思議に思われてなりませんわ。けれども、それをし了《おお》せるためには、たとえどのような影一つでも、一応は捉えて、吟味しなければならないのです。貴方が、救い出されて救護所に運び込まれた時には、一体どんな顔で隧道《トンネル》を出たとお思いになりまして。その時、医者は斯う申しましたわ。貴方は二度目の落盤の時、その恐怖のために笑い筋が引っ釣《つ》れてしまったので、あの大きな筋の異状で鼻は曲り、眼窪が、押し上げられた肉に埋もれてしまったそうなのです。いいえ、まったくその顔と云ったら、まず能にある悪尉《あくじょう》ならば、その輪廓がまだまだ人並ですが、さあ何と云おうか、さしずめ古い伎楽面の中でも探したなら、あのこの上ない醜さに、滑稽を兼ねたものがあると思いますわ。然し、そうして貴方の変貌に思わず我を失ってしまったのですが、不図《ふと》側《かたわ》らを見ますと、技手の鵜飼さんの屍体の上にも、それはそれは、奇蹟に等しいものが現われていたのです。いいえ、それが鵜飼の屍体だと云われるまでは、どうして私の眼がそれを信じ――いえいえ、此の方こそと思いながら、その顔の上に、ぴったり凍り付いたまま、離れる事が出来なくなって居りました。まあなんと、その顔が同じ変貌に依るとは云え……。ああ、一つの場所で二つの変貌――だなどと、そのような奇態な符合が、この人の世に有り得るので御座いましょうか。それはともかくとして、その鵜飼の顔と云うのが、実に貴方そっくりだったで御座いませんか。そうして、その二つを見比べているうちに、私の頭の中には、それまであった水がすっかり使い尽されてしまって、ただあの怖ろしい疑惑だけが、空虚な皮質にがんがんと響いて来るのでした。まったく、今でさえそうですけど、現在の十四郎と云うのが、その実鵜飼邦太郎であって……。あの四肢《てあし》が半分ほどの所からなく、岩片で腹を裂かれて、腸が露出している無残な屍体の方が、真実の貴方だったのではなかったか。そうなれば、誰しもそう信ずるのが、自然では御座いませんかしら。それに、その事実を貼り合せたように裏書する言葉が、貴方のお口からも吐かれたのです。その時貴方は、鵜飼の隣りで横向きに臥してお出になり、眼の前にいるのが私とも知らずに、絶えず眼覆《めかく》しを除《はず》してくれと、子供のようにせがまれて居りました。私も、大分刻限が経っていた事ですから、大した障《さわ》りにもなるまいと思って、その結び目をやんわりと弛《ゆる》めて上げました。そして、幾分上の方にずらせたとき、いきなり貴方は、両手を眩《まぶ》しそうに眼に当ててしまいになったのです。けれども、その時何と云う言葉が、口を衝《つ》いて出た事でしょう。いいえ、決してそれは、眼の前にある、鵜飼の無残な腸綿《ひゃくひろ》ではないのです。貴方は、高代と云う女の名を仰言いました。高代——ああ私は、何度でも貴方がお飽きになるまで繰り返しますわ」といきなり滝人は、引っ痙《つ》れたような笑《えみ》を泛《うか》べ、眼の中に、暗い疲れたような色を漂わした。するとが、全身に、ビリビリした神経的なものが現われて来て、それから、瘤の表面をいとし気に擦《さす》り始めた。

「ですから、当然私には、その夜から、貴方が病院をお出になる日が、又となく怖ろしく思われて来たのです。何故なら、どうしてそれまでに、真実貴方であるか、鵜飼邦太郎であるか分らない男に、抱かれる夜の事など、想い泛《うか》べた事があったでしょうか。いいえ、それればかりか、その後間もなく私は、高代と云う言葉の実相を突き究める事が出来ました。それが駭《おどろ》いた事には、鵜飼の二度目の妻で、前身は、四つ島の仲居だった女の名なのです。そこで漸《ようや》く、この疑題の終点に辿り付いたような、気がしたのでしたけれども、またそこには、着衣とか所持品とか云う要点もあって、たとえば、その二人の身長が、どんなにか符合しようと、また他にも、一致するような特徴が、あろうがどうだろうが、結局結論となると、変貌と云う——都合のいい解答一つで片附けられてしまうのでした。ああ、その確証を得たいばかりに、毎夜私は、どんなにか空々しく、あの男の身体を模索《まさぐ》っていた事でしょう」

　滝人は上気したような顔になって、知らず知らず吐く息の数が殖《ふ》えて行った。彼女は唇を絶えず濡《しめ》し、眼を異様に瞬《しばた》たいて、その高まり行く情熱から逃れようとしたが、無駄だった。やがて、柔かい苔の上に身体を横たえたが、過ぎ去った日の美しい回想やら、現実の苦悶やらが雑多と入り乱れて、滝人は様々な形に身悶えを始めた。

「あの閨《ねや》の背比《たけ》べ――羞《は》ずかしがりやの私には、これまで貴方のお身体を、染々《しみじみ》記憶に残す機会が御座いませんでした。お互に、いらぬ潔癖さが附き纏《まと》っていて、私達はまったく不鍛練で御座いましたわね。（以下四七一字削除）然し、その中で唯一つ、はっきりと頭の中に残って居りますのは、あの背比べなので御座います。つまり、薦骨《こしぼね》の突起と突起を合わせてみると、双方の肩先や踝《くるぶし》にどのくらいの隔たりが出来るか……。（以下一八六字削除）それが、以前の貴方の場合とぴったり合ってしまうので、尚更《なおさら》昏迷の度が深められて参る訳なのです。何しろ、片方は死に、一方は過去の記憶を失っていると云う始末ですから、どうせ何《ど》っち附かずの循環論になってしまって、結局はその二人の幻像が、ああでもない斯うでもないと、物狂わし気な叫び声を上げながら、私の頭の中を駈け廻るに過ぎませんでした。ああほんとうに、あの仮面を見ていると、頭の中が徐々《だんだん》と乱れて来て、不思議な幻影があちこち飛び廻るようになってしまいます。ですけど、どのみちこの運命悲劇を、自分の力でどうする事も出来ないとすれば、結局相手を殺すか、私が死ぬかの二つの道しかない訳で御座います。でも、それには、是非にも理由を決定しなければなりません。所が、それが出来ないので御座います。あの決定《けじめ》が附かないまでは、どうして、影のようなものに、刃が立てられましょうか。そうしますと、一方ではあの執着が、私の手を遮ってしまうので、結局宿命の、行くが儘《まま》に任せて――。死児を生み、半児の血塊《ちだま》を絶えず流し続けて――。ああほんとうに、あの鬼猪殃々《おにやえもぐら》の原から、生腥《なまぬる》い風が裾に入りますと、それが憶い出されて、慄然《ぞっ》とするような顫《ふる》えを覚えるので御座います。ねえ貴方、それを露西亜《ロシア》的宿命論と云うそうでは御座いませんか。帝政露西亜の兵士達は、疲れ切ってしまうと、最後には雪の中に身を横たえてしまって、もう何物もうけ附けず、取り入れず、反応もなければ反抗もせず……」

そこまで、云い続けているうちに、頭上にある栴檀《せんだん》の梢から、白い花弁《はなびら》が、その雪のように舞い落ち、滝人の身体は余程埋まっていた。すると、それに気附いたのが、恐ろしい刺戟ででもあったかの如く、彼女はいきなり弾《はじ》かれたように立ち上った。

「大体、隠されたものと云うのは、それが表に現われる日が来るまで、どうあっても、隠されていなければならないと云います。けれども、もうそんな日が来るのを、此方《こっち》から便々と待ってはいられなくなりました。そうして終《つい》に、私も決心の臍《ほぞ》を固めて、どのみち何《ど》っちに傾いた所で、陰惨この上ない闇黒世界であるに相違ないのですから、私の一身を処置するためには、どうしてもあの二つの変貌と、高代と云う名の本体を、突き究めねばならぬと思いました。それから、辛い夜の数を一つずつ加えながら、いつ尽きるか涯《はて》しない事を知りながらも、あの永い苦悩と懐疑の旅に上って行ったのでした」

雷鳴の度毎に、対岸の峰に注ぐ、夕立の音が高まり、強い突風が樹林の此処彼処《ここかしこ》に起って、大樹を傾け梢を薙《な》ぎ倒しているが、そのやや暫《しば》し後になると、小法師岳の木々が、異様に反響して余波に応えていた。そして、その間は、天地がひっそりと静まり返って、再びあの、耐え難い湿度が訪れて来る。その云いようのない蒸し暑さの中で、滝人は、到底人間の記録とは思われぬような、一聯のものを語り始めた。

「それには、女学校を出たのみの私の智識だけでは、到底突破し切れまいと思われたほど、様々な困難が御座いました。然し、遂々《とうとう》それにもめげず、恐らく異常心理に就《つ》いては、ありと凡《あら》ゆる著述を猟《あさ》り尽くしました。その結果、二つの仮説を纏《まと》め上げる事が出来たのです。その一つは、云うまでもない事ですが……一先《ひとま》ず、貴方の変貌に就《つ》いては扠《さ》て置くとして、鵜飼邦太郎の変貌には、何か他から加えられた力があるのではないかと思われたのです。それで私は、恰度《ちょうど》ぴったりと来る一つの例を、エーベルハルトの大戦に関する類例集の中から、拾い上げる事が出来ました。それは、皮紐の合わない小型の瓦斯《ガス》マスクを、大男がつけたとして、その男が突撃の際にでも仆《たお》されたとします。すると、瞬間顔の筋肉が、その窮屈な形なりに硬直してしまうと云うのです。以前にも小《こ》城魚太郎《しろうおたろう》は、探偵小説『後光《ごこう》殺人事件』の中で、精神の激動中に死を発した場合、瞬間強直を起すと云う理論を扱いました。けれども私は、それとは全然異った径路で、或はそれが真因ではないかと考えるようになりました。と云うのは外《ほか》でも御座いません。貴方が洞壁の滴水を啜《すす》った事は、前にも申しました。所が、その際に出来た面形《めんがた》が、或はその後、温泉の噴出が止むと同時に干上ってしまったのではないかと思われたのです。

そして、工手の弓削の話に依りますと、其《そ》れから暫《しばら》く後になって、今度はその場所を貴方から聴き、鵜飼邦太郎が手さぐりながら出掛けて行ったそうではありませんか。何でも、その時弓削は、鵜飼が『あったにはあったが、水の口が判らない』と云いますと、それに貴方は、『もっと奥へ口をつけて』と教えたのを聴いたと云うそうですが、その瞬間、第二の落盤が起ったのです。そして、貴方はその場で気を失い、鵜飼邦太郎は、先に作られた面形に顔を埋めた儘《まま》、その場を去らず、強直を起したのではないかと思われました。つまり貴方の変貌には、純粋の心理的な原因があるにしても、鵜飼の場合をそうだとする事は、到底神業とするより外にないでしょう。たしかにあの男は、貴方の面形の中に、ぴったりと顔を埋めているうち、突然の駭きが、その儘《まま》の形で硬ばらせてしまったに相違ありません。第一あの、如何にも捏《で》っち上げたような不自然な形が、一方変貌と云う理論を、力づけていたのではないでしょうか」

　それには、凄烈を極めた頭脳の火花が散るように思われたが、そこに達するまでの艱《かん》苦《く》には、嘸《さ》ぞかし涙ぐましいものがあったであろう。滝人も、追想やら勝ち誇った気持やら苦悩の想い出などで、非度《ひど》く複雑な表情を泛《うか》べて黙っていたが、やがて口を次いだ。

「然し、その次になって、貴方の口から吐かれた高代と云う言葉になると、到底この方は、実相に近い仮説を組み上げる事は出来ませんでした。私が執心に執心を重ねて、漸《や》っとのこと摑み上げたと云うこの一つでさえも、一端は言葉となって進行しては行きますが、すぐに前後を乱してバラバラになってしまうのです。それで、私が僅かに拾い上げたと云うのも、たったこの一つだけなので御座います。と云うのはたしか、サイディスの『複重性人格《マルテイプル・パーソナリテイ》』には、一番明確なものが挙げられていたように思われますけど、大体が、盲目から解放された瞬間の情景なのです。此処《ここ》にもし、先天的な白内障《そこひ》患者や、或は永いこと、真暗な密室の中にでも鎖《と》じ込められていた人達があったとして、それが漸《や》っとの事で、暗黒から解放されるようになったと仮定しましょう。すると、そうして最初の光明に接した際に、一体どんなものが眼に飛び付いて来るとお思いですか。それは、線でも角でもなくて、ただ輪廓が茫《ぼう》っとしている、色と光りだけの塊に過ぎないのです。よく私共の幼い頃には、眩影景（暗い中を歩かせられて、不意に明るみに出ると、前述したような理論で、何でもないものが恐ろしいものに見える、一種の心理見世物）など云う心理見世物が、きまって、お化け博覧会などの催し物には含まれていたものです。つまり、それによく似た現象が、あの時眼に映った、鵜飼の屍体の中に、あったのでは御座いませんでしたろうか。それでなくても、俗に腸綿《ひゃくひろ》踊りなどと申すものが御座います。それは、今も申した心理見世物の一種なのですが、遠見では人の顔か花のように見えるものが、近寄って見ると、侍が切腹していたり、凄惨な殺し場であったりして、つまり、腸綿《はらわた》の形を適当に作って、それに色彩を加えると云う、所謂《いわゆる》錯覚物《だましもの》の一種なのです。そうしてみると、腸綿《ひゃくひろ》がとぐろまいている情態ほど、種々雑多な聯想を引き出してくるものは外になかろうと思われます。すると、あの時の鵜飼はどうだったでしょうか。腹腔《はら》が岩片に潰されてしまって、その無残な裂け口から、幾重《いくえ》にも輪をなした腸綿《はらわた》が、ドロリと気味悪い薄紫色をして覗いて居りましたわね。ああそうそう、あのブョブョした提灯《ちょうちん》形の段だらだけは、貴方には御存知がない筈です。ですけど、私の眼にさえも、それは異様なものに映じて居りました。多分それと云うのも、胆汁や腹腔内の出血などが、泥さえも交え、ドロドロにかきまざっていたせいもあるでしょうが、恰《ちょう》度《ど》その色雑多な液の中で、腸綿のとぐろがブワブワ浮んでいるように見えたのです。ですから、輪廓が判らずに、ただ色と光りしか眼に映らなかったとすれば、或は——私は斯う考えるのです。その何処か一部分に、ひょっとしたら、高代と云う字の形をしたものが現われていたのではなかったか——と。それなり高代と云う言葉を、あの十四郎は一度も口にした事は御座いません。それになお考えてみますと、まだまだ仮説とするには、至って不分明なので御座います。まして、反対の観点から見て、潜在意識と云ってしまえば、それまででもあって、全く結論とするには、心細い輪廓しか映って居りませんので、折角《せっかく》そこまで漕ぎ付けたにも拘《かかわ》らず、再び眼醒めかかった意識が、すうっと遠退いて行くような気がしてしまいました。そして、それから五年の間と云うものは、絶えずその二つの否定と肯定とが絡み合っていて、現在私が十四郎と呼んでいる男と云うのが、一体その孰《ど》っちなのであろうか——聴いてさえも物狂わしくなるような疑惑が、時には薄らぎ消え、或る時はまた、真実に近い姿に見えたりなどして、結局見透しのつかない雲層の中に埋もれてしまうのが常でした。ああ私が、どうして今日の日まで狂わずにいられたのか、不思議でならない位ですわ。いいえ、それがあったからこそ、明け暮れ同じ顔を突き合わせているだけでも——終いにはその顔の細かい特徴までも読み尽くしてしまって、その上話すにも話しよう種がないと云った――それがまさしく騎西家の現状なので御座いますが、そのような寂寥のどん底の中でも、私だけは斯《こ》んなにも力強く、一つの曙光を待ち焦がれて生きて行けるのですから。でも、その曙光《しょっこう》と云うのが、もしかして訪れて来た時には、その時、私は一体どうしたらいいのでしょうか。つまり、それまでは眼も開けられなかった――あの霧が、霽《は》れたときのことですわ……」

滝人の眼の中では、血管が見る見るまに膨れて行って、それまで覆うていた、もの淋し気な懐疑的なものが消えた。そして、全身が不思議な事に、まったく見違えてしまったほどに豊かな、如何にも生理的にも充実しているかのような、烈しい意慾の焰《ほのお》に包まれてしまったのである。然し、その時何と思ったか、滝人はサッと嫌悪の色を泛《うか》べて、樹の肌から飛び退いた。

「ねえ、貴方はいまの厭《いと》わしい臭いは御存知ないでしょう。決して、あの頃の貴方には、いまみたいな蒸れ切った樹皮の匂いは致しませんでした。ですから、あの男がもし、真実貴方の空骸《なきがら》に決まってしまうのでしたら、それこそ、私の採る道はたった一つしかない訳で御座いましょう。ええ、あの男が鵜飼であってくれる方が、それはまだしもの事なのです。ですけど、そうなるとまた、一刻も貴方なしでは生きて行けない私にとると、この世界がまるで悪疫後の荒野と云ったようなものに化してしまうでしょう。まったく、貴方であってもならず、なくてもいかず、その孰《ど》っちになっても、私の絶望には変りがないのです。当然貴方の幻は、その場限りで去ってしまうのですから、却《かえ》っていまのように、執念《しぶと》い好奇心だけに倚《よ》り縋《すが》っていて、朦朧とした夢の中で楽しんでいる——ともかく、その方が幸福なのかも判りませんわ。けれども、そうして日夜あの疑惑の事ばかりを考え詰め、その解答が生れる日の恐ろしさをまた思うと、はては頭の中で進行している、言葉の行間がバラバラになってしまって、自分も共々、その中の名詞や動詞などを一所に、何処かへ飛び去ってしまうのではないかと思われて来ました。事実、私と云う存在が、脳髄そのものだけのような気がして、或はこのまま、狂人の世界に惹き入れられて行くのではないかとも思われて、不安は一層募って来るばかりでした。所が、その瀬戸際で危うく引き止めてくれたのは、或る一つの観念が、不図私の頭の中で閃《ひらめ》いたからです。つまり、それをさせぬためには、まずどっちにでも、均衡《つりあ》うだけの重錘《おもし》を置く事だ。そして、その茫漠とした靄《もや》のような物質を、単なる曖昧だけのものとはせず、進んで具象化して、一つの機構に組上げなければならぬ——と教えてくれました」

それは宛《さなが》ら、魂と身体とに、不思議な繋《つな》がりがあるのではないかと思われたほど——言葉が其処《そこ》まで来ると、滝人の全身に、異様な感情の表出が現われた。そして、虻や黄金虫や——それまで彼女にたかっていた種々《いろいろ》な虫共が、いきなり顫《おのの》いたように一斉に、羽音立てて、飛び去ってしまった。

「所で、まず先立ってお話しなければならないのは……、そうして現在の十四郎と、あの時の鵜飼の顔を、交互《かわるがわる》思い泛べていると、いつかその二つが、重なり合ってしまうような、心理作用が私に現われた事です。それを、二重鏡玉像《マルティプル・レンズ・イメージ》とか云うそうで、よく折に触れて経験する事ですが、眼に涙が一杯に溜ると、そのために、美しいものでも歪んで見え、またこよなく醜いものも端正な線や塊に化してしまう事があるのです。現に、伊太利《イタリー》の十八世紀小説の中にですが、凸凹の鏡玉《レンズ》を透して癩患者を眺めた時、それが妖姚《ようよう》たる美人に化したと云う話もある通りで……。また、忌隈《いみぐま》と云う芝居の古譚なども御座いまして、一つの面明《つらあか》りで、違った隈取《くまどり》をした二つの顔を照らす場合には、よほど隈の形や、色を吟味して置かないと、得てして複視を起し易い遠目の観客には、それが重なりあった時、悪くすると、声でも立てられるような、不気味なものに見えるそうなのです。事実私には、その現象が心理的に現われて来て、あの二つの顔を思い泛べていると、いつの間にか、その二つが重なり合ってしまうのです。そうすると、恐らく偶然に、その陰陽が符合しているせいでしょうか、それがのっぺらとした、まるで中古の女形《おやま》のような、優顔《やさがお》になってしまうのですよ。ああ、それで漸《や》っと私は救われました。実際は見もしなかった、変貌以前の鵜飼の顔を、それと定める事が出来たからです。そこで、私の心の中には、あのてんで有り得ようとは思われない、不思議な三重の心理が築かれて行きました。そして、そのためには、たとえどのように、力強い反証が挙がろうとも、現在の十四郎は絶対に鵜飼邦太郎その人であり、更に、そうなるとまた、貴方に対する愛着が、当然的を失ってしまったようで御座いますが、それを私は、どんなに酷《むご》い迫り方をしようとも、妹の時江さんから求めねばならなくなりました。この不可解至極な転換は、全く考えても、考え切れぬほど異様な撞着で御座いましょう。現実私でさえも、その二つとも、自然の本性に反して不倫な慾求である事は、ようく存じて居ります。ええそうですとも、私と云う一つの人格が、見事二つに裂け分れたのですわ。それも、まったくヒドラみたいに、たとえ幾つに分れようとも、離れるとすぐその二つのものは、異なった個体になってしまうので御座います。私が十四郎に対する時には、あの不思議な心理の中でしか知らない鵜飼邦太郎を、凝《じ》っと瞼《まぶた》の中に泛べて、それはまるで、春婦のような気持になってしまうのです。そして、貴方から何時までも離れまいとする心は、いつでも時江さんに飛び付いていて、貴方そっくりのあの顔に、しっくりと絡みついて離れないのです。ああお憤りになってはいけませんわ。現在の十四郎との肉欲世界も、時江さんのような骨肉に対する愛着も、みんな貴方が、私からお離れになったからいけないのですわ。でも、そうして貴方と云うものを、新たに求めて、その二つを対立させなかった日には、どうして、心の均衡が保って行けるでしょうか。また、その対立が破壊されたとしたら、いまの私では、恐らく狂人《きちがい》になるか、それとも、破れた方の一人を殺し兼ねないものでもありません。どうか貴方、それを醜く悲しくおとりにはならないで——。私は自分の状態に対して、本能的に、一つの正しい手段を選んだに過ぎないので御座いますから。ですけど、また考えように依っては、それが当然の径路なのです。最初救護所で、鵜飼邦太郎の顔を一目見た——その時から、貴方はその中へ溶け込んでおしまいになったのですからね。ああ、そうそう、屹度《きっと》貴方は、稚市を見れば、お駭《おどろ》きになるに違いありませんわ。あの子は、貴方が最初の人生を終えになった、その後に生れたのですが、やはりあの子にも、貴方と同じ白蟻の嚙み痕があるのです」

その頃は、雷雲が幾分遠ざかったので、空気中の蒸気が次第に薄らぎ始めた。そして、その中へ一面に滲《にじ》み出したのは、今にも顔を出しそうな陽の影だった。すると、沼の水面で大きな魚が跳ねたと見え、ボチャリと音がすると、その時池畔の叢《くさむら》の中から、それは異様なものが現われて出て来た。そこは、鋸《のこぎり》の葉のような、鋭い青葉で覆われていたが、いきなりそこ一帯が、ざわざわ波立って来たかと思うと、それまで白い蘚苔《こけ》の花か、鹿の斑点のように見えていたものが、すうっと動き出した。そして、その間から、人間とも動物ともつかぬ、まったく不思議な形をしたものが、声も立てず、ぬうっと首を突き出した。

二、鉄漿《はぐろ》ぐるい

それが、騎西一家に凍らんばかりの恐怖を与え、絶望の底に引き入れた、稚市だった。その時、もし全身を現わしたなら、それは悪虫さながらの姿だったであろう。不吉な蒸気の輪が、不具の身体と一所に動いて行って、その手が触れる個所《ところ》は、すぐにその場で、毒のある何物かに変ってしまうだろうと思われた。然し、あの醜い手足も青葉の蔭に隠れ、不気味な妖怪めいた頭蓋の模様も、その下映《したば》えに彩《いろど》られていて、変形の要所《かなめ》は、それと見定める事は出来なかった。そして、腹に巻いている金太郎のような、腹掛の黒さだけがちらついて、妙にその場の雰囲気を童話のようなものにしていた。けれども、稚市自身はどうした事か、両腕をグングン舵機のように廻しながら、折々滝人の方を眺め、殆んど無我夢中に、前方の樹下闇《このしたやみ》の中に這い込もうとしている。だが、彼を追うているのは、ただ一条の陽の光りだけで、それが槲《かしわ》の隙葉から洩れているに過ぎない。それを滝人は瞬《まばた》きもせずに瞶《みつ》めていた。その眼は強く広く瞬《ひら》かれていたが、眼前にかくも怖ろしいものがあるにも拘《かかわ》らず、いつものように病的な、膜でもかかったような暗さは見られなかった。それが、この物語の中で、最も驚くべき奇異な点だったのである。

実際、その観念は恐ろしいものだった。悪病の瘢痕をとどめた畸形児を生む——凡《およ》そ地上に、かくも苦しいものが、又とあるであろうか。けれども滝人は、そのために、全く無自覚になっているのではなかった。どんなに、威厳のある、大胆な考えでさえも、到底及ばないほど、彼女の実際の知識が、この変形児を、全く異ったものに眺めていた。こうして見ていても、彼女の胸は少しも轟《とどろ》いてはいず、眼前にある自分の分身でさえも、まるで害のない家畜のように、自分にはその影響を少しもうけつけないと云った——真実冷酷と云えるほどの、厳《おごそ》かさがあった。やがて、彼女は瘤《こぶ》に向って、肩を張り、勝ち誇ったような微笑を投げて云った。

「あれが癩ですって、莫迦《ばか》らしい。あの人達は、途方もない馬鹿な考えからして、一生涯の溜息を吐き尽くしてしまいました。まったく、何の造作もなしに、自分のものを何もかも捨ててしまったのです。けれども、それも稚市が、迷わしたと云うのでもないのです。ただ知らない——それだけの事ですわ。でも、今になって、私が糞真面目な顔で、その真相をこれこれと告げる気にもなれません。あれが、癩ですって、いいえ、あの、眼を覆いたくなるような形は、実は私が作ったのです。あの時は、稚市どころか、どんな驚くようなものでも——私には、創り上げるだけの精神力が具わって居りました。断じて、癩では御座いませんわ。その証拠には、これを御覧遊ばしたら……」

そう云って滝人は、稚市を抱え上げて来て、膝の上で逆さに吊り上げ、その足首に唇を当てがって、さも愛撫するように舐《な》め始めた。唾液がぬるぬると足首から滴り下ち、それが、ふっ切れた膿《うみ》のように思えた。が、滝人には、そうしている動作にも、異様な冷たさや落ち着きがあって、やがて舐め飽きると、今度は試験管でも透かし見るように、稚市の身体を、これよとばかりに高く吊し上げた。

「この通りで御座いますもの。稚市のこれが、先夫遺伝《テレゴニー》でさえなければ……。ええ、まさに先夫遺伝なので御座いますの。でも、私には貴方以外に、恋人もなければ、夫もない筈です。そうしますと、その先夫と云うのが、一体何者に当るので御座いましょうか。大体先夫遺伝と云えば、前の夫の影響が、後の夫の子に影響するのを云うのですけど、大抵は、皮膚か眼か髪の色か傷痕位の所で、私のような場合は、恐らく万が稀《まれ》——稀中の奇と云っても差支えないだろうと思われますわ。それ程あの瞬間の印象が強烈だったので御座いましょう。よう御座いますか、例えば、二匹の牛の眼を縛って、互に相手を覚らせないようにしてから、交尾させたとします。そうしてから、まず牡牛だけを去らせて、その後に牝牛の眼隠しを解きますと、そうしてから生れる犢《こうし》が、その後同居する牡牛の色合に似てしまうのです。それが私の場合では、あの時の鵜飼邦太郎の四肢《てあし》にあったのですわ。当時私は、姙娠四ヶ月で御座いました。そして、惨《いじ》らしくも指まで潰《へ》しゃげてしまった、あの四肢の姿が、私の心にこうも正確な、まるで焼印のようなものを刻みつけてしまったのです」

それこそ、滝人一人のみしか知らぬ神秘だったと云えよう。あの——騎西一家を震駭《しんがい》させた悪病の印と云うのも、判ってみれば何の事はなく、寧《むし》ろ愛着の刻印に等しかったのではないか。然し、そうしているうちに滝人の顔には、恰度《ちょうど》子供が玩具《おもちゃ》を見た時のあれが、だんだんに募って来て、終いには、手足をバラバラに捥《も》ってやりたくなるような、てっきりそれに似た衝動が強くなって行った。そして、手肢をバタバタさせている唖の怪物を、邪慳《じゃけん》にも、側らの叢《くさむら》の中に抛《ほう》り出した。

「けれども貴方、私には稚市が、一つの弄《ジュウ》び物《ジュウ》としか見えないので御座います。ああ、弄び物——聴く所に依りますと、奇書『腑分指示書《デモンストリス・エピストーラ》』を著《あらわ》したカッツェンブルガーは（以下五〇六字削除）。そうなって稚市と云う存在が、寧ろ運命と云うよりかも、私と云う孤独の精神力から発した、一つの力強い現われだとすると、却《かえ》って、それを弄《もてあそ》んでやりたい衝動に駆られて行きました。そこであの低能極まる物質に、私はいろいろな訓練を施して行ったのです。けれども、最初は低能児の試練《テスト》から発したものが、驚いた事には、次第に度を低めて行くのです。そして、遂に成功した実験と云えば、情けない事に、僅《た》ったこの二つだけの動物意識で――つまり多T《ティ・メニー》とか長短《ロング・エンド・ショート》とか云うような種々《いろいろ》な迷路を作って、高麗《こま》鼠にその中を通過させる――ものと、もう一つは蛞蝓《なめくじ》以外にはない背光性――。いまも御覧の通り、陽差が背後に落ちますと、この子は、まるで狂気のようになってグングン暗い下生えの蔭に、這い込んで行こうとしていたでは御座いませんか。僅かその二つだけが、この子の中で働いている神経なので御座います。どうか、残忍な母だと云って、お叱りにはならないで。第一貴方が御自分から踏み外《はず》したために、斯《こ》うした不幸な芽が植えつけられてしまったのですから。そうなったら、どんなに黒い不吉な花でも、そこから、咲きたいだけ咲けばよいのですわ。私はただ、幻覚的な考えを――誰にでも淋しがりやには屹度《きっと》ある、それをしているに過ぎないのです。大人にだって子供にだって、誰にだっても、わけてもこの谿谷《たにあい》では、一刻も玩具《おもちゃ》なしには生きて行かれませんわ」

　そう云って滝人は、暗い樹蔭に這いずって行く稚市の姿を、凝《じ》っと見守っていた。玩具――愛玩動物。いまでは辛くも稚市に、蛞蝓《なめくじ》のように光りに背を向けて這い、迷路を通過して行く――意識だけが作られたに過ぎないのである。然し、そこに脈打っている滝人の苦悩も、到底聴き逃す事は出来ないであろう。彼女は、生きて行くに必要な条件だけは、仮令《たとえ》どうあっても、どのように、陰鬱な厳しさを敢てしてまで、整えねばならなかったからである。然し、稚市の姿が、視野から外れてしまうと、滝人は側らの、大きな茸《きのこ》に視線をとめ、それから、家族の一人一人に就《つ》いての事が、数珠《じゅず》繰りに繰出されて行った。

「それから貴方に、お祖母《ばあ》さまの事を申し上げましょう。あの方には、未《ま》だ昔の夢が失われては居りません。いつかまた、馬霊教が世に出ると——確《かた》く信じていて、あの奇異《ふしぎ》な力が日に増し加わって行くので御座いますわ。ですけど、その一方には、肉体の衰えをだけは、もうどうする事も出来なくなって居ります。恰度《ちょうど》この白い触肢のある茸《きのこ》みたいに、ばらっと短い後毛《おくれげ》が下ってさえ、もう顔の半分も見えなくなってしまうのですから。所が、あのお齢になってさえも、相変らず白髪染だけは止めようとはなさいません。そして、私がこの樹立の中に参りますのを、大変お嫌いになりまして、毎朝行《ぎょう》をなさる御霊所《みたまどころ》の中にも、私だけは穢《けが》れたものとして入れようとはなさいません。けれども、却って私には、それが気楽で御座いまして、と云う理由も、この瘤の模様が、眼も口も溶け去った、癩の末期のように見えるからなのだそうで御座います。けれども、私にとって、何より怖ろしい事は、先日秘《こ》っそりとお呼びになって、遂々《とうとう》私の運命を、終りまでもお決めになってしまった事です。いまの十四郎が、もしかして死んだ場合にも、私だけはこの家を離れず、弟の喜惣に附れ添え——って。ですもの、私に絶えず附き纏《まと》っているのが、そのしぶとい影だとしたら、仮令《たとえ》悪魔に渡されようたって……。ええまったく、情も悔恨《くい》もないあの針を、それから私が、胸にしっかと、抱くようになったのも、道理では御座いませんか」

滝人は暗い眉をしながらも、そう云いながら、瘤の模様を眺めていると、十四郎のあ小法師岳の頂が、呼吸《いき》真近に感じられて来て、ああの恰好、これ――と、眼の前にありあり泛《うか》んで来るような心持がするのだった。然し、すぐに滝人は次の言葉をついで、小法師岳の突兀《とっこつ》とした岩容を振り仰いだ。

「それから、次の花婿に定《き》められている喜惣は、あの山のように少しも動きませんわ。此処へ来てからと云うもの、体軀《からだ》中が荒彫りのような、粗豪な塊《マス》で埋められてしまい、いつも変らず少し愚鈍では御座いますけど、その代り兄と一所に、日々野山を駈け廻って居りますの。それが、私の心を、隅々までも見透かしていて、私をいつか花嫁とするためには、一層健康に注意をし、何より、兄よか長生きをしよう――そう考えて、日夜体操を励んでいるとしか思われないのです。白痴の花嫁――その何時か来るかも知れない、明日の夢のようなものが、私の心の中で、絶えず仄暗く燻《くすぶ》っているのです。いっそ焔となって燃え上ってしまえば、その方が、ほんとうにどんなにか……」

と或る場合に対する異常な決意を仄《ほの》めかせて、滝人は屹《きっ》と唇を嚙んだ。然し、その硬さが急に解《ほぐ》れて行って、彼女の眼にキラリと紅い光りが瞬いた。すると、鼻翼《こばな》が卑しそうに蠢《うごめ》いて、その慾情めいた衝動が、渦のような波動を巻いて、全身に拡がって行った。

「そして貴方、時江だけが、家族の中でただ一人、微妙な痛々しい存在になっているのです。もうあの人には、本体がなくなっていて、ただ影を落した、泉の中の姿だけが生きているようなのです。その娘は、冷たい清らかな熱のない顔付をしていて、少しでも水の面を動かそうものなら、忽《たちま》ち何処かへ消えてでもしまいそうな、弱々しさが御座います。それですから、お母さまにはいつものように邪慳《じゃけん》で、我儘《わがまま》の切りを致しますけれども、自分が受けようとする感動にはきまって億劫《おっくう》そうに、自分から眼を瞑《つむ》っては避けてしまうのです。ええようく、私にはそれが判って居りますの。あの人は、兄の十四郎の荒々しさを怖れると同じように、やはり私の眼も――。いいえ私だって、あの人の側では荒い息使をしてもいかず、自分の動悸でさえ、水面が乱れてしまう事ぐらいは承知しているのですけれど。あの熱情――を貴方に代えて向ける人と云えば、時江さん以外に誰がありましょうか。全くあの顔は、貴方生き写しなのですから。でも少し憔悴《やつ》れていて、顔に陰影の有り過ぎる事と、貴方にあった――抱き潰すような力強さには欠けて居ります。然し、私の執念《しぶと》さは、その詮《せん》ない事すらも、何とかして、出来る事なら、より以上の近似に移そうといきみ出しましたの。それで思い付いたのを、何とお考えになります？　それが、実は、鉄漿《はぐろ》なので御座います。ああ、いま時鉄漿をつけるなどとは――てっきり狂人《きちがい》か、不気味な変態者としかお考えになりますまいが、事実それは、どうしてもそうせずにはいられない、私の心の地獄味なので御座いますよ。で、何故そうしなくてはならぬかと申せば、大谷重吉の『顔粧《かおつくり》百伝《でん》』や三世豊国の『似顔絵相伝』などにも挙げられて居ります通りで、鉄漿《はぐろ》を含みますと、日頃含み綿をする女形《おやま》にもその必要がなく、申せば、顔の影と明るみから、対照の差を奪ってしまうからなので御座いましょう。ですから、所謂豊頬《いわゆるふくらじし》と云う顔相は、皮膚の陰影が、より濃い、鉄漿に吸収されて生れて来るのです。然し、私が思い切って、それを時江さんに要求致しますと、あの方は、手渡しされた早鉄漿《はやがね》（鉄漿を松脂に溶いた舞台専用のもの従って拭えばすぐに落ちるのである）の壺を、その場で取り落してしまい、激しく肩を揺って、さめざめと泣き入るので御座います。またそうなると、私の激情は尚増し募って行って、いきなりその肩を抱きしめて、揉《も》み砕いてしまいたくなるような、全く浅間《あさま》しい限りの、慾念一図のものと化してしまうのでした。で、それからと云うものは、私自身でさえ、身内に生え始めて来た肉情の芽が、はっきりと感じられて来て、いつかの貴方と同様に、時江さんの身体まで、独り占めにしたい慾望が擡《もた》がって参りました。あの雪毛のような白い肉体が、腐敗の酵母となって、私の心をぐんぐん腐らせて行ったのです。そのためですかしら、私の身体の廻《ぐる》りには、それから蠅や虻などが、ブンブン唸ったり、踊ったりするようになったのですけれど、然し貴方の幻を、その上に移したとすれば、当然その肉体までも、占めようとしたって、あながち不自然な道程《みちすじ》ではないだろうと思われますわ」

そこで急に言葉を截ち切って、滝人は悲しみに溢れたような表情をした。けれども、その悲しみの側らに、何か一つ魔法のような圏があると見えて、その空虚を、見る見る間に充して行くような、凄じい響が高まって来た。

「ですから、時江さんが避ければ避けるほど、貴方の幻をしっくりと嵌《は》め込むものに、焦《じ》れ出して来たのですが、折よくこの樹立の中で、私は人瘤《ひとこぶ》を探し当てました。それが私を全く平静にして、あの烈しい相剋が絶えずひしめき合っていてさえも、一向爆発を惹き起すまでには至らないのです。つまり、私の心を、膜一重で辛くも繋《つな》ぎ止めているあの三重の心理――現在の十四郎を鶏飼としてそうしての春婦のような私と、時江さんに貴方を求めても、何時《いつ》追い付けるか判らない私。それから、その空虚を充《みた》そうとして、人瘤を探し出した私――と、この三つの人格が、今にも綻《ほころ》びるかと思われながら、凝《じ》っとあの対立を保っていてくれるのです。然し、此処に問題があると云うのは、もし何時かの日に――わけても、私が時江さんを占める事の出来た、その後にやって来たとしたら尚更ですが――そうしてあの男が、貴方の空骸《なきがら》に決まってしまうのでしたら、一体その時、私はどうなってしまうのでしょう。折角《せっかく》貴方の幻影と云う――衝動に追われて、此処まで辛《から》くもやって来たのです。それをまた、あの妖怪に引き戻されてしまうなんて、まあ何と云う、憐れな惨めな事でしょう。そうなったら、耐え忍んで、その悩みに凝《じ》っと堪えるか、それともその苦しみが、私を余り圧迫するようなら、より以上の烈しい力で、いっそ投げ捨ててしまうまでの事です。同時に、それは喜惣もですわ。ですから、そう思うと、私が時江さんに近附けないと云う事が、或は先々幸福なのかも知れませんわね。まったく、私と云う女は、一つの解け難い、結び目の中にからみ込んでいるのです。ですから、悩みと云うものが、もしも鉄のような、神経の持主だけに背負《しょ》われるものだとすれば、当然その反語として、いつか私は、それに似た者になってしまうかも知れません。いいえ、それは言葉だけの真似事ですわ。私の身体こそ、いつも病んだような、呻きを立てては居りますけれど、心だけは貴方の幻で、そりゃ飽《く》ちいほどに……」

そこまで云うと、滝人の語尾がすうっと凋《しぼ》んで、彼女は身体も心も、そのありたけを愛撫の中に投げ出した。まるで狂ったようになって、頬を瘤の面に摺り付けたり、両手で撫で擦《さす》っているうちに、爪の表まで紅くなって来て、終いにはその先から、ポタリポタリと血の滴《しずく》が滴《した》たり始めた。そうして、その衝動が全く収まった頃には、陽がすっかり翳《かげ》っていて、はや夕暮の靄が、峰から沼の面に降り始めていた。すると滝人は、稚市をいつもの籠に入れて、しっかりと肩につけ、再び人瘤を名残惜しそうに顧みた。

「それでは、今日はこれでお暇《いとま》致しますわ。でも御安心下さいませ。容色《みめかたち》の点では、もう見る影も御座いませんけれど、身体だけは、この通り健《すこ》やかで御座いますから」

その時、あの滅入るような黄昏《たそがれ》が始まっていた。八ヶ岳よりの、黒い一刷毛《はけ》の層雲の間から、一条の金色をした光りが落ちていて、それは、瀑布をかけたような壮観だった。そして、その余映《よば》えに、騎西家の建物の片側だけが、微かに照り映えて、その裏側の方から全くの闇が、静かに微光の領域を狭めて行く。然し、滝人が家近くまで来ると、何処からとなく、肉の焦げる匂いが漂って来、今日も猟があり、兄弟二人も、家に戻っているのを知った。十四郎兄弟は、陥穽《おとしあな》を秘かに設《しつら》えて置いて、猟人《かりうど》も及ばぬ豊猟を常に占めていたのである。

騎西家の建物は、充分時代の汚点《しみ》で喰い荒され、外面は既にボロボロに欠け落ちていて、僅かにその偉容だけが、崩壊を防ぎ止めているように思われた。そして、全体が漆《うるし》のような光りを帯び、天井などは貫木《たるぎ》も板も、判らぬほどに煤《すす》けてしまっていて、何処をのぞいてみても、朽木の匂いがぷんぷん香って来るのだった。然し、戸口を跨《また》いだ時、滝人は生暖かい裾風を感じて、思わず飛び退《すさ》った。それは、いつも忌《い》とわしい、死産の記憶を蘇えらせるからであった。然し、そこにあったのは、眼窩が双方抉《えぐ》られていて、そこから真黒な血が吹き出ている仔鹿《かよ》（いよ―上州北西部の方言）の首で、閾《しきい》の彼方《かなた》からは、燃え木のはぜるような、脂肪の飛ぶ音が聴こえて来た。そして、板戸一重の土間の中では、恐らく太古の狩猟時代を髣髴とさせる――全く退化し切ってしまって、兇暴一図な食慾だけに化した、人達が居並んでいた。土間の中央には、大きな擂鉢形をした窪みがあって、そこには丸薪《まるまき》や、引き剝がした樹皮などが山のように積まれ、それが、先刻《さっき》から燻《くすぶ》り続けているのである。そして、太い刺又《さすまた》が二本、その両側に立てられていて、その上の鉄棒には、首を打ち落された仔鹿の胴体が結び付けられてあった。その仔鹿《かよ》は、まだ一歳足らずの犬程の大きさのもので、穽《わな》に挟まれた前足の二本が、関節の所で砕かれてい、却って反対の方に曲ったまま硬ばっていた。それに、背から下腹にかけて恰度《ちょうど》胴体の中央辺に、大きな斑《まだら》が一つあり、頸筋にも胴体との境に小さな斑が近接していて、恰度縞のように見えるものが一つあった。けれども、その二つだけは、奇妙にも、血や泥で汚されてはいなかった。然し、それ以外の、鹿子色をした皮膚は、ドス黒くこびり付いた、血に塗《まみ》れていて、殊《こと》に半面の方は、逃げようと悶えながら、岩壁に摺り付けたせいか、繊維の中にまで泥が浸み込み、絶えず脂とも、血とも付かぬようなものが、滴《したた》り落ちていた。それであるから、仔鹿の形は、恰度置灯籠を、半分から截ち割ったようであって、幾分それが、陰惨な色調を救っているように思えた。

十四郎は、熱した脂肪の跳ねを、右眼にうけたと見えて、額《ひたい》から斜《はす》かいに繃帯《ほうたい》していたが、その側らに仔鹿を挟んで、くら、喜惣、滝人の三人が、寝転んでいる時江と向き合っていた。すると、俄《にわ》かに松薪《まき》が燃え上り、室《へや》中が銅色に染まって明るくなった。そして、暗闇があった所から、染めたくらの髪や、舌舐ずりしている喜惣の真赤な口などが、異様にちらつき出したかと思うと、仔鹿の胴体も、その熱のためにむくむく膨れて来て、堪らない臭気が食道から吹き始めると、腿《もも》の二山の間からも、透き通った、何とも知れぬ臓腑の先が垂れ下って来た。それを見ると、十四郎は鉄弓を緩やかに廻しながら、

「おい、肝を喰うとよいぞ。もう蒸れたろうからな。あの病にはそれが一番ええそうなんじゃ」と時江に云ったが、彼女はチラリと相手の顔を見たのみで、答えようともしなかった。それは、如何にも無意識のようであって、彼女は自分の夢に浸り切っていて、物を云うのも覚つかなげな様子だった。所が、そうして暫《しば》らく、毛の焦げるような匂いが漂い、チリチリ捲き縮まって行く、音のみが静寂を支配していたが、そのうち、時江はいきなり身体をもじらせて、疳高い狂ったような叫び声を立てた。

「ああ、それじゃ、稚市の身体を喰べさせようって云うの。まるで、この仔鹿《かよ》の形は、あの子の身体にそっくりじゃないの。ほんとうに、じりじり腐って行くよりかも、いっそ一思いに、こんな風に焼かれてしまった方が増しだわ。もう、そうなったら、烏だって喰べやしないでしょうからね。山猫だって屍虫《しでむし》だって、てんで寄り付かないに決まっ

てますわ。大兄さん、一体肝ぐらい喰べたって何になるのさ」

時江は折々このように、何かの形にあれを聯想しては、心の疼《うず》きを口にするのが常であった。がその時はそう云いながらも、何かそれ以外に、一つの憑着《ひょうちゃく》が頭の中にあると見えて、幾つか鳥や獣の、名前を口にする毎に、首を振っては、何ものかを模索している様子だった。それに、くらは歯のない口を開いて、時江の亢奮を鎮《しず》めようとした。

「そんじゃけど、喰うてみりゃ、また足しにもなるもんじゃ。仔鹿の眼もよいと云うぞ。時江、むずかりもいい加減にするもんじゃ。この一家にも、儂《わし》の呼吸《いき》があるうちに、もう一度、必ずええ日が廻《めぐ》り来るでな」

「いいからもう、そんな薄気味悪いものばかり並べないで」と母の言葉に押し冠《かぶ》せて、時江は泣きじゃくるように肩を震わせたが、「でも、考えてみると、稚市さえ生れてくれなかったら、こんなにまで非度《ひど》い苦しみを、うけずに済んだかも知れないわ。あの病の始めのうちは、肌の色が寒天のように、それはそれは綺麗に透き通って来るんですって。それから、痺《しび》れが何処からとなくやって来て、身体中を所嫌わず、這い摺《ず》るようになると、今迄見えていた血の管の色が、妙に黝《くろ》ずんで来て、やがて痺れも一個所に止まってしまい、そこが白斑《なます》みたいに濁ってくるんですとさ。でも、それと判ってさえいなければ――ひょっとしたら、死際近くになって出ないとも限らないのだし、全く斯《こ》んな風に、何時来るか何時来るか――いっそ来てしまえばとも捨鉢に考えてみたり、また事に依《よ》ったら、一生を終えるまで出ずには済みはしまいかと――そんな当途《あてど》ない、心安めを云い聴かせてまで生きているのが……。どう大兄さん、貴方一思いに死ねて――ええ、死ねやしないでしょうとも。私だって同じ事ですわ。これがあるばかりに、妙に意地悪い考えばかり泛《うか》んで来て、もし死ぬまで出なかったら、死際にありたけの声を絞って、あの病を嘲り付けてやろうなどと思ったりして……」

とそれなり、時江の声が、心細い尾を引いて消えてしまったけれども、その彼女の言葉は、一々異なった意味で、四人の心に響いていた。母のくらは、自分の余命を考えると、真実左程の衝動でもなかったであろうし、滝人は滝人で、またありたけの口を開いて、眼前の猿芝居――まるで腹の皮が撚《よ》れるほど、滑稽な恐怖を嗤《わら》ってやりたかったに相違ない。所が、十四郎と喜惣とは、時江の悲嘆には頓着なく、事もあろうに、肉の取り前から争《いさか》いを始めた。それは、泥塗《まみ》れになった片側を、十四郎が喜惣に当てた事で、喜惣はまたむきになって、無傷の方を自分のものに主張するのだった。そして、熱して来た仔鹿《かよ》の上へ、二人が盛んに唾を吐き飛ばせていると、母のくらは、またドギマギして、二人の気を外らそうとし、別の話題を持ち出した。

「そんな聴き苦しい争《いさか》いをせずと、やはり仔鹿の生眼《いきめ》がええじゃろう。あるんなら喜惣よ、こけえ早う持って来たらどうじゃな」

「そんなものは、ありゃせんぞ」と白痴特有の、表情のない顔を向けて、喜惣は、新しく訪れた観念のために、前の争《いさか》いを忘れてしまった。そして、仔鹿を結わえた鉄棒を、再び廻し始めながら、

「最初から、ありゃせん。多分烏にでもつつかれたんじゃろう」

「いや熊鷹じゃろう。あれは意地むさいでな。だがなあ喜惣、この片身はどうあっても、お前にはやれんぞ。あれは、第一儂《わし》の穽《あな》なんじゃ」と食慾以外には、生活の目的とて何もない十四郎が、飽くまで白痴の弟を抑えつけようとすると、

「なに、鷹が……」と時江は、それまでにない鋭い声を発した。が、その気勢にも似ず、それから茫《ぼ》んやりと仔鹿の頸を瞶《みつ》め始めた。

「欲しくもないものなら、熊鷹が鷲でもいいだろうが、時江、一体お前は何を考えとるんだな」とその様子を訝《いぶか》しがって、十四郎が問い返すと、時江は皮肉な笑を泛べて云った。

「いいえ、何でもない事なんですの。ただ大兄さんが、仔鹿の傷のない片身を、とろうと仰言《おっしゃ》るので、それは幾ら望んだって、もう出来ない事だと云いたいだけですわ。いいえ、どう思ったって、此の谿間《たにあい》に来てしまったからには、取れるもんですか」

それには、刺すような鋭さはあったが、何の意味で、そのように不可解な言葉を吐くのか、全く煙に巻くような不可思議なものがあった。然し、美しい斑《まだら》のある片側も、次第に毛が燃えすれて来て、暫《しばら》く経つと、皮の間から熱い肉汁が滴り出し、全くその裏側と異らないものになってしまった。すると、なお訝《いぶ》かしい事には、その後の時江は、別人のように変ってしまって、十四郎がしぶとくその側にのみ、刃を入れても、一向眼を呉れようともせずケロリとしていて、遂ぞいま自分が云った言葉を、忘れ去ってしまっ

たように見えた。けれども、その不思議な変転も、遂にその場限りの、精神的な狂いとだけでは、済まされなくなってしまった。何故ならそこには、滝人の神経が魔法の風のように働きかけていたからである。

果して、それから一時間程後になると、寝入った稚市をそっとして置いて、滝人は時江の部屋を訪れた。その部屋は、十四郎夫婦の居間のある棟とは別になっているが、一方の端が、共通した蚕室《さんしつ》になって繋《つな》がっているために、外見は一つのもののように見えた。そして、その方の棟には、くらと時江が一つの寝間に、喜惣は涼しい場所とばかりから、牛小屋に接した、破《わ》れ羽目《はめ》の側らで眠るのが常であった。然し、その時、滝人の顔を見上げて、時江がハッと胸を躍らせた——と云うのは外でもない、常になく、異様な冷たさに打たれたからである。いつもの——時江の顔を見ては、妙に舌舐めずりするような気振りなどは、微塵も見られなかったばかりでなく、その全身が、ただ一図の願望だけに、化してしまったのではないかと思われたほど、寧ろそれには、人間ばなれのした薄気味悪さがあった。

「ねえ時江さん」と滝人は座に着くと、相手を正面に見据えて切り出した。「貴女《あなた》は、何か私に隠している事があるんじゃないの。現に、あの鬼猪殃々《おにやえもぐら》の原がそうでしょう。雑草でさえ、あんな醜い形になったと云うのも、もともとは、死んだ人の胸の中から生えたからですわ。サア事に依《よ》ったら、貴女だって、胸の中の怖ろしい秘密を、形に現わしているかも知れませんのよ」

「何を云うんですの、お嫂《ねえ》さん。私がどうしてそんな事を」と時江は、激しく首を振ったが、知らぬ間に、手が、自分の胸をギュッと握りしめていた。

「そりゃまた、どうしてなんです」と滝人は透《す》かさず、冷静そのもののように問い返した。「私はただ、どうして貴女が高代と云う女の名を知っているのか、それを聴きたいだけなの」

するとそう云われた瞬間だけ、時江には、はっきりとした戦《おのの》きが現われた。然し、その衝動が、彼女の魂を形も余さず掠《さら》ってしまって、やがて鈍い目付になり、それは、眠っている子供のように見えた。滝人は、その様子に残忍な快感でも感じているかのように、

「時江さん、私は穿鑿《せんさく》が過ぎるかも知れません。けれども私には、止《や》むに止まれぬものがあって、それを仕遂げるまでは、決してこの手を離さないつもりなのです。と云って、それが当推量《あて》では勿論ないのですよ。貴女は、自分自身では気が付かないのでしょうけども、心の動きを、幾何で引く線や図などで、現わすような性癖があるのです。それを、難かしく云えば数形式型《ナンバー・フォームス》と云って、反面には何かにつけて、それを他のものに、結び付ける傾向が強くなって行きます。先刻《さっき》も、最初に仔鹿《かよ》の形を見て、それを稚市に聯想しましたわね。所が、その仔鹿の形が、また別の聯想を貴女に強《しい》て来て、それ以外にも、あるぞあるぞ——と、まるで気味悪い内語みたいなものを囁《ささや》いて来ました。つまり仔鹿と云う一つの音が、何か貴女にとって、重大な一つのものの中に含まれているか

らです。然し、すぐにはおいそれと、はっきりしたものが、泛んで出ては来ないので、だんだんに焦《じ》れ出して来ると、いつの間にか意識の表面を、雲の峰みたいなものが、ムクムク浮動して来るのでした。そして、それが尻尾だけであったり、捉えてみると別のものだったりして、何しろ一つの概念だけはあるのですが、どうにもそのはっきりしたものを摑み上げる事が出来ず、唯徒《いたずら》に宙を模索《まさぐ》って、それから烏とか、山猫とか屍虫《しでむし》とか云うような、生物《いきもの》の名を並べ始めたのです。すると、その時お母さまが、仔鹿《かよ》の生《いき》眼《め》の事を口にすると、十四郎がそれに、多分熊鷹に刳《く》り抜かれたんだろう——と云いましたわね。それが、重大な暗示だったのです。その一叩きに弾かれて、意識の底からポンと反動で、飛出して来たものがあった筈です。つまり、それがたかにかよ——高代ではありませんか。ねえ時江さん、確かにそうだったでしょう。いいえ、当推量《あて》なもんですか。それでは、綺麗な斑《まだら》のある片身を、何故、十四郎には金輪際《こんりんざい》とれぬ——と貴女は云ったのです？」

もうその時には、時江は顔を上げる事も出来なくなり、滝人の不思議な精神力に、すっかり圧倒されてしまった。滝人は、そうして勝利の確信を決め、眼前に動けなくなった獲物があるのを見ると、それを弄《もてあそ》びたいような快感が募って来た。

「それが時江さん、貴女からは到底取り離せない、精神的な病気なのです。貴女はそれを聴くと、あの仔鹿の胴体で、一つの文字を描いてしまったのです。何故なら、そう云う数形式《ナンバー・フォームス》型の人達に就《つ》いて、此処《ここ》に面白い話がありますわ。それは、ブリッジの名手と云われた、クヌト・ライデンの逸話なのです。私は、少しもそのゲームの事に就いては知りませんけれど、何でも終り頃になって、スペードの1で、勝敗が決まってしまうような局面になったのですが、勿論ライデンにはその札はないので、寧《むし》ろ自暴《やけ》気味だったのでしょう、もし、俺が持っているんだったら、心臓を刳《く》り抜いて見せる——と云ったそうなのです。すると、その一座の一人が、不図《ふと》前にある、置灯《スタンド》の台に眼をやったのを見ると、そこでライデンは、ポンと札を卓上に投げ捨て、君が勝ったと、その一人を指摘したと云う話があります。何故なら、スペードから心臓《ハート》の形をとってしまえば、残ったものがてっきり卓上灯《スタンド》の台としか思えないじゃありませんか。そこで時江さん、貴女にも、恰度《ちょうど》それと同じものが仔鹿の頸《くび》にあったのです。熊鷹に刳り抜かれた——と云うあの一言が、鹿子色をした頸先の方に、一つの孔《あな》のような斑を作ってしまったのでしたね。ですから、その全体が、高の字を半分から截ち割ったように思われて、いまでは十四郎が、どうしても遇う事の出来ない、高代と云う女の名が聯想されて来たのでした。そうすると時江さん……」と滝人は、双眼に異様な熱情を罩《こ》め、野獣のような吐息を吐きながら、時江に迫った。

「貴女には、決して知る筈のない隧道《トンネル》の秘密を、一体どうして知ったのです。十四郎が話したのでさえなければ……。ああ、あの男に、もしやすると、鵜飼の意識が蘇えって来たのでないかしら」

そうして、滝人の心の中で、いろいろなものが絡み始めて来ると、それまで数年間の疲労が一時に発し、最早《もはや》座に居堪《いたたま》れぬような眩暈《めまい》を覚えて来た。すると、時江は怯々《おずおず》と顔を上げ、低いかすれたような声で、嫂《あね》に云った。

「それでは、何もかもお話致しますが、お嫂《ねえ》さま、貴女それを、兄にだまっていて頂けますか。実を云いますと、いつも御霊所《みたまどころ》の中で、母と対座して居りますうちに、兄は時折、その高代と云う言葉を口にするのです。私はそれを聴くと、もしやお嫂《ねえ》様以外にも、兄の胸の中にある人がいるのではないかと考えられて、先刻《さっき》も先刻、大兄の仕打が余り酷《ひど》いと思われたものですから、つい私、むらむらと口にしてしまったのです。ねえお嫂さま、もうこの谿間《たにあい》に来てしまった以上は、何と云っても、遠い別世界の話なんで御座いますからね。どうか、お怒りにならないで下さいましな。もしかして兄の耳に、私のいらずロでも入った日には、ほんとうにそれこそ、私、どんな目に遇わされないとも限りませんわ。ねえ、それだけは固い約束をして、ねえお嫂さま……」

と兄の粗暴な復讐を懼《おそ》れて、時江はひたすら哀願するのだったが、何故かその時は、一端《いったん》下りかけた滝人の頸が、中途でハタと止まってしまった。滝人は凝《じ》っと眼を瞑《と》じたまま、それなり動かなくなってしまったのである。生涯謎の儘《まま》で終るかと思われていたあの疑惑にも、遂に解け去る時機が訪れて来た。今の時江の言葉を解釈してみると、十四郎――いや鵜飼邦太郎が、御霊所《みたまどころ》の中で鎮魂帰神などと称し、母の眼を見ながら対座していると云う事は、以前にも、信徒である限り必ずそうしたものである。勿論それは、一種催眠誘示の手法に相違ないのだから、その間は、潜在意識が飛び出すのに、恐らく絶好な時機ではないだろうか――。そうして、彼女が第一の人生に、終止符を打つ事が出来たとすると、当然鵜飼邦太郎の存在が、愈《いよいよ》幻から現実に移されねばならない。となると、またそこには、何か充《みた》されていない空虚なものが出来てしまって、それが頭の皮質に、ガンガンと鳴り響いてくるのだった。所が、その時滝人の頭の中に、不図《ふと》一つの観念が閃《ひらめ》くと、知らず知らず残忍な微笑《ほほえみ》が、口の端を揺がし始めた。突然、彼女の背後から現われ出たものは、華麗な衣裳こそ身につけているが、その顔は二目と見られぬ、醜い邪悪なものだった。それが、いまも見るように、滝人の頸を中途で停めてしまったのである。すると、時江は嫂《あね》の素振りに愈《いよいよ》心元なく、ためらいながら吃《ども》りながらも、哀訴を続けた。

「後生ですわ、お嫂《ねえ》さま。どうか私をかばって下さいまし。私を、もうそんなに苦しめないで、承知して下さいましな」

「いいえいいえ、私には出来ません。それはどうあっても出来ない事です」と滝人が、愈《いよいよ》無性にいきばって首を振っているうちに、あの焔に勢いを添えようとするものが、やがて猛り立って来た。すると、時江の声が、それなり鳥渡《ちよつと》杜絶《とだ》えたかと思われたが、ぞくぞくと震え出して来て、不審な事に、彼女は酔いしれたように上気してしまった。

「いいえ、もう仰言らないで下さい。私、お嫂さまに、一つの証《あかし》を立てますわ。鉄漿《はぐろ》をつけます。予《かね》てお嫂さまのお望み通りに、私、鉄漿をつけますわ。そして、お嫂さまと一所に、何処へなりと、お好きな夢の国に参りますから……」

そして、相手が何も云わぬのに、独《ひと》り合点して、何時《いつ》か滝人が忘れて行った、早鉄漿《はやがね》の壺に鏡を取り出して来た。そして立膝《たてひざ》にした両足を広く踏み開き、小指にちょんびりとつけた黒い脂で、前歯に軽く触ると、時江はその一点の斑《まだら》にさえ、自分の裸身を見るような驚異を感じた。それが秘密な部分にある黒子《ほくろ》みたいで、鳥渡《ちょっと》指先で持ち上げたいような、可笑《おか》しさはあったけれども、やがてその黒い斑点が拡がり行くにつれて、時江はハッハッと獣のような息を吐き始め、腰から上をもじもじ廻し始めた。のみならず、一本芯の洋灯《ランプ》は仄暗いけれども、その光りが、額から頰にかけて流れている所は、キメを一層細やかに見せていた。もう時江は、自分自身でさえも、その媚《なま》めいた空気に魅せられてしまって、鉄漿《かね》をつける小指の動きを、どうにも止めようがなくなってしまった。然し、滝人の眼から見ると、そこには、魔法のような不思議な変化が現われて行ったのである。

と云うのは、白と灰色とで段だらにした格子の間を、真黒に塗り潰してしまうと、その灰色が全く白ちゃけてしまうのであるが、この場合も、それと同じ色彩の対比であろうか。皓歯《しらは》の輝きが一つ一つ消え行くにつれて、それに取って代った天鵞絨《びろうど》のような斑が、見る見る顔一面に滲み拡がって行った。すると、不思議な事には、頰の窪みにすうっと明るみが差し、細やかな襞《ひだ》や陰影が底を不気味に揺り上げて来て、僅かに耳の付け根や、生え際の辺りにだけ、病んだような微妙な線が残されるばかりになった。そうして、隆起したくびれ肉からは、波打つような感覚が起って来て、異様に唆《そそ》り勝ちな、まるで繻子《しゅす》のようにキメの細かい、逞《たく》ましい肉付の腰みたいに見えた。滝人は、もうどうする事も出来ず、見まいとして瞼《まぶた》を閉じた。すると、また暗黒の中で、それが恐ろしくも誇張された容《かたち》となって現われ、今や十四郎のありし日の姿が、その顔の中に永久住んで行くかの如く思われるのだった。そうした、到底思いもつかなかった喜ばしさの中で、何故か滝人は、ぞくぞく震えていたのである。身も心も時江に奪われて、十四郎そっくりの写像が、眼前にちらつくのを見ると、そうして生れた新しい恋愛に、彼女の心は、一も二もなく煽《あお》り立てられた。滝人は、もう前後が判らなくなってしまったが、絶えずその間も、熱に魘《うな》されて見る、幻影のようなものが附き纏《まと》っていて、周囲の世界が、次第に彼女から飛びさるように思われると、そのまま滝人は、狂わしい肉情と共に取り残されてしまったのである。が、その時、残忍な狡猾な微笑が、頰に泛《うか》び上って来て、滝人の顔は、以前通りの険しさに変ってしまった。それは恰度《ちょうど》、悪狡《わるがしこ》い獣が耳を垂れ、相手が近附くのを待ち構えているようであった。所が、その図星が当って、鉄槳を附け終り、不図《ふと》滝人の顔を見ると、その瞬間時江は、喪心したようにクタクタになってしまった。彼女には、もう取り附く島もないではないか。嫂《あね》の気持を緩和しようとした折角《せっかく》の試みが、それでさえいけないのだったら、一体彼女はどうしたらいいのだろう。いつか、兄夫婦の間に始まるであろう争《いさか》いの余波が、彼女にどのような惨苦を齎《もたら》すか、知れたものではないのである。すると時江には、もうこの上手段と云って、ただ子供のように嫂の膝に取り縋《すが》り、哀訴を繰返すより外《ほか》にないのだった。

「それではお嫂様《ねえ》、私に教えて頂戴。そのお顔を柔かにしてから、私がどうすればいいのか、教えて頂戴」

「ああ十四郎、貴方はそこに……」と時江の声が、耳に入ったのか入らぬのか、滝人の眼に、突然狂ったような光りが瞬《また》いた。すると、（以下七四字削除）本能的にすり抜けたが、（以下六〇一字削除）異様な熱ばみの去らない頭の中で、絶えず皮質をガンガン鳴り響かせているものがあった。滝人は、いつの間に此処に来てしまったのか、自分でも判らないのであるが、そうして、永いこと御霊所《みたまどころ》の前で、髪を乱し瞼を腫れぼったくして、居睡っているように突っ立っていた。

三、弾左《だんざ》谿《だに》炎上

遂《つい》にあの男が、鵜飼十四郎に決定されたばかりでなく、〇〇〇〇〇〇〇〇〇〇〇〇〇〇〇〇〇〇〇、滝人はまるで夢みるような心持で、自分の願望が凡《すべ》て充《みた》され尽くしたのを知った。そして、暫《しば》く月光を浴びて、御霊所の扉に凭《もた》れ掛かっているうちに、次第とあの異様な熱ばみが去り、漸く彼女の心に、仄白い曙《あけぼの》の光りが訪れて来た。それは恰度《ちょうど》、あの獣的な亢奮のために、狂い出したように動き続けていた針が、だんだんに振幅を狭めて来て、最後にぴたりと真直《まっすぐ》に停まってしまったようなものだった。すると、その茫漠とした意識の中から、何となく氷でも踏《ふ》んでいるような、鬱然とした危懼《きぐ》が現われて来た。と云うのは、最初に高代と云う言葉を聴いたのは、まだ十四郎が意識のはっきりせぬ頃の事であり、その後に時江が耳にしたのも、御霊所の中であって、やはり十四郎は、同じ迷濛状態にあったのではないか。それは、たしかに一脈の驚駭《きょうがい》だった。そうして、滝人の手は、怯《おび》やかされるまま、御霊所の扉に引き摺られて行ったのである。

扉を開くと滝人の鼻には、妙にひしむような、闇の香りに混じって、黴《かび》臭い、紙の匂いが触れて来た。彼女は入口に暫く佇《たたず》んでいたが、気附いて、頭上の桟窓をずらせた。すると、乳色をした清々《すがすが》しい光線が差し込んで来、その反映で、闇の中から梁《はり》も壁も、妙に白ちゃけた色で現われて来て、その横側がまた、艶々《つやつや》と黝《くろ》ずんで光っているのだった。眼の前には、二本の柱で区劃された一段高い内陣があって、見ていると、その闇が、次第にせり上って行くかと思われるほど、框《かまち》は一面に、真白な月光を浴びていた。またその奥には、様々な形をした神鏡が、幾つとなく、気味悪い眼球のように閃《きら》めいているが、背後の鴨居《かもい》には、祝詞《のりと》を書きつらねた覚え紙が、隙間なく貼り付けられていて、なかには莫大な、信徒の寄進高を記したものなどもあった。滝人は、そこに手燭を発見したので、漸《よう》く仄暗い、黄ばんだ光りが室内に漂い初めた。然し、滝人には、一つの懸念があって、明るくなるとすぐに、内陣の神鏡を一つ持って来た。そして、机を二つばかり重ねて、その上に神鏡を据え、頻《しき》りと何かの高さを、計測しているようであったが、やがて不安気に頷《うなず》くと、背後の祝詞文に明りを向けた。そして、自分は神鏡の中を覗き込んだのだが、その瞬間、彼女の膝がガクリと落ちて、全身がワナワナ戦《おのの》き出した。

その神鏡の位置と云うのは、常に行を行う際に、くらが占めている座席であり、且つまたその高さが、彼女の眼の位置だとすれば、当然それと対座している十四郎との関係に、何か滝人を、使嗾《しそう》するものがあったに相違ない。事実、滝人はそれに依って、今度こそは全然償う余地のない、絶望の真唯中に叩き込まれてしまった。それが、滝人の疑惑に対して、実に、最終の解答を応えたのである。それから滝人は、刻々血が失われて行くような、真蒼な顔をしながら、その結論を、心の中の十四郎に云い聴かせ始めた。

「私は、自分の浅墓《あさはか》な悦びを考えると、実に無限と云っていいくらい、胸の中が憐憫《あわれみ》で一杯になってしまうのです。お怨《うら》みしますわ――この酷《むご》い誓言を私に要求したのが、他ならぬ貴方なのですから。あの獣臭い骸《むくろ》だけを私に残して置いて、何処《いずこ》かへ飛び去っておしまいになり、その上御自分の抜骸《ぬけがら》に、こんな意地悪い仕草をさせるなんて、余りと云えば皮肉では御座いませんか。今までも、時折貴方の小さな跫音《あしおと》を聴いて、私は何度か不安になりましたけども、愈《いよいよ》今日と云う今日は、貴方の影法師をしっかりと見て取りました。救護所で発した高代と云う言葉は、まさしく不意の明るみが因《もと》で、鵜飼の腸《ひゃ》綿《くひろ》から放たれたものに相違御座いません。そして、いま時江さんが耳にしたものは、貴方が催眠中、お母様の瞳に映った文字を読んだからなのです。ねえこれと同じ例が、仏蘭西《フランス》の心理学者ジャストローの実験中にあるでは御座いませんか。催眠中には、瞳に映った一ミリ程の文字でも読む事が出来るのです。振り返って、背後を御覧遊ばせ。『反玉足玉高代道反玉《かえしたまたるたまたかしろのみちあかしたま》』とある――その中の高代《たかしろ》の二字が、お母さまの瞳に映ったのですけど、文字力のない現在の十四郎には、それを高代《たかよ》と読む以外に術《すべ》はなかったのです。ねえ、そうで御座いましょう。心の中でそれと判ってはいても、意地悪な貴方は、故意《わざ》と私にはそれと告げず、散々弄《もてあそ》んだ末に……、ええ判りましたとも判りましたとも、あの十四郎には、やはり以前の貴方が住んでいると云う事も。そして、現在生きている筈の鵜飼邦太郎は、あの時、貴方の顔に似て、死んで行ったと云う事も……」

それから滝人は、逃げるようにして御霊所を出たが、暫く扉際に立って、濡れた両手を顔に押し当てていた。彼女は、世界中の嘲りを、今や一身にうけているような気がした。運命とは元来そうしたものだとは云え、あの逆転は余りに突嗟《とっさ》であり、余りに芝居染みて仕組まれているではないか。そして、先刻《さっき》の獣的な歓喜は、また何と云う皮肉な前狂言だったのであろう。滝人は、知らぬ男の前で着物を脱がされたような、恥かしさと怖ろしさとで一杯になりながら、月夜の庭を不確かな足取りで、当《あ》て途《ど》もなく彷徨《さまよ》い始めた。舌が真白に乾いて、胸は上から、重いもので圧《おさ》れているように重たかった。頭の中で、ズキリズキリと疼《うず》き上げているものがあって、絶えずたぎっているような血が、顳顬《こめかみ》から心臓にかけて、循環しているのが判るような気がした。滝人は、絶えず落着こうと努めていた。そして、何か忘れてはならないものを、忘れているのではないかと思ったり、突然自分には、到底判断がつかぬような、観念に打たれて驚かされる事もあった。然し、そう云う無自覚の間にも、絶えず物を考えようとする力が、藻掻《もが》き出て来るのだったが、それはほんの瞬間であって、再び鈍い、無意識の中に沈んでしまうのだった。そうしているうちに、湯気のようなものを裾《すそ》暖かに感じたかと思うと、突然烈しい苦痛が下から突き上げて来た。彼女は何時の間にか土間の閾《しきい》を踏み跨《また》いでいて、その両足の下に、仔鹿《かよ》の生々しい血首を見た。その瞬間一つの恐ろしい観念が、滝人を波濤《はとう》のように圧倒してしまった。身にも心にも、均衡を失ってしまって、思わず投げ出されたように、地面に這いつくばった。そして、頬を草の根にすりつけ、冷々とした地の息を嗅ぎながら、絶えずしぶとく襲い掛かって来る、あの危険な囁きから逃れようと悶《もだ》えた。

そこには、腐爛し掛かった仔鹿の首から、排泄物のような異臭が洩れていて、それがあの堪えられぬ、産の苦痛を滝人に想い出させた。然し、現在の十四郎が、真実の変貌と云う事になってしまうと、あの物凄い遊戯をしてまで、時江に植え付けた美しい幻像は、一体どうなってしまうのであろう。二人の十四郎――そこで滝人は、忽《たちま》ちどうにも抜き差しのならない疑題に直面してしまった。するとしんしんとあの歓喜が舞い戻って来て、暗い光明のない闇の中から、パッと差し込んで来た一条の光りがあった。滝人は、まるで夢魔に襲われたような慌《あわ》て方で、すっくと立ち上った。この孤独な地峡の中で、甲斐《かい》のある生存を保って行くには、何よりあの腫物《はれもの》を除かねばならない。あの美醜の両面は、それぞれに十四郎の、二つの人生を代表している。けれども、その二つを心の上に重ねて行くとするには、余りに鉄漿《はぐろ》をつけた時江が、十四郎そのものであり（以下二三七字削除）現在の十四郎には生存を拒まねばならない――その物狂わしさは、倒錯などと云うよりも、寧《むし》ろ心の大奇観だったであろう。全く、この不思議な貞操のために、滝人は或る一つの、恐ろしい決意を胸に固め、十四郎のために、十四郎を殺さねばならなくなってしまったのである。然し、そうなると、たとい十四郎だけを除いたにしても、それに続いて、なお喜惣が舌なめずりしているのを考えねばならなかった。更にその二人が除かれたにしても、その間の関係を知り尽くしている母のくら——いやその舌が、尚その背後に待ち構えているのも忘れてはならない。すると、その三重の人物が、滝人の頭の中で絡《から》み合って来て、それをどう云う風に按配《あんばい》したらいいのか——そうして暫《しばら》くのあいだ、各々《それぞれ》に割付けねばならない、役割の事で悩まねばならなかった。然しそのようにいろいろな考えが、成長しては積り重なって行くうちに、どれもこれも纏《まと》まりの付かない、空想的な形に見え出して来たが、そのうち、突然に彼女は、がんと頭を撲《う》たれたような気がした。そして、思わず眼が昏《くら》むのを覚えた。

今まであの隧道《トンネル》の惨事以来、彼女に絶えず囁《ささや》き続けていた、高代《たかよ》と云う一事が、今度も滝人の前に二つ幻像となって現われた。それは、最初鵜飼の腸綿《ひゃくひろ》の中に現われて以来、或はくらの瞳の中に映ったり、また数形式《ナンバー・フォームス》の幻ともなって、時江を脅《おびや》かした事もあった。けれども、愈《いよいよ》最後には二つの形をとり、滝人の企てを凱歌に導こうとしたのである。漠として形のない、心の像のみで相手を斃《たお》す——それは、誰しも望むべくして得られない、殺人の形式として、恐らく最高のものではないか。

午後の雷雨のために、湿気が吹き払われたせいか、山峡の宵深くは、真夏とも思われぬ冷気に凍えるのを感じた。頭上の骨っぽい峯が月光を浴びて、それが白衣を着た巨人のように見え、その遥か下に、真黒な梢を浮き上らせている樅《もみ》の大樹は、その巨人が引っさげている、鋭い穂槍のように思えた。それは、頭の病的な時に見る夢のようであって、ともすると、現実に引き入れたくなるような奇怪な場面であった。然しそれから母屋の中に入り、その光景を桟《さん》窓越しに眺めている滝人には些《いささ》かもそうした物凄い遊戯が感じられず、全くその数瞬間は、緊張とも亢奮とも、何ともつかぬ不安の極点にあった。所で、滝人が最初目《もく》した、十四郎の居間附近に就《つ》いて、稍《やや》図解的な記述が必要であると思う。その寝間と云うのは、蚕室《さんしつ》の土間の階段を上った右側にあって、前の廊下には、雨戸の上が横に開閉する、桟窓があった。そして、廊下から以前の階段を下った所は、大部分を枯草小屋が占めているので、自然土間が鍵形になり、一方は扉口に、もう一つの稍々《やや》広い方は、階段と向き合った蚕室に続いていて、そこにも幅広い、手縁《てべり》をつけた階段があり、その上方が蚕室になっていた。然し、その二つの階段は、向き合っているとは云え、蚕室の方は、両側に手縁があるだけ……壁に寄った方の手縁の端から直線を引いてみると、それが向う側では、階《きざはし》の中央辺に当るのだった。然し、そのような事物の位置一つに、十四郎の死地が口を開いていたのである。

それから、滝人は永いこと、蚕室の階段の中途に突っ立っていた。そして凝《じ》っと神経を磨ぎ澄まし、何か一つの物音を聴き取ろうとするもののようであった。そこは、空気の湿りを乾草が吸い取ってしまうためか、闇が粘《ね》とついたようにじめじめしていて、時折風に鳴ると、枯草が鈴のような音を立てる。然し、滝人の足元には、もう一つ物音があって、彼女は絶えずそれに眼を配り、少しでも遠ざかると紐を手繰《たぐ》っては、何か人馴れた生物のようなものを、扱っていた。それが、唖の変形児稚市だったのである。が、それを見ると、滝人は吾が児《こ》までも使い、夫の死に何かの役目を、勤めさせようとするのであろう。然し、その間滝人は、いつものような内語を囁き続けていた。

「貴方、私はあの醜い生物《いきもの》を、これから絞首台に上《のぼ》させようとするのです。もし、人格と記憶が生存の全部だと致しますなら、死後の清浄と云う意味からでも、私をお咎《とが》めにはなりますまいね。いいえ、これで貴方は、全く清らかになれるのですわ。稚市に芽ばえたものを、やはり終《しま》いにも、この子が刈り取ってくれるのですから、もうすぐと、あの生物の眼には、高代と云う魔法の字が映るに相違ないのです。何処にでしょうか。しかもそれは、二度現われる筈なのです。時に、『反転的遠景錯覚《イリュージョン・オブ・リヴァシブル・パースペクチヴ》』と云う、心理学上の術語を御存知でいらっしゃいまして。では、試しに名刺を二つに折って、その内側になった方を、傾《かし》げながら片目で眺めて御覧遊ばせな。屹度《きっと》それが、折った外側のように見える筈なのですから。つまり、内角が外角に変ってしまうのですが、いまあの生物は、引ん曲った溝を月の山のようにくねらせて、それは長閑《のどか》な、憎たらしい高鼾《いびき》をかいて居りますの。でも、すぐ眼が覚めて、それから此《こ》ちらへ、引き摺られるようにやって来るに相違ありませんわ。何故かって、よくこんな空々しい気持で、私が云えるかって。だって、そうで御座いましょう。稚市とあの男と、一体何処が違って居りますの。ただ片方は光りに背を向け、あの男の方はそれを慕って、何かの植物のような向光《トロピ》

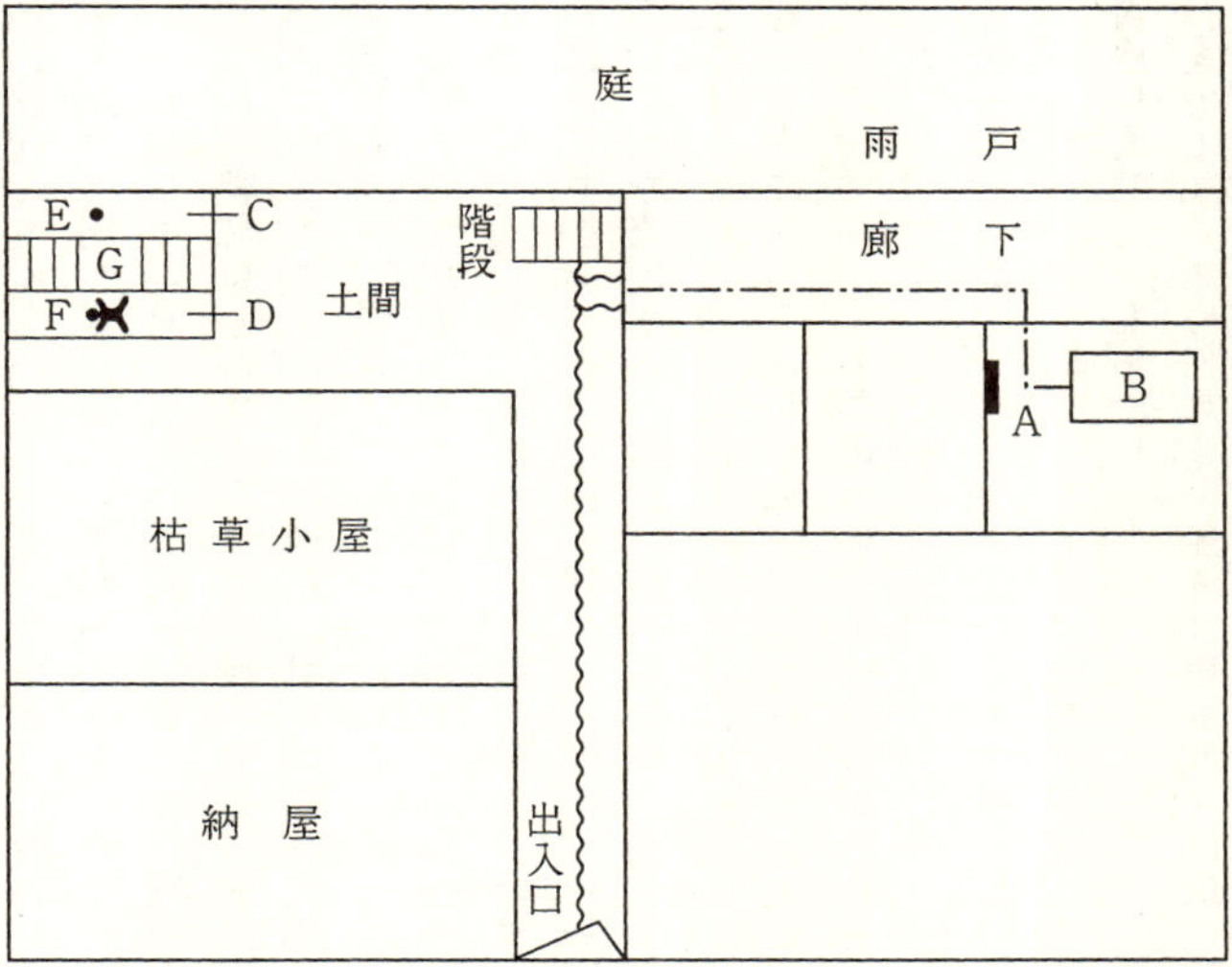

A　柱時計
B　紙帳
C,D　階段の手縁《てべり》
E　滝人
F　稚市
G　蚕室階段
—·—·—　十四郎の進路
〰〰〰　綱

性《ズム》があるだけなんですものね。いえ、もうすぐにお判りになりますわ。あの男は、いま紙帳《かや》の中で眠って居りますの——下が高簀子《たかすのこ》なものですから、普通の蚊帳《かや》よりも余程《よほど》涼しいとか申しまして。そしてその紙帳と云うのは、祝詞《のりと》文の反古《ほご》を綴《つな》いだものに渋を塗ったのですが、偶然にも高代と云う二字が、頭と足先に当る両方の上隅に、同じよう跨《また》っているのです。そこで、私が、何故前以《まえもっ》て桟窓を閉じ、時計の振子を停めたか、その理由を申しましょう。現在あの男は、紙帳の中に眠っているのですが、眼を覚ますと、そこが、紙帳の外であるような感覚が起ってしまうのです。いいえ、奇態でも何でもありませんわ。恰度《ちょうど》具合よく、あの男は仔鹿《かよ》の脂《あぶら》をうけて、右眼が利かないのですし、桟の間から洩れる月の光りが、紙帳の隅の、その所だけを刷いているのですから。当然下は闇ですし、頭を擡《もた》げると、頭上にある高代の二字が、外側へ折れているように見えて、自分が蚊帳の外にいるのではないか——と錯覚を起してしまうのです。ですから、外に出たと思って中に入ろうとし、紙帳の垂れをまくって一足膝行《いざ》ると、今度は反対に外へ出てしまうのですが、その眼の前に、一つの穽《あな》が設《しつ》らえてあるのです。以前東京の本殿に御座いました、大きな時計を御記憶でいらっしゃいましょう。あの下にさがっている短冊形の振子を、先刻《さっき》十一時十分の所で停めて置いたのです。そして、紙帳にある高代の二字が、それに小さく映るとしましたなら、何とよく、御霊所の母の眼に似付かわしいでは御座いませんかしら」

滝人はそうしているうちにも、絶えず眼を、十四郎の寝間の方角に配っていて、廊下の仄かな闇を潜って来る物音なら、どんな些細なものでも、聴き洩らすまいとしていた。然し、そこには依然として、この地峡さながらの如く音がなかった。彼女はもう、渾身の注意に疲れ切ってしまい、その微かな音のない声にも、妙に涸《か》れたような、しわがれが加わって来た。

「ですから、催眠心理の理論だけから云っても、その場去らず、母の眼を見ると同じ昏迷に、あの男は陥ってしまうのです。さあ、どのくらい長い間、その場に凝《じ》っとしている事でしょうね。いいえそうしているうちに、あの男はだんだんと動くようになって来るのです。何故なら、月が動くにつれて、左側の方からその高代と云う像が、次第に薄れて行くのですから、当然身体が、右の方に廻転して行く道理で御座いませんか。そして、全く消え去る頃には、あの男は廊下の中に出てしまうのですが、そうすると、またそこには別の高《たか》の字が待ち設けていて、あの男をぐんぐん前方に引き摺って行くのです。それが、この稚市なんで御座いますわ。私は、時江さんが仔鹿の胴体に描いたものに暗示されて、一つの奇怪極まる写像に思い当ったのでした。と申しますのは、この置灯籠のような身体に、一つは背の中央、一つは両股の間に光りを落しますと、それが高と同じ形になるでは御座いませんか。そして、この子の身体は闇の中に浮き上がりますし、それに、両股の間から来る光りに怯《おび》えて、階段を這い上るに相違ないのですから、それに惹かれて、あの男が歩んで参りますうちに、いつか廊下が尽き、それなり下に墜落してしまうのです。所が、その場所には、横に緩く張った一本の綱が御座います。そればかりか、それにはなお、狭い間隔を置いて縦に張った二本が加わって居りますので、あの男の頸がその中央辺《まんなか》に落ちれば、否応《いやおう》なく恰度絞索《ちょうどこうさく》のような形が、そこに出来上ってしまうでしょう。貴方の空骸《なきがら》は、そうしてグルグル廻転しながら、息が絶えてしまうのです。でも、どうしたと云う事でしょう。いつもなら今時分には一度、極《きま》って眼を覚ますのですが……」

滝人の頭は、次第に焦燥《いらだ》たしさで、こんがらかって来た。もしこの機会を逃がしたなら、或は明日にも、十四郎は片眼の繃帯を除《と》らぬとも限らないのである。そうしたら、完全に犯罪を遂行する——あの嫌らしい呼吸や、血に触れる事なくなし了《おお》せる機会は、彼女から永遠に去ってしまうに相違ない。そう思うと、滝人の前には、陰鬱な壁が立ちはだかって来て、堪《たま》らなく稚市の、獣のような身体が憎くなって来た。が、その時、カサリと云う音が、十四郎の寝間の方角でしたかと思うと、滝人の心臓の中で、ドキリと疼《うず》き上げたような脈が一つ打った。すると、熱い血が顳顬《こめかみ》に吹き上げて来て、低い息の詰まったような呻きが口から洩れた。が、その息を吸い込んだ胸は、膨らんだまま凍り付いてしまい、その儘《まま》筋一つ、滝人の身体の中で動かなくなってしまったのである。それから、二度ばかり、或は枯草のざわめきかと思われるような音がした。けれども、滝人の神経は、その微細な相違も聴き分けられるほど鋭くなっていて、それを聴くと、寧ろ本能的に、眼が廊下の桟窓に向けられた。もうそこには、大半月の光りが薄れ消えていて、僅かに階段よりの一部分だけ、細い縞のように光っている。時やよし——その瞬間滝人は、自分の息に血腥《ちなまぐさ》い臭気を感じた。すると、その衝動が大きな活力であったかの如く、手足が馴れ切った仕事のように動き始めた。まず、稚市を階段の中途に据えて足で圧《おさ》え、隠し持った二本の筒龕灯《つつがんどう》を、いつ何時《なんどき》でも点火出来るよう、両手に握り占めた。そして、試みにその光りを、稚市の上に落してみると、怯《おび》えて踠《もが》き出した変形児の上に、はっきりとあの魔の衣裳——高の字が描き出されるではないか。然し、その儘《まま》灯を消して、次の本当の機会を、滝人は待つ必要がなかった。不図《ふと》廊下を見ると、その時そこの闇が、すうっと揺らいだような気がした。と、鈍い膜のかかったような影法師が現われて、廊下の長板が、ギイと泣くような軋《きし》みを立てた。

いまや真夜中である。しかも、古びた家の寂《ひ》っそりとした中で、そのような物音を聴いたとすれば、誰しも堪え難い恐怖の念に駆られるのが当然であろう。が、却って滝人には、それが残虐な快感を齎《もたら》した。彼女は圧《おさ》えていた足を離して、稚市を自由にすると、この不思議な変形児は、両股の間に落された灯に怯え、両手で手縁《てべり》の端を摑んで、次第と上方に這い上って行く。その時、滝人の胸の中で、凱歌に似た音高い反響が鳴り渡った。と云うのは、稚市の遠ざかるにつれて、廊下がミシミシと軋《きし》み始めたからだった。そして、輪廓のさだかでない真黒な塊に、徐々と拡がりが加わって来るのだったが、然し、子が父を乗せた刑車を引いて絞首台に赴くこの光景は、もしこの時滝人に憐情の残滓《かす》が少しでもあれば、父と子が声なく呼び合わしている、痛ましい狂喚を聴いたに相違ない。が、滝人は素晴らしい虹でも見るかのように、その情景を恍惚と眺め入っていた。

そして自分が上った階段の数を数えて、もう程なく十四郎の前に廊下が尽きるのを知ると、彼女はその刹那《せつな》、襲い掛かった激情に、押し倒されたかの如く眼を瞑《つむ》った。と、ブーンと云う弓を振るような響きが起って、土台が辛《から》くも支えたと、思われるほどの激動が朽ちた家を揺り上げた。すると、家全体がミシミシ気味悪げに鳴り出して、独楽《こま》のように風を切る音が、それに交った。然し、その物音も、次第に振幅を狭めて薄らいで来ると、滝人はそれまでの疲労が一時に発して、もう何もかも分らなくなってしまった。然し、遂に事は成就したのである。

そうして、どのくらいの時間を経た後の事か、滝人の頭の中で、微かながら車輪のような響が鳴り出した。それは、挟まれた着物の端が、歯車の廻転につれズルズル引き出されて来ると云った感じで、何やら意識の中から眼醒めたいような感情が、藻掻《もが》き抜けて来るように思われた。すると、自分の現在が漸《ようや》くはっきりとして、今まで一つの瀬踏みしかしなかった事に、彼女は気が付いた。そして、新しい勇気を振り起すためには、何より、その瀬踏みの跡を検分する事だと思った。催眠中の硬直がその儘《まま》持ち越され、屍体は石のように固くなっていたが、顔には、静かな夢のような影が漂い、それは変死体とは思われぬ和《なご》やかさだった。そのぶらりと下った足を、滝人は振子のように揺り動かして、やがて止まると、先刻《さっき》振子を見た時の十四郎みたいに、身体をいきなりしゃちょこばらしたりして、暫《しば》くの間、その物凄い遊戯を酔いしれたように繰返していた。が、やがて滝人は、例の病的な、神経的な揺り方をして、肩でせかせか嗤《わら》い始めた。

「これなんです。お前はこれでいいんですよ。そして、お前の下手人には喜惣が挙げられて、あのお母さまも、喜惣の手にかかったと云う事で、結論《けり》がついてしまうのです。何の事はない、泉を騒がす蛙を一匹、私が捻《ひね》ってしまったまでの事だ。私は、どんなにか永いこと、あの泉の側に立って、そこに影を映しに来る、娘が現われるのを待っていた事でしょう。所へ、お前がその畔《そば》で、荒い息遣いをしたり、飛び込んだりなどするものだから、いつも泉の面が波紋で乱れていて、きまって抱き寄せようとすると、あの娘の姿は消え失せてしまうのでした。だけど、遂々《とうとう》これで、夢から愕《ぎょっ》然と醒めるような事はなくなってしまうだろう。いいえ、どんなに私をお嫌いな神様だっても、お前が犯人だ——と、私に指差しは出来ないでしょうからね。だって、考えて御覧なさい。二本縦に渡した綱を取り去ってしまったら、ぐるぐる廻転して、頸《くび》筋に結節が出来ている屍体を、どうして自殺と考えるでしょう。あの二本の綱——一向埒《らち》のなさそうな趣向一つにも、実は千人の神経が罩《こ》められているのです。一本の横に張った綱だけでは、到底あの窪みが出来る筈はないのだしね。結局戸外で絞殺《しめころ》したものを運び入れて、自殺を装せたと云う結論になってしまうのですよ。すると、何処にも地面には、引き摺ったらしい跡はないのだし、あの重い屍体の持ち運びが出来る人物と云ったら、どうしたって、まず喜惣以上にはないじゃありませんか。それに——ああ全く、私には魔法の力が附いているんじゃないかしら。屹度《きっと》真相を知らない捜査官達は、死後経過時間が因《もと》で、飛んでもない誤算をやるにきまっているんです。ですから、兇行の時刻がそんな具合で三、四時間も遡《さかのぼ》ってしまう事になると、当然私の手で、その時刻を証明するものを作り上げねばならないでしょう。それがお前を地獄に突き入れた、あの時計なんですよ。つまりお母さまの息の根は、振子の先についている長い剣針で止め、それから、停まっている時刻を、恰度《ちょうど》九時半頃にして置くのです。そうすると喜惣の行動が、少しの中断もなく説明出来るでしょうからね。最初兄を誘い出す際に、隙を見て振子を手に入れた——と。それから、戸外で絞殺して、屍体の頸を綱にかけ、その後暁《あかつき》近くになって母を刺し殺した——と。尚、都合のよい事に、喜惣は白痴なんですわ。そして、私の口からでも、兄の死後——云々の事が述べられたなら、人並性欲の猛りが激しい白痴の所業として——てっきりそんな、常軌一点張りな筋書でも、捜査官を頷《うなず》かせてしまう事と思われます。然しそれには、ただ針だけをぐるぐる廻しさえすればよいのです。八時——九時——それから長針を六時の所にさえ置けばつまり、その八、九、六で凡《すべ》てが終ってしまうのです」

八、九、六——その唸《うな》りが、それが一匹の蠅でもあるかのように、頭の中を渦巻いて拡がって行った。すると、滝人は不意に胸苦しくなって来て、何か忘れてならないものを忘れているのではないか——と何となく鬱然とはしているけれども、それでいて鈍く重たげな、必ず何かあるぞあるぞ——と云ったような不安を感じ始めて来た。然し、どう焦ってみても、結局蠅の唸りのようなものに遮られて、滝人はその根原を確める事が出来なかった。そして、次第に時刻も迫る事とて、もう少し静かにいて——と思ってみても、それが彼女には許されなかったのである。滝人は、指針を廻すのをまず後廻しにして、そっと振子だけを手拭にくるみ、それから、くらの寝間に赴いた。

　然し、そこにも光りはなかった。暗さという暗さを幾層にも重ね合わせたように、しぶとい暁前の闇が行手を遮っているのだった。そこで、滝人は決心をして、雨戸の上の桟窓を、そっと細目に開いた。すると、蜘蛛《くも》糸のような一条《ひとすじ》の光線が隙間から洩れて、それが蚊帳《かや》を透し、皺ばった頬の上に落ちた。滝人は暫《しばら》く動悸を押さえ、死の番人のように、その顔を黙視していた。が、やがて眼が微光の眩《ひら》めきに慣れるにつれて、それが疑いもなくくらであり、しかも歯のない口をあんぐりと開いて、そこからすやすや、寝息が洩れているのを知った。と、滝人の手が――斯うも一つの殺人が神経を鈍麻させたかと思われるほど――機械的に動いて行って、振子の上に布片《ぬのきれ》を幾重にも捲き、その先の剣針を歯齦《はぐき》の間に置いて、狙いを定めくらの咽喉《のど》深くにグサリと押し込んだ。そして、素早く掻巻きを顔の上に冠せて、滝人はその上にのし掛かったが、無論振子のために舌が動く気遣いはなく、僅かに四肢を、ぶるると顫《ふる》わせたのみで、動かなくなってしまった。斯《こ》うして、一尺と隔っていない所に、時江を置いての不敵極まる犯行が成功を遂げ、もはや滝人は、凱歌を包み隠す事が出来なくなってしまった。戸外に出ると、対岸の山頂が微かな光りに染み、そこから夏の日特有の微温《ぬく》もった曙が押し拡がろうとしている。星は一つ一つ、東空から天頂にかけて消えて行ったが、それが三つになった時、不図《ふと》妙な迷信的な考えに襲われた。滝人は、後の一つを見まいとして、眼を瞑《つぶ》った。然し、その真暗な瞼の中で、やはり同じような叫びを、時江が彼女に答えてくれるのを、しみじみ聴いていた。滝人は、慄《ぞ》っと擽《くすぐ》られるような幸福感に襲われたが、またあの病苦がしんしんと戻って来て、一つ残された義務を果さねばならないのに気が付いた。十四郎の寝間には、もう死の室のような沈鬱さを、滝人は感じなかった。然し、長針をぐるぐる廻して、それから、

「八――九――それから最後には、長針を六時に……」と滝人が、針をぴたりと垂直に据え、盤面から指を引いた時だった。その時不思議な事には、あれほど逐《お》い切れなかった蠅の唸《うな》りがピタリと止んでしまい、その蔭から、滂沱《ぼうだ》と現われ来《きた》った不安が、彼女を覆い包んでしまった。最初そこからは低い囁きが聴こえ、次第に高まって来ると、やがて圧したように、滝人を動けなくしてしまったのである。然し、彼女の病的な神経は、一々その相手になって、堪《たま》らない応えを喋り始めた。

鉄漿《はぐろ》――或はそうではないかしら。たとえ黙語にしても、その一番強い発音が声帯を刺戟するとどのように類似した言葉でも、その印象の蔭に、押し隠されてしまうと云うではないか。その忘却の心理には、極めて精密な機構があって、同じ発音の言葉でも、抑揚《アクセント》が違う場合には、一時悉《ことごと》く記憶の圏外に擲《な》げ出されてしまう。そうではないか。従って（**八**――**九**――**六**）と記憶を強《し》いた一聯のうちで、冒頭の**は**と**く**と**ろ**が、或は盲点を、鉄漿《はぐろ》と云う観念の上に設けていたかも知れないのである。そうすると滝人には、鉄漿《はぐろ》に関する智識が泉のように溢れて来て、あの皺に見えたと云うのも、その実、鉄漿《はぐろ》

かぶれ（鉄漿を最初つけた時に或は全身に桃色の斑点を発する事があるけれどもそれは半昼夜ほど経つと消えてしまう）の斑紋だったかも知れないし、また歯が脱けていて、そこが洞《ほら》のように見えたと云うのも、或は歯抜けの扮装術（「苅萱桑門筑紫轢」その他の扮装にあり）そのままに、鉄漿《はぐろ》の黝《くろ》みが、洞の如く見せかけたのではなかったのであろうか——などと様々な疑心暗鬼が起って来ると、それが抗《あらが》い難い力でもあるかの如く、滝人の不安を色付けて行った。と、その時御霊所の中から、朝の太鼓がドドンと一つ響いた。そして、滝人の不安は明白に裏書され、彼女は歓喜の絶頂から、絶望の淵深くに転げ落ちてしまった。何故なら、その太鼓と云うのが、朝駈けのくら以外には打つ事の出来ぬ習慣《しきたり》になっていたからである。

人間心理の奇異《ふしぎ》な機構が、遂に時江を誤殺した——その一筋の意識も、程なく滝人には感じられなくなってしまった。最早何の心労もなく、望みもなく疼《うず》きもしない彼女には、額に触っている、冷たい手一つだけを覚えるのみであった。時江は十四郎そのものの正確な写像であり、滝人の全身全霊が、それにかけられていたのではなかったか。そのように、最後の幻までも奪い去られたとすれば、いつか彼女には黴《かび》が生え、樹皮で作った青臭い棺の中に入れられる事もあろう。が、その墓標に印す想い出一つさえ、今では失われてしまったではないか。

それから程なく、早出に篠宿《しのじゅく》を発った一人の旅人が、峠の裾遥《はる》か底に、一団の火焔が上るのを認めた。然し、その人は、家が焼けているのみを知って、その烟《けむ》りと共に消え去って行く、悲劇があった事などは知らなかったのである。

零　人

大坪砂男

1

天城峠のトンネルをぬけると南伊豆の秋空はくっきりと青く光っていた。

若いアベックの二組を下したあとのバスには、向う側にもう一人、ヘルメットを被った男が窓に流れる風光へうつろな眸を向けているばかり、車内はすこし埃ッぽい沈黙が淀んでいた。秋も漸く澄み渡った伊豆半島を下田港へ廻る客は少いのであろう、エンジンの音も山路に吸いこまれる単調さに、一筋道を揺られ揺られていつかけだるく、花の蔭に虻の羽音でも聞いているよう。それでも期日の迫った推理小説のテーマを遠いものに思い浮かべながら……

ゴトンと弾かれてバスが止った。

運転手も白い夢見心地にカーブを切りそこねたのだろう、崖崩れの小石に乗上げ、とたんにギヤーが食違って、それッきりバックも利かなくなってしまう。修理時間の目安はつかず、歩けば湯ヶ野温泉まで一里あまりの距離だとか。

片側が谷に臨んだ曲り道は、深い雑木林に遮られ、見晴す何の風情もない。ここに便々と待ち暮すのでは、きまった目当のない旅だけに却って莫迦らしい気もするし、さればと云って孤独の散歩者と洒落るには小さい鞄一つが暑そうに見えた。

どっちつかずの気持に苛つきながら、それでも恰好だけはつくねんと、眺めるともなく目にはいったのは行手の日蔭の道端に紅い花の一叢であった。

ほっとした思いに車を捨て、立寄った目の下に、これは珍しくも鮮かな秋海棠の色艶が、澄んだ山気をそよがせて可憐に、麗人粧を恥じる姿である。

そっと手を伸して摘みとった指先から、高い香りが乱れて、ふと桃色の食欲を覚えた。花の一枝を口に銜んで立上り、シャキッと歯に当った甘酸ッぱい感触に乗って、さあ歩こう、と心がきまる。

この時、ヘルメットの男が、いつ忍びよったのか、つと前に立って声をかけた。

「その花の名を知っている?」

「秋海棠でしょう……」

「ベゴニヤの新種です」

「そう。西洋流に呼べば……でも、日本には昔から秋海棠という名があるし……」

「昔からと云っても、徳川時代に西から渡って来たんですよ。それもこんな球根種ではない平凡なやつが」

そう突ッぱねられて見直した。始めバスに乗合わした時から、洋画家だろうと簡単にきめていたのだが、それも恐らく見様で三十とも五十とも思える年頃の定めにくい顔立や様子のどこかに尋常でないゼスチャーがあって、殊に物を見詰める時の深い目の色に、そんな風来種属を思いついていたのかも知れない。

今見る彼は明らかに興奮している。眸の奥に熱さえ感じられて、その訳の分らない気味悪さには辟易した。しかし言う事には学者らしい生真面目さがあって抵抗しかねる。

「お詳しいようですな」

「専門です」

「なるほど」

「ところで君はどう思う？　ベゴニヤの種類は四百以上もあるんだが、日本に自生するものは甚だ少い。然るに、この花は球根種の中でも匂の良いので有名な Begonia《ベゴニャ》 Baumanni《バウマンニー》 に観葉種の Rex《レックス》 を巧みに媒合さしたものですよ。香り高い大輪の花と、銀輪の輝く艶やかな葉と。この理想的ベゴニヤは、どこの温室にでもある『四季咲き秋海棠』などとは比較にならない。そこで君はどう思う？　嘗て日本のどこにも見られなかった新種が、この伊豆の山野に自生しているとは？　無から有は生じないんだぜ。この不思議を君はどう解釈します？」

これで彼の興奮の原因は分った。植物学者が新種を発見した驚きなのだろう。至極もっともな疑問なので、つい釣りこまれて一応の推理がしてみたくなる。

「日本にない物が生えるんでしたら、当然海外から渡来したんですね。この経路として、どうです、ジープを聯想してみたら。下田港から天城のハイキング・コースへ疾走するジープ。その車上に愛の花束《ブーケダムール》を抱いた碧眼の婦人。或る熱情的シーンのうちに、路傍に落ちた一枝の花。新しい土地に新しい種が……」

「はッはッはッ。これはまた、すこぶる貧弱な推理ですなあ」

ヘルメットをゆすり眼を輝かし、相手はいとも満足そうに笑いだした。

2

いかに何でも推理作家が貧弱な推理と嘲笑されたのでは立つ瀬がなかった。多少神経に触った顔附になるのを、いとも平然と無視されてしまう。

「足もとばかり見ていては駄目だなあ。もっと視界を拡げて観察し給え。雑木林の中を点々と谷へ向って続いている紅い花の列を。しかも先へ行くほど形も大きく艶も良い。この分で行ったら河津川のさらに奥深い処に根源がある。容易に人の寄附かない神秘境にさ。とすれば、いかに君でもジープから投げたブーケダムールがそう遠くまで届くとは思わんでしょう?」

見て来たように云う彼の態度は、冷笑なのか挑戦なのか、昂然と胸を張り、予言者のように指差している。勢い、大いに着想を飛躍さして対抗しなければならなかった。

「そうですか。人の手のとどかない場所に根源があるんだとすれば、それは空から降ってきたんでしょう」

「空から？」

流石《さすが》の彼も目を見張ったのは小気味いい。

「ええ、そうですとも。あなたも散々聞かされた筈です。ここが空襲部隊の通路だった事を。そこでこういう仮説はどうでしょう。飛行士の中に園芸家がいて、余暇をみては南の基地でベゴニヤを栽培していたとね。女気のない孤島でこそ、花は一切の情熱でしょうから。その碧い目の彼氏が、遠征の機上から秘蔵の珍種を散布する。新しき土地へ自分の情熱を振り撒いて行く。生命が寸刻《ちつと》も保証されない戦士の征服欲を象徴して、これは美しくも国際的な花爆弾です」

「ふーん……」

「どうです、このB二九伝来説は？」

「一応いい。情熱を振り撒いたというところがね。但し、この球根は耕しもしない地上に落ちたって発芽しない。それほどデリケートな存在なんだ」

「でも、花爆弾の数を大きくしたら、簡単な臆測で割切れない色々なチャンスがあるでしょうよ。例えば、落葉が充分に朽ちた柔かい沼地の近くか何かに、うまく一尺ぐらいの深さにはいったりしたら……」

「そこが素人考えさ。世にも最初の珍種なればこそ、遥々命がけの飛行機に乗せてきたんだと、そこまでは良く園芸家の心理を摑んでる。だが、その数を百の千のとごろごろさしたんでは話にならん。そんなありふれたやつだったらパンパン弾だ。手をつける気にもなりはせんよ。よく聞き給え。天啓を受けた創作家の血と愛の犠牲が結晶した球根は、唯の一個に限るのだ。

これで君も自分の矛盾に気づいたろう。貴重な一個に、そんな乱暴な万分の一の幸運が賭けられるかどうか？　君は自分の恋人を、ひょっとして柔い木の枝に懸ってくれるだろうと、飛行機の上から墜せるかね？」

「おやおや、それほどの物だったら、誰がこんな人目につかない谷底なんかに植えるもんですか。雑誌に発表したり温室に人を招待して新種祝で得意になるのが本筋でしょうからね。従って、そもそもの人工栽培説に矛盾があるんです。これはやっぱり自然界の突然変異で……」

「莫迦《ばか》言っちゃいかん。天才の努力なくしてかかる逸品は絶対にならん。どうも君には細君を着飾らして人前に晒したい俗物趣味があるらしい。ところが純真な愛情というものはもっと密《みそ》か事のうちにある。独り居の胸のときめきさえ恐れるものだ。だからこそ、深山隠れに花と匂があるんではないか」

「いや、造る者の心理から云って、一人でもいい、本当に花の趣を解する人を求めると思うなあ。何でもかでも隠してしまうなんて却って悪趣味だ」

「無論、そこには隠すだけの確かな理由がなければならない。それを考えてみ給えと云ってるんだが、そんな豊かな空想力は君の頭には無理だろうな……」

「ふん。仰言いましたね。探偵趣味の筋書なら、こっちは日常茶飯です。早いとこ一つ作ってみましょうか。曰く、畸人がいた、と前提して、彼は戦争も知らないように理想型ベゴニヤの研究に没頭している。海外と通信して資料を求める。これを猜疑心深い憲兵にスパイと間違えられて逮捕訊問の憂目にあう。彼は家に残した球根の枯れるのを恐れて脱出逃走し安住の地を得ようとしてさ迷うが、球根を抱いて憂いある彼の姿は最後に天城山麓で消えた。やがて平和が来たころ、道行く人は路傍に一叢の秋海棠を見て驚く、純情可憐な花の色、犠牲的努力を示すスペード型に銀輪の葉。人こそ知らね、秋風にゆらゆら揺れるその底には、今もなお身をなげうって沃土を拓いた彼の魂が、貪欲な人類の目を忍んで一顆の球根を胸にしているのではあるまいか……」

ヘルメットを脱いだ彼は、純白のハンケチを出して額の汗を拭った。

「うん。面白い。自分の死期を覚った天才の心境を言い尽して妙だ。来給え。花園とはどんなものか御案内しようではありませんか」

3

打って変った慇懃さで、すでに斜面へ踏出した。そのヘルメットまで薄緑に反射して、繁った雑木林の下草の中に、目に沁みる紅い花の群が次々と、路なき所の道しるべと見えるのも不思議だった。もう隠しきれないモノマニヤを肩先に見せて、先に立つ彼は花叢の一つ一つに挨拶するような手を触れて行く。

「実に鄭重な招待ぶりでしょう。バスを呼止め、道案内に美しい侍女たちを出迎させ、さぞナナは待ちかねているでしょう。」

「ナナ?」

「ええ。僕の七番目の妻です。もうすぐ御紹介しますよ。この世で最も艶麗な Begonia《ベゴニヤ》 Nana《ナナ》に……」

事態は明白になった。彼はそこの秋海棠の栽培者、そして自分の研究した花を順々に妻と呼んでいる偏執狂的園芸家なのだ。それにしても秘境の花園とやらを見せて貰えるのは願ってもない幸運というほかなく、大いに煽てて然るべしと思った。

「ああ、あなたが、その貴重な球根を作りあげた天才だったのですか……」

この一ト言の利き目は確かに、振返って含み笑いする声さえ調子づいてきた。

「天才!? ふッふッふッ。そうかも知れない。これでも日本の国に世界でも誇るべき七ツの花名所を贈ったんですからね。ああ、二十何年も昔の話だなあ……先ず牡丹から手始めに、その頃は若かったから美人好みで、海を渡って原種を求め、あれでもないこれでもないと尋ね廻った揚句が、やはり本場は中華の国の、それも洛陽の牡丹です。

土地と気候の研究に三年。やっと気に入った一株を持ち帰ってからは、日ごと夜ごと雨と風とに気を配って、始めてふっくらした蕾が、ゆらゆらと微笑みだした時の気分といったら、借問す漢宮誰か似るを得たる、でね。

さて、この株を正式に移し植える花名所No.1を選ぶのがまた一苦労で、何よりも牡丹の美しさをひきたてるものは朝夕を彩る雲なのです。大空に浮く白雲の背景なしに牡丹の貴《あで》やかな微笑はあり得ない。

筑波山！　その関東平野を見下す南おもてに、朝は棚びく雲に明けて夕焼け匂う茜雲に移る永い日を大輪一ッ咲き三十六弁の花びらが刻々に気紛れな表情を変えて行くんですからねえ、眺める方は身が細る。花に精を吸われるんです……」

谷川の音がもう近くに聞えてきた。足もとも湿り気を増して滑りやすい。

「君、注意して僕の跡をつけて下さいよ。歯朶の茂みには近づかないように、急に足をとられるところがあるから……。

有名な花に憧れるのも或時期で、それを過ると今度は観葉植物に惹かれるものです。沖縄旅行でね、那覇の花街《ツジ》に呼ばれた時、そこのカマルっていう妓の部屋で見たクロトンには野生と人工の調和があった。それは蘭を自由に彩色したような美しさで、これが動機になって集めも集めた六十四種類。尚家の庭にさえ四十種よりないんだから……。

それを原に創作したのが全体真ッ黄色な葉の上にオリーブとエンジの隈取りが怪しく乱れて、これはどうでも南の空と真ッ蒼な海辺でないとおさまらない。そこで選んだのが紀州です。遠く太平洋の黒潮を望む白砂の海岸に近く、クロトン・カマルの生い茂る丘があるんだがなあ……」

渓流に出た。人の踏みこまないこのあたりでは、川の早瀬は岩にせかれ木の根を洗って、肌にむッと感じる水気が立ち罩めている。すでに何やら原始的風景であった。先に立つ彼の行手には両岸から倒れ朽ちた杉の白い幹が川中の岩に交って自然の懸橋を作っている。靴を脱いで渡った。

「日本アルプスの途中にも、こんな所があったなあ……君は白馬のお花畑を見ましたか。近ごろになって、白桔梗が咲きだしたと騒いでる。丈は五寸ぐらいだが高山植物特有の光が美しい、お花畑の中でも絶品だとね……。はッはッはッ。これがワーレンベルジャです。南欧産の西洋桔梗を高山植物に変成するのは、何といっても温室なんかで出来る道楽じゃあないんだから、やっぱり天才的手腕かも知れない。ふッふッふッ……」

彼の噎《つか》えるような笑い声がふッと杜絶え、急に視界が明るく、奇妙な花園が現れてきた。

それは密林に囲まれた広くもない円い窪地なのだが、ただ見る一面の代赭色の砂原の中ほどに透き通る水鏡があって、それを覗きこむ形に灰白色の大岩が蹲まっている。そして、先ずかッと目に写ったのは、池の鏡の上にゆったりと巨大な Begonia Nana が漂っているのだ。

これはもはや秋海棠なぞと呼ばれるには余りにも凄まじい銀輪で飾った濃緑の葉に映えて、咲き誇る花の群れ群れがしたたる鮮紅色に光り耀き、そのまま深く水底に倒影している。灰白色の岩も写り周囲の密林も写る。その梢に透いて空の群青も少しばかり……。

この光景の印象は、ナルシスが水仙に化した神話の水辺ででもあるような、そんな次元の違った雰囲気が鎮まっていて、さながらガラス絵の透明さにキラキラして見えた。

4

「どうです、お気に入りましたか？」

「これはもう、驚くというより不思議な美しさですなあ……」

「そこですよ。僕の願う焦点は。君は立止ったきり動けない。感嘆の声を発する前に眉をひそめている。そこが即ち『新しき美』の証拠です」

「東洋と西洋の調和ですか？　あなたはしきりと海外の物を日本に移植しようとしていますね」

「大体、従来の造園術は二つに分れる。幾何学的な池を掘り壇を築き、道に小石を敷きつめて、その間に盛花的豪華を誇ろうという、つまりは人類が自然を従属さしたあくまで人工的庭園と、それとは反対に、ことさら自然の中に小さい人間が溶けこんで安心したいと願う閑寂清涼派と……」

「いや。その外にまだ廃園の趣を主題とする方法もありそうだなあ……」

「廃園の美とは人工を自然が蝕んでゆく姿でしょう。前者が後者に移る状態を云う。これは西洋人のペーソスの根元であり、東洋人の哲学です。ところが、君は目の前の光景にそのうちのどれを感じます？」

「さあ……どれと聞かれると困るなあ。まあ言ってみれば、整然と荒廃した絢爛さですね。冷い色ガラスの細工に生命を吹きこんだというような……」

「なかなかうまいことを云う。ここを最初に発見した時は正しく荒涼たるものでね。この代赭色の砂原は掃いたように綺麗だが、実は自然に地の下から湧出す流砂ですよ。池の中心に向って刻々に沈んで行く。

あの白ッぽい岩がまた、巨獣の化石といった感じでしょう。池の水にしても、溶けるだけ物を溶かして澄みきった鉱物質の反射が冷い。どこといって命を托する感情の向け場はなかったんですよ。

だが、僕には一つの奇想が閃いた。このどこにも手をつけず、池に浮島を造り Nana を活けたらとね。従って人工は唯の一点に集約された。そして点とは位置ある零だから、結局いささかも人工を加えられないことになる。しかも、この零点から放射するエネルギーは、自然に絢爛たる精彩を与えた」

「なるほど、自然をただ一点で抑えて、それだけで秩序ある統制を保っているとは、確かに天才的着想です。枯山水と盛花の間に調和を見出そうとする世界的思想には敬服します。ですが、余りにも思想だけが先走ってはいませんか。現にこの景色には人を寄せつけない無気味さがありますよ。これは宛ら肉体のない思想のさ迷う花園という感じです」

「それでいい。ここは公園でなく命の座だ。生命の元点たる座標O《オー》だ。肉体なぞはO点から放射されたヴェクトルに過ぎん。超人ともなれば自由に零に出没して、好きな方向へ再出発できるんだからね」

「何だかまるで幽霊の花園のようですなあ……」

突然、彼は顔を突出して岩の蔭を眺めた。

「君。あそこに人影を見なかった?」

「えッ?」

「行って見よう」

流砂と聞いて竦む足も、踏んでみると何のこともなく、Nana の香りがゆれてくる。岩蔭には誰もいなかった。

「あなたの気のせいでしょう」

振り返って見た二人の足跡の半分はもう崩れて消えかかっている。流砂の目に見えない確実な進行にぞッとした。

「あの男はきっと現れる」

「あの男って、誰か待ってるんですか?」

「あの男はきっと現れる。君にも確かめておいて貰いたいんだが……」

「誰です? まさか、お化けの類ではないでしょうね?」

「はッはッ。出没自在のところはね。……だがこの白昼に怪談でもないでしょう……」

そう言いながら、不意に、正面から覗きこむように目を据えて、奇問を発した。

「君は、人を殺した経験がありますか?」

「さあねえ……」

こんな突拍子もない問いに大真面目で返答できるものではなく、それに職業柄、頭の中でなら毎日人殺しを考えている。つい曖昧な顔色になるのを、彼は自分勝手に一途にそうと思いこんだらしい。

「だとすると、君はもう『あの男』に跟けられているだろう……気がつかずに……」

「さっきからあの男って……探偵ですか?」

「素晴らしい探偵さ。この僕でさえ、あの男には死の宣告を与えられてしまったからな あ……それで大急ぎで最後の研究を仕上げたんだが……君も用心し給え。街を歩いている時もちゃんと反対側から見張っている。喫茶店でも前に坐っているのに気がつかない。君が気づかずにいても『あの男』はいちいち正確なノートを取っている。見落しは絶対にしない。あの男に話しかけられたら金輪際最後なんだ」

5

ああ、これはもう花の妄想に狂った園芸家に相違なかった。それにしても、彼を追い詰めて死の宣告を与えられたと思いこましている強迫観念の正体は何であろう?

今現にこの怪奇な花園の岩に凭れているだけに、彼の云う殺人とか探偵とかは、どこまでが事実どこからが架空の観念なのか分らない。唯おとなしく誘導・傾聴しているよりないと思った。

「恐しい奴があらわれましたな。あなたはいつから跟けられていたんです?」

「最初の筑波山かららしい。気になりながらも、つい忘れていたんだが、次々と九州の阿蘇にも富士山の樹海にも、はては北海道の阿寒まで、ちらッと影のような姿を見せた」

「これはまた何と執拗い奴ではありませんか……」

「うん、それでいて、あの男は自分を見せびらかそうとはしないんだ。それほど高慢でしかも自信たっぷりなんだ。思うにあの男は僕を犯罪者と心得、良心の名に於て批判しようとしているんだな……」

「犯罪の事実もないのにですか?」

「この世の中で一番美しい行為を犯罪と呼べるかね? 花と人生の問題を解決しようとする真理運動をさ。性欲が美意識に昇華するのを花ぐらい端的に象徴しているものはない。だから万象流転のうち人が花に変貌する姿ほど科学と芸術の一致はないんだ」

「随分むずかしい議論ですなあ」

「なあに簡単さ。美人はその盛りの絶頂で好きな花に変ったらいい、そうすれば年々に咲き匂って衰えることがないと云う……」

「ですが、物盛んなれば必ず衰うでよいんではないかな……人生ははじめから虚栄の虚栄なるものだし……」

「虹の如く現れ虹の如く消えるなら虚栄とも云えるが、肉体の凋んでゆく様は見るに堪えない」

「だから人間には詩があり音楽があるんでしょう。その悲しみを歌って」

「美しい物が更に美しく流転したら尚いい」

「それでは却って物のあわれがない」

「では聞くが、虞美人が真紅の花に化した話にはペーソスがないか？」

「………」

「僕の天才はそれを実践した。七人の妻を花と咲かしたんだ。嘗てなかった美しい花に」

「………？」

「良く見てくれよ。Nana は人の女だった時より一層瑞々しく装っているではないか。それも大分大人になって、つーンと澄まして見せたり……ふッふッ。可愛いいやつが……」

独り悦に入る彼の、なお冷静な批判を失わない眸は澄んでいた。自分の創作を観照する画家のようにも、実験の結果を検討する科学者のようにも見えて……。

「すると、ここは奥さんの墓場なのですか？」

「そう……人間の観念ではね」

「屍骸を埋めたんですね？　それとも……」

「屍骸だって。莫迦莫迦しい。僕は何よりも精神を尊重しているんだが」

「殺して埋めたと白状しますか?」

「愚問だなあ。殺したってやっぱり屍骸にかわりないものを……」

「だとすると……?」

「極ってるさ。女の盛りを花に変えたればこそ Nana を活けたと云ってるのに」

「そんなら生埋めだ!」

「そう……形式的にはね」

現実の謀殺者か? 観念の妄想者か? 彼は悠々と Nana の香りに目を潤ましている如くだった。一抹ただよう哀愁の情も、懺悔とか後悔とかのそれとは思われない。

「では、あの花の下に白骨が残っている筈ですね?」

「当然でしょう。Nana の精神が Begonia に融合した後、肉体はゆっくり溶けて、これは最良の肥料だから、茎や葉になって行く。骨骼だけは元の人間の形で根をしっかりと絡ませるのに好都合でね」

「事実とすれば、自分の勝手な研究のために生きてる人間を犠牲にしたことになるんですよ」

「それはつまらぬ探偵根性だ」

「いや、あなたこそ気違いだ!」

「気違い? はッはッはッ。これでも人間社会のくだらぬ規則なぞ知っていればこそ、妻を愛し研究を完成するかたわら、一切の証拠を残さないよう綿密な計画を立てたんだが、こんな三重の複雑な仕事は気違いには無理でしょうよ」

「それで安心しましたね。現実に証拠がないと云うことは、つまりあなたの観念上の仕事だと云う意味です。新種を栽培しただけで立派な研究ではありませんか。無意味な思想に囚われるのなぞおよしなさい。人は人、花は花ですもの……」

「ところが、あの男はとうとう確かな物的証拠を指摘してしまったんだ」

6

事ここに至っては、彼に自由に喋らせて、その間、理路に矛盾があるかどうか見るよりないと思った。

「お話し下さい。Begonia Nana の霊のために……」

「うん。すでに六番目の妻が自然消滅したあと、僕は独りベゴニヤの栽培に没頭し、恰度本格的空襲の始まろうとしていた頃には、研究も行くところまで行きついて、ただ土地と女が必要なだけだった。今でこそ出来上った Nana を眺めて、その蔭の苦心は分るまいが、一つの『新しい美』が花咲くまでには、創作家の永い努力と、最後に神霊《インスピレーション》の加護が閃めかなければならぬ。即ち、その花の咲くべき土地を実際に目で見ることで形式がきまるのだし、それに相応しい美女を得て魂がはいる。

この『ナナの楽園』の発見で、花と葉の色と形は定まったのだが、最も大切な艶と匂の女はどう求めようにも捜しようがなかった。あの戦争末期の街々を歩き廻っても、すべて女の色香は失せはてて僕はほとんど絶望していた。女を購うためなら何物も惜しくない。カマルを連れ帰る時も万金を支払った僕なのだが……。

天が幸を下した三月九日の大空襲！　僕は浅草の焼野の中にナナを見た。小草の夢のように佇んでいるナナを。まだ赤い空の下に、薄緑の少女の肌を見た。

『ナナ』と僕は呼びかけた。

『何もかもみんな燃えてしまったわ』と少女は答える。

『それはねえ、ナナ、新しい幸福が君を迎えに来るためだった……』

華やかな温室の中でナナの生活は始まった。信頼できる保護者の手から、欲しい何もが与えられる生活が。そこは花作りの家だったから土の香が沁みてくる。幾度かのサイレンの夜々を、ナナは土に親しんで眠るのだった。

若草の生え出る頃には、ナナの肌も弾《はず》んで命の艶を増してきた。やがて夏を迎えて汗ばむ肌に、ナナはバウマンニーの高雅な香料を塗っている。もう布を纏《まと》わない生活に慣れていた。自然の姿はエデンの楽園に始まると教えられてきたから……温室の葉蔭に無心に眠る裸身の処女は、そのまま花をひそめた球根だった。

『ナナ。平和が来たんだよ。ナナの願いを言ってごらん』

『ナナはこのままがよいの、このままじっとしていたいの……』

ナナには植物性が身について、頼む男の胸に根を張ろうとしている。感謝に見開く眸《ひとみ》には、すでに花開こうとする心が潤んでいた。

『森の奥の楽園へ行こう。愛のキャンプ生活を始めよう。綺麗な水に並んで顔を写しながら……』

『うれしい。ナナはうれしいの……』

天城山麓の一週間で、人間ナナの柔かい蕾《つぼみ》は細かくふるえ開く花びらの歓喜を覚えた。

『ナナの楽園』はただ代赭色の砂原だったが、そこでは野の花で飾った城を築くと、流砂が崩して行くのを面白がったり、又はバルナスの蔓《つる》で作った浮島の上に寝て高原の空気を胸いっぱいに更に生々と微笑んだ。

一夜、ひそかに浮島の中に穴を掘り、底の土をよく捏ねて水を湛え、表面に軽石の砂を撒き散らしておいた。

いよいよナナの変貌する夜が明けて、朝の清々しい水浴が始まる。

『今日はナナの誕生日。この花冠をお祝いする』

球根を秘めた冠はナナの髪を飾る。それは取りも直さず〔生命の冕《かんむり》〕であった。

『ナナ、まるで白雪姫のように耀いているよ。岩の上に立って見せておくれ』

巨獣の化石の頭に立った裸身の女神は両手をひろげ木魂して笑った。

『さあ、ナナ、そこから浮島に跳んで……』

白い光が空中を流れ、つと消えた。

『ナナ！　来年まで会えないねえ……』

あとには言いしれない寂寥があって、僕は声を立てて泣いていた……」

思い出を語り終え、しばし感傷に耽るかに見えた彼の顔は、忽《たちま》ちきびしい眉を上げた。

「君はこれをしも殺人と言うか?」

「まあ待って下さい……そういう議論はともかくとして、どうも話が本当らしくなって来たなあ」

「浮島の中の白骨を見るまでは信用しないのか。事の真実性を率直に悟れないとは、疑り深い男だ」

「当り前でしょう。自分で死刑になるような話を言いふらすなんて、そもそも怪しい」

「平気さ。証拠がない」

「有りますよ。骨さえ出ればね。何も名探偵の力を借りなくったって、誰にでもできる」

「ならば手柄にやって見るさ。僕は人間の法律にひッかかるほど阿呆なまねはしなかったつもりだ」

7

自信満々たる様子は推理競べの好敵手に見えた。こう出られては、事実調べなぞ泥くさい真似は後廻しに、理論でやりこめなくては面白くない。

「第一に、あなたとナナがここでキャンピングした痕跡ぐらい残っている筈です」

「ないねえ。テントから空鑵の切ッ端まで流砂に乗せて、地の底に沈むのを見届けたもの。一物も残しはしない。足跡なんかも自然が適当に処置してくれたろう。それに、ただ人間が居たという跡だけでは意味がない。僕とナナが同時にいたと立証してほしい」

「髪の毛がありますよ。一週間なら自然に脱けた数だって相当なものでしょう。これを一々取りきれるものではない」

「拡大鏡で捜し廻ったら、女の髪は出るだろう。だが、それがどうしてナナの物ときまるかしら。温室は掃除した。比較試験する材料はないぜ。僕の毛は、お気の毒に、当時の戦時型で三分刈りさ。これが二年も泥の中に在ったんでは、捜すのも大変だが、出ても大して役に立つまいな」

「まあそれはそれとして。動かし難い事実は、あなたでなくては作れない Begonia Nana が現にここに在るんです」

「全く見事な花だと思うよ。天才苦心の作らしい。栽培者を知っていたら教えてくれ給え。はッはッ僕は温室を掃除したんだぜ。ベゴニヤなぞと云う物は、小さい葉ッぱ一つありはしない。すっかり焼き捨てたうえ水で洗い清めてね。目下のところスマトラから来た不思議な植物が繁ってる。それに温室は絶対に人に見せない。目撃者なぞ捜そうとしても無駄なこと。これでも僕とベゴニヤと結びつけることが出来ますか?」

「…………」

「もう浮島を掘り返すのはやめ給え。ナナは全裸で跳びましたよ。出てくるのは正味の骨ばかり、性別・身長・推定年齢が何になります。ナナはリスのように綺麗な歯並で、金なぞ入れていなかったしそれに戦災孤児では戸籍の調べも御無理でしょう」

「…………」

「推理先生、残念そうだが、あの男のようには行かないらしい」

もはや何をか言わんや、舌の根の乾く惨敗だった。彼の饒舌に任せるほかない。

「僕思うに、よき探偵とは君の如き机上の空論家ではなく、それは撮影機のような存在でしょうよ。どんな偉大な人物でも、撮影機で写されたら必ず隙があるものです。あの男のやり方の特徴は、つまりその注意力の盲点をついてくる。これは計画的な人間には更に一層恐しいのだ。注意深いが故に注意の行き届かないことを絶えず心配しているのだから。

犯罪者がしばしば自分の犯した現場へ帰りたがるのも、この心理の弱点があるからです。計画に安心して誇る心と、万一見落しがありはしないかとの心配で……」

何か激しい感情が彼を捉えたかに見えたが、二つの眸はなお深々と語りつづける。

「その期待と焦躁の心で、僕は翌年の Nana 誕生日にまたこの花園を訪れた。道しるべに埋めておいた球根6号は温室を離れても予想以上に見事な花をつけていた。この分なら、球根7号の成功は疑うべくもなく、現実にそれを眺めた時の悦びは“Nana”と口走った叫びで表すほかなかった。判ってくれるだろう。人間ナナを抱いて顫えた胸が、名花 Nana を前にしていかに情緒したか……。

その時だった。岩の蔭に『あの男』を見たのは。僕は前に何度も会った男のような気がしながら、どうしても思い出せないのに焦った。しかし、最後の対決が迫っていることは知っていたのだ。僕は勇敢に進んで、流砂の中に対峙した。あの男は僕の胸を指さして、最初の、そして最後の言葉を吐いたのだ。

『去年の九月十六日午後三時、谷川寄りの松林で、ナナと鬼ごっこをして抱きすくめた時、幹の松脂に指紋を残した。それに重ねてナナの指紋もついたのだ。ハンケチで手を拭いていた癖に気づかなかったか？

一昨年の九月十一日午前九時、始めて球根6号が咲いた時、読みさしのベルカ植物誌332ページに花の一ひらが落ちたのだ。それを視角に入れながら夢中になって喜んでいた。本は閉じられ疎開荷物の中に入れられた。その押花を見落したか？

去年の四月十三日午後十時、空襲の音に驚いたナナは齧《かじ》りかけのチョコレートを投出した。その慌て方を笑っていたのに、地下室の天井に飛んで埃にまみれたナナの歯型と指紋を忘れたか？』

『畜生！』と僕は相手に飛びついた。と、あの男の体が僕の体に重なって、ふッと消えた……

「消えた？」

「あの男こそ、零人！僕自身の潜在意識だったのだ！」

唖然とする目の前で、彼はヘルメットをかなぐりすてる。流砂の上に次々と服を脱ぎ散らし、不思議な植物の根を首に巻きつけた。

「君もよく覚えておき給え！　自分の前に、もう一人の自分が現れて、それに話しかけられた者は、必ず墓穴の用意をしろと記してある。この密林の奥の窪地の中に、君はいつか見るだろう。僕自身に用意した『甦生《よみがえり》の園』が栄えるのを！」

言葉を流し砂をけって密林に駈入る彼の、そこに一筋さしこむ陽の光の下を走りぬけるとき、その後姿はさながら怪奇な食虫植物ウツボカズラとなって煌めいた。

猫の泉

日影丈吉

一

ヨンの町へ行ったのは、何月ごろだったろうか。旅行中も、ノートなどしない物臭さのせいで、忘れてしまって、わからなくなったことが多い。シャツの胸にローライコードをぶらさげ、上着を抱えて歩いた記憶があるが、夏ではなかった。他の記憶に結びつけて考えてみると、あべこべに、たしか冬の季節だった。

　とにかく、日本に帰ったら、ささやかな写真展でもひらくつもりで、さかんにパチパチやっていた時代で、みぞれ空のパリをたって、南仏《ミヂ》をまわっていた。そう。マルセイユの港を写してから、汽車でニースへむかったのだ。

　ニース、カンヌ、モンテカルロなどは、だれでも行きたがる有名な避寒地だが、実は、あまり行きたくなかった。素寒貧の孤独な旅行者など、見むきもされない土地柄だし、どうせろくなことはないだろうと思ったからだ。派手な社会《モンド》にでも写欲がうごくようなら、まだしもだが、背中をむきだしにした女には興味がなかった。だいたい私は風景写真か、でなければ動物しか、撮ったことがなかったのだ。人間は苦手だし、人間をうまく写せるほど充分に、専門家とはいえない腕前だった。ほんとうに写欲の湧く人間に出会ったら、足がふるえて、とてもレンズをむけるどころではなかったろう。

私は人間がこわかった。何故、私は、写真家になるつもりだったのか。もちろん、写真家として成功したいとも、できるとも、思っていなかったのに。つまり私には、あの小さな暗箱を通して、存在するものを見るのが、気やすかったからなのか――たぶん、そうだろう。が、でなかったら――われわれの社会のすきまに侵入し、充填《じゅうてん》していながら、われわれの気づかない非人間的なもの――いいかえれば、われわれがその存在のすきまに侵入し充填しながら、その本質に気づかないもの――を、血のかよわぬ眼球を通して、探しもとめていたのかも知れない。

こういうと、ちょっとえらく聞こえそうだが、別に気負った気持があったわけではない。ただ、その当時、だれかが私のカメラを指さして――それをのぞいてみたって、そんなものが見えるはずはないよ。存在するものが、というより、視角にはいるものが、存在するだけだよ――と、いったとすれば、私は反対しないまでも、やはり頑固な微笑をまもっていたに違いない。

私には自信にちかいものがあったのだろう――残念ながら、いまではもう、よくわからないのだが——その頃の私は、形而上学的な問題のようなものを、視界からカメラで切りとって来られると、信じていたらしいのだ。

　求めているものに狙いをつけ得たと信じて撮った写真も、何枚かあった。もっとも、私の器械のマガジンが収得したものは、ヒースで蔽われたつまらない丘であったり、まるでひとつのマッスに見える煉瓦と漆喰《しっくい》の家の聚落《しゅうらく》であったり、他人の眼から見れば、取材者の考えたようなものは、何ひとつみとめられない、ただの写真にすぎなかったかも知れない。

　遺憾ながら当人の私にも、その頃の私が、事実、カメラを通して、他人の気づかないものを見ていたことを、証明する方法がない。現在のこっている二、三枚の作品を取りだして見ても、われながら、何がおもしろくて写したのか、わからないような、凡庸なスナップにしか見えないのだ。が、だからといって、その頃、私が真剣に考えていたことが、完全なナンセンスだったとも思えない。すくなくとも、その頃、私の考えていた方法論は、二、三の断片を独立してながめた感じで、あらわせるようなものとは違っていたはずである。

　とにかく、私がひとつの構想——というよりは、やはり方法論というほうが正確のようだが——を持ち、それをなんとか物にしようと考えていたのは事実で、その時の旅行も、だいたいその目的にそって、スケジュールを組んだつもりだった。

　以上のような理由から、ランデヴーと呼ばれるような人間くさい土地に、私が食指を動かすはずはないので、リヴィエラなどへ行くよりも、最初の旅程には、アルルが入れてあったくらいである。ローマ遺跡のあるアルルや、ローヌ河口の荒蕪地帯のほうが、私のもくろみに合う対象であった。

だが、後者の一部はなんとか写せたが、アルルのほうは割愛《かつあい》しなければならなかった。というのは、パリをたつ直前に、急にある人にたのまれて、ニースで、ある男に会わなければならなくなったからだ。私にも、たのんだ人にも同国人の、大学教授だが、学者のくせに勲章を持っている、えらい人で、ぜひ会って意向を伝えてくれというのだ。用事は、何月頃パリへ来てくれというだけなので、私の考えでは充分に手紙ですむ程度のことだが、たのんだ人には絶対にそれではいけない、きみがその地方へ行くのなら、ついでもあるし、ぜひ直接会って、意を尽してくどくようにと、まるで私の義務のようにいわれたのである。

気の弱い私は、いつもつまらないことを、うやむやに、ひき受けさせられてしまう。そして一度、首をたてに振ると、今度はもう逃れられぬ義務のように感じて、それをすませるまでは、気が落ちつかない性分なのだ。

パリの知人とうちあわせた日程で、私はニースへ行き、日本から来た学者がとまっているはずの、埠頭《ジュテ》ホテルへ行ってみた。パリからその宿へ電報を打って——いついつかに私が行くから、会って直接、話をきいてくれ——と、いっておくというので、安心して行ったのだが、あいての男はもう、そこにはいなかった。二日前に、お立ちになりましたという支配人《ジェラン》の返事だ。

そういうくらいだから、たしかに学者はそこに泊っていたのだし、パリの知人が電報を打たないわけもなかった。が、えらい学者は、私達とちがって、いそがしいスケジュールで旅行をしていたのか、それとも私やパリの知人の都合などは、かれにとって問題ではなかったのだろう。

こういう馬鹿げた目には何度となく会っているから、それほど驚きも憤慨もしなかったし、その男に会わずにすんだのは、却ってしあわせだったと、考えなおすこともできた。私はすぐにその立派なホテルを出て、海岸をぶらぶら歩きながら、どこか裏町のキャッフェでもさがして、安いイタリヤの葡萄酒でも飲みながら、これからどうするか考えようと思った。

私はしばらくベンチにかけて、海をながめた。その辺の海は愛想がよすぎて、写欲をそそらなかった。が、私は南仏《ミディ》の陽光の中にすわりこんだのだ。やはり、それは日暮れまで人を動けなくする力を持っていた。日が暮れたら、甘藍巻《スーファサム》でも食って、この町を去ろうと考えていると、私はふいに話しかけられた。モール人のように色のくろい鼻の高い男が、いつの間にか、となりにかけていた。

「あなた、ポルトガル人ですか」

「いいえ、日本人です」

「ああ、日本《ジャポン》――」

男は鼻眼鏡ごしに眼を細めて、私の顔をみつめた。グールモンの「仮面の書《リーヴル・ド・マスク》」に載っている、詩人のジャン・モレアそっくりの顔だった。

「あなたはギリシャ人ですか」

「いいえ、わたしはマントンの者です。釣道具を買いに来たんです。帰りの汽車を待ってるんですよ。あなたはご滞在ですか」

「これから、パリへ帰るか、それともアルルへ行こうかと、考えてるところなんです」

「アルルは、見物に行くんですか」

「ええ。ローマの遺跡なんかを」

「ローマの遺跡なら、本場のイタリヤへ行ったほうがいいでしょう」

どうせこの男に、私の気持を伝えることはできないだろうし、その必要もないのは知っていたが、男の口もにちょっとバカにしたような微笑がうかんだのに釣りこまれて、私は弁解がましく、いった。

「アリスカンを写すのが目的なんです」

「アリスカン?」

男はちょっと考えこんでから、

「ああ、ローマ墓地のことですか。なるほど、あなたは古代史を研究してる学生さんですね」と、私のローライコードを指さしながら、今度はちょっと尊敬した顔になった。

「アリスカンといえば、このおくの山地にも、それのある町があるんです。ええ——ヨンという町ですよ」

「ヨン？　——聞いたことのない町ですね」

「ヴァンスから、まだかなり、おくへはいるらしいので、あまり行く人はありません。私も実は行ったことがない。だれかに話を聞いたんだが、いくらも人口のない谷間の町だそうで、アルル王国時代には砦のあったところだとか、いまだに中世都市のかたちを保ってるといいます」

「変ったところらしいですね」

　私が興味をひかれて、いうと、ヤニ・パパディアマントポウロスという本名を持った、アテネ生れの詩人にそっくりの男は、鼻眼鏡を指でおさえながら、うなずいた。

「住んでる連中も、変ってるらしいですよ。山の上の土地を耕《たがや》し、山羊を飼ったりして、ほかの土地とは交通しないで、谷間の町にひきこもって、自給自足の生活をしてるんです」

「何か、かわった生活慣習を持ってるんですか」

「さあね。よくは知りません。私の知ってる者で、その町へ行ったというのは、話をしてくれたその男だけですからね。その男も変り者でした」

「でしたというと、その人、亡くなったんですか」

「いや三年ばかり前から、行方不明なんです。マントンの町はずれに住んで、行商をやってたんですが——実をいうと、その男に聞くまで、そんな町がフランスにあるってことも、知らなかったんですからね」

「どのへんにあるんですかね」

「このアルプ・マリチムと、バス・アルプと、ヴァルと、三県の中間あたりらしいですね」

「どうやったら、そこへ行けますか」

「さあ、ひどく交通の不便なところじゃないですかね。その町――いや、おそらく村とか部落とかいう程度のものでしょうが――から出て来た者もないし、そこへ行ったという人の話も、ほとんど聞かないくらいですから。しかし、あなた、まさかそこへ行こうっていうんじゃないでしょうね」

だまりこんでしまった私の顔を、男は不安そうにみつめた。

「行かれたら、行ってみたいような気がしますね。その町のことで、何かほかに変ったことを、おききになりませんでしたか」

「さあ――」

男は鼻眼鏡をはずして、不安そうに私を見ながら、眼鏡のはしで腭《あご》を撫でた。

「そうだ。たしか西蔵猫《チベットねこ》がたくさんいるってことです。それも野良猫の状態でね。いや、待てよ、あんなところに西蔵猫が？　私の記憶ちがいかな」

男はいよいよ不安そうに私をみつめた。

「私の記憶はどうも、ふたしかなようです。うそをいって、異国の人をかつぐつもりはないが、もうだいぶ前に、それも風変りな男から聞いた話ですからね。いま、ふと思いだしたから、あなたにお話ししたんだが、話しているうちに、私にも信じられなくなって来ました」

小心らしく、男は眼をきょろきょろさせた。

「私があの男にかつがれたのか。そういえば、ヨンなんて町のことは、あの男の話以外に、聞いたことがない。アリスカンが見たいのなら、やはりアルルまで行ったほうが、いいにちがいありませんよ」

男は照れくさそうに腰をあげると、そろそろ汽車の出る時間だといいながら、眼鏡をかけなおし、あわてて行ってしまった。が、私はなおしばらく、呆然とベンチに腰かけていた。

古代の遺跡のある中世の町のあとに、チベット猫と雑居している、乏しい住民は、どんな眼つきをし、どんな日々を送っているのだろうか。そう考えただけで、素晴しい写真ができそうな気がした。が、ひょっとしたら、ヨンなんて町は、この地上にないのかも知れない。三年前に失踪したマントンの行商人は、頭がへんだったのか、それとも出まかせをいったに過ぎないのかも知れぬ——とも、考えられるのだ。

私はやっと腰をあげて、飯を食いにいった。小さなレストランをさがしてはいると、そこの主人らしい肥満したコック服の男に、ヨンの町のことをきいてみた。おやじはカウンターのむこうで、ミラノ製の胡椒《こしょう》挽《ひ》きを片手に持ったまま、何度も町の名をいわせた。東洋人の私の発音がわるいために、聞きそこなうのだと考えたらしい。結局、かれは胡椒挽きを両手でひねりながら、いった。

「わしはソスペルの生れだが、ヨンなんて町の名は、この辺では聞いたこともないね」

夕食をすますと、私はバスに乗ってヴァンスまで行った。若し、そこでもヨンの所在地がわからなかったら、そのあたりの高地の古い町を写して、パリに帰ろうと思った。私はヴァンスで小さな宿屋をさがして泊った。

若い女中はヨンの町を、知らなかった。フロントにいた婆さんは、聞いたことのある名だが、といったが、どうしても思いだせぬようすだった。しかし、この人達が知らないとしても、ヨンの町が存在しないとは、いえない。むかしの町のかたちを保っているというだけで、実は村とか部落とか呼ぶほうが適当らしい場所が、たとえそれほど遠くない土地にあったにしても、いっぱんに記憶されていないのは、むしろ当然である。

その頃はもう、すっかり馴れっこになっていた、安旅籠《はたご》の寝台の上で、私はヨンの町を想像し、胸をおどらせた。石と煉瓦と漆喰でできた中世紀の町にすむ、とぼしい住民とチベット種の野良猫。私のもとめている材料が、ふんだんにありそうで、胸をわくわくさせるのだ。とてもアルルの比ではない。そこだけで、私の最初の傑作集ができそうに思えた。

野良猫だの野良犬の集団生活は、へたをすると月並みになるが、私の意図をわかりやすく表現できる素材で、もうかなり写してはいたが、なかなか、うまい状態で集団している場合に出っくわせない。

その時の旅行では、ローヌ河口の砂洲地帯で、野良犬の集団を偶然、撮ることができたが、これは二十匹ぐらいいたろうか、かなり物すごい集団で、近よりすぎて、もうすこしで咬み殺されるところだったくらいだから、写真の出来はまだ、なんともいえなかった。とにかく、古い町と野良猫というだけでも、私の写欲を刺戟するには充分だったのだ。

翌る日、宿を出た時には、私はもうヨンの町に憑《つ》かれていた。が、ヨンの所在は、そう簡単にはつかめなかった。先ず、その朝、私は鞄から、もう表紙の手ずれた自動車用の道路地図をとりだし、しらべてみたが、この町の名は眼が痛くなるほどさがしても、見あたらなかった。町の二、三の場所で、物識りそうな男をさがして、あたってみたが、知る者はなかった。ただ、露天の本屋のそばで、日なたぼっこをしていた老人が、こんなことを教えてくれた。

「ヴァルとバス・アルプと両県に寄った地方といえば、ルー川とラーヌ川の上流あたりかね。ヨンという町は知らんが、お前さんの話のような地勢は、あの辺へ行けば見つかるよ、シナ人さん」

私はちょっと、あきらめられない感じだったので、グラスまで行くことにし、そこでわからなければ、いよいよパリに帰る覚悟をきめた。その区間の旅は、まるで何かに引かれて行きながら、その力の実体には、ついに行きあえぬかも知れぬという不安で落ちつかない、茫然とした心理状態で、沿道の景色も記憶に残らなかった。

そのくらいだから、途中でパリの知人に出す手紙を、かくしに入れていたのを思いだし、あわててバスを降りたところが、ル・バルだったかシャトーヌーフだったか、あるいは他の町か村落だったか、はっきり記憶していないのだが、私は停留所の前にある郵便局に飛びこむと、ふと自分の手ぬかりに気がついたのである。違った土地の住民と住民を結びつける、通信の仕事こそ、土地の名と切っても切れぬ関係のあるものではないか――何故いままで郵便局に寄ってみなかったのかと。

たしか中年の男だったが、どんな顔をしていたかおぼえていないのは、小さな郵便局の中が暗かったせいばかりでなく、ヨンの町を知っているという最初の男に出会った喜びで、ほかの印象はぼけてしまったのに違いない。その局員は仕切りのむこうで、こう答えた。

「この局ではまだ、ヨンに関係のある通信をあつかったことはない。だが、ヨンという町はたしかにあるはずだ。行ったことはないが、道すじはだいたい――」

暗い顔の局員は、だいたいとことわって、そこへ行く道順を教えてくれた。交通はひどく不便かも知れないという。だが、私はもう、すこしぐらいの困難は克服する気になっていた。私はグラスでは時間をつぶさずに、すぐサンヴァリエにむかった。そこからルー川の上流地域に、ちょっと困難――というよりは、古めかしい馬車をやとったりしたから、古風――な、旅を続けたのである。

二

なるほど、やはり相当ひどいところだった。どんな乗物も使えなくなってから、私はまだかなり長い登りみちを、たったひとりで歩かされた。そこまで来ても私は、ヨンなんて町は、やはり存在しないのではないかという不安に、つきまとわれていた。山の中はしんとして、とてもその上に人の住む場所が、ありそうにもなかったからだ。

だが、町はやはりあった。山頂の平らな場所に建っていたという、アルル王国時代の砦は、何世紀も前に崩れ去ったというが、そのあたりは耕やされて、貧弱な畑になっていた。畑地のはずれに、やはりひねこびた橄欖《オリーブ》の並木があり、その下に、ローマ時代の石棺が眠っていた。左右で六基しかなかった。並木はちょうど鞍のような形に、坂の上に乗っており、そこから下に見える谷間の町まで、降《くだ》りの道がつづいているから、ちょうど町の関門といった恰好だった。

砦のあった昔には、実際、そこに門が建っていたのかも知れなかった。と、いうのは、谷間の町の立派なことである。坂道を降りて行くにしたがい、私はまるで夢の中へはいって行くような気持になるのだった。

道の尽きるところは、せまいがきちんとした広場であり、左側に、左の山の尾根のあたりまで突き出ている高い時計塔を頂いた、庁舎らしいものが建っていた。正面には小さな鐘楼のついた小さな教会があり、右側には二階建ての簡素だが、がっちりした大きな家が建ち、その三つの建物が広場を囲んでいた。教会のうしろにも、同じような民家が続いているらしく、狭い谷間の平地は、きちんとした家並みで埋められているようだった。小さいがまさに立派な町なのだ。

私は眼をみはって、広場《プラス》にはいって行った。だが、人っ子ひとりいないのだ。町ぜんたいも、ひっそりと静まりかえっていた。

左側の建物は玄関の扉をぴったり閉《とざ》していたが、その上に町の紋章らしく盾の中に鋸の歯のような恰好の狼らしいものがいる、モチフが取りつけられ、ヨン町役場と書いてあった。私は夢の中を歩いている気持で玄関の石段をあがり、その扉を押した。

扉はギギッと音を立てて開《あ》いたが、私自身の足音のほかには、それがこの町にはいって来て、私の最初に聞いた音だったのだ。

「だれかいませんか《ペルソンヌ》」と、私は声を立ててみた。

声は天井の高いホールに、がんと響いた。と、片側の扉があいて、頭巾をかぶった小さな男が出て来た。その男は私の顔を見ると、急に立ちどまって眼をまるくした。鳥のような眼をした年恰好のわからぬ男だった。

「きみはだれかね」と、その男は質問した。

「パリから来た日本人です。ニースからまわって来たんです」

旅券を出して見せると、男はびっくりしたように足踏みしながら叫んだ。

「他所者《エトランジェ》だ、ほんとうに《ヴレーマン》他所者《エトランジェ》だ！」

そういうと、かれは私の旅券を持ったまま、さっき出て来た戸口へ、風のように消えてしまった。まるで鼠のようなすばしこさで、私は呆気にとられた。すると、その戸口から、肥満した赧ら顔が、ぬっと突き出た。顔は一度ひっこんでから、今度はその持ち主の全身をあらわした。それはずんぐりした小男で、見事な巻き毛を肩のあたりまで垂らしていたが、どうやら仮髪《かつら》のようだった。頭巾の男がうしろから駈けぬけて前に出た。

「町長《ムッシュウ・ル・メール》さん——これがその日本人です」

頭巾の男は町役場の書記というところだが、手に持った私の旅券をパチンと爪ではじき、ぱっと両手をひろげた。

「どうです、町長さん。ほんとうのエトランジェですよ」

「うるさい、静かにしたまえ」

町長は小さな眼を私にむけたまま、もったいぶって、書記をしかった。

「あなたは何の目的で、ここへおいでになったのかね」

「写真です」

私はとっさに胸にかけたカメラを、持ちあげてみせた。

「ここに西蔵猫がいると聞いて、写しに来たんです。ぼくは、動物の写真をうつしてる写真家なんです」

町長は私のいうことが、よく飲みこめないらしく、ふしぎそうに私の顔をみつめた。

だが、書記は町長をじっとさせておかなかった。かれは町長の袖をひいて、何かささやいた。すると、かれらはあわただしく私をとりかこんで、私を一室にみちびき、またたちまち姿を消してしまった。実にちょこまかと、よく動く連中だった。まるで肥えた鼠と痩せた鼠だ。

私は書記が注いで行った葡萄酒のグラスをとりあげて、おずおずと唇をつけてみた。ブルゴーニュのように、こくのある酒だったが、それを半分ほど飲んだ時、教会の鐘が鳴りだし、外がなんとなく騒がしくなった。私はグラスをおいて、ホールに出た。開けはなした玄関から、広場のまんなかに立っている、三人の男がみえた。

町長と書記と、もう一人はジェズュイット僧のような服装をした、青い顔の男だった。私が玄関を出て行くと、広場の隅々にかたまって立っていた人達が、いっせいに私のほうをみつめた。老人も若い者も子供もいた。女が抱いている赤ん坊を入れて数えても、みんなで三十名あまりしか、いなかった。どれもこれも小作りで、頑迷な山地の人らしく見えた。

三人の男は、私の姿に気がつくと、町長を先頭に物々しい足どりで私のほうに歩いて来た。かれらは階段の下で立ちどまり、町長は私を見あげて、両手をひろげながら、うやうやしく宣言するようにいった。

「日本のお方《ムッシュウ・ル・ジャポネ》——あなたを、この町の三十人目の外来者として、歓迎いたします」

そんな待遇を受けようとは考えもしなかったので、私はびっくりし、きょろきょろした。だが、町長は微笑をふくみ、書記は無表情に眼をぱちぱちさせ、もう一人の僧侶は悲しそうな眼で私をみつめていた。広場の隅々にかたまっている人達も、鼠が穴の口からのぞくように、陰気な表情で私を見まもっているだけだった。

それから私は、町役場の前側にある二階建の大きな家に連れて行かれた。内部の構造を見ると、そこは旅館のようだったが、人が住んでいるようには、見えなかった。古風な炉のある階下のホールで、立ち働いている人達も急にかり集められたようだし、私にあてがわれた二階の部屋も、泊れるように急に仕度したものらしかった。だが、掃除は一応行きとどいていたから、ふだんは空屋にしておく、迎賓館といったものかも知れなかった。

しばらくすると、また、あの三人がそろって、やって来た。

「お願いがあるんですがね、ムッシュウ」と、町長は例の、もったいぶった調子でいいだした。

「実はこの町には、十人目にやって来た旅行者ごとに、町の運命を占ってもらう習慣がありますんで。あなたはちょうど三十人目のお客さまなんです」

「だって、ぼくには予言をする力なんて、ありませんよ」

私はびっくりして、いった。

「いや、予言をするものは別におります。ただ十人目ごとの旅行者にしかかれの言葉の意味がわからないのです。それを、あなたに聞いていただこうという、わけです」

町長はくるりと振りかえって、旅館の窓ごしに、眼の前にそびえ立っている庁舎の時計塔を指した。

「町役場の建物は三百年前に建ったのです。あれと、この旅館が、この町でいちばん新らしい建物です。それ以来、あの大時計に町の運命を聞く慣例があるのです。つまりあれができてから十人目に来た旅人が、あの時計が時を打つ前に立てる、うなるような音をきいて、予言の意味をさとってからなんです」

「すると、この町には、三百年間にまだ三十人の旅行者しか、訪れていないんですか」

私はまたびっくりして、きき返した。

「それは何もふしぎじゃありません。この町はむかしから、ひどく排他的で、まだ力のあった頃には、外来者は町の関門から中へ入れなかったんです。いまでは、こんな山の中まで、やって来る者はありません」

「三年ほど前に、マントンから行商人がひとり、やって来たということですが」

町長は首を傾げて書記のほうをじろりと見た。おぼえてはいるが、それをいうのは自分の役目でないと、いうように。で、書記がいそがしく、うなずきながら、代って答えた。

「来ました、来ました。役所の記録によると、あれが二十九人目の外来者です。もちろん記録によらないでも、私はおぼえてますが」

「それで、いったい、ぼくはどうすればいいのですか」

　私は当惑して、きいた。

「時鐘の五分前に、あそこへあがって、大時計のうなり声を聞いて、いただきます」と、町長が答えた。

「しかし、ぼくにそんな能力があるとは思えませんが」

「いや、この町のいいつたえによれば、あなたはここへ足をむけた時から、その能力を与えられているのです。やってみてください」

「記録によれば」と、その時まで黙っていた神父が、ふいにいった。

「十人目の来客の聞いた予言は、めでたいものだった。だが、二十人目の来客の聞いたものは不幸でした。そして町の運命は、いつも予言のとおりだったのです。今度は、いい予言が聞けたらと思います」

　神父の言葉で、私のたのまれごとが、あまり気持のよい役目でないのをさとると、私は尻ごみしたかったが、そうも行かなかった。

「まあ、やってみてもいいが、うまく行くかどうか、わかりませんよ。それでよかったら」と、私はやっと返事をした。

「そのかわり、町の見物と撮影を、許可してくれるでしょうね」

　三人は窓のそばへ行って額を集め、私の申し出を検討していたらしいが、やがて町長がいった。

「時鐘のとき以外は、自由に町を歩いてもかまいません。が、前もっておことわりしておくが、住民と話をしようとしても、むだですよ。かれらは外来の人と話のできるだけの、知識を持っていないのです」

町長は肩をすくめた。それから時鐘の鳴る前にむかえに来るといって、他の二人をしたがえ、出て行った。

日暮れまでには、まだだいぶ間があった。かびくさい部屋の中で疲れを休めていると、まもなく、また、今度は、書記が一人でやって来た。私はかれに案内されて、時計塔にのぼった。のぼり口は玄関の内側の、扉にちかい物かげについていた。数えきれないほどの、急な階段をあがって行くのは、ちょっと骨が折れた。

私達は大時計の裏側にある廊下に、あがった。そこにある椅子にこしかけさせられ、私は書記のあいずで、耳を澄まさなければならなかった。大時計は時を打つ前に、ぜいぜいと喉を鳴らすような、かなり大きな音を立てた。

ガッタン　ルールー
グルール　グルルール
最初のガッタンは制子のはずれる音だろう。それからちょっと唸り声が続いて、やがて耳をふさぎたくなるような音で、時を打った。

書記が、どうですというように、私の顔を横目で見た。が、私はかぶりを振った。

「一度じゃ、むりかも知れません」と、書記はあきらめたように、いった。

塔から降りて来ると、書記は下で待っていた町長に報告し、一時間後にまた登る約束をして、私は広場に出た。町の人達は家に帰ってしまったとみえ、広場には人影もなかった。かれらは自分達の町の運命に、案外無関心なのかも知れない——いや、私がやらされているのは町に伝わる古来の儀式にすぎなくて、いくら山の中の住民でも、いまどき、そんないいつたえを、本気で信じているわけではなかろう——などと思い、私はばかばかしくなって来た。

私は広場を横切って、旅館のほうに帰りかけたが、中央にある大きな石の水盤のような物のわきを通りかかって、ふと注目した。よく見ると、それは泉の名残りだった。むかしはここに滾々《こんこん》と湧きあふれていたのかも知れないが、いつか地下の水脈が変動したとみえて、いまはからからに乾いた石の皿が、底をさらしているだけだった。

すると、水盤のへりに点々と立っている彫像のひとつが、ふと動いたような気がして、私ははっとした。砂岩の彫像かと思ったものが、いっせいに金色の眼をあけて、私をみつめたのだ。猫！　フランスでは青猫という、灰色の大猫が、三、四匹、悠然といた。

私は急にうれしさがこみあげて来て、外出の時はいつも首にかけている、ローライを持ちなおした。が、だめだった。猫たちはぱっと身をひるがえして、庁舎のほうへ風のように走って行くと、たちまち見えなくなった。

私はがっかりしたが、機会はまだあると思った。このかわいた泉が、猫のひるねの場所だとすれば、やがてまた帰って来るにちがいないから、今度は盗み撮りをしようと考えたのだ。私はまた広場をぶらついて、今度は教会にはいってみた。

この教会は、南仏でよく見るゴチック・ロマンの教会とは、ちょっと形がちがっていた。あの明るさがなく、陰気な感じだった。そして中へはいってみて、私はおどろいた。この町の人々はまるで信仰心がないのかと思わせるほど、荒れはてた内部だった。祭壇《オーテル》の中央に立っている十字架像は、ほこりを冠ってこそいないが、この小さな教会に不釣合いなほど大きく、荒けずりで恐ろしいくらいだった。

いやな気分になって、すぐに出ようとすると、祭壇のわきから立上がった神父と眼があった。神父はひざまずいて祈っていたらしい。まるで幽霊のように青い顔だ。

「大時計は何かいいましたか」と神父は不安そうに、きいた。

「いや、ぼくにはわかりません。機械的な音がするだけです」

「恐ろしいことです。ここの人は神を信じません。時計の予言を聞こうとするのです。だが、私はかれらを信仰に帰らせることも、できないのです」

「ここの人達は、無宗教なのですか。それなら、この教会はどうしたんです」

「無信仰な者だけが残ったのです。この教会は過去の遺物です」

「しかし、これだけの町の人が、みんな無信仰なわけはないでしょう」

「これだけの町？　あなたはこの広場の背後に、細長く伸びている町筋を見て、そうおっしゃるんですか」

「そうです。たとえ狭くてもこんな立派な町を、こんな山の中に見つけて、おどろいているんです」

「むかしは立派な町でした。住民も数百人はいたそうです。だが、いまはその町の外郭だけが残っているんです。ここにいた人達は、ほとんど死んでしまったか、よそへ行ってしまったんです。町の家ももう住めるものは、一部しかありません。あとはみな廃墟《はいきょ》なんです」

「とても信じられませんね」

「町というのは、むかしの口ぐせが残っているからで、ほんとうは村というのも、おこがましいくらいです。ほんの一小部落にすぎません。あなた、さっき広場に集っていた人達を、ごらんになったでしょう。あれがこの町の住民のほとんどすべてです。四十人たらずの住民で町などといえますかね」

「でも、あんな立派な町役場があって――」

「あそこには町長と称する人と、書記と称する者と、二人しかいないんですよ。四十人の部落で町制の必要もありますまい。かれらはあの大時計の番をしているだけなんです。油をさしたり、ねじを巻いたり――」

　私は呆然と神父をみつめた。

「それがほんとうだとすると、それにもかかわらず、ぼくはこの町の伝統にしたがって、ばかげた予言の仲介役をしなければ、ならないんですか」

「この町を、すぐ出て行かないかぎりね。私だって、信者のない教会の神父でしょう」

神父は気味のわるい微笑をうかべた。

三

泉の猫は五、六匹に増えていた。が、私はまた撮影に失敗した。翌日はそうそう、この無気味な町を去るつもりだったが、それまでに西蔵《チベット》猫の生態だけは、ぜひカメラにおさめたいと思った。

二度目の時鐘の聞きとりにも、私は失敗した。これは私には当然のことだったが、町長は、私の通力《つうりき》のなさに腹を立てたように、私の顔をにらんだ。

「なんとか聞きとれないものですかね」

「私にはガッタン、ルールー、グルール、グルルールてなふうに、聞こえるだけです」

「それじゃ、なんのことかわからん。それは単なる音ですよ」

また一時間たち、私は三度目に時計塔へ登らされた。日は一方の尾根にかくれて、谷間の町のかたちをした部落は、塔の上から見ると、もうすっかり、影の中へ閉じこめられていた。そこから気をつけて見ると、町のほとんどの家は、なるほど人の住まぬ廃屋らしく、ひるまから、いやにしんとして見えたのだ。

こんなことを続けていたら、明日になっても、この先祖の慣習に忠実な二人の自称役人は、私を帰してくれないかも知れないと、私は時計裏の廊下の椅子にかけながら、心細く思った。書記はやはり私を監視し、私にきっかけを与えるために、そばに立っていた。

私はなにか追いつめられた気持で、今度は前の二回よりも熱心に、耳をすませた。

ガッタン　ルールー

グルール　グルルール

するとその機械の吐息が、ふと私の耳に、こんなふうに聞こえたのだ。

ヴァッタン　ジュンノム（去れ、若者よ）

デリュージュ　ロルロージュ（洪水、大時計）

ほとんど、はっきり、そう聞こえたといってもよかった。私は急に書記のほうを振りむいて、それを告げようと思ったが、やめにして、また、かぶりを振って見せた。

私の聞いた言葉を、かれらに伝えれば、私の役目は一応すみ、あとはかれらが勝手な解釈をつけて、私は放免されるだろうが、かといって、自分にも信じられぬことを、口に出すのは気が引けたのである。私の追いつめられたような気持が、無意識に時計のうなり声を、こじつけていたのに違いないからだ。

（去れ、若者よ）実際、私はこの谷間を出て行きたかった。（洪水）というのは、こんな山の中では意味がなかった。この谷には川も流れていない。泉もからからだ。住民は背後の山まで、水を汲みにあがって行くのだという。（大時計）は眼の前にあった。

つまり私の頭が時計のうなりに調子を合わせて、反射的に出まかせに、考えついたことに過ぎない。私はがっかりした気持で、時計塔の狭い階段を降りた。

「では、もう日が暮れるから、明日また、やっていただきます」

町長は、手のつけられぬ無能者だというように、私の顔をにらんでいった。

私は宿屋へ帰り、私の当番になった部落の女がこしらえてくれた、まずい晩飯を食わされて、しばらくしてから床についたが、なかなか眠れなかった。

——ヴァッタン、ジュンノム、デリュージュ、ロルロージュ——という時計の音が、まるで呪いのように、耳についてはなれないのだ。（去れ、若者よ、洪水、大時計）いったい何の意味だろう。眠れない頭は、意味もないことを、無理に考えようとするのだ。疲労でとろとろ眠ったと思ったら、また眼がさめてしまった。私の寝ている古い建物の中でも、おもての広場でも、コトリという音もしなかった。当番の女が帰ってしまったとすると、私はその大きなむかしの旅館の中に、たった一人で寝ていることになる。そう思うと、ぞっとして、眼がさえて来た。

私は起きあがって、窓から外をのぞいた。すごいような月が真上にのぼって、広場の中は隅々まで見えるほど、明るかった。と、私は涸《か》れた泉のほとりに、動くものがあるのを見た。猫だ。また数が増えて十四あまりの猫が、青びかりのする毛皮をうねらせて、泉のほとりをひっそり歩いていた。

月あかりの空に浮かんでいる大時計の文字板は、もちろん、はっきり読めたが、もう真夜中にちかかった。私はいそいで服を着こむと、ローライを首にぶらさげて、階下へ降りた。深夜の広場に出てみるとこの四十人たらずの農民が残り住んでいる、中世の威儀を持った小さな谷間の町の沈黙は、もはやほとんど廃墟にひとしいものであると感じられた。

猫の数は思ったより多かった。二十四、いや三十四はいた。あまり多いので、私はぞっとして立ちすくんだほどだ。かれらは泉の石のほとりに配置よく群集していた。群のあいだを、ゆっくり歩きまわっているものもあった。みんな、月の光に、あおあおと光って、野性の獣のたくましい落ちつきを見せていた。

カメラをむけても、もう逃げなかったし、私が泉にちかづくと、かれらは位置を変え、私をとりまくような位置に坐りなおした。気のせいかも知れないが、かれらは何か物問いたげに、私を見つめているように感じられた。

いくら月の光が明るくても、やはり写真は無理だったし、この猫族はちょっと無気味だった。が、かれらは野性的だが静かで、私に危害を加えるつもりはないように思えた。すくなくとも、むかしの旅館の中にたった一人でいるよりは、ここにいるほうがましだった。おそらく私は、孤独感に耐えられなくなっていたのだろう。この町、いや部落に来て、私が口をきいたのは、あのひどく変った三人の人物だけだった。他の住民は唖のように黙っていた。かれらにくらべれば、この多分、住民と同じ数ぐらいはいるらしい西蔵猫のほうが、どんなに親和的か知れないと思えた。

かれらはこの谷間に住む人間達にくらべれば、体格もすぐれ、毛のつやもよい。何を食ってるのか知らないが栄養が足りている証拠だから、まさか私を食い殺すつもりはあるまい。それにかれらはやはり、すばらしいカメラの対象だった。

空屋のほうが多いこの町のことだから、かれらが棲《す》む場所には事欠かない。かれらのすみかをつきとめて、夜が明けたら群棲《ぐんせい》の状景を撮ろうと思い、私はひと晩、かれらのそばを去らずに監視することに、きめた。

かれらの中には仔猫もまじっていた。二、三匹の仔猫が、石の水盤のへりに這いあがって、よたよたと底に降りて行くのが眼についた。一匹がはじめると、他のものが真似をして後に続いたのだ。やがて、ぺちゃぺちゃ舌を鳴らす音が聞こえて来た。

水盤の底をのぞくと、いつの間にかすこしばかり水が溜っていて、青玉を砕いて溶いたような色に光っていた。夜になると多少の水が湧くのかも知れなかった。

私は水盤のへりに腰かけて、私の周囲にすわったり寝そべったりしている、猫たちを見まわした。こうやっていると孤独がなぐさめられた。と、頭の上で、町役場の時計が、ふいにしわがれた声を立てはじめ、十二時を打った。

打ちおわるまで耳を傾けてから、猫たちのほうをながめると、私はまた妙な気持になった。かれらはいっせいに私をみつめているのだ。寝そべっていたものも、すわりなおしていた。まるで何かを私から期待しているようなのだ。

「へえ。きみたちも、時計の予言を知りたがっているのかね」

私は思わずつぶやいて苦笑したが、顔の皮膚が冷たくなるのを感じた。まさかと思ったが、猫の態度が、まるでそう感じられたのだ。

「いいとも、きみたちなら話しても、気が咎めないからね。ただし、これはぼくの感じにすぎないんだが、時計はこういったよ。(去れ《ヴァッタン》、若者《ジュンノム》よ。洪水《デリュージュ》、大時計《ロルロージュ》)」出たらめかも知れないが、ひょっとしたら、何かの啓示を受けたのかも知れないという不安もあって、私にはこの言葉を口から出してみたい気もあったのだ。容易に神がかりになる人達とはちがうつもりだが、こんな異様な立場におかれれば、だれだって多少おかしくなると弁解しておこう。

と、私がそれをいいおわった時、猫の群れの中から一匹が、月のかかっている中天《なかぞら》に顔をあおのかせてミャオー、と一声ないた。そして、その猫がくるりとむきを変えて、のそのそと町役場《メーリー》のほうに歩いて行くと、他の猫たちもいっせいに姿勢を変えて、あとに続いた。かれらはほとんどきちんとした縦隊をつくって、町役場のポーチへあがって行った。

私はおどろいて立ちあがった。猫たちがすみかへ引きあげるものと思い、すぐ後をつけて行き、かれらといっしょに夜をすごして、朝を待つつもりだった。

猫の群れは庁舎の玄関の扉のすきまから、中に消えて行ったので、私も後を追って中にはいった。先頭の猫は、もう時計塔の階段をのぼりだしていた。

やがて猫の行列と私は、頂上にたどりつき、私は時計の裏の廊下の隅に坐りこんだ。

猫は廊下から階段の上にまで、あふれていた。仔猫が二、三匹、膝の下へ這って来たので、抱きあげて撫でてやった。私はもう、この西蔵猫たちを恐れなかった。廊下は窓からさす月の光で明るかったが、かれらは静かにしていた。

私は暢気《のんき》な性分のせいか、この町へやって来てから、はじめて楽な気分になり、大時計のギイギイガチャガチャという絶え間のない音が、気にならなくなると、仔猫を抱いて、うとうとしだした。

中途で一度、時鐘に眼をさまされて、のびあがって窓からのぞいて見ただけで、すぐにまた寝こんでしまい、夜が明けるまで眼をさまさなかった。

その時、窓から見おろした広場には、まだ月の光が冴えていて、泉の水盤が満々と水をたたえ、青く光っていた他には、なんの変りもなかった。

あとで思いだしたのだが、私が眠っているあいだに、何か山鳴りのような音がして、時計塔がちょっと揺れ動いたような気もした。が、私はその日、山道を歩いたり、何度も塔の階段をのぼり降りして、ひどく疲れていたので、それを悪夢のように感じただけで、眼をさまさなかったのらしい。

眼がさめた時は、もう夜があけていた。それよりも、しまったと思ったのは、もう一匹の猫も、私の周囲にいなくなっていたことだ。私はあわてて起きあがり、階段を降りだした。

階段は途中から、びっしょり濡れていて、よほど足もとに気をつけないと、滑って転落しそうだった。あの月光にもかかわらず、変りやすい山地の天候は夜中に雨を降らし、それが吹きこんだのかと思ったが、そうではなかった。

階下のホールは壁までぐっしょり濡れて、天井からは水滴がしたたり落ち、石を貼った床のくぼみには、水がたまっていた。いったい何が起ったのか、私にはけんとうもつかず、呆然として町役場の建物を出た。

広場は大豪雨にみまわれた後のように、家の屋根までずぶ濡れになって、敷石のあいだには、水がたまり、何か惨憺《さんたん》とした感じだった。

さして来た日の光に、町全体がうっすらと湯気を立てていた。そして、私は恐怖のために声を立てそうになった。人影がない。誰も出て来ない。町にはもう誰もいないようなのだ。

私は泣きだしたいような気持で、町をかけまわった。といっても、教会のわきからはじまって、背後の崖下まで続いている通りと、何本かの路地だけだから、私はすぐにまた広場へ出て来たが、ヨンの町はやはり、からっぽになっていて、生きものの影を見なかったのだ。

私の聞いた大時計の予言は、偶然かも知れないが、あたっていた。夜なかに、ふいに、原因の知れない山津波が起こって、この町の住民を一瞬におぼらし、押し流してしまったのだ。わずか四十人たらずの住民を。それとも、かれらはその寸前に、裏の山に逃げのびたろうか。

とにかく、かれらが生きているとすれば、私は顔を合わせたくなかったし、合わせられる義理でもないように思えた。私の合理主義が邪魔をしなかったら、たとえ偶然の思いつきでも、かれらを——あるいは、かれらの多少の持ち物を——救うことができたのだから。

で、私は、むかしの旅館の、私にあてがわれた部屋の床にころがって、泥水でふくれあがっていた鞄を、ひろいあげると、大いそぎで坂道をあがり、橄欖の並木の下のアリスカンに目礼して、ヨンの町を去ったのである……

私はこれまで何人かのひと——いや、ほんの二、三人だ——に、この話をした。ところが、聞きおわると、かれらはきまって、こういう質問をする。

「それはほんとうの話かね、きみは旅行中、ほんとうに、そんな経験をしたの」

おそらく読者も同じような気持になっていると思うから、つけくわえておくが、私はその疑問にいつも、こう答えたと思う。

「私はうそ話をしているつもりはない。だが、自分がそんな経験をしたかということについては実はわれながら疑問なのだ。人間の記憶は一貫した形式をとらないし、それはどこまでも自己の記憶なのである。真実かどうかは自己の正体が何かという問題に帰すると思う。だから、どんなに客観的に忠実な記録にも、他人の考える現実とちがう部分がないはずはないじゃないか」

深淵

埴谷雄高

　パスカルにはひとつの深淵があって、例えば、腰かけている肘掛け椅子からふと左手の床を見下したりすると、そこにぼかりと口を開いた暗い、底知れぬ深淵を認めて愕然とするといった事態が、私にはほとんどそのまま理解できるように思われる。その場合重要なことは、私自身の体験によれば、その視界がすぐ眼前の肘掛けの腕によって二つに区切られた構図をなしていることなのであった。この構図のなかで、すぐ眼前に置かれた肘掛けの黒ずんだ縁は、さながら意識の暗い隅とつらなっているかのような目だたぬ一つの長いバルコンとなって遥か下方の床を見下していたが、もしこの宙に迫り出した黒い縁がなければ、遥かに見下ろされる床の中央にぼかりと深い穴が展くさまは覗かれなかっただろう。一つの手すりとその下に拡がった仄白い淡褐色のはてもない空間、この遠近法がそこでは重要なのであった。

　われは墜ちぬ、星と時のあいだに架けたる一つの長き橋より……。

私がひそかに《意識せる失神》と名づけているその一連の現象は、相重なって溶明し溶暗する鮮やかなセルロイド上の画面のように、おそらく一瞬をさらに幾つかに分割したほんのわずかな時間の裡に相継いで生起してくるのであった。それは、こんなふうに起った。何か物思いにふけって腰かけている肘掛椅子からふと左手の床を見下したりすると、さながらそこが風に巻かれた蒼い海面でもあるように、まず、一つのさだかならぬ気配がもくりと膨れあがってくる。その気配に内部から衝きあげられて淡褐色の床板がしだいに斜めにかしいでくると、目に見えぬひとつの擾乱《じょうらん》がさっと走りすぎ、床板全体がその端から端までぐらぐらと揺れ動きはじめると思うまもなく、その真中に一筋の透明な裂目がするすると展けて行って、一瞬、暗い漏斗《ろうと》状の底知れぬ底が遥かな深みにぼかりと覗かれるのであった。それは、暗い漏斗状の底であった。遥かな深みに覗きこまれるこの暗い漏斗の印象は、いってみれば、また、こんなふうかもしれない。もし暗い光線といったものがあるとして、はてもなく墜ちるその暗い光の帯を天空の一角から覗きおろしていれば、たとえその下方が広い海面にせよなんにせよ、そこにはただひとつの暗い、深い、名状しがたい漏斗状の渦動の空間が展かれているばかりなはずであった。そして、そこを数瞬覗きこんでいると、頭蓋のなかのなにかがそこへ落ちこもうとしてよろめくのを、意識のかすかな縁に摑まってようやく軀を支えているといった或る眩暈《めまい》の感じに不意と襲われるのであった。

——小脳のあたりの血流がほんのわずかの瞬間停ると、たしかに眩暈が起りますね。

だけれど、貴方の場合考えられるのは、三半規管になにか故障があるのではないかということです。

眼鏡の奥から小さな花弁のような瞳孔のかたちだけ覗かせながら、壮年に踏みこんではいるけれどもまだ若々しい医者は、技術者らしい慎しみをもってそういった。

——なにかの故障？　その故障の内容はなんだかわからないのですか。

思わず苛らだたしさのなかに不機嫌な不信をこめて、そのとき、私はきき返した。

——わかりません。残念なことに、現象は明らかでもその原因のわからないことはまだまだ現代医学には多いのですよ。眩暈《めまい》なども医者を困らせる難題のひとつでしょう。平衡を保つことは生れて以来の私達の習慣になっていますが、さて、その平衡が破れるとなると、その理由が一応わかるのは六割ぐらいしかないでしょうね。

——ふーむ、あとの四割は未知の暗黒のなかに打ち捨てられているのですね。

私は暗い不機嫌を隠さずにいった。正面にある医者の血色の好い顔は悪戯っぽい微笑につつまれた。

——いや、その数字は私が勝手にこしらえたものですよ。医学の名誉のために半数以上はわかるという建前にしておかなければなりませんからね。しかし、率直にいえば、この頭蓋につつまれた内部はまだよくわかっていません。そこは暗黒の世界です。内耳、脳、神経と、こうかぞえていって、医者がここはよくわかっていると確然といえる場所は、おそらく、ほとんどないでしょう。貴方は動揺感を訴えられる。不思議な眩暈がするといわれる。ところで、この大地が揺れているのでない以上、もちろん、それは貴方自身の変調に由来するものに違いありません。そこで、私は貴方を診察し、検査してみる。冷水検査までしてみた結果、貴方の平衡器官に障害があるらしいとわかる。だが、そこで知られたことは三半規管に障害があるとわかっただけのことです。はたして、その部屋のなかの番人が倒れているのか、それとも、線が切れているのか、ベルがならぬのか。……それらについては、ほんとうのところ私は何もいえないのです。三半規管のなかには淋巴液と毛があって私達の軀の平衡を探知している。おそらく貴方の場合は、伝達機構の何処かが悪くなっていると思われますが、たとえそれがわかったところで、それに手をつけるわけにはゆかないのです。

最後は酷しい表情になった医者は、重苦しい口調でいい切った。

私達は、粗い麻布の壁が剝きだしに張られている狭い防音室のなかで、ほとんどたがいの腕に触れあいながら、向きあっていた。私の右横には聴音試験器が置かれてあり、イヤ・ホーンをつけてスウィッチをひねると、小さな鐘を打つような澄んだ音響が何時までたっても停らぬ驚くほど長く尾をひいた共鳴をともなって、耳のなかで遠く鳴りはじめるのであった。スウィッチを切換えると、ピアノの鍵盤をひとつひとつ叩いてゆくように澄んだ高い音響から鈍く低い音響へとだんだんに移り変ってゆく経過が、玩具箱のなかの遠い音楽のように聞きとれた。このような実験をうけている私は、さながら或る種の感覚と反応をもった生物を実験台の上において私自身が実験しているかのような特別の興味をもって数個月通っている裡に、医師と患者のあいだでもたれる通常の関係を越えた親密さを医者特有の皮肉さもないこの率直な主治医とのあいだに覚えるようになっていた。彼は、ときおり、数瞬黙って、眼鏡の奥の瞳をこちらへまっすぐむけたま、なにか考えていることがあった。私達は苦悩の凹所をすぐ眼前に眺めながら、まだひとつの探針をも救助の索具をもおろし得ない自身の位置を苦しく噛んでいるように見えた。

私は暗い不機嫌なまま顔をあげた。

——貴方の意見では、部屋のなかの番人が倒れているか、線が切れているか、それとも、ベルがならぬのか……といわれるが、まったく別にこう考えてみたらどうでしょう。つまり、私の平衡器官のなかにはまったく別の番人がおり、別の線が通じており、別のベルがなっている、と。それは感覚の誤認だ、と貴方はいわれるだろうことは私も承知しています。だが、そこには……この私の眩暈にしても、そこには或る種の感じがあるのです。その感じは、いってみれば、怖ろしいほどの実在感で、そのなかにはいっていればその怖ろしいほどの見事な確かさを疑うことなど決してできやしないのです。私は敢ていいたいが、そこにはもはやそとへ出てゆくことが絶対にできなくなってしまうほど魅力的な《誤まれる啓示》さえある。

——それはなんです？

——自由感です。

――どんな種類の自由感です。

と、自身の考えになおふけりながら、相手はたたみかけてきいた。

――それに答えるためには、或る書物で読んだ一匹の海老の話をしなければなりませんね。

私は黒い肘掛けの左側をのぞきおろして見据えながら、ゆっくりつづけた。

――その挿話を読んだとき覚えた印象の異様さはいまでも忘れられない。それは或る学者の実験なのです。その海老は成長につれて海岸にある砂粒を頭のなかの平衡器官のなかにおさめて自分の平衡をとる習性をもっていた。ところで、機智に充ちたひとりの学者がいて、その砂粒のかわりに小さな鉄片をそこにいれてみたのです。そして、その海老の頭に磁石を近づけた。すると、どういうことが起ったと思います。磁石を軀の真下からだんだんと横へずらしてゆくにつれて、その海老はしだいに横倒しになり、そして、ついに磁石が真上にきたとき逆さまにひっくりかえってしまった。その海老にとってはこの逆さまの姿勢こそもっとも安定した、自然なものだったのです。貴方には想像できますか。一枚の透明な硝子《ガラス》板の上に逆さまにひっくりかえったまま下方を……つまり、彼にとっての頭上をながめているこの海老の意識が。そこには、ヴェールを脱いだ事物の顔に自分だけ直面しているような不思議な印象があるはずです。そうだ。透明な硝子の向うには未知の新しい感覚の世界が展いている。しかも、そのとき、外界とのあいだがこの上なく緊密に結ばれているといった不思議なほど鮮明な自由感がこの逆さまにひっくりかえった生物をつつんではなさない。それはもはやそこからでることの出来ない魅惑的な世界なんです。

——確かにそうでしょう。ところで、その一匹の海老で貴方は何をいおうとされてるんです？

——さまざまな自由感が私達のなかにあるということです。

——つまり《誤まれる啓示》もそこにあるといわれるのですね。

——そうです。

私はきっぱりと断定した。反響がないのでなお狭く迫ってくるようなその部屋のなかで、医師は顔をあげてこちらを熟視していた。不思議な苛らだたしさに駆られながら私はさらにつづけた。

——もし一片の小さな鉄屑がなんらかの理由で私達の頭蓋のなかに置かれるようになれば、私達はどこからともなく近づいてくるその磁石に牽かれて、まず横倒しになり、それから見事なほど逆さまにひっくりかえってしまうでしょう。そこになんらかの鋭い自己発見をし、驚くべき啓示を得、緊密な自由感に支えられているつもりで、胸を大きく膨らましながら……。ところで、ここで注意しなければならないのは、私達は生物としてあの一匹の海老よりはるかに多くの環境をもって発達しただけそれだけなお多くの磁石を予想しなければならないということです。

——その何処からともなく近づいてくる磁石は、いったい、なんでしょうか。

――それは多すぎて、すぐには答えられないほどですね。

――例えば、まず、なんでしょう？

――例えば、まず、神……それから、自由。

――ほほう、自由もはいっているのですか。

眼鏡をはずして拭きながら私の相手は苦しげな微笑を浮べた。彼は伏目になったまま数瞬沈黙していた。

――私達を逆だちさせるべく近づいてくる磁石……それはまだあるでしょう。ところで、貴方のいう一片の小さな鉄屑が置かれる内側の状況を調べるのは、私達の仕事です。そこには、貴方の命名による《誤まれる啓示》といった一種充実感をもった見せかけの鮮やかさもあるけれども、また、なんらの印象ものこらぬ無の空虚がひろがっていることも怖ろしいほどです。私がまだ学生の頃、ひとりの教授を電気ショックにかけたことがある。その老教授はあまり頑くなな強情のため私達に嫌われていたが、精神病患者は電気ショックによって以前の記憶をどの程度忘失するかという講義にかかったとき、かたわらにぼんやり腰かけているひとりの患者を指して、これをいま殴ってみたらどうだ、と、私達のなかのひとりに命じたのです。そのとき、立上ったのは私達のなかでも大胆で英雄視されていた男でしたが、恐ろしいことに、振りかえりながら私達にちょっと合図をした。私達は五人の組になっていましたが、その合図が一瞬の強烈な電流のような不思議な効果をもっていたことには、皆一斉に立ち上ると、その老教授自身に殺到して、手足を抑えつけたまま隅のベッドに運び、そしていきなり電気ショックにかけてしまったのです。もちろん、私達はみな命令どおりひとつずつ殴っており、電流を通ずるハンドルを握ったのは、それ以来私達の永遠の英雄となってしまった主謀者自身だったのです。この電気ショックがひき起す瞬間の緊張、姿体の痙攣の傷ましさについてはここでいう必要がありません。私達の問題は、その老教授が覚めてからだった。ひとかどの心理家である私達の英雄は、みんなが飽くまで素知らぬ表情をそろえたまま老教授の不意の失神を気づかった真剣な顔つきを寝台のかたわらでしていれば、目覚めた老教授もまた馬鹿ではないから、私達を見廻したとき必ず失神したふりをしているに違いないと、私達を強引に説得したのです。すると、どういうことが起ったと思います。私達はみな不安の裡に待っていた。すると、まったく思いがけぬことが起ったのです。私達の英雄がやはり強い不安と気がかりにひきずられて普通以上に何回もつづけてショックをかけたせいかもしれない。私達はみな正面に腰かけて、海岸へ打ちよせる波のように意識がしだいにゆっくりもどってくる老教授の痴呆した顔を痺《しび》れるほど眺めていたが、ついに眼をあけた瞬間、そこに一本の毛でつつけばわっと立ち上りそうなほど困惑した私達の状態をさらに揺すぶる一抹のかすかな鋭い表情の動きすら見受られなかったのです。そのとき、私達に嫌われている老教授はまるで無垢の赤児のようにぱっちりと目覚めると、なんらの疑念もなくこういったのです。ほほう、みんな一緒にそろってどうしているのかね。

——まったくの無記憶なのですか。

——そう、《無の空虚》です。

眼を伏せたまま、相手は厳粛な口調で囁やいた。

私達はともに深い沈黙のなかにおちたまま、それぞれ頭蓋のなかの闇に遠く消えかかった一本の細い糸を繰っているような物思いに耽っているように思われたが、すると、そのとき、思いがけず、不意に決断したような無理に落ちついた静かな顔を相手はあげた。

——これは前からお願いする筈になっていたのですが、或る患者に会っていただけませんか。

——私がですか。

——ちょっと奇妙なことですが、それはその患者自身の希望なのです。

私の視界の前でひとつの小さな黄色い光源が一瞬あたりを照らしだして、前方に闇があるのを知らせたまま、そしてまた、消えてしまったように思われた。これまでも一抹の異常な気配をぼんやり感じて、ときおり奇妙に思わぬこともなかったが、この防音室といった遠くに隔離された狭い部屋ばかりにいつも二人だけで向きあってきたこれまでの理由がいまようやくかすかにわかってきたような気がしたのであった。

——いまですか。

——ええ、できれば。

気落ちして溜息をもらしたようなそのひくい音調に、私は相手を見直すと、血色の好かった頬にいく筋もの蒼ざめた色が虹のように拡がっていて、私はしばらく眼が離せなかった。

私達はゆっくりした弧を描いている長い螺旋階段を昇って行った。こうした階段が最も苦痛な私は、途中の広い踊り場までやっと辿りつくと、斜めに軀のかしいで眩暈の渦にゆらゆらと揺られながら、しばらく深い息をついているのであった。踊り場の手すりから真直ぐに覗きおろされた階段の遥か下方には、画鋲のように潰れて見える通行者の頭の上に一筋の淡褐色の光がさしこんで、目に見えぬ標的につきたった一本の細い矢のように顫《ふる》えていた。自身を広い空間に垂れさがって揺れている一つの小さな錘りのように感じながら手すりに寄り添っている私の体内は、メトロノームの振子のように絶えずリズミカルに揺れていた。

──つらいですか。

部屋をでてから沈黙をまもったまま口をきかなかった私の相手は、気づかわしげに振りかえった。

──ええ、まあ。

私がこんなとき、曖昧にしか答えないのは、こうした嘔き気をともなって意識と身体の両面に跨った内部の眩暈の感覚はひとには容易に伝達しがたいからであった。

船の甲板におかれたメトロノームのように激しく横ぶれする眩暈のうねりのなかに腰

をおろしてから、すでに十分以上たっていた。その部屋の閾の上で私は不審なまま立ちどまっていたが、医者は、物慣れたふうに真暗な奥へすぐはいってゆくと、やがてスゥィッチをひねる音が裏側で聞えた。窓際いっぱいに大きな暗幕がひかれて昼でも暗くしてあるのは、ここが眼科の特別な診察室になっているかららしかった。その部屋にはいるとき、ふりかえった窓から遠い建物の尖塔が下半身切れた四角な枠のなかに空と地上との均斉のとれた構図を備えて見えたので、ここがかなり高い位置にあることがわかった。部屋の中央にある診察机の上には金属製の覆いのついた背の高い電気スタンドが立っていた。そこへ私を案内すると、鈍い疲労のなかに眼を閉じて腰をおろしてしまった私の脈をちょっとはかったのち、医者はすぐでて行った。誰にも知らせぬ怖ろしい医学上の秘密でも待っているような切迫した懸念にとらわれながら、私は眼を閉じていなければならなかった。

すべてが小さな影絵のように動いてくるあの《意識せる失神》の淡い夢幻のなかで、白と黒の構図からうきでてきたひとりの黒い人物が部屋へはいってくるのを私はぼんやりした視野のなかにみていたが、遠い闇の奥から近づいてくる小人のような肖像画が急に鮮やかに鋭く浮きでた輪郭をもって正面まできたとき、思わず私からひきずりだされたようなひくい声が洩れた。

――おや、君か。

――そうだ。会うのが俺だとわかったかね。

私の前に小さな痩せた顔が浮かんだ。すでに幾つかの十年単位をもってかぞえられるこの私の古い友達が或るとき地下へ潜入してどうしても見つからなくなってしまった記事を見てからすでに数年たっていたが、精神の暗い眼が覗いている特徴的な眼つきが凹んだ眼窩の奥から原始の獣のように光っているので、長い歳月を隔ててもすぐわかる相手であった。

——もう二月以上になるぜ。君がここへ来ているのを知ってからなんど連絡を頼んだか知れないが、そのたびに俺は拒否されてきたな。いま表に立っているのは嘗ては俺の忠実な防衛者で、いまは俺の査問委員のひとりだが、どうしても俺を誰にも会わせようとしない石頭だ。

不意にひとつのかたちが私にははっきりしてきた。暗室でスウィッチをいれると、黒い方形の蛍光板の向うにちらちらと揺れる仄白い蛍光を背後に負って亀甲状の太い、ぼやけた骨組がぼんやり現われてくるように、いつも必ず隔離された部屋で向かいあっていた率直な医師も、表に見張っているという石頭の査問委員も、絶えずくっついては離れながら動いている他の多くの小さな影も、互いに連絡しあいひとつにつらなった大きな組織の瘤と結び目のある無数の網の目となって、私の眼前に不意と末拡がりに浮かんできた。私は声を低めて囁やいた。

——どうして、査問されることになったのだ。

——俺の査問委員会は今日終ったのだが、その席上で俺はこういったよ。……ここにひとつの公理がある。組織のなかでは、しばしば、罪があって排斥されるのではなく、排斥する気があってから罪がつくられるのだ、と。いいか。俺は指令のままに、或る秋の淋しい夕暮、特別研究用の一精神病患者のカルテを造ってここへ隠れにきたのだが、それから幾度かの冬を経た或る酷しい冬の朝、俺は突然、反対派にされている自分を発見したというわけだ。そうだぜ。事態はそのとおりだ。俺の論文がでて行っただけで、俺はここから一歩もそとへ出たこともなかったのだ。もしそんな俺に罪があれば、いま俺を憎悪の標的にしているもののへつらいの微笑に心からの微笑で答えていた俺の洞察の足りなさだ。いいか。反対派には、二種類ある。永遠の反対派とその場かぎりの対立派だ。つまり、その方向が百八十度違っていて、もしあれが遂行されればというのがつねに永遠の仮定にとどまらざるを得ないものと、方向は同じでただ歴史の長い現実のなかであとさきになってではいりしているものの二つだ。そして、この第二のものにある差異は、ただ時間と手続の差異にすぎない。つまり、敬礼には右の手でなく左の手をあげること、今日やることを明後日やること、の二つの差異だけなのだ。いいか、俺の論文とても同じことだ。もし分類したければ、右手で球を投げる俺は右手派ということにしておけばいい。ところで、この種の穏やかな対立は、もし論者の間柄が悪くなければ、海と山に住む賢者の対話に似た豊かさを生むだろうが、感情から発すれば、歩一歩と敵視へ近づき、また状勢から発すると、ついには見せしめのための祭壇への犠牲が必要になるほど怖ろしい鋏状に開いてしまうのだ。何故だろう。何故、この右手と左手の接触が、美しい握手にはじまって、最後は怖ろしい悲愴な血に汚れてしまうのだろう。答えてくれ。全体の構図を熟視して答えてくれ。君がとめどもない流血の底もない不気味さに目を曇らせなければ、その答えは最も単純なのだ。そうだ。答えはひとつだ。……そこに、ひとつの指導部しかないからなのだ。いいか、指導部がただひとつしかないこと、ひとつしかあってはならないことの石のごとき信仰は、俺達の想像力の永劫に思いおよばないほど多くの驚くべき善と悪をなしとげている。そうだ。或る酷しい冬の朝、俺を反対派にしてしまった新指導部もこれまでの右手のかわりに左手をあげることによって、その存在理由を打ちたてようとしている。もし左手がなければ、彼等は中央の手ででもあげただろう。なんでもいいのだ。彼等がいいたいのは、ここがひとつしかない指導部だというただそれだけのことなのだ。いいか。組織は何時も俺達の前にある。階級社会の形式がつねにそうであるように、人材によって組織が形成されるのでなく、組織にあてはめて人物が処理されているので、そこに、右手のかわりに左手をあげよとの指令がおりればたちまちにしてその声を支持する愚かしい委員会ができあがることになんらの時間も要しないのだ。殺人と叫ぶ声を聞きながらそのかたわらを目をつむって過ぎてしまう通行者、自身になんらの興味も関心もないのに他のものが群れているという理由だけでその弥次馬のひとりとなり、円の真んなかにいる見知らぬ者を殴ってしまう一員、まだ問題がだされない裡に賛成とか反対とか気勢をあげるコーラス隊の一人、などがこの委員会を諸方にこしらえあげてしまえば、もはや、いままで彼等の誰にも見知れてもいなかったその右手は墓場の前の敵として弾劾されてしまうのだ。

卵色に光った金属製の電気笠の反映を顔の半面にうけて壁に架かった古いマスクのように見えた彼は、卓の向うに腰をおろした軀を、さらに私の方へ近寄せた。

——こんな説明でいいかな。

——うむ、一応はわかったよ。

——こんな組織の状態を遠くから見ていると、感じはどうだ。

——俺には意見の内容がわからないのだが、しかし、その対立したかたちは……。

と治療台の上にあった細い金属棒を掌の上にころがしながら、数瞬私は息を切った。

——愚劣だな。

フィルムの廻転がはたととまったように息をのんで停止した表情の下から青く燃える狂暴な歓喜の光が相手の据わった眼にさっと浮かんでくるのを不意と認めて、なにか灼熱したものが私の胸許へ無理にねじこまれるような気が私はした。彼は短くきいた。

——そう見えるかな。

——おそらく、誰にでもだろうな。

——どういう理由で。

——浮きあがっているからだ。誰も大衆のなかにいないのだな。

ゆっくりと握りしめて堅めた拳で片方の開いた掌のなかを、彼はとんとんと二、三度かるく敲《う》った。

――ふむ。俺はここへ来たのもそれを話したかったからだ。そんな問題の内部にはいりこんで吟味してみるような性癖をもった相手はあそこに発見できないのだ。いいかね。俺は敢えて聞きたいが、いったい指導部はつねに大衆からうきあがっているのが正常な状態ではないだろうか。理想はすぐ手のとどく眼前の宙にぶらさがっていると思っていた青年時代、俺は君と、革命前夜期のロシャに偶然一緒に生れあわせた二人の作家を貪り読んだことがあったな。この二人は似ていた。二人とも前方を見る優れた直観は備えていたが、徹底的に今世紀を負いきる能力には欠けていた二流の作家だった。インテリゲント、それは観念だというテーゼがそのうちのひとりの作家を一生支配した。インテリゲンチャは永遠の叛逆者であるとして、彼自身が渇望者のインテリゲンチャと楽天的な浮浪人の不思議な混淆物であった彼は一生、知識人と大衆、指導者と被指導者のあいだの埋めがたい分裂に悩みぬいたのだ。そして、憶えているか、隣室で自殺するピストルの音として君が愛好していた他のひとりは、思想はわれわれを宇宙の涯、ひとつの断崖までひきずって行った果てにわれわれを永遠につきはなしてしまうと絶望的に断定したまま、自分の才能をペテルブルグの夜のなかにいたずらに消費してしまった。この二人の方向は正反対に違っていたが、革命の響きが遠雷のように聞えはじめた今世紀のはじめ、この二人の作家が期せずして親友になったことは今世紀全体を暗示する凄まじい象徴であると俺達は祝福したものだった。おお、寛大無垢な青春よ。いいかね。ところで、この仕事のなかにはいってからずっとたったあとでも、俺が青春の日にこの二人の作家に遭ったことが俺自身の象徴になっていることを、しばしば、知らされたものだ。鉛色に曇った冬の日、俺は或る建物の窓から長いデモンストレーションの列を眺めていたことがある。その建物は高い位置にあったので、黒ずんだ舗道は遠くまで真っすぐに望まれたが、見渡すかぎりとぎれずにつづいているその列、ときおり一団となったひとびとが調子を合わせてスローガンを叫びあげながら進んでいるその列を眺めている裡に、俺は不思議な憂鬱に締めつけられるのを感じた。君も知っているように、俺はこのような隊列を組んだことはない。俺ははじめから指導部の横に置かれてきた。だが、そのとき俺を締めつけたこの不思議な憂鬱が、指導者と大衆についての生得の位置といった漠然とした証明拒否の観念に由来するものではないことは明らかだった。何故なら、俺には見わたすかぎりとぎれないほど長い列になった組織の強さの喜びと、この行列がおしかける先々でひきおこすだろう一種の旋回運動をともなった波打つ不安と恐怖に対するひそかな残虐な快感もあったのだから。その不思議な憂鬱とは、では何んだろう。俺がその後も、しばしば、そのときの情景を思いかえしながらつかみあげてみると、その不思議な憂鬱とは、こうなのだ。ここに進化を司さどる神があるとして、眼前の崖下を通ってゆく猿類がはじめて発声を許され、喜々として声をあげ、跳ねまわっているのを眺めているような自分の仕事への充ちたりた満足と、そして、この生自体の膨らみのもつ瑣々たる進化に対する一種かぎりない絶望感を含んだ憂鬱だった。ああ、これは人間に対する永遠の叛逆者の観念、断崖から真下へ飛翔しようとする観念ではないだろうか。

この不思議な憂鬱を語れば、その後の俺が政治のピラミッドのなかで《欲するもの》と《賛成するもの》の二つに別けられたものをどのような眼で見たかがわかるだろう。《欲するもの》、これはつねに少数者だ。強烈に欲するものは、一世紀の裡にかぞえるほどしか生れないくらいだ。そして、《賛成するもの》である後者は自ら欲したこともなくまた日ごろ考えてみたこともないまったく無関心なものに、そのときだけ手を挙げて、《欲するもの》を支えるところの怖るべきほど巨大な底辺になってしまう。日ごろは政治のほかにいるこの底辺が、悪しき天使の喇叭が吹き鳴らされるときたちまち動員されてきて如何なる梃杆《てこ》も動かしがたいほど厚味と幅のある巨大な層を形づくってしまうことの怖しさは、日ごろの底辺が政治のほかにいる怖るべき無関心の徹底さを知らなければ、とうてい理解しがたいほどだ。いいか、そして、この《欲するもの》と《賛成するもの》とのあいだにはさまっているのが政治家と呼ばれている世にも不思議な種族なのだ。君の感ずる愚劣の匂いは、すべてここから発する。そして、《欲するもの》と《賛成するもの》の両端に感じられる不思議な怖ろしさは、このあいだにいる中間者からは絶対に感ぜられないのだ。政治家――それはhomo sapiensでもhomo faberでもない。彼等はそのどちらにも属さない。彼等が彼等であるかぎり、事物の認識にも事物の生産にもまったく関係しないのが、彼等の本来の任務なのだ。彼等はひたすら階級の重味からしぼりだされる人間の活動力の上にのっかってやっと動く。つまり、強いていえば、彼等は、利用する人――だ。

――で、その彼等が維持するピラミッドの上部は打ち壊せないものだろうか。

――なにによって？

すでにそこにうちあたってみたものの落着きをもって正面からこちらを注視しながら、相手はゆっくりとき返した。

――死者の理論によって……。

と、私は不意に真面目にいった。

――俺はときおり考えることがあるが、その執行者はただただ死者でなければならない。何故なら、もし彼が経帷子につつまれた《無の空虚》の墓場にいれば、彼は何事も利用せぬと同時に何者からも利用されないはずだからだ。そして、如何なる処置ももはや彼にとって永遠に無意味であるということの位置にいなければ、悪徳と狡計に充ちたその相手にとうてい対抗できやしないのだ。俺はいうが、第二に、この死者によって残された理論は、是非とも、その日までは完璧でなければならない。何故ならピラミッドを支えるのでなく打倒すのみが自己の目標とわかれれば、あらゆる疑問は、頂点にいる敵ばかりでなく、日頃沈黙に充ちていた底辺の何処からも発せられてくるに違いないからだ。

相手は立ち上って歩きだした。何時しか時刻が移ったらしく、高くに位置していることの部屋に、夕暮の食器の金属と金属とが触れあうような近い微かな澄んだ響きのほかに、遠い何処かの平地から響きのぼってくるなにともわからぬどよめく物音が群れた羽虫の顫える音のように聞えた。暗幕の垂れこめた隅からもどってくると、冷たく光った反射鏡や細い金属棒ののっている治療台の上に彼は暗く眼をおとした。

――だが、死者はそこへはいれないよ。

――何処へ……？

――時間のなかへ……。

――時間のなかへ？

――そうだ。権力は理論ではない。それは相反するものを容れる容器だ。それは理論の矛盾など恐れない。一言でいえば、その容器は持続された時間なのだ。俺の右手はいま除かれていてもやがて左手と並んでそこにはいるようになるかもしれない。だが、死者はそこへはいれない……。そうだ。死者はそこへはいれない……。いいか。君と話しているうちに俺ははっきりしてきたことがある。危いかな、俺もまた自ら気づかず、死者を目指していたのだった。俺がよく思い浮かべるイメージのなかの渇望は、君の死者の理論の完璧性とまったく同じ渇望の意味をもっていたのだ。いいか。闘いに疲れて膝をかかえて俯向くとき、俺にはいつもこういうイメージがうかんだのだ。……われわれは認識者となったゴリラである。試行錯誤のあと食物に到達したゴリラである。そして食し性交したあと憂愁の裡にものうく考えているその姿を見れば、これが認識者となったゴリラである。いいか、そのイメージを思い浮かべるとき、俺はいつも、憂愁の裡に認識者となったゴリラの苦悩の顔を脳裡に描いた。認識者となったゴリラの逞《たく》ましい手と足は思い浮かばなかったのだ。おそらく、俺の右手の敗北は、いつも闘いに疲れて膝をかかえて俯向くときのこの苦悩への陶酔に根ざしている。俺はそれをいま悟ったのだ。いまは、俺は還ってゆかねばならない。逞ましい手と足をふるう闘うゴリラをひきつれて。

彼は口を噤《つぐ》んだ。夕暮のなかで触れあうさまざまなどよめく響きのなかで注意しなければ聞きとれないほど低いノックの堅い音が廊下から聞えた。メトロノームのような正確な間違いもない間隔を置いてその音はゆっくり四つ打った。据わった眼にぽっと点いた淡黄色の光を浮べて部屋の隅へ歩いていった彼は、さながらそこが叢林ででもあるかのようにゆっくりと往復しながら予備運動のように宙に大きく腕をふった。私は立ち上った。

廊下へでる前に、すでに深い闇につつまれてしまった窓の向うを眺めると、私達は同時に立ちどまった。まだ明るい頃、遠くに構図の優れた小さな高い尖塔が見えていたあたりに女性のスカーフのような淡い紫色のネオンがゆっくり明滅していた。高いビルディングの上からながめる都会の夕暮とか、風雨の吹き荒れた人通りもない建物と建物との谷あいの闇には、一種の不安と魂の奥になにかが目覚めてくるような不吉で狂暴な感じがある。殊に嵐のなかで翼をはったペガサスのネオンの明滅を凝視めていると、人類が死滅してしまった遠い未来の闇のなかでひとり目覚めているなにかが明滅しつづけているのではないかという暗い連想がいつも起って、そこから眼を離すことができなくなるものである。かたわらに立って窓の向うの深い闇に光った紫色のネオンを眺めている友達にそんな同じ性癖を感じた私は、同じ歯並びの刺の痛みをともなった苦痛の親しさに不意とつつまれるのを覚えた。おそらく彼は、落日の荘厳にも都会の夕暮にも佇みつくしている性癖をもっているのだろう。私達は闇のなかのシグナルのようにぽつんととも った一点の微光を瞳孔の上に映したたがいの暗い眼を一瞬ながめあって肯きあうと、いまは闘うべき四肢をゆっくりと振った彼は力強い足取りで廊下へ出て行った。

長い廊下の途中に立っていた黒い服につつまれた背の高い男は、まっすぐ進んできた私の友達に二言ばかり話しかけ、そしてすぐ肩を並べて歩きだした。私の姿をまったく無視した男の精悍に嚙みあわされた、意志的な、角張った顎と、そこに並ぶとさながら見えぬ鎖でつながれているようにまったく同じ姿勢と足取りで活発に進んでゆく友達の瘦せた横顔が廊下のはずれを曲って消えるまで、私は見送っていた。私は螺旋階段の前にいる医師のかたわらへ寄った。

私は階段を降りながら、肩先でもつかまれたように医者の顔を眺めた。数時間たたぬ裡に驚くべき外形の変化が起って、それが特徴である透きとおった血色のいい頰の肉が強烈な圧搾器にかかったように深く溝をひいて削がれているのが目にとまった。眩暈のなかで左右にゆっくりかしいで現われてくる階段を覚つかなく踏みしめながら、私はいった。

——どうしたんです、とても疲れて見えますよ。

——ええ、たしかに私は疲れています。

——手術でもあったのですか。

——いえ、なんでもありません。

かたわらによりそったまま階段を降りている医者は耳許で囁やいた。

——ストーヴもない冷えきった研究室に坐っているとき、私はいつも繰返して考えたものです。この職業を選ぶ以上、ヒューマニズムの限界について私自身の納得のゆく考え方を早くうちたてねばならない、と。例えば、私は貴方の死を助けることはできない。たとえ貴方自身、その妻、朋友がそれを欲し、貴方の仕事が望んだとしても、私は助けることはできない。おわかりですか。それは当り前のことだと誰もいいます。しかも、その誰もが、その声音で、その動作で、その苦痛で、その愛情で、助けろと私にいうとき、私はどうしたら好いのでしょう。この仕事についたはじめ、まず研究室にいた私は、しばしば、眠れぬ夜にまでもちこして考えたものです。私はしだいに問いかけ方を整理しました。そして、私がやっと到達したのは次の二つの問いかけ方です。科学的な率直か、善意の仮面か、と。そして、私は科学的な率直の上に振舞うのを私の建前にしてきたのです。

——で、それ以来、精神の負担を感ぜず、患者をそのまま死なせることができたのですか。

——そうです。

と、胸のなかの塊りを圧し潰したようにひくく医者は答えた。電流にうたれたように私は不意と階段の上に立ちどまった。

——失礼なことを伺いますが、査問委員会の結果、彼の処分が決定したのではありませんか。

思いがけぬ深い底知れぬ沈黙がやってきた。すると、数瞬、苦しげに伏目になった相手から、自身の軀をつかんでひきもどすように決意した不思議なほど率直な響きがもれた。

——ええ、決定してしまいました。

——どんなふうに……。

——数年前ここへ隠れにきたと同じ理由のもとにこんどはここに永遠にいてもらうのです。

——では、このままですか。

——そうであって、そうでない部面もあります。

——と、いうと、どんなことです?

二つのものが医者の内面で打ちあって肩先の部分の筋肉をねじっているように見えた。みるみる裡に上体が揺れてきた。

——ここに或る種のガスがあります。

——ガス……? それが処分ですか。

――そうです。そのガスを知らずに呼吸している裡に、そのひとに自然なほんとうの発狂状態がやってくるのです。

のめった医者は私の頬先をかすめて通り過ぎた。ぐらぐらと横揺れする船槽に水がはいってそのままだぶりと前のめりしてゆくような横揺れと縦揺れのいりまじった眩暈に揺られて、私は踊り場の手すりによりかかった。片方にかしいだ船体がその自重のかかった船腹の重味にひきずられ傾ききって、奈落へ沈んでゆくと思うまに、こんどはたちまち反対側の大きなうねりに乗って果てしもなく宙へ揺れのぼってゆくような眩暈であった。私は手すりの黒い縁から螺旋階段の下方をながめた。さきほど標的につきたったった一本の矢のような淡褐色の光がさしこんでいたあたりは見透しがたい闇につつまれていたが、私のかたわらを通り過ぎた医者が階段を降りてゆくのを眺めおろしていると、歩一歩と螺旋を描いてその暗い底知れぬ渦の中心へ近づいてゆくにつれて、しだいに横へずれてだんだんと横倒しになり、そして、ついには逆さまになったまま進んでいるように見えた。

摩天楼

島尾敏雄

　それは何処の国の何と言う細工か知らないが、そして又そんなものを実際に見たことがあったかさえあやふやなのだが、私は眼をつぶるだけで、というより寧ろつぶった気持になるだけで、私の眼の前に微細な細工を組立てることが出来る。小さなものでは白く晒《さら》された骸骨に刻明に刻み込まれた死んだ母の或る時の表情から、大きなものになっては、私の想像の中丈《だけ》に確かに存在している冠詞のついた私の市街のようなもの迄を立ち所に建設したり崩したりしてみせることが出来る。骸骨細工のその特定の人の表情はあまりにまざまざしていて、そんなものを空間に刻むすさびを知っているようなことは何か神秘とか運命とかいう言葉をさえ使いたくなる程に神経の疲れた時に、その効果は覿面《てきめん》のようだ。私の市街の方については、その色々の場所の街の表情があまり馴染みになっていて、実際そんな所に私は住んでいたのではないかとあやしくなる。その大かたは、夢の中で学びとったものだと思っている。一回の夢でその市街の全貌を見ることはないのだが、度々の夢で見た市街の一部が、つぎはぎされ重なり合って、そして結局はみんなつなぎ合うことの出来る、一つの性格を持った市街を構成しているのだ。その市街の中には、崩れ落ちた所もあり、殷賑《いんしん》な地区もあるかと思うと、野原さえ無くもない。又山岳都市のような様相の見える角度もある。市街を流れる川は嘗て氾濫したこともあり、ある時は私はその市街の高層建築の立ち並んだビルディングの谷底を、脱獄した凶悪な殺人犯人にしぶとくつけ廻されて足が立ちすくんで歩けなくなった記憶を持っている。その市街にある電気椅子の死刑台では私は死刑に処せられたこともあった。私の両わきには二人の破廉恥罪人が坐っていた。然し私は脳の中枢にこげ臭い鈍痛を感じた丈で、死ぬことが出来ずに脱走したのだった。又、焼き払われて石垣や土台石がむき出たものだからまるで要塞の廃墟のように見える山の手の方の市街の坂道を下った所にある格納庫の内部の、生活の一切を機械にしてしまった設備の中で、P・O・Wの仲間入りをした夜もあった。私はあの日の恐怖を忘れることは出来ない。その日市街の海岸は海の水が故知らずふくれ上り、街は次第に浸蝕され始めたのだった。突堤や岸壁はつきくずされて荒涼たる砂浜になって行くのを見ていた。そして灰色の人気ない砂浜をかむ波の永劫の繰返しが、私の気持を果てしない絶望の沙漠に陥し込んだのだ。だが私の市街は健在なのだ。どのような天変地異が起り、どんなに醜悪な悪徳が行われても、次々に映像され重ねられて行く、新しいがそれは既に決定的であるかのような用意された街の姿によって、失敗と古疵を残したまま次第にその市街の性格を個性的なものにして行った。あの街角で私はロシヤ語をつかい、別の通りでフランス風なジェスチュアをすることも出来た。私自身一個のメキャニカルな機構装置の一部分になってその街の上空や、地下水道の中を飛び廻ったこともある。その市街で私は何とあらゆる人間のやったことを見て来たことだろう。そして私は沢山の人に背信し、そしてそれに意味をつけ、又私の為した沢山のことを人々に見られ、愛され、そして軽蔑され、うごめき合って、地下鉄への昇降口を流れて行ったことだろう。兎に角私がその市街の何処にでも、降り立って私が逢い度いと思うひとには奇妙な偶然のつながりで逢うことが出来た。私はそれらの沢山の街角は、みんな一つの私の市街の中にあるのだと信じている。それは、私がその市街に現われると、いつかはきっと通らなければならない場所があるからだ。私がどんなに変った場所に置き去りにされても、ふとした時にそこを通る一つの場所があったのだ。其処は丘陵市街で町なかを走って来た電車もそこで行きどまり、螺旋のような石だたみの坂道がぎっしりつまった建物を斜面にみせて港の海ばたに、肩越しに後ろを臨みみる恰好に、うねっていた。電車の終点の広場には、場末の賑いが、此処を過ぎて街の外に出る寂しさの萌芽と調和して、いつも夏の終りのような移り行くあわただしさが感じられたのだ。私はいつもその場所に、まぎれ出てしまう。私はきまって其処に戻って来るような気がする。そして、やっぱり例の市街に私はやって来ていたのだということを感ずる。もう一つ、私はその市街をさまよい歩くときはいつでも、何か分らぬものに追われている。それは私が或る抽象的な概念に奉仕している為にそうなのだと自分で思い込んでしまっている。その故にその被害妄想の気分になって歩いている時に、私はやはりその私の市街を歩いていることを知ることが出来た。私はその市街のパノラマ風の地図を作ってみたいものだ。あらゆる通りには名前をつけ、丘には緑をぬり建築物には特長を素描して、事件の起った場所にはその梗概と日附けを記入し、もっと立体的になる色々な細工を加え、私に出会った人々のでくを作って、その市街を歩かせたり、そして「その」市街とか、「私の」市街ではなしに、ひとことでずばりとその市街の個性を言い表わしてしまうような名前をつけたいものだ。

(実は、私は決定したわけではないが、自分丈に分る符号の代りに、既にこの市街に名前をつけていた。それは少しおかしく、だが突飛なものでは決してない。ありふれた数多い名前、私はその市街をこっそり NANGASAKU と呼んでいるのだが)

その私の NANGASAKU に或夜変った建築物を見つけた。それは素晴らしく高い塔であった。そのいただきはどこ迄続いているか分らぬ程の高さである。無数の階層があり、そのてっぺんは雲表につきささっている。そして相も変らず神秘の雲につつまれているのだ。然しその神秘は私と馴れ合っている所が感じられた。その階層を包む何処からとなく旺んに湧出して来る雲霧の状態のものの正体は、私が今直ぐにそれは何だと名づける事は出来ないが、私がそのガス体から暗々のうちに、その正体を見届け冒瀆することを許されて居るという、偸安の気持になっていることが出来た。この摩天楼——そうだ、塔というより楼と言った方が、よりその貌に近いようだ。この摩天楼の全貌をもやが常にたち籠めている様子は、丁度火山孔の絶壁に立たされたように、時々方向のない風の為にもやは吹き払われそのすき間を縫ってじかに各階層の恰好を見ることが出来た。バベルの塔が私の市街 NANGASAKU に出現したのかも知れなかった。然し、私はバベルの塔については、バベルノトオと発音してみて或る感じを私自身が勝手に受ける以上のことは知らない。まして私が NANGASAKU にそんな摩天楼を発見した時には決してバベルの塔という名前も知らなかったしバベルの塔の絵など見たこともない。いつかふいとバベルの塔、と口をついて出て来て如何にもその摩天楼に似つかわしいことに思った。

その夜私は飛行《ひぎょう》の神通力を得ていた。之は珍らしいことではない。私が NANGA-SAKU の丘陵地区や、その背山地帯を訪ねる時によくその術を得ている時があった。それもその時々で水平に走る術に長じていたり、上下に昇降し易い傾向になっていたりするのだが、その夜は私自身昇降機の錘であった。腹部への呼吸のいれ具合や、一寸した身体の傾斜のさせ方、足の組み方、両腕の位置などで、昇り方降り方を決めることが出来たし、又その速度を調節することも出来た。私はその夜そんなにも便利な状態に置かれたことを此の上もなく喜んだ。そうだ遂に時機が来たのだ。此の素晴らしい能力をひそかに内に蓄えていて、私はいざという時に何物にも比べ難い効果を表わしてやろう。私はそんな風に考えその神通力を気易く使うことを恐れて、私は歩いてその摩天楼の中の階段を昇り始めた。各階にはあらゆる雑踏があった。その雑踏の種々相を私ははっきり見て歩いた。私に飛行の術があるという事で何とか落着いていられたけれども、うっかりするとその雑踏の中にまき込まれてしまいそうであった。私は何時裏切られ殺されるか分らない気さえした。私はその雑踏の中に何があったかその総てを思い出す事は出来ない。新刊雑誌を売る所があった。其処に月おくれのものは一冊もない。それも極端に新刊である。私が希望していた雑誌は総て発行されて棚の上に乗っていた。私の出現を記録した批評文の載っている雑誌が既に置かれてあった。私は後でゆっくり楽しみながら読もうとそれら二、三の雑誌を求めてそのままポケットにねじ込んで置く。展覧会のような催しがあった。お化屋敷があった。賭博場もある。淫売窟の迷路もある。例えばあいつを殺して呉れと頼みに行けば事もなげに処理して呉れるような所もあった。温泉町、支那料理屋、駅の構内、然しあんなに強烈な印象を受けて見て歩いた雑踏の種々相を思い出すのに何故これ程貧弱な回復力しかないのだろう。まだまだ私は沢山のものを見て上へ上へと昇って行った。足なえの逆さ踊りとございい。こういう風に具体的に書き止めることが出来るものの外に、具象化されないどろどろした思想の化物も沢山見た。それは実に変なもので、私はその部屋を泳ぐ時は、どうしても神通力を一寸だけ小出しにして逃げ出さなければやりきれなかった。サルヴァルサンの匂いに満ちた階層では、むき出しの裸電球に大きな蛾がばさりばさりとびついていた。

私はどんどん上に昇る。それは私に或る悲願のようなものがあって、上へ上へと何かを見ながら昇らなければならないと考えているのだった。それは私が NANGASAKU の市街を歩く時につきまとわれる例の抽象概念に奉仕していると思い込んでいる為に起る追跡観念と同じものに違いない。そういう陶酔状態に入っているので私は又ミニアチュア市街を彷徨しているのだという事が分っている。この追跡観念に憑かれると私は自分を限られた少数者に思い込んでしまう。そしてそれが昂じて来ると今迄《まで》各階層に見て来たあらゆる現象が私の願いへことごとく白い歯をむき出していたことを強く思い知った。

所が私はふと自分が無人の階層にやって来てしまった事に気がついた。あんなに沢山の人々が肩をすり合わせていたのに。私はその人の群をいといながらも、その中にまぎれ込んで安心していたのに。もうその階層には誰一人として上って来る者がなかった。山の上の歓楽地帯で、そこ迄はケーブルもあり、歌劇もホテルも涼み台も木馬も食べ物店も写真屋も何でもあるのに一歩そのさかり場を外れて奥のお寺のある杉木立の参道に足を向けるともう人っ子一人いない無気味な深山の中にふみ込んでしまったというような経験は、時折あるものだ。丁度それであった。群衆のざわめきは耳底のなごりだけで潮がひいてしまったように、たよりなく別の世界になっていた。あの灰色の匂いのするもやが一層かきたてられてその階層に満ちて来ると、私は孤独の恐怖に捕われた。私はもう上に昇ることを断念しようと思った。突然にいやな思い出を甦らせた。昔やはり飛行の術を身につけて私は或る倉庫の中奥深くはいって行った。そこは幾重にも鎧戸を下す仕組になっていて、それを一つ一つ泳いで中にはいって行った。その時も私は何かを見ようとしていた。その倉庫は、むやみに奥深い、然し私は遂にその一番奥の部屋に到達することが出来た。その部屋の奥に小さな窓がついていた。私はその窓からその窓の向うのものをのぞいてみた。其処に何があったのだろう。私はどうしても思い出せない。ただ何かしらなまなましいまざまざしたものがあった。私は全身が総毛立つのを覚えた。咄嗟に私は身を翻した。その飛行の術の全回転で私はこの奥深い倉庫から自由な外気に脱出しようとした。所が私がそういう気配を見せるや否やそのまざまざとしたものの執拗な意志で私は後髪をひかれるような恐怖に落込んだ。水を浴びせられたような悪寒を受けた。私は逃げた。すると百の鎧戸が異常な速力で締まり始めた。私が一つの鎧戸をぞくぞくしながら満身の力でとびぬけると鎧戸は私の背後で物凄い音をたてて落下した。一つ一つ、私は薄氷をふむ思いで飛行し通り抜けた。一つ一つ。もう出口が近い。あと一つ。だがその最後の鎧戸は、私の行手を猛烈な勢でふさいでしまった。あーあー。私は緒を引いて悲しい泣声を出したそのことを思い出した。すると、ぞくぞく寒気がして来た。いけない。私は引き返そう。その上私の飛行の術の効力が薄まって来ていることを感じた。私はまた間に合わないかも知れない。すると、私の呼吸すらががんがんとその階層に反響して、上の階層に果てなくつつ抜けて行くような気がした。私は術を使ってみた。はたしてもうエネルギーが消耗していることを知った。私はあわてて階段を降り出した。すると私は魔物とすれ違った。その魔物は女を横抱きにしていた。その女の気配がひどく私を包んだので、よく見た。するとその女は私が知っている女なのだ。頬がゆたかで、そのやわらかい感触は忘れることの出来ないものだ。そしてあの餅のような四つの肉の丘が強く甦った。その女は実にたあいなく私に誘惑された女であったのに、私は記憶から消し去ることの出来ない業を考えていた。魔物はその女を連れて何処に行くのだろう。私のエネルギーはどんどん下降を始めている。その女を助けてやろうという気持は切なく湧き上って来たのに、私は自身をすら階層の中途に支える事が不可能になっていたことをはっきりと知った。私はつい先頃この摩天楼でヘゲモニーを握っていたのではないかと錯覚して奇妙な寂寥に落込んだ。私はずるずると一階の出入口の所まで引ずり落されるように下降していた。

　夜が明けると、摩天楼は見えなかった。一しきりもやが湧き上った。そして私は例の広場に出て来た事を知った。あの NANGASAKU の市街の果てに出て来ていることを。その広場には露天市場が出来ていた。露天市場に朝方の活気がつき始めると、露天商人たちはそれぞれの勤勉さで日用品や湯気の出る食物などを売り始めていた。だが私は彼等の一人一人を見て驚いた。それは昨夜あのバベルの塔の各階層に巣喰っていた者たちではないか。そして今にして思えばみんながそれぞれあらゆる邪悪の思想を各々の階層で設計していたような気がする。あの魔物さえ素知らぬ顔付で莨《たばこ》を売っている。然し朝の陽を受けた彼等の顔付は何という平凡な小市民の風貌をしていることだろう。彼等は昨夜の己の摩天楼での姿を知ってはいないのだ。きっと知らないのだ。だが私にはあの摩天楼が決して消えてしまったのではないと思っている。夜が来れば、あらゆる奥深い邪智と設計と夢と大事業が天に向って伸び始める。私にはそれがはっきり分っている。私は港の海ばたの潮騒を感じ、眼を遠くにやると、遠いかなたの山が火を噴いて、真赤に天がただれているのを見ていたようだ。

詩人の生涯

安部公房

ユーキッタン、ユーキッタンと、三十九歳の老婆は油ですきとおるように黒くなった糸車を、朝早くから夜ふけまで、ただでさえ短い睡眠をいっそう切りつめて、人間の皮をかぶった機械のように踏みつづける。胃袋のかっこうした油壺に、一日に二回うどんのような油を入れて、その機械を休ませないという目的のためだけに。

やがて彼女は気づくだろう。そのしわくちゃの皮袋の中の、ひからびた筋と黄色い骨とで出来た機械は、疲労というほこりでもう一杯になってしまったと。そしてふと、疑惑におそわれる。

いったい私の中味は、私とどういう関係があるのだろう？　見知らぬ医者に、先の骨のラッパがついたゴム管で聞いてもらわなければ、自分にも様子が分らないそんな中味のために、なぜこんなにまでして糸車を踏んでやらなければならないっていうの？　もし、私の中の疲労を育ててやるためだったのなら、もう沢山、お前は私の中に入りきれないほど大きくなったよ。ユーキッタン、ユーキッタン、やれやれ、私は〈綿〉のように疲れてしまった。

黄色い三十燭光の電灯の下で、彼女がそう思うとき、ちょうど手持の毛がきれている。彼女は皮袋の中の機械に命ずる。さあ、お止まり。ところが、不思議なことに、車はひとりでに廻転をつづけ、とまろうとしない。

車はようしゃなく、キリキリと糸の端によりをかけて引込もうとする。もう引込むものが何もないと分ると、糸の端は吸いつくように老婆の指先にからみついた。そして〈綿〉のように疲れた彼女の体を、指先から順に、もみほぐし引きのばして車の中に紡ぎこんでしまった。彼女が完全に糸になってまきこまれてしまってから、車はタロタロタロと軽くしめった音を残して、やっと止った。

「あなた方は五十人の首をきり、その五十人分を私たちに働かせ、不正を衝く言葉をもつ勇気のあるものがいなくなったのを幸いに、それ以上を働かせ、五千万円ももうけることができました。どうか私たちの給料を上げて下さい。」そう書いたビラをくばったために、工場から追出された三十九歳の老婆の息子が、今日も工場の中に残っている哀しい仲間の倖せのために、彼らの消えかかった心臓のストーブに吹き送る酸素の言葉を、一日ヤスリと鉄筆の間にはさんだ原紙にほりつけ、一日とうしゃ版のローラーを押しつづけた疲れから、裸の腹の上に新聞紙をあてがって、ユーキッタンと糸車を踏む母親の足元にぐっすり睡っていたが、タロタロという音に変る最後の瞬間ふと目を開けて見た、水あかに染った黒い仕事着の中から、するすると抜け出していった足の先を。そして、その足の先が、さらにするすると引きのばされて、糸車の細い穴から吸込まれていったのを。

――母さん。

若い老婆の老けた息子は、両手の指をあぐらの上で組合わせ、爪が紫色になるまでぎゅっとにぎった。頭で考えられる以上のことに出逢ったとき、心臓で感じられる以上のことに出遇ったとき、こうして組合わした指の間で考えたり感じたりすることを、いつの間にか彼はおぼえていた。指の間で感じられることを充分感じてから、中味のなくなった老婆の仕事着を新聞紙の代りに腹にのせ、また横になった。何事も変えることの出来ない、疲労の海の波、さけることの出来ない存在の物理的法則。解き放つ鎖以外の何ものも持っていない彼が、睡りたいと思ったとき、何事もそれをさまたげることはできない。

翌日、やはり同じくらい貧しい隣の女の足音で夜が明ける。女は前の晩に老婆が紡いだ糸を受取りに来たのだ。それをジャケツに編んで、夫の賃銀だけではどうしてもとどこおりがちな家族五人の新陳代謝を、なんとかもちこたえていかなければならない。

――母さん、留守? どうしたのさ、こんな早くから。おや、糸をまだまき返していないんだね。困っちまうよ。でも、急ぐから私がとっていくよ。手数料をちょっともらわなけりゃって、言っておいてね。

老けた青年はあくびをかみ、もう一度あぐらの上に指を組合わせる。

——その糸は、持って行かれては困るような気がするんだけどな。

——困るだって？　気がするんだって？　随分変な気がするんだね。空気を食べてお腹がくちくなるようなお咒《まじな》いを発見したような気でもするんじゃないの？　そんな気がするときは、あんまり真面目くさった顔をするもんじゃないよ。

——そうだよ、小母さん、おれはどんな顔をしたらいいのか、分らなくて困っているんだ。

——そうだろうとも、分ったらおといおいでだ。朝っぱらから女に冗談をいう年でもあるまいし。

三日目に、老婆は一枚のジャケツに編上げられた。

女はそのジャケツを抱えて街に行った。

工場街の町角で、女は道ゆく人に呼びかける。

——兄さん、お買いよ。あたたかいよ。決して風邪なんかひかないよ。

——ほんとに、まだ、生ぬるいね。

——そうとも、これは、純毛だよ。百姓家で、生きているめん羊から切りとった毛だよ。

——なんだか、ついさきまで、誰かが着ていたみたいじゃないか。

——とんでもない。古物なんかじゃないよ。つい今しがた編みおわったばかりさ。

——まざりっけがあるんじゃないのかい？

——そばによって、触ってごらんよ。百姓家で、生きているめん羊から切りとった毛だよ。

——そうかもしれないね。……おや、このジャケツは妙な音をたてるじゃないか。つねると、ギュップと鳴いたぜ。生きているめん羊の毛を使ったせいかい？

——ふざけちゃいけないよ。鳴っているのはお前さんの下腹さ。腐った納豆でも食ったんだろう。

ジャケツの中で老婆が泣いたのだ。ジャケツの中で老婆は涙をこらえる。ジャケツになりきってしまおうと、老婆は糸になった脳で考え、糸になった心臓で思う。

そこに老婆の息子が通りかかった。

——小母さん売るの？　そのジャケツを売ってしまっては、困るような気がするんだがなあ。

——困るって？　気がするって？　私は商売の邪魔をされては困るような気がするよ。あんたみたいな一文なしにからかわれたって、ちっともうれしくはないからね。

——ジャケツは売るためのものだからなあ。

——そうとも、着るためのものだなんて思ったらおお間違いさ。さあ、そこの兄さん、ごらんよ、あんたが着たらきっと似合うよ。女の子が見てくれるよ。決して風邪なんかひかないよ。

しかし、いつまで経っても買手はつかなかった。出来が悪いのではなかった。三十年間使ってきた編棒には、彼女の指の神経がのびてはいりこんでいるほどだったし、その上、いかにもがっちり実用的だった。季節が悪いのでもなかった。もう間もなく冬だ。要するに誰も彼もが貧しかったのだ。

彼女のジャケッを着なければならない人々は、一様に貧しすぎた。ジャケッが買える連中は、結局外国から来る高級品を着る階級だった。それでとうとう、三十円と引換えに、ジャケッは質屋の庫におさまった。

どこの質屋の庫も、すでにジャケッでいっぱいになっている。町中のどこの屋根の下も、ジャケッを持たない人でいっぱいになっている。

人々はなぜ、ジャケッのことで不平を言いださないのだろうか？　人々はもう、ジャケッの存在さえ忘れてしまったのだろうか？

貧しさにおしひしがれて、生活の樽の底にはりついた漬物、塩づけになって重しをかけられた茄子のように、肉体を包む皮の袋から、夢も魂も願望も流れだしてしまった。それらは持主をなくし、ガスのように空中にただよう。それこそどうしてもジャケッでくるんでやる必要があったもの、きっとそうだったにちがいない。ジャケッを買うことのできない貧しさが、彼らをジャケッで包む必要のある中味を持たぬほど貧しくさせてしまったのだ。

人は貧しさのために貧しくなる。

そんな不合理な貧しさにも、何か理由があったのだろうか？　いったいお前は何者？　どこからやって来たのだ？

細い糸を機械で織った、少しもあたたかくない花模様のジャケツ、外国からやって来たジャケツを着る階級の男たちは考えた。なんとしても、ジャケツの数が少し多すぎるのだ。戦争をおこして、どこか外国に売りつけてみたら、どんなものかしら？

太陽の足は膝をかがめ、影は長く淡くなって、冬が来た。蒸発していった夢や魂や願望が、空中で雲になって、一日じゅう太陽の光をさえぎるので、ひとしお寒い冬が来た。木の葉が降り、鳥の羽毛がぬけかわり、空気はガラスのようにすべっこくなった。人々の背はまるくなり、鼻の頭が赤くなり、言葉や咳が白く凍るので、タバコの煙と間違えて先生が生徒を、職長が労働者を鞭で打った。貧しい人は夜が来るのが怖く、朝が来るのが哀しかった。外国製のジャケツを着た男たちは、猟銃の手入に没頭し、外国製のジャケツを着た女たちは、高い毛皮を首に恰好よくまくために、毎日三十回ずつ鏡の前で廻転した。スキーの選手は蠟をとかし、スケートの選手は砥石に油をしませた。最後のつばめが飛立ち、最初の石炭売りが街角で両手をもみ合わせた。

気象学の法則に加えて、以上のような一切が、内と外の両側から夢と魂と願望の雲を冷却させ、それらは凍って結晶した。ある日それは雪になって降りはじめた。

じっと見詰めていると、まるで空間が天に向って流れているのかと思われるほど、雪は整然と空間を満して降った。雪は街の生活がたてる物音の一切を吸取ってしまった。その異様な静けさの中で、夜ふけなど、チキンヂキンと雪片のふれ合う音が聞えさえした。その音は、防音装置をした巨大な部屋でならす小豆ほどの銀の鈴に似ていた。

夢や魂や願望が結晶してできた雪が、普通の雪とちがうのは、むしろ当然であったかもしれない。その結晶は見事なほど大きく、複雑で、また美しかった。あるものは薄く砥ぎだした瀬戸物のように冷く白く、あるものはミクロトームでけずった象牙のようにほのかに白く、あるものはみがいた白さんごの薄片のようにあでやかに白かった。あるものは組合わせた三十本の剣のように、あるものは重なり合った七種類のプランクトンのように、さらにあるものは一番美しい普通の雪の結晶を万華鏡でのぞいて八倍にしたようだった。

またその雪は、たしかに液体空気よりも冷く、液体空気の中に降ったひとひらが、煙をはいて融けるのを目撃したものがいたということだ。従ってその固さも格別だった。剣の形に結晶したやつでなら、きっと髯《ひげ》をそることだって出来たにちがいない。たまたま自動車がその上を走ると、復氷の原理に従って融けるどころか、チキンヂキンと鋭く鳴りながら、かえってタイヤをずたずたに切りきざんでしまいさえした。存在すると言われるほとんどすべての存在が、その結晶をくだこうとするまえに切り裂かれてしまい、その結晶を融かそうとするまえに、結氷させられてしまうのだった。

その冷たさを語るために、どんな例をあげたらいいものだろうか？　ヴェルレーヌまがいに、凍てつける公園に頬をすりよせる恋人たちの熱い額に降った雪のことをか？――二人はダリの色つき彫刻のように固く動かなくなった。あるいは四十一度の高熱に、臨終のうめきをあげていた病人の額に降った雪のことをか？――その病人は生と死のちょうど真中で、どちらにも行くのを止めてしまった。それとも破れた壁から、とぼとぼと燃える乞食の石油罐ストーブに降った雪のことをか？――炎はそのままガラス細工のように動かなくなった。

来る日も来る日も、あくる月もまたその翌月も次の年も……フォード工場のベルトのように絶間なく雪は降りつづけた。チキンチキンと、錫の板をはじくように、静かに果てしなく降りつづけた。

街路樹の枝に、
　郵便のポストに、
　　住手のいなくなったつばめの巣に、
　　　屋根に、
　　　　道路に、
　　　　　下水に、
　　　　　　マンホールの穴に、
　　　　　　　小川に、
　　　　　　　　鉄橋に、

トンネルの入口に、
畠に、
鳥小舎に、
炭焼小舎に、
さらにジャケツをしまってある質屋の庫にも……。

そしてそれらの雪の上に、また新しい雪が重なり、町の表面はなだらかな雪の曲線に覆われてしまって、数日の後、もしくは数時間の後、不意に映写機の歯車に故障がおきたかのように、街全体がぴったりと動かなくなっていた。ミンコフスキーの空間から、時間の軸が消えてしまい、ただ雪の方向に逆らって、一枚の板で表わされる空間が動いて行くだけだった。

腰に弁当を下げた労働者が、ドアから半分体をのり出して空を仰いだまま、じっと動かなくなった。空地で遊んでいた子供の投げたボールが、見えない蜘蛛の巣にひっかかったように、そのまま空中にとまってしまった。タバコに火をつけようとしていた通行人が、ガラスのように動かない火のついたマッチを手にしたまま、首を傾げて凍りついた。工場の大煙突から、黒い敷布をかぶったいたずら小悪魔のような身ぶりで逼い出して来た煙の固りが、水の中に流れて固ったゼラチンのように動かなくなった。またある雀は、ボールのように空中に凍りつく前に、地面に墜落したので電球のように粉々に砕けてしまった。

そうしたすべての物の上に、さらに雪が降りつもった。水銀柱はぐんぐんと限りなく下り、ついに目盛がなくなって、寒暖計自身が短くちぢまって見せなければならないほどだった。

時折、町を縦横に、するどい雪煙をあげて亀裂が走った。だがそれもすぐ雪に埋まって見えなくなった。

しかし最初のうちは、それでもなんとか凍結をまぬがれた幾つかの家族がいた。外国のジャケツを着た家族たちだった。その外国のジャケツ自身には、別にこれといった効用はなかったのだが、ただ彼らは貧しくなかったので、絶対に雪の降りこまぬ屋根と、真赤に焼けたストーブを持つことができたのだ。だがその彼らにしても、やがて食糧品棚の空間が、あまり広くなりすぎていることに気づかないわけには行かなかった。ポッポと燃えるストーブの周囲で、互いに家族同士の食物の分量を監視しあうようになった。そのうち石炭も不足しはじめて、ソファが木の椅子に、木の椅子がミカン箱に、ミカン箱が床そのものに、そして床板までが一枚一枚と慎重にはがされていった。電灯はランプに変り、ランプは蠟燭に変り、それから暗闇に変った。つややかな毛皮の婦人はひからびた狐になり、銀行の株のことを考えながら猟銃をみがいていた紳士は毛のぬけたリウマチの犬になり、探偵小説に読みふけっていた息子の大学生は、ピストルを持ってママの寝室にかくしてある鑵詰を襲う本物のギャングになった。灯のなくなった窓からは、昔の女中を叱る重々しい声と、バクチに勝って笑う上品な優しい声に代って、ののしる声、悲鳴、重いものが倒れる音、布を引裂く音、長いたえ入るようなうめき声などが聞えはじめた。

当主たちは、互いに自家発電の無線電話で、ヒステリックな相談をつづけていたが、最後に外国の援助をあおごうという結論に到達した。無電で問い合わせた答えはこうだった。

——ジャケツ、新しい柄物、白黒まだらの思想的虎紋ジャケツを、もう五千枚お買いなさい。さもなければ、アトム・ボム五十箇ほどはいかがでしょう。

要するに、いずれにしても貧しい人たちが動きはじめ、工場が動きはじめて、戦争がおこせなくてはどうにもならないことが、今や誰の目にもはっきりしたのだった。

そこである一人の智慧者が、幾本もの棒をつなぎ合わせ、その先に針金をまげたものをつけて、窓の隙間から、外に凍りついている通行人の一人をひっかけてみることにした。一瞬、外国のジャケツを着た家族たちも、争いを止め、望遠鏡にかじりつき、無線電話にかじりついて息をこらした。だが通行人は、ぱらぱらと、音もなくくずれ落ちただけだった。

最後の、自壊的なヒステリーの爆発。それはゼンマイの外れた玩具。無意味な物質に還元する最短コース。窓を開けて、雪の中に手を差しのべ、自ら凍ることのみが、理性あるものの最後に残された行為であるかとも思われた。

こうして、今ではほとんどありとあらゆる生物が凍りついてしまったはずなのに、不思議に一匹の鼠だけが以前と少しも変らぬ生活をつづけていた。それは老婆のジャケツがしまってある質屋の庫の鼠。間もなく産れる五匹の子のために、あたたかい巣の材料を探している。

人間の場合のように、願望をさえぎる貧しさなどというものも持ったことのない鼠は、素晴らしいそのジャケツを使うのに、なんのちゅうちょもするはずがなかった。

鼠はジャケツをくわえ、かみ切った。

突然、その切口から、血が流れ出た。偶然老婆の糸になった心臓の真上に、鼠の牙がつきささったのだ。知ろうはずもない鼠はただ驚いて、三足で巣の中に逃げ帰り、その場で流産してしまった。

老婆の血は静かにあふれ、やがて隅々までしみわたって、ジャケツは自分の血で真赤に染った。

降りつづいていた雪が、不意に止んだ。それは寒さの限界であったのかもしれない。雪の落下運動それ自身が凍結して、降ることができなくなったのだ。

そのとき、赤いジャケツは、まだつややかな血の色に輝きながら、ふわりと空中に立上った。まるで透明人間が着ているようだ。ジャケツはすべるように外に出た。夜とも昼とも区別のつかぬ、動かない雪の空間を、すべるように泳いでいった。

老婆のジャケツは、やがて一人の青年を雪の中に探し当てる。工場の門のわきで、小脇いっぱいにビラをかかえ、出てくるものに手渡そうとする姿勢のまま凍りついていた、彼女の息子の前に。

ジャケツは青年の前に立止った。それから、わきに立った透明人間が着せてやってでもいるように、ジャケツは独りでに老いた息子の体をすっぽりと包みこんだ。不意に彼はまたたきをした。それから軽く首を左右にふり、少しずつ体をゆすった。不思議そうにあたりを見廻し、自分の赤いジャケツを目にとめた。突然彼は自分が詩人であることに気づき、うなずいて笑った。

チキンチキンと鳴る雪を、両手に受けてじっと眺める。雪にふれても彼はもう凍らない。雪よりももっと冷くなったのであろうか、その目の輝きは……海岸の砂をすくい上げでもしたように、掌から掌へとさらさら流して、少しも傷つかない。鋼鉄よりも固くなったのであろうか、その手の皮膚は。彼は首を傾げる。想出さなければならない。この変身がやってきた道程について。

眉の根をよせて、想出そう。そうだ、想出さねばならぬものがあることを、彼は知っていた。いや、もしこの凍結で中断されるようなことさえなかったら、貧しいものなら誰でも知っていることだった。この雪が、どこから降って来たのか？

答えられなくても、感じることはできるだろう。見たまえ、この見事なまでに大きく、複雑で、また美しい結晶は、貧しいものの忘れていた言葉ではないのか。夢の……、魂の……、願望の。六角の、八角の、十二角の、花よりも美しい花、物質の構造、貧しい魂の分子の配列。

貧しいものの言葉は、大きく、複雑で、美しく、しかも無機的に簡潔であり、幾何学のように合理的だ。貧しいものの魂だけが、結晶しうるのは当然なことだ。

赤いジャケツの青年は、雪の言葉を、目で聞いた。

彼は小脇のビラを裏返して、そこに雪の言葉を書いていこうと決心した。

一つかみの雪をつかんで宙にまくと、チキンチキンと鳴って舞上ったが、落ちるとき、それはジャケツ、ジャケツと鳴って降った。青年は笑った。彼の心が、その唇の小さな隙間から、静かに明るいメロディーになって遠くの空に消えていった。答えるように、あたり一面の雪が、いっせいにジャケツ、ジャケツと鳴りはじめていた。

それから彼は、結晶の一つ一つについて、細かい具体的な観察をはじめる。書きとめ、記号を決め、分析し、統計をとり、グラフにまとめて、また耳をすませる。彼には聞えてくるのだ。雪の言葉、貧しいものたちの、夢と、魂と、願望の声が。……たゆみなく、驚くばかりのエネルギーで、彼は仕事をつづけてゆく。

その中で、次第に雪は消えはじめていた。彼に語りおわった雪は、もう存在する必要がなくなるらしかった。語りおえた順に、ストーブの火さえ凍らせたあの雪が、黒くしめった土にふれるが早いか消えてゆく春先の雪のように、跡形もなく消えてしまうのだった。

いや、本当の春が近づいていたのだ。春が、彼の手に重ねられてゆくノートを暦にして、その足取で近づいてきているのだ。

ある日、雲の割目から、太陽がいたずら少女のような手を差しのべた。そして泡立つ古い酒を入れた水がめの底に、誤って落した金の指輪をさがそうとでもするように、静かに町の睡をゆすりさました。

動くものの気配がした。半身不随で、よろめき出て、彼を見て笑い、手を差しのべるものもいた。それから、そっと彼の腕に手をふれて、「ジャケッ、」と呟くと、ためらわずに立去って行くのだった。やがて、彼の周囲には、次々と現れる人で群がり、「ジャケッ、」と言って腕にふれ、微笑みながら去ってゆく人が町の四方にひろがって行った。

到るところで、持主のなくなった庫が開けられ、数限りないジャケッが次々と搬び出される光景があった。「ジャケッ！」喜びと力にあふれた讃歌が、黒くしめった重い土、やっと駈けることをおぼえた三歳の子供のようにころがって走る小川のせせらぎ、島のように残った雪の間からのぞく浅緑の玉、それら春の使者たちに向って高らかに呼びかけられた。春だとはいえ、まだ寒いとすれば、貧しい人たちがジャケッを身につけたのは、やはり美しく素晴しい光景ではなかったろうか！

最後の雪の一ひらが消え、彼の仕事も終った。工場の汽笛が鳴りはじめ、彼の周囲には、ジャケッを着て笑いながら働きに出る群衆がいる。そのあいさつを受けながら、彼は完成したその詩集の最後の頁を閉じた。
すると彼は、その頁の中に消えてしまっていた。

協力：Abe Kobo Official through Japan UNI Agency, INC.

仲間

三島由紀夫

お父さんはいつも僕の手を引いてロンドンの街を歩き、気に入った家を探していました。それはなかなか見つからず、お父さんは古い古い家が好きなのでしたが、住人が気に入らなかったり、家具が気に入らなかったり、飼われている動物が気に入らなかったり、鐘の音や馬車のひびきが近すぎたり、よく眠れないということがいやなのでした。しかしお父さんほど眠らない人はありませんでした。

お父さんは湿った古い大きな肩衣つき外套を着て、僕もその小型のような外套を着ていました。僕はまるでお父さんの小型でした。そして霧の深い町を夜になるとあちこち歩きました。

あるとき、僕が煙草を吸いながら歩いているのを見て、お巡りさんが見咎めると、お父さんは何でもなく言うのでした。この子は喘息がひどくて、これはこの通り、煙草の形をした薬なのですよ。しかしこれは嘘でした。僕の煙草は本当の強《きつ》い煙草で、その匂いは、外套にまでしみつき、外套を少し重たくしてしまっているほどでした。

ある晩のこと、あの人に会い、あの人は少し酔っていましたが、その蒼白い顔で、お父さんの興味を引きました。それは幽霊のように蒼白い顔でした。快活かと思うとすごく陰鬱で、怖ろしい地底からひびくような声で、「私は永いこと、こんな風に煙草を吸う子供を探していた」というのでした。この人は霧の中から突然現われて、ずっと僕たちのあとをついて歩いてきたというのでした。馬車が、三人の横をとおりすぎると、その人は軽蔑したように言いました。「乗物で漂泊《さすら》うことはできない。あんた方は賢明だ。それにあんた方は、一番賢明な父親と、一番すばらしい息子だ」

お父さんとこの人は、何か低い声で永いこと話しながら歩いていましたが、僕にはよくわかりませんでした。その晩、こうして僕たちは、はじめてあの人の家を訪れたのです。あの人は一人で住んでおり、鍵をあけて入ると、召使らしい人の姿もなく、カビくさい匂いがたちこめていました。僕はその家が好きでしたが、お父さんも大へん気に入ったようでした。しかしお父さんはそんなことは顔にも出さず、無関心な目で、その人のおびただしい本の書棚や、古い骨董物の家具や、キラキラ暗い光りのなかで光る東洋風の壁掛の織物などを見まわすだけでした。たしかにその家には、お父さんの大好きなあるもの、永いこと探していたものがありました。あの人は、お父さんにお酒を出し、僕に一箱の巻煙草を出しました。お父さんが話をしている間、僕はたえず煙草をのみつづけ、部屋の中を霧のようなもので一杯にしていました。少し酔っていたその人は、僕のことを、沼の霧を作っている青白い蛙のような顔をしている、外套を脱ぎなさいと、僕言いました。しかしお父さんも僕も外套を脱ぎませんでした。

その人はお父さんの話が大へん気に入ったようでした。そしてお父さんが暇乞いをすると、又ぜひ来てくれ、自分はよく旅行をするが、今月中はずっといる、その間に少くとも十ぺんは来てくれ、と言いました。

お父さんと僕は言われたとおり、何度も深夜にその家を訪れ、お父さんはお酒の、僕は煙草のもてなしに預りました。箱一杯の煙草が片っぱしから空になるのをその人は大へん喜んでいまして、僕がはじめからおわりまで笑いもせず、一言も口をきかないのを気にしてもいませんでした。ヤニクサイ坊や、とその人は僕をからかって言いました。君は下らん俗物どもの食物などは喰わんだろうね、立派な将来があるよ君は、などと言いました。私などはとても及びもつかんね。

その人はまだ若く、大へん金持で、人ぎらいで、気ままな生活を送っているらしくみえました。僕たちの話の間にあるとき、窓遠く鐘が鳴るのがきこえました。あれはイヤだ、とあの人が言ったので、お父さんは大へん共鳴しました。あんな音がきこえないところへ引越したいが、イギリスはどこでも鐘の音がする、イタリアはもっとひどい、とその人は言いました。お父さんは、しかしロンドンで、ここほど鐘の音が耳ざわりでなくひびく家はない、とはじめてお世辞を言いました。

ある晩のことでした。とうとう僕が失敗をしました。その晩の何十本目かの煙草で、うっかり僕の煙草の火が、外套の裾に落ちて、そこを焦がしはじめ、僕が火を消しもせずに、うっとりとそれを眺め、その匂いを嗅いでいたのです。「おや、へんな煙草だぞ」とその人は煙の中からこちらを見て言いました。そしてあわてて、僕の膝の上をはたこうとしたので、僕は思わず冷たくあの人の手を払いました。お父さんは一部始終を見ていましたが、そばの花瓶の水をいきなり僕の外套にかけて火を消しました。あの人は、外套を乾かしてやろうと言いましたが、僕は断わり、又、笑わない蛙め、とあの人にからかわれました。どう言われようと僕は平気でした。

お父さんは心底この家とこの人が気に入ったようでした。そんなお父さんを見たのははじめてのような気がします。夜、霧の中を僕の手を引いて歩きながら、お父さんは、たびたびその人の名を言い、その人のことを話し、あの古いカビくさい、陰気な、部屋の隅々で家具に足をぶつけるような無秩序な家に興味を示しました。

あの人がいよいよ旅行することになり、二ヵ月でかえる筈だが、そうしたら又ぜひ来てもらいたい、と言われました。その時のお父さんの顔は、大へん淋しげで、その二ヵ月の待ち遠しさに耐えられないようでしたし、僕も二ヵ月の間、あんなに沢山煙草を喫めないと思うと悲しいのでした。

二ヵ月たつうちにとうとうお父さんはある決心をしたようでした。あの人が旅行からかえる晩、お父さんは待ちかねて、僕の手を引いて霧の町をあの人の家のほうへ歩きました。いつもとちがう歩調でまるで飛ぶようでした。

しかし落胆したことには、あの人の家にはまだ灯はついていず、戸にはカギがしまり、ひっそりとしていました。まだ帰っていない、しかしお父さんはおどろきませんでした。「きっと今夜には帰ってくる」と信じている、というよりはお父さんは知っているらしいのでした。どうするのか、と僕はお父さんの顔を見守りました。お父さんは僕の手を引いて、ドアの中へ入りました。

部屋の中はただささえかびくさいのが、二ヵ月の留守で、人くさい匂いのかけらもなくなり、いろんなものの堆積の匂いが占めていました。僕はお父さんがそこへ入れてくれたのではしゃいでいました。お父さんは灯りはつけず、暗い部屋の上下を自由に歩き、高い洋服箪笥《だんす》の上に腰かけて、外套の裾を垂らして、ずっと部屋の中を見廻していました。ここまで上っておいで、とお父さんが言いましたが、僕は断って、暗い壁掛のほうへ近寄りました。そして、ほとんどボロボロになっている壁掛の端を引きちぎって巻き、それにマッチで火をつけて、口にくわえました。ここの家で出されたどの煙草よりもおいしい煙草で、僕はやめられなくなって、片端から煙にしてしまいました。次いであの人の洋服箪笥をあけると、外套や着物がいっぱい下っていたので、それも喫んでしまいました。部屋の中は気持のよい煙でいっぱいでした。お父さんがその煙を煖炉へみんな追い込んでくれたので、窓から洩れたりすることはなかったのですが。

お父さんは、部屋の中を軽やかに嬉しそうに歩いていました。湿った外套の裾が鏡面にぶつかって、鏡に軽い水滴を垂らしていました。ついにお父さんは僕のほうへ来て、半透明になりながら、じっと僕の手を握り肩を抱き寄せました。遠い鐘の音がそのとき来て、お父さんの心を一寸傷つけたようでしたが、これはすぐ治りました。

お父さんはあの人の寝室へ入って行って、あの人の寝台掛を外し、そこへ花瓶の水をこぼして一面に濡らし、もうあの人も眠ることはない、と言いました。僕は喜んで湿った外套のまま、そこに横たわって煙草を吹かしました。お父さんは、きげんのよい時の癖で、じっと僕を見ながら、外套の中でしずかに指を鳴らしていました。それは鞭のような音を立てつづけました。

突然お父さんは窓のほうを向き、深夜の街路に靴音がひびくのに耳をすませました。それは鞄を下げてかえってくるあの人の姿でした。お父さんは喜びにあふれて、僕の耳もとに口を寄せてこう言いました。

「今夜から私たちは三人になるんだよ、坊や」

人魚紀聞

椿　實

I

ある港街の夜の灯は、黄金虫や虹の眼の蛾を吸いつけて、プラターヌの並木に光を投げていました。その、ボーッとした蛇形の灯の鎖は、深海魚のようにうねって、岸壁の繋留釘《ドルフイン》やロープをスクリーンのように見せていたが、そう言えば私の歩く舗装も、両側の溝は黒い石に研ぎ出され、白いアスファルトを浮出して、ぬれぬれ光っているわけで、その海岸通りをこつこつ歩いてゆくと、といってもこれは日本の開港場の一つ、ひどくいいイタリアの酒を飲ます外人の店があって、私は屈託すると、その街へ出掛けたものです。そこは、岸壁を見下した、間口《まぐち》の狭い、あまり上等な店ではなく、仏蘭西風の花文字を深く刻んだ袖看板の出ている、旋回ドアを排すと、ジャズがムッと来て、毒々しい唇の女の子が駆け寄って来たりする。船乗だまりと言えば、ごくあたりまえの店。曲もない私のことゆえ相変らず一隅のテーブルに片肘を伸して、無精ヒゲの顎を支え、薄い盃をなめていた。自分では酔っていると気づかぬが、人々の動作がフィルムの中のように見えだす、その意識の状態で眺め出すと、店の一角には大理石の調理台が鏡を背にしていて、酒壺を二倍に映したり、カットした鏡の面の花模様を、低い漆喰の天井に乱反射したり、そこにおさまったバアテンがカクテルを振っているわけなのですが、今やその鏡に向って、一すじシガアの煙をうつしている男の顔を、私はじろじろ見つめ出した。精悍な顔貌は蒼黒く潮焼けし、白眼は血ばしり、凄味を帯びるがこれはどうも見たような男だ。それも曾ては大分親しかった男であるぞと、そんな私の好奇な眼つきが、鏡の中の男にも伝ったとみえて、ゆらりと立上った、逞しい背中の男は、顔容峭《けわ》しく私に立向い、大分まわったらしいYシャツの肩を振りながら、傍の女の子に何事かいいつけます。その声で、もの言う時の唇の右へつれることで、私は思い出した。中学の下級で行方をくらました壬生。壬生公弘なのです。「やあ」と腰を浮かした私に思わず気楽な声が出たのは、やっぱり奴の記憶によるので、相変らずちぢれ毛の襟首にはほくろまでつけているぞと、ついでに言ってしまえば私は曾てある女の子に夢中になっていたゆえ、壬生は勝手に彼女の家に談判しに行った。壬生や私が放校の罰を蒙ったのも、もとはというとその事なので、それにはひそかにレニンの本なぞ懐中していたのがバレたせいもある。今憶えば冷汗に濡れるが、恋人が敵の娘であるとは仲々壮烈なことであったに違いなく、先ず、彼女を同志にしてやれとは壬生の考えそうなことでありました。

その貴族の娘のことなぞ、どうでも宜しいが、当時の彼の貴公子然たる巻毛の風貌を、想像に画いて頂きたい。しかるに壬生は、重々しく私の傍に来て坐ったが、私の顔をじろじろ眺めるばかり、これはずい分、気味が悪い。何か言おうか、言うまいかといった風に、押黙っている。そんな具合で、私のムードも紅や橙から暗黒へ移っていかざるを得ず、微醺の勢で何か私は口走ったが、それが壬生の耳へ木乃伊になってへばりついた形で、この男、いつの間にこんな崖のような峭《けわ》しさに孤絶してしまったかと私は、竊《ひそか》に驚いた。

「あれから貴様何処へ消えた。レイテで死んだというううわさだが、生きて居たのか。こんな処で逢えようたあ」

「——だろう。よく憶えている」

そんな口ぶりで壬生が、いやに押しつぶしたバスで話し出した始末は、何物かに心魂を奪われた男の、凄然たる声であった。

もとより私共はその酒場では何の話もせず、彼から、奇妙なことは殆ど信じられぬ位だがありありとその話を聞いたのは、

「素敵な女に逢わせようか」と、彼が私の腕をつかまえ、酔歩蹣跚《はんさん》ピジョンストリートの迷路へ消え、ややあってからのことなのです。

事件に多少とも関係がある故、その前に旧い話をすましてしまおう。

「貴様。子供があるか。女房はあれをもらったのか」こう畳掛けて壬生は聞いた。こん

な処へ現れる位だ、もとよりそんなものはない。と答えると、

「あの人はどうしている……」

「九年間に三度逢ったとは又、……のろけを聞かせてくれ」

と壬生は笑った。例の口をゆがめる幻妖な笑い方で、顎には深い線が刻みこまれ、かすれた高笑いが峭しい顔容のまま風のように吹き抜ける。あれから、陰惨な門閥を気嫌いして消息を絶った男なので、商船学校から巡洋艦に乗組んで、死んでるのか生きてるのか、親族も今では知るまい。ガラス玉のような灰色の底の見える眼を、羽毛の如き身体にくっつけていた少女は、ある老将軍の娘で、彼女が嫁に行く前に一度、逢いに来たことがある。女は曾て、貴方は私のこと、何にも知らないくせに。と笑いこけた次第で、もとより私の記憶とは大分かけはなれて現実的な女になってしまった。「何たる古風なことだい」と壬生も傲岸に肩を上げて、指環についたラムネの玉の如き石を示し、こんな眼の女に逢わせようか。そう言って私を迷路へ引き込んだのです。その風変りな指環は、エジプト辺《へん》の出土品だろう。緑玉を背中に、棘ばった節の甲虫の足が魔除けの象形文字を示していた。

II

怪しげな曖昧屋の並ぶ露地を、長いことさまよって導かれた其処は、ビヤ樽の中の如き光景でしたが、龍文や雷紋の装飾がギラギラしている室内、麻雀の牌《パイ》は散らかり、数

人の黄色い顔の水夫が、壬生に目くばせの礼をした。会話はひどい訛の広東語と英語で、学校仕込の北京官話なんぞ憶い出したところで、到底分りはせず、うす気味悪く立ったままでいる私を、壬生は旧来の畏友であって、大分の東洋学者であるかのようにフイてくれたらしい。其処から、階段の絨毯の上を二階の踊り場に昇ると、樫の壁は龕燈返って、重々しく緞帳を下した寝室に私は入って居た。炉棚の上には、ドイツロココ風の豪奢な帆船の置時計、タアバンを巻いた半鳥半魚が底を支えているやつ、唐草の巻きついた燭台は切子を光らせ、鼈甲螺鈿《らでん》の卓には、豹の頭骸骨が置かれて、口中は金皿の灰落しになっている。何から何まで眼まぐるしい移りゆきで、私は驚いている遑もなく、どうにでもしてくれと、この奇怪な室のソファにひっくりかえった時には、時間も空間も既にわけがわからなくなったぐらぐらする頭であった。オレンジ色のシェードを下した燭の光は、一隅の紅の花を黒々と沈ませ、怪獣を刻んだベニス風姿見の壁には、青龍刀だのレミントンの銃がてらりと光っている。壬生は稍《やや》寛いだ姿で油ぎった肌の入墨などのぞかせながら、

「驚いたろう。俺は海賊なんだよ」

「別に、驚きもしないが、その石のような眼の女てのはどこにいるんだ」

と、我ながらたのもしい酔いようではあったが、思わず表情もこわばった。旧友の誼《よしみ》、まさかこのまま人質にも取るまいと考量したが、壬生の顔色、いよいよ蒼く酔って凄味

を帯び、又唇をひっつらせると、無言で寝台の帳をさらりと引いた。

え、驚くまいか、黒檀の柱は渦巻く婚礼寝台の、寝乱れたビロードの上には、人魚が二匹抱き合って眠っていたんです。上半身は裸体で、ふくらみかけた少女の乳房がついていたが、下半身はゴムのような絹のような鱗なんで、緋色の尾は金魚のように先が割れていた。それよりも驚くべきは、その二体が腕の太さからまっ黒い髪、顔つきまで完全に同じであったことで、生れたての犬の子みたいに絡み合って寝ているんです。室内の異国風な調子といい、壬生のどうだいといった笑い方といい、私はまったくファレルノの酒がもたらした幻覚だろうと思いたかったが、まぎれもない、私は家を夕方出たままの、蚊飛白《かがすり》の着流しで、ちゃんと下駄まで脱がずに居る風態は、人魚の寝相にバツが悪すぎた。私の狼狽はもはや隠しようもなく、ずに乗った壬生は、

「一匹進呈しようか。……条件は生命がけなのだが」と言いながら、私の止めるのもきかず、裸のつややかな肩をつついた。

恍とした醒めやらぬ寝ぼけ眼で少女はしぶしぶ起きなおったが、その長すぎる程切長の眼の色、まさしく緑色のガラス玉で、栗色の肩にかぶさる黒髪は、金のテープで結んでいた。よじれた下腹の曲線は、この少女が明らかに人間であって、奇妙なサロンを穿いていることを暴露していたから、もはや人魚を見た驚きは消えうせたが、新たなる疑は予の酔眼を一層見張らしめた。これは一体、いかなる人種に属する女であるか。いか

なる言語を話す種族であるのか。私の好奇の眼は、人類学的な興味に拡大せざるを得なかった。皆《まなじり》の水平なところ、頬、唇のあたり、玀々《ロロ》人を思わせたが、インドネシア系の南支那人と羅甸《ラテン》人の混血か。とにかく私には不可解なこの世ならぬ風貌。この少女はしゃべることを禁じられているのか。それとも啞なのか。皮膚の光沢すら魚族の匂を放って造化の奇蹟を現出していた。真珠を連ねた雲紋唐草《うんもんからくさ》の帯を巻き、頭には黄金のテープと、ナイトキャップ風の帽子、両耳のあたりから真珠の数珠玉が耳長く垂れて、丸い肩にまで達している。

その玀々《ロロ》人風の冠り物をつけ、人魚のサロンをまとった少女を一人ずつ、壬生は軽々抱き上げて私の傍に坐らせると、人魚は心得た調子で酒を注ぎ、私にすすめたが、その間、何事も得言《えい》わぬ啞の双生児は、近代では白痴のみ達し得る、面《めん》のような古代の美貌であった。ベルリンの博物館にギリシアの踊子の大理石薄肉彫《レリーフ》がある。両脚をつま立て、細い両腕を捧げ、軽羅を腰のあたりに漂わせているあの古代の少女がこの栗色の肌の中に今も生きて居るんじゃないか。と、すっかり興奮してしまった私は、その様に壬生に言うと、末世の知識も、もはや濁し得ない、ものいわぬ緑玉の処女の眸が、私を凝《じ》っと視《み》つめていた。

III

「こういう眼が貴公の趣味なのだろう」と壬生は頬のしわを光らせたが、「この緑の眼……」と又眉を寄せて暗くなって行った。

「いやなに、この人魚の腰巻《サロン》は実は、貞操帯に外ならんのだ。あくどいことを考えやがる」

言いながら深い、探るような眼で私をにらんで、

「貴様、生命が惜しいか……」

「正直申して、死ぬには早すぎるが、一体何事だというのだ」

そういうと彼は、時々キッと眼を光らせ、突き刺すような暗い瞳を私に注ぎながら、このようなことを言い出した。

「まあ、何のことだかわけがわかるまいが、俺がどうしてこんなことになったのか、それを話そう。先刻から好奇な眼をしていたが、敢て穿鑿しないのはさすが文学士、要心深いところだな。生命は一先ず、俺を信用してくれ」

足柄乗組だった俺は、ソロモン沖海戦であやうくオダブツだったが、それからは悲運にみまわれ通しで、レイテでは重油まみれの丸裸、三日三晩漂った位なのだが、悪運強くも生き残って、ある日、この港へ舞い戻ったと思い給え。家族などの顔を見るのはもとよりいやだ。殊勝にも旧めかしき今出川の築地をぐるぐる廻ってみたがやっぱり入る気にはならぬ。それで又港へと、軍艦鳥の態《てい》でぐずついておったのだが、そのうちには持物は売りつくす、船にも乗込めず、ルンペンの如くなって沖仲仕の群に混って居たんだが、酒だけはやっぱり飲んだ。どうにも食いつめて、これはやはりシャチコ張って、

帰らねばならんかという最後の晩だ。帰ったところで俺の家など、もはやどうにもならぬ、負債の方が多い始末だろうがね。シンガポールで俺と飲んだことがあるという華僑、堂々たる風采の半白の紳士だったが、それと大いに意気投合して看板まで飲んだ。あのころは俺でも、りゅうとした海軍将校、足柄はあの通りの戦歴赫々たる奴だったから、今考えれば慙愧に耐えぬが、シンガポールでは鳴らしたものだよ。沈といったかな。いずれ仮名なのだが、いやに気前のいい奴。スネイクウッドの握りをまわしながら、しきりと俺をケシカケるから、いい気になって海戦や航海術の蘊蓄を傾けていたものだ。どうも少し熱心すぎるとは思ったんだが、もっと話そうじゃないかというようなことで、何しろ俺はあてもない身体だし、責任を感じ出せば死ぬよりてはない余計者だ。階級なんぞはぶっつぶれちまったが、新たにおっかぶさって来たやつは一寸俺の手には負えない。革命の前途は暗澹というより外ないじゃないか。まあそんな気焔をあげながら、だらしなくなって徹夜で飲み歩いたわけだが、最後にその男、岸壁の電柱に寄りかかって前後不覚の俺に向い、「どうだ伯爵、海賊をやらんか。いやならこれだ」とヒヤリ、ブロオニングをつきつけやがった。

何が伯爵。といばってみたが、仕方がねえ。OK也だ。途端に、鋭いヘサキのモータアボートがするすると近付き、俺は担ぎ込まれて、そのまんま寝込んじまったわけ。

眼を醒して驚いたが、俺は油染みた船艙にころがっていて、頭の下ではディーゼルエンジンが快調になってやがる。二日酔の痛い頭で、渋々丸窓から覗くと、波をかぶってえれえ速さだ。三十ノットも出してやがると、これは商売柄ピンと来た。こんなにとばせるやつはめったにあるもんじゃない。遠ざかりつつある島影は、奄美大島あたりだろうと見当をつけたが、一昼夜ばかり寝かされていたらしい。魔薬のせいなのだ。それから、航路を大きくそれながら浙江福建をかすめて南支那海へ乗込んだ。甲板には商船とみせて、重機や機関砲がそろり隠れていてね。台湾海峡から九龍半島の島影に出没して、目ぼしいジャンクや商船とみるや、停船信号を発して止まらない奴は吃水線向けて重機をぶっぱなす。こいつは仲々痛快だぜ。水上警察なんぞ歯がたたない快速と武装なのだ。シケを喰ったりすると小さい船だから支那海乗切りは命がけだがね。あそこらを根拠にしている海盗《ハイタオ》の一味も怖れをなすこの船は、一体何者が糸を引いてるのか、まったくすげえ話だ。例の沈にしたところが支店長位な格、その上の指揮系統なんぞ皆目謎につつまれて、恐るべき組織の深さなのだ。本拠は案外延安あたりかも知れんと思った。とにかくそんな成行で又この港へ戻って来た。哨戒機が飛びまわるころには本尊は遥か雲がくれなのだ。沈は又現れて、ポンと俺の肩をたたき、

「始めてにしちゃあ、いい度胸だ」とばかり、俺のポケットに札たばをねじ込んで、ぷいと行っちまう。まるで、夢みたいな話だ。

　夢といやあ、テオフィル・ゴーティエもどきのすごい美女がいたぜ。南支那海に散らばる、ある根拠地の女王なのだがね。俺が海賊の足を洗えなくなったのは、ほぼ御祭し

の如くだ。

こう一気に語って壬生は重い酒を一口に乾し、阿片《あへん》に火をつけながら、ランランたる眼を私に向けた。とぎすました青い刃のような気魄が有無を言わさず私に迫って来て、一体正気なのかと、えたいの知れぬ不安に私は、平気を装おうとしても盃もつ手があやしく顫えた。

人魚の肌に塗られた芳烈な香料は、龍涎香、麝香、麻の花といった媚薬のたぐいだということだが、この裳《すそ》の陰には、小さな白い足がのぞかれることであろう。何の感情もないかに見えるこの少女は、やはり乳房の下をコトコトいわせていた。壬生が手振りで示すと、エジプトの奏楽女人のような人魚どもは、上半身をくねらせて奇妙な舞踊をはじめる。それは二人で合掌したり掌を内側に深く曲げたりするので、スリンピイというのに一種《いっしゅ》似通っていた。燭の切子の光を受けて、後の壁にもシルウェットを動かし、生臭い阿片《オピヨム》の匂が、室内の異様な雰囲気をいよいよ深めて、壬生は怪奇な皿の上、じりじり阿片をくゆらしながら、更に幻妖な物語りを語り出したのである。

楠や柑橘の巨木に覆われて、盛り上るような緑の島。十六、七世紀以来の旧い港で、今は荒れはてた漁港だが、突堤の石の割目にも築地の上にも龍舌蘭が花咲いているといった小さな港だ。石には古風な百合が、十字架を巻いて彫られていて、御出世より千六百何年と記されている。掘割を河口から引いて、水田の堤にはバナナが葉を戦《そよ》がせ街の人家は大部分が中国人の、あの赤や青の招牌を道の両側に突き出した、相変らざる風景なのだが、石畳の日かげではアンペラ敷いた車夫や物売りが、長いキセルをふかしている、といった具合。

儒艮《じゅごん》を看板にした古めかしい商館が、物産屋をやっている街の目ぬきは、太い合歓の並木が貫いて、山腹に登るあたり、灰色の石の高い崖の上は、旧い豪族の屋敷、石と煉瓦を畳み上げた防寨には、蔦《つた》が崖下から這い上って、静脈のように見える。崖ぶちに一列の鉄柵のつめくさ模様を透して、はるかの崖下から紺青の空ゆく雲と、茫々たる雑草に混る真紅の葵や、のうぜんかずらが覗かれた。ここは海に面した素晴しい眺望のバルコニーが開いて、蘚むした南蛮風の唐草が、葡萄牙《ポルトガル》時代の趣を残しているのだが、崖下からは、季節風に晒《さら》されて、静脈のように這い上る蔦しか見えぬ。山を一つ廻らなければ高い崖上には登れないような、要害を極めた城館であったらしい。仮に人頭魚館とでも呼んで置こうか。絶世の美姫というのは、その黄家の主人公なのだが、この指環も、人魚どもも外ならぬその女の持物なのだ。

Ⅳ

何処までが本当なのか。これはオピョムの描き出した彼の幻視なのかと、考えるのも面倒な位私も酔ってしまい、熱い髪をかき上げながら、冗談だろうとあきれていたが、壬生の顔は上気して、異常な熱心を以て語る故、私もついつり込まれてしまった。天窓の格子から射し込む月光は、少女の小さな肩や私の掌を浮出しているし、人魚の肌のむせるように官能的な香料は、南海の滄溟に沈められたような蠱《まどわし》を、私に抱かせるのであった。

壬生の話を疑い出せば、この、私を棕櫚の団扇であおぐ少女も、壬生の指に光る緑玉の指環も怪しくなって来る。第一、私自身の存在が疑わしくなってしまう故、私は一切の不可思議に身をゆだねて、成行にまかすより致し方なく、水底の如き深夜の婚礼寝台に私はひそやかに置かれていた。室内の調度は雑多を極めて、波斯《ペルシャ》花文《けもん》の壁掛があるかと思えば、巧麗を極めた、螺鈿三重の蔵が、花鳥樹鹿をちりばめて、洋風の室内に雑然たる一種の階調を織り成している。

妖しい花の唇を半ば開いて、人魚はなまめかしき絢爛の尾を、私の膝にのせているし、十年久濶の壬生は、自ら海賊船の艇長だといって、まさしく私に対していたのである。壬生が先刻匂わした所によると、一党は延安派の中国内戦にも一役買っているらしく、東支那海から南支那海へかけて、浙江財閥を脅すテロ団と私は推察したが、その密輸組織の背景をなすは果して何者か。個人の企て得る業《わざ》にあらざれば……と、私は、心中惘然として甚だ穏かでなかった。

「眠ったかオイ。何を考え込んじまった」「冗談じゃない。本当とすれば眠気も吹飛ぶ怖るべき暗黒組織だが、その黄というのはやはり南海貿易で産を成した旧家なんだろうね。台湾が三つの島で現され、その直中《まんなか》に美　島《イラ・フォルモサ》と書かれている古い葡萄牙の地図を見たことがあるが、タイワオン湾に和蘭人が、ゼーランヂャ城を築いてマカオに対抗したのが十七世紀の始、オレンヂ城、赤嵌《サッカム》城にプロビンシャ町が出来た位だから、それと通商する福州や厦門《アモイ》の豪族があったわけだな。澎湖島はライエルセンやソンクが城を築いて拠ろうとした位だから、付近の島にそんな遺蹟が残っているかもしれぬ。今はいずれ香港や広東に商権を奪われてしまったに違いないが、近世の初まで康熙、乾隆の隆盛には、支那海の島々は海上王国の黄金時代を現出して繁栄したのだから、夢みたいなことだが、それはあり得ないことじゃあなさそうだ。その黄家の令嬢というのはそもそも何者なのだろう」

「あの女の素性は、俺にもよく解らぬのだが、深窓の女でね、気狂いだという風評もある。知っての通り中国の貴婦人というやつは恐るべく気位が高くて、何にもしないということが彼女等の美学なのだ。理髪師が陰毛まで剃るという話がある。いつも肌の色が変るあの女の情人は無数の恋人を持っているようなものだ。年はいくつなんだか、まったく推測を許さぬ。海賊船に乗組んである島に上陸した時なのだが、初めて俺はあの女を見た」

　人頭魚館の女、桃紅のことを話す壬生は、強いてさり気なく語るものの、深く魅せられたる如き顔色は、既に生ける人のそれではなかった。

V

港の酒場には、港の女達がいる。海賊壬生公弘はその島のしかるべき酒場に居て、ある夜、蹌踉と入って来る粋な女に眼を見張った。銀座界隈をのし歩く、うすよごれたのとはわけが違う。クリーム地のデシンに黒のサンダル。パリ直輸入のあかぬけた風態。蹌踉と見えたはそのなよなよした脚の故か。或はこの女の瞼を染めて、淫乱な疲を沈ませる隈《くま》の故か。アムブレラの陰にしめじめした黒瞳《め》をふせるエドワル・マネの女よ。そげた蠟細工の頰に影落す、長く巻上る漆黒の睫《まつげ》。驚いたような黒瞳の、下眼づかいに壬生を凝っと視た女も、既に酔っていた。蹣《よろめ》くように近寄りざま、

「貴方を見たことがある」

とこれは英語で言う。壬生は毒気を抜かれた形で、「エ」と身じろいだが、女は黒レースの手袋を外しながら婉然。その時はもう男の横にぴっちり坐ってる。熱い酔が女の股から纏いつくように上って来て、「忘れたの」ともう女の腕に巻かれていた。胸の斜面に視つめるに耐えぬ湿った眩さ、「俺はそんなにもてたためしはないんだが、或はシンガポールあたりで……」

女の桃色の耳たぶに食い込んだ琥珀の耳輪はゆれ、壬生は茫然女の頰の描き黒子《ほくろ》を見ている。

「逢うまえにだって、見たことはあるよ」

と頸を引き寄せながら熱い息の中につぶやき、女は壬生の肩に頭をもたせかけるので、酒場の中はしんとしてしまい、女どもも饒舌《おしゃべり》を忘れて、絶世の美女の嬌態に眼を瞬《みは》った。女にうながされて壬生も亦、踉々蹌々と引かれてゆく。「その女に気をつけろよ。無事で帰れた男はないのだ」

「そんな酔漢のひやかしが後ろでしたように思ったが、俺は海賊、それも面白えと、半分は意地だ。それに欲情も麻痺してしまう程に凄艶な女というやつが稀にはあり得るじゃないか。悩まし気に疲れた黒瞳は惻々と引き込むあわれを湛えているのだが、その輝いた皮膚は、男の支配を烈しく拒否している。港の女にしちゃ肌の匂もおかしいと思ったが、とあるキャバレエの前でピカリとしたナッシュに俺をつめ込むや、女は自分でクラッチを入れた。自動車は夜の山道をうねくり、黄家の城館の車廻しにぴたりと止る。関節はわなわなし、声も出ないという状態を俺は初めて経験したが、笑いごとじゃない。あの女にああいう眼をされて、そうならない奴がいたら御眼にかかりたい。それ程の女なのだ」

モザイクを磨き上げた廊下を導きながら桃紅は、

「貴方を男と見込んで、頼みがある」とささやく。酒場での会話とはうって変った悲調と気品を帯び、この女の声、得も言わぬ陰影をもっていて、故知らず男の胸を痛ましめた。深閑たる石のアーチには処々燭が輝いて、奥深く空気を澱ませているのだが、男の声は逆にみにくくしわがれて、「我ながらゾーッとする悪寒を覚えた位」

　女は一室に彼を導いて、「最初に出逢う男を殺せ」と抗し難き声音で一言命じた。女が消えてしまうと、壬生の頭は火のような一点をめぐって空しく旋回を始める。旧めかしい応接間の欄間には淡彩の風景が描かれ、楯形の漆喰がそれを飾っていたが、扉の金メッキも剝げ落ち、重厚な家具も年代の罅《ひび》が走っていた。シャンデリヤの下った天井には大きなやもりが這い出してキキと鳴き、二匹重なった怪奇な爬虫は、ソファの上にもぽたりと落ちて来て、さしもの壬生もゾーッとした。ピストルを探り、撃針をしらべて入って来るかもしれぬ男を待ったが、何者も来らず、館は無気味な沈黙に沈んで、泉水の水音と中庭の森林に夜鳥の奇声が木霊《こだま》する許。やがて青銅の取手が動いて入って来たのは眼もさめるような中国風の貴婦人なのだ。豊頰には靨《えくぼ》まで浮べ、腕のつけねの白い丸さは人形のよう。それは緋の支那服に着かえた同じ桃紅なのであろうか。蒼白に思いつめた壬生の頰をつついて、

「可愛い人ね」ところころ笑い、「それでも人が殺せるの」と、纏綿たる眼を流す女は又別人の様。壬生はいよいよあっけにとられたが、黙ってピストルを引き抜くと、彼方の天井を向けて撃ってみた。にぶい響が、四隅の暗がりを破って消えたが、声もなく落ちたのはもはやピクリとも動かぬやもりである。

「俺は、その途端、近づき得ぬ女を烈しく憎みだしていたらしい。まっ白い背中を見ていると、何だかいらだたしくなって来るような女だ」

あの女は魂がないかのように横たわっていたのだが、ブラジェアの壁は熱く、乾いた灰色の乳房は冷たい。女の咽には小さな血の斑点を連ねて、前の男の歯形が残り、動かぬ黒い瞳、たるんだ眼瞼《まなぶた》のアイシャドウの毒に罹って、恋すれば男は死んでしまうかと思われた。あれは爬虫族の不死の死人か。女を抱いているだけで俺は憔悴し果てた。それは何という奇妙なベッドシーンだろう。まはだかの女は黒い網の手套をしている。女はやもりの掌で俺の血を吸い、水銀を刺すかと思う冷たさなのだ。殺される男は姿見の後ろで覗いていたのだよ。大口あいて笑った男は、緑と薄紫の印度羅紗《カシミヤ》緞帳から首だけ出して阿呆のように笑いつづけたが、銃声で姿見は蜘蛛の巣のように割れて、散乱し、女の眼は残忍な愉楽の光を放って、襤褸切と化した水夫を見やった。

卓上の古銅の鈴を振ると、音もなく現れた奴隷が、なれた手つきでそれを片付けてしまう。本当とは思えまいが、狂った桃紅の乱行はその街では周知のことだったのだ。夜毎、館を忍び出る深窓の美姫は、疲れ果てながら今猶冷えきらぬ血に駆られて、踉々と街をさまよい歩くのだろう。そんなことが許されるような十七世紀風の古色蒼然たる植民市、黄氏はその島の大半を領する大地主で、豪族は未だにその島の支配者なのだからね。その時女はこの魔除けの指環を俺の指に挿込んだのだが、完膚なくなった俺の本能が逆に鎌首を上げてきて、次第に冷酷に観察し出した俺の海賊の意識に、ある疑惑が影を落し始めた。何故、この女は下手人に俺を選んだのか。見やぶられたとすれば、生かしては置けぬ。すると急にあどけなくなった桃紅の少女のような笑顔に、俺の疑惑は幻のように消え果て、いたずらな眼で女は、俺の顔を乳房の間に挟んだりする。

血を見ると女の身体は次第に変身して、きらきらと魚族のように濡れ、急に真剣になった女の横顔は、何という狂おしいまでの整いようだったろう。あれは、人間の眼じゃあない。言い終るや壬生の顔は神経的にゆがみ、えたいのしれぬ恐怖にサッと覆われたかとみえた。

「俺が女を扼殺したとしても……あれは急変した女の情熱だったに違いない。とにかく女はあどけない顔のまま、蠟のように冷くなってゆき、女の窈窕たる最後の苦悶は、両脚を二つの尾鰭のように揺らして俺の心魂を生きながら奪ってしまった。俺の力はまったくふぬけてしまったようだったが、女は死んだと、少くもその時はそう思った。後で想い出してみると俺は案外にしっかりしていたらしい。漠とした恐怖に駆られて外を覗くと、先刻のナッシュがのうぜんかずらの葉陰に屋根を見せていて、断崖の下の暗い海面には夜光虫の斑紋が動いていた。逃亡してやれ、とそれで思いついたが、女のペンダントや宝石類を悪党然とポケットにねじ込み、俺は露台から自動車の屋根へ飛び下りて、胸のすく脱出を企てたが、不思議なことに城館は静まりかえって、銃声一つ起らぬ。漠然たる恐怖は次第に濃くなって暗の奥に血のような想念が尾を引いて乱舞するかと思った。俺は遂にあの女をやっつけた筈だったが、あの女の肌の匂は俺の全身に染みついて、俺の体質まで変えてしまったらしい。

翌日海賊船が、島の岬を廻ろうという時だったが、島影から忽如《とつじょ》現れた黄色い短艇、あやしいなと思うまもあらず、何物か投込むと、矢のように方向を転ずる。雷撃は大分やられつけているからね。舵機は俺が握っていたんだが、舷側から艫をすれすれに抜く白い雷跡、急回頭して傾いた甲板からみると、モータアボートでハンカチを振っているのは昨夜死んだあの女にまぎれもなかったのだ。その日は黒眼鏡をして、海風にたくましい乳房を尖《とが》らせていたが、白日の幽霊かと、恐怖にそそけ立った俺の顔をのぞき込んだ老水夫は、

『ありゃ、海豚《いるか》でがすよ』と怪しい眼を意味あり気に光らせて、

『あの女が死んだのは、初めてのことじゃない』

とぼやいたものだ。馬鹿げた幻想なんぞいささかも信ぜぬ俺だったが、思わず崖の上をふり返らざるを得なかった。静脈のように這い上る蔦と風を受けている棕櫚、ニースあたりの城を思わせて、ステインドグラスがぎらぎら光った。南海の海盗の間には男の魂を奪っては生きかえる女だという伝説さえある桃紅なのだが、どうやらそれは、本当になったらしい」

月夜の支那海が凪ぐと、その中を船は燈《あかり》を消してゆくのだが、波間の一つ一つに、あの女のまっ白い背中が浮きだすのだ。闇の奥に血の糸を引いてうようよしているものは、

みるみる近づいて俺の中へ入り込んでしまう。もつれ来て集る想念はそこに像を結んで、両脚に海豚《いるか》のような尾びれを躍らしながら人魚は、三日月を引き下そうと手を伸ばす。あれは刻々に変身する不死の死人。俺にはどうもそうとしか思われない。波間に一つずつ顔を出した人魚は、船の行手に集って声もなく涙を流しはじめる。そうなると船は全速力を出しても、もはや動かなくなってしまうのだ。そう言って壬生は、自ら嘲るかの如き、神経的な哄笑の発作に駆られて、ヒステリカルな狂人の眼は、私の総身までをそそけ立たせる底の無気味さであった。

VI

武装したジャンクを操って、南支那海に出没する海盜《ハイタオ》、舷側には鉄板をはり古めかしい舵《たが》のはまった青銅の大砲なんか積んでいるが、その一味の女王なのだな。桃紅という女。見なれぬ船乗とみると誘惑するのも、スパイの為と考えれば、一応の説明はつくかもしれぬ。超人的の演技力と、美貌で男を操っているんだろうが、それにしてもあの女が又甦えったのをみて、俺は内心喜んでいるんだよ。

「人魚の恐怖は、馬鹿げた幻覚だと思うだろうがそれが現実となって現れたのだ。拿捕したジャンクに大きな衣裳トランクが置いてあって、その中からこいつらが出て来たんだよ。気狂いじみたあの女の、十七世紀風の贈り物なのだ。えらい達筆でよく読めんが、この仏印流のフランス語を解読してみたまえ」そういって壬生は、人魚がもって来たと称する黄色い紙片を示した。

「騎士よ。夜毎泣きくらす人魚を救い給えよ。騎士の生命も城館《シャトウ》に残りたれば……悪趣味極まるラヴレタアだな。こりゃどういう意味なんだい」

「待ってるから来いというんだろ。人魚の鍵を奪いに来いというんだから、今度こそは殺されるね。手下になれという暗示かもしれん。俺はいつもあいつの影に監視されているらしいのだ。東支那海でひどい颱風にあって、舟山列島の島陰を漂流していた時だが、あの女のジャンクに拾われたこともあるし。広東でつかまって銃殺されるところを、この指環のおかげで助かったこともある。交代した獄吏があの女の手下だったのか、あの女が買収してくれたのかどうも明かでないが、外輪式ジャンクのペタル踏人足になって逃亡した。桃紅の配下が俺の部下にも潜入しているらしいから、俺はあの女の支配から所詮遁れられない。そうなるとこの指環も案外呪符の魔力を発揮するのかもしれぬ。俺は檻の中に入っているんで安全な獣みたいな有様だが、あの女が敵か味方か、その辺の事情は全くの謎だ。影のように現れて、影の中に消えてしまう人頭魚館の女、生きているのか死んでいるのかわからぬが、あの女の影を追って俺は死に果てるのかもしれぬ。あれを知っている男でないと、この奇怪な情熱の由来はわかるまいがね。

信じられんというのなら、俺と一しょに来て、人魚を救う騎士を志願したらどうだい。こやつは案外、スパイなのかも知れぬが」

「明日の朝は海賊船の中で眼を覚すわけだな。海賊はどうも苦手だね。それにその女王、大分貴公には参っているのだと信じるのだが、生命はともかく大事にしてくれよ」

そう言いながらも私は、壬生がこのような幻妖な言いまわしをする以上は何か言うべからざる秘密があるのだろうと推察したものの、えたいの知れぬ海女に、まったく魂を奪われてしまった如き、壬生の運命をひそかに予感し、それ程までに男を魅了する絶世の美姫にこがれ死ぬのも悪くはないなと、漠然たる恋情すら憶えたが、既に酔は完全に頭に上って、意識もとぎれとぎれとなり、室内の異様な風景も為に揺ぐ程、歪んだフィルムの一齣一齣に人魚の緑の眼がうつって、それでも私は人魚のサロンを纏った不思議な処女の口移しに、強い酒を含ませられていたが、すでにテープを切った少女の黒髪が肩に乱れかかると思ううちに、やがてこんこんたる深い眠りに落ちてしまったらしい。

VII

私が眼を醒したのは、他でもない。いつもの港の酒場、革張りの油染みたソファに於てでありました。夏の日は既に高く、店のガラスを透して汚物の光る海を見せ、テーブルの上には逆立てた椅子の脚が乱立して、人魚は影もかたちもない。イタリア人の亭主をもつマダムは狭い階段をミシミシ下りて来て、私のぼんやりした顔をのぞき込み、

「昨夜《ゆうべ》はお楽しみ」ポンと肩を叩いた。

「今朝がた貴方担ぎ込まれたのよ。何にも憶えていらっしゃらないって、まあ、あきれた人」

「そいつらは、水夫だったろうか」

「え、びっくりしたわよ。壬生さんは急にお立ちですって、風来坊みたいなんだからね。ああいうの、一寸いいねえ。暗くってさ。しっかりなさいな」

「壬生かい。……あいつに惚れたって、無駄なんだ」

そんなことを言いながら私は、もう逢えない男じゃないかと、怪しい胸さわぎに耐えて、ガラスの中の沖を眺めていました。暗い酒場の窓から覗く、ぎらりとした海には、もとよりそれらしい船も見分け難く、夢にしてもおかしな夢だと、私は茫然、昨夜来乱れた着物の前を合わせていた。私は人魚の皿パイをたしかな触感として覚えています。人魚の目には涙がふきだしました。

あれは酔った揚句の夢だったのか、黄金虫や虹の蛾、昔の女の眼が齎《もたら》した幻覚にすぎないのか。それにしても私の指先には人魚の肌の麝香や麻の花の匂が、未だにむせるような紅の蠱《まどわし》を残していたのです。

註　玀玀《ロロ》（Lolo）人——ロロは支那南部において大集団を形成しているが、印度支那においては北西国境に数部落入り込んでいるにすぎず、その人口は一万二千を超えまいと推察される。黒ロロと白ロロに区分する。松本信広氏『印度支那の民族と文化』四二頁に写真あり。

マドンナの真珠

澁澤龍彥

おお疾風よ、この夢みる海原の惰眠を揺り醒ませ！
ワグナア「トリスタンとイゾルデ」

明滅しながら飛ぶ巨大な蛍のように、甲板の上をふわふわ漂う黄色い数個の明りがあった。明りは一見したところ、それ自身の意志によるかのごとく、無目的に動きまわっている気配であったが、よく見ると、その陰気な灯影に、角燈をもつ瘦《や》せさらばえた手があり、さらに、その手につづく異様な人間の風体がほの見えた。たしかに、黄色い明りは角燈の光であり、角燈を提げた多数の人間が、ひとつの目的において、舷側からキャビンのあいだを忙しげに往きつ戻りつしている模様であった。

およそ二百トンばかりの旧式な船体を圧し包んでいるのは、物質のように黒々とした広漠たる闇である。この闇のなかに、点々と走る黄色い燈火は、あたかも闇そのものとは異質の鉱物ででもあるかのように、決してその黒のなかににじんだり溶け込んだりしない。したがって、角燈をもつ人間のすがたがおぼろにそれと知れるのは、廻転するマストの探照燈の光が一刻さっと甲板を掃いて過ぎる瞬間に限られる。この束の間の光のなかで、頭巾付外套をまとった人間の群は、人間というよりむしろ、ゴムと布に包まれた空虚な影の群でしかなかった。雨も降らぬ八月のさなかに、厚いゴム引の外套というのは、何としても奇怪ないでたちではなかろうか。しかし影の群は、ひたひたと裸足の跫音を響かせて、三人、四人、五人、舷側に寄った。

舷側では、今しもきりきりと滑車がきしみ、ワイヤ・ロープが一個のボートを高々と宙に吊りあげた。ボートのなかには、同じく外套を着た男がまんなかに立ちはだかり、周囲に三人の女が、これは慄えながら輪になって坐っていた。ボートの動揺するたびに、女たちの濡れた髪が、断ち切られたヴァイオリンの弦のように縮れて重々しく風にゆれ、しおたれた衣服から発散する強烈なヨードの臭いが、刺すように鼻を撲った。女たちが数時間波にもまれた末、口もきけないほど疲れ切っているらしい様子は、恐怖に無感覚になったその落ちくぼんだ虚ろな眼からただちに読み取れた。探照燈の光芒がななめにボートをよぎって、この殉難者めいた若い女たちの顔をひとつひとつ漆黒の背景に浮かびあがらせると、舷側にならんだ影の水夫たちのあいだに、一種名状すべからざる嘆声が、ほう！　と、遠いどよめきのように湧き起った。それはなにか声になる以前に、茫漠たる時間空間の層を経めぐって来たかのような、肉の執念が無限の篩《ふるい》にかけられた挙句に残る、純化された嗟嘆の声に似ていた。……

オーストラリア＝日本航空の遭難機が、このひそかな水域に沈み果てたのは、つい数時間以前のことである。突風も起たず、波もおだやかなこの真夏の夜に、事故の原因は何であったか。おそらく明朝の新聞もそれを疑問のかたちで報ずるしかないだろう。救助船が未明を待たずに東シナ海に出動し、全員死亡のニュースが、ただちに両半球を駈けめぐるだろう。それは時間の問題であった。ここに、三人の婦人がすでに救助され、どこの国の所属とも知れぬ船の甲板に、その夜のうちに降り立つことを得た事実は、しかし、時間の蚕食をまぬかれた堅固な石の記憶のように、永遠にひとびとの好奇の耳目を逃れることになるにちがいない。なぜならこの船は、一瞬にもせよ人間界の事象と交渉をもったあとは、ただちに人間の出没を許さぬ遠い不可知の海に、漂って行くのをその固い掟としていたからである。したがって、この船の方に焦点をしぼろうとする作者の筆も、以後はもっぱら人間の出没界をシャット・アウトし、この事故の消息についても、厳に口を緘することにしたいと思う。

　さて、救われた三人の女たち……けれども厳密にいうと、三人ではなかった。三人でないことが、キャビンに連れ込んで初めて、船内の男たちにも確認された。

　明治某年東京製図会編纂の古びた世界地図や、赤と緑の風位標の一面に書き込まれた航海図の貼りめぐらされた、薄暗いキャビンの内部で、数人の男たちの前に立たされた三人の女たちの中の、いちばん若いひとりが、異様にふくれあがった腹部を見せているのを、船長の花房万作が目ざとく見つけて、赤いバーバリのレイン・コートを脱ぐことを命じると、そこに、生後一年くらいの男の児が、死んだようにどさりと、リノリウムの床に落ちて転がったのである。しかし死んでいるのでないことが、床にぶつかった途端に発したかすかな泣き声と、小刻みに慄える貝殻のような小さな二つの握り拳とから判じられた。

「子供は要らない、棄てろ」と船長が、壁に刳られた円窓を指して、船員のひとりに合図した。窓の外には、海と空との接するあたりに、ようやく蒼白い狭い光の帯が、はや遠くない暁の到来を予告していた。

船員のひとりが子供に手をふれようとすると、

「棄てないで。おねがい……」若い女が軀《からだ》をふたつに折り曲げるようにして、喉いっぱいに叫んだ。

「お前の子か」と船長。

「ちがいます。でも、母親が波に呑まれてからずっと、あたしが抱いてました」

「なぜ抱いていた」

「子供が好きなのよ」

このほとんどあどけない単純な答えに、船長の花房万作も、機関長の壬生十郎も、水夫長の雲井千吉も、事務長の雨野星丸も、船医の黒部百助も、一同揃って気まずそうな無言のまま、ふいと横を向いた。そのとき、今まで逆光線のなかにあって識別出来なかった頭巾のなかの男たちの顔が、一瞬、まともな光の下にまざまざと露呈されるのを見た。その顔は、何と言おうか、五人が五人とも、完全に蝕まれた人間の生きた残骸であった。ホルバインの髑髏にそっくりな、その五つの凄惨な面貌には、眼球も、鼻の隆起も、唇の肉もなく、ただその部分に暗い穴がぽかりとあいているのを怖ろしく知るのみであった。さらに、外套の袖口から伸びている手を見れば、それが象牙色の皮膚にじかに貼りついた骨、五本の指に分岐した箸のようなあわれな骨でしかないことを、いやでも認めないわけには行かなかった。

この形骸のような男たちの前で、三人の女の若い肉体が、寒さにふるえる蠟のような肌色と、ぽたぽた雫をたらす濡れそぼった衣服のみじめさにも拘らず、依然、人間のものであり、いずれ劣らぬ若さに輝いて、むしろ際立ってみずみずしくさえあるのは当然であった。しかし、それこそ男たちの不可能の欲望を苛だたしく煽る、呪いにみちた生のしるしであることを、幸か不幸か女たち自身はまだ知らない。

「子供の問題はあとで会議にかけて決定しよう。それより、はやく仕事を片づけないと夜が明けるぞ……」松葉杖をついたびっこの黒部百助が、不安そうに丸窓のかなたを窺って口早に言った。

「そうだ」と船長の万作が引きとって、機関長の壬生十郎に目顔で合図した。

「服を脱げ」と十郎が、箸のように尖った指先で旧式なブロウニングをくるくる廻しながら、無関心をよそおって言い捨てた。もっともこのブロウニングは、八年前から一発の弾丸も籠められたことがない。

女たちの目のなかに動いた躊躇《ためらい》のいろは、男たちの崖のような沈黙にむなしく刎ね返って、次第に忍従のいろに変った。まずいちばん若い娘が、ひたと、目を十郎の指先のブロウニングから離さず、魔法にでも魅入られたように、右手を肩先に伸ばした。意志のない機械人形の動作、機械人形の表情であった。ホックがはずれて、熟れた巴旦杏の皮の剝がれるように、まず胸までの上半身がまぶしくランプの光の下に露われた。折から船が横ざまにはげしくローリングすると、高いヒールの上で反り身になった娘の、外皮を剝がれた果実に似たふたつの乳房は、羅針盤のように大まかに揺れ、ブラジャーをはずすため背中に廻された彼女の片手は、つかみどころを失って、宙を泳いだ。びっこの黒部百助がそれを見て、ケケ……と鳥のような笑い声を立てたが、船長はじめ三人の高級船員の生まじめな顔に気づくと、あわてて口をつぐんだ。

女たちの身を包んでいた布地が、かくて一枚一枚、脚に沿ってすべり落ち、落ちた途端、死んだ蝙蝠にひとしくしぼみ果て、すらりと伸びた六本の脚線の、揃えた膝がしらが六つ、そろばん玉のように震えながら並ぶのを見ると、醜悪な面貌の男たちは、恥辱にあえぎあえぎ、犬のように室内をあてどなくうろつき出した。彼らの目には、輝かしい裸体の白さが無限に大きなものに思われ、ほとんど正視するに堪えない。エリザベス時代の伊達男をまねたものか、胯間に押し垂らした雄偉な陽物のかたちが、はだけた外套の裾からちらちら見えるのさえ、自分たちの無力の証拠のごとくに思われて、さらに彼らの屈辱を煽り立てる。水夫長《ボースン》の雲井千吉は、壁に爪を食い入らせんばかり、しきりに丸窓の外を窺う振りをした。

そのとき──

夜明けはつらい
お天道さまさえ　わしらにゃ鉛の飴玉だ
夜明けは寒い……

上甲板から見張りの水夫の、罅《ひび》割れたような単調な唄声が響いて来ると、救われたように五人の男たちは、ほっと顔を見あわせ、脱ぎ棄てられた女たちの衣服を手ばやく掻き集め、口々になにやらぶつぶつ呟やきながら、あたふたとキャビンを出、跫音あらくハッチの螺旋階段を降りて行った。黒部百助の使う松葉杖が、いちばん最後から、ごつんごつんと陰惨な響きを消えがてに階上に伝えた。錠のおりる音がする。取り残された三人の女。

スチュワデスのユリ子は、今や裸身を恥じるけしきもなく、隅の床に仰向けに転がった赤児の方へ、小きざみにハイ・ヒールを馳せると、膝を折って、腕のなかへ子供を拾いあげようとする。あたかも太陽が、ガラス張りの丸窓のかなたから、昔ながらの黄金の神秘を開示すべく、その最初の箭《や》をきらりと彼女の肉体の中心部へ射込んだのと、彼女が床に片膝を屈したのとは、間髪を入れぬ同時であった。

「ああ、まだ元気に生きてるわ」
「ああ、やっと夜が明けたのね」

地球の極から極へ、眠れる水夫たちを乗せたまま、この白昼に、あやかしの船は永遠の漂泊の針路を北に向けた。メイン・マストにはただひとり、見張り役の盲目の老人が、瞼のうらに薄いレモンの輪切りのような、濾過された太陽の幻影を見つめながら、寒さにぶるぶる慄えていた。常人には灼けるような暑さを感じさせる洋上の太陽も、彼ら死せる者の身には、この上なく不吉な冷気の放射体でしかなかった。二百トンあまりの船体は、堅牢なチイク材で出来ていて、底に無数のフジツボや貝殻を付着させたまま、八十有余年の歳月の重みによく堪えた。

船長の花房万作は、しかし、眠ってはいなかった。いや船長ばかりでなく、機関長も、事務長も、水夫長も、船医も、すべての下級平《ひら》船員も、船底の火夫も、みな船艙に近い操舵室や海図室で、ひっそりと身体をかたくして起きていた。眠っているのは、そう、昨夜の疲労から折り重なってリノリウムの床に倒れている、キャビンの女たちと赤ん坊だけだったろう。ハッチの上にひらけた甲板上のキャビンだけが、通常の人間のいとなみを保っていた。というのは、この呪われた船の水夫たち一同は、生身の人間と違って、眠る楽しみをすら与えられていなかったからである。それでも彼らは、毎日ハンモックにもぐり込み、眠ることの空想に胸をわくわくさせる習慣だけは頑強に忘れなかった。

花房万作は明治某年、唐津の生れで、戦争のあいだは輸送船団を指揮して、一度ならず南シナ海からセレベス海まで往来し、幾度となく機銃掃射や浮流機雷の脅威にさらされたが、最後の死場所は奇しくも陸の上、福建省のある港町であった。彼はここで天然痘におかされて三日後に死んだのである。三日前まで関係のあった安南人の阿媽が、マスクをし手袋をはめて、彼の死体からロンジンの懐中時計と、総義歯の金冠と、魔除けの象形文字を示す甲虫を刻んだプラチナの指環とを抜き取って逃げた。この船員仲間に珍重される甲虫の指環は、プラチナの台にサファイアを嵌め込んだ逸品で、花房万作がシンガポールの魔窟で、さる華僑から博奕のかたに奪い取ったものであり、今でも彼は、ときどき箸のように変り果てた自分の指を見つめては、生涯にちぎった幾人もの不実な女たちの、焼けつくように苛立たしい思い出を喚び起すのであった。その多くは港の女たちであったが、まるで自分の指が骨ばかりになってしまったのが、この失った指環と不実な情婦たちのせいででもあったかのように、彼は女たちを、ひいては人間一般を、はげしく呪った。

「何度言っても同じことだが、船内に子供は無用だ。おれたちにさしずめ必要なのは、女じゃねえか」船底のプライベート・キャビンに高級船員を集めた会議の席上、花房万作はまずこう口を切った。

「そんなこたあ、言われなくても分ってる。だがよ。今ここでその子供を殺してみろ、赤ん坊の亡者が船内にふえるだけの話だ」雨野星丸が答えた。「せめて舵取りぐらい出来るようになる年齢まで育てあげて、それから殺《ば》らしたって不都合はあるまい」星丸は海泡石《メシアム》のパイプで器用に煙草を吹かす真似をした。もちろん舌のない口に味など分かる道理はない。

「おれはあえて反対するが」と黒部百助が言った。「おれたちにはおれたちの秩序てえものがある。子供といえども、男は男だ。おれたちは女を生かしておくことを欲するが、男を養って行くことは望まない。生きた女はおれたちの享楽の具だ。生きた男はおれたちにとって縁なき衆生だ。殺す必要もない。殺したら子供の亡者が仲間に加わるだけだ。箱にでも詰めて、流したがよかろう」

「へ、祟《たた》りがあるわけでもあるめえし」と壬生十郎がせせら笑った。「お前らしくもない意見だな、帝王」

帝王とは、黒部百助の生前からの渾名で、帝王切開を意味した。彼はもと横浜のもぐり医者で、堕胎を専門に荒かせぎしたが、一度、せっぱつまって母体の腹壁を切開しなければならない破目に立ちいたり、母体も胎児もふたつながら死亡せしめた経験の持主であった。その筋の追及をのがれるために、台湾に巣食うCC団の密輸船に投じたが、戦争中はバシー海峡で重油にまみれて三日三晩泳ぎ抜いた。そのとき、フンドシさえ海中にひらひら漂わせておけば、絶対に鱶に食われることがないという古老の言を信じて、そのとおり実行した。しかるに、それはついに一片の迷信でしかないことが判明した。判明したときには、すでに鱶に片足をもぎ取られ、かくて、現に松葉杖をつく境遇とはなったのである。死因はむろん溺死であったが、爾来、彼はフンドシの怨み、ひいては陽物の怨みを根づよく内心に育てあげた。その一因が、百助は壮年期におよんで早くも陰萎の徴候を知っていたからでもある。そしてこれは、常日頃、船内で、おたがいに懐しい過去を偲んでは、あれほど快楽や冒険にみちていた日々に対する忿懣をぶちまけ、泥のような苦悩の底にある現在からメタン・ガスのごとく浮きあがろうとする時にも、決して誰にも明かしたことのない秘密であった。

「赤ん坊をこわがるにゃ当らねえ。医者らしくもねえ意見だよ。赤ん坊はまだ男でも女でもねえんだぜ、帝王」と壬生十郎がふたたび、からかうような口調で言った。「お前は昔の癖を思い出して、この期におよんでも、餓鬼を闇から闇へほうむることばかり考えてやがる。そいつは、固定観念、もしくは強迫観念てえもんだ」そこで十郎は骸骨特有の、ケケ……という鳥のような白々しい笑い声を立てた。

「ぼろ屑つめた胯巾着ぶらさげてるくせしゃあがって、大きな口たたくな」黒部百助が怒りにどす黒くなって、落ちくぼんだ洞穴のような眼窩の底から睨みすえた。「お前たちの禄でもねえ胯巾着にくらべたら、赤ん坊のふにゃふにゃの一物の方がまだ上等よ。お前たちは男としては赤ん坊以下だ。いったい、船長」と花房万作の方へ向き直って、「あんたは亡者の身で、現実に女を楽しめると思ってるのかね。もしそうだとすりゃ、そいつあ飛んでもねえ計算違いだろうぜ」

「おれたちは、少なくとも昔のように、女を楽しめるかどうかは疑問だ。けど、方法はいくらもあるだろうぜ」

「その方法たあ、何だ」

黒部百助とて、その方法を知りたいのは山々であった。しかし、自分たちの偽造の陽物がはたして物の役に立つかいなかということは、いわば五人のあいだの暗黙の禁忌であり、これを口に出せば、結局は五人が五人とも傷つかねばならないという事情は、何より百助自身よく承知していた。

にもかかわらず、彼らは単に性欲のみならず、あらゆる人間的欲望の充足を狂気のように期待した。たとえば、雨野星丸のやけにふかすパイプの煙も、朝な朝な、太陽がゆらめきながら海上にのぼると同時に、夢中になってハンモックの中に飛び込み、眼をつぶり、身を固くする彼ら一同の頑固な習慣も、みなこの狂おしい期待がさせる徒な行為の一連であった。

時あって、彼らは食事の真似事すらこころみた。食卓に白布をかけ、その上にグリン・ピースの空罐と、イタリアン・ベルモットの空瓶と、五つのコップとをのせ、まず船長が、カワウソの毛皮のついた上着の袖で、息を吐きかけてはコップをひとつひとつ丁寧に拭い、コップになみなみと酒をみたす真似をする。すると、壬生十郎以下四人の高級船員が、火のように熱くなった頭で、懸命に生前の記憶を模索しながら、絶対に出ない生唾を喉もとに空想し、出来るだけ粋な手つきと、無関心な振りをして、おのがじしコップを取りあげる。だがこんなとき、誰かひとりが「おれは辛口がいいや」とでも言おうものなら、たちまち雰囲気はみじめに壊れた。船中で、酒はこの一本きりしかなかったからである。「ふざけるな！」「いい加減にしろやい！」短気な水夫長《ボースン》が泣きそうになって、コップを床に叩きつける。徒《いたずら》な期待がガラスとともに虹のごとく散乱する。コップはこの架空の酒宴のたびに、ひとつひとつ着実にその数を減らした。……

船底で、赤児の処理の問題が論じられていた頃、甲板の上の陽光ふりそそぐ明るいキャビンでは、三人の若い娘が、嬉々として、パンとチーズを食い、赤児にミルクを飲ませていた。一晩のうちに寝具と食糧が、どういう手順によってか、ととのえられたが、衣類だけは返還されず、彼女たちは依然として裸身のままだった。

ななめに開いた丸窓のすき間から、オゾンの香にみちた潮風が涼しげに流れ込み、波の動揺を反映した日影が、白ペンキ塗りの羽目板のあちこちや、女たちの大理石のような闊《ひろ》い背中に、点々と蒼ずんだ斑《ふ》を描いた。充ち足りた睡眠と、食欲と、温室のようならららかな日差に包まれて、女たちの肌は汗ばむくらいに弾み、この一瞬、もしかすると彼女たちは植物のように幸福であった。ときどき軍艦鳥が蝙蝠傘のような黒い翼をひろげて、低く波頭をかすめ、泡だつ海面を海藻がながれた。

「ごらん、まるで雨降りのあと、蝙蝠傘を日に乾してるみたい」いちばん年かさのユラ子が、昨夜の名残りかまだしっとり濡れている長い髪の毛に指先をからませながら、丸窓の外を見て、ひとり言のように言った。

「あたし、眠っても眠っても、まだもっと眠れるような気がするの」いちばん若いユリ子が、敷きつめられたカーペットに腰から下をながながと伸ばして、かたわらに転がされた赤児の、薔薇の蕾のような小さな陽物をもてあそびながら、眼を細めて、放心したように言った。子供は物怖じすることを知らない丸い目を見ひらいて、絶えまなく小さな指を動かした。

まんなかのユカ子は、いつ運び込まれたのか、部屋の一角に据えられた、旧式な手廻しの蓄音機の蓋をあけ、たった一枚、廻転盤の上に置かれたレコードのレッテルの横文字を、むつかしい顔をして読み分けようとした。

「ダル……ラ……ピッコラ。知らないわ、あたし」彼女はちらと舌を出した。

やがてダルラピッコラ作曲『囚われの歌』が狭いキャビンいっぱいに流れわたり、薄倖の女王マリイ・スチュアートの祈りの合唱が、鐘の音とともに最高潮に達すると、この音楽の背景になっている歴史的事実をつゆ知らない三人の女たちの目にも、うっすら涙が湧き、言おうようない悲しさが揺すぶるように胸もとをつき上げた。そして、一しきり肩を寄せ合って泣くと、ふたたび彼女たちは浅いまどろみに落ち込んだのに、一方、止める者のないレコードは、ぜんまいがすっかりゆるみ切るまで、泣き声とも眠りとも無関係に、廻転することをやめなかった。

——船底の会議はまだ続いていた。議論はともすると赤児の問題をはなれて、安息のない死者の呪われた運命が絶えず彼らに課する怖ろしい生活の真実にふれた。虚偽と真似事の愚かしさに明け暮れしている彼らにとって、真実は針のように鋭く、痛く、彼らは避けたいと思いながらも、ついこの針に一再ならずふれた。今までこんなことはなかったのに、と船長は、はげしい言葉のやり取りを聴きつつ憮然として考えた。

「お前の考えは甘すぎる。亡者らしくもねえ。ひとりの赤ん坊を殺すことが、いやさ、赤ん坊といわず、ひとりの人間を殺すことが、おれたち亡者にとって何なのだ」と一本足の黒部百助が激昂してわめいていた。「どだい、おれたちにしてからが、すでに死んでいる身なのだぞ。すでに死んでいる人間にとって、お前のさっきから口にするそのヒューマニズムとは、どんな意味があるのだ、さあ聞かせてくれ、星丸」

「すでに死んでいると言うが、お前は」と雨野星丸がパイプを握りしめて、負けずにやり返した。「生きている時分から、何人の赤ん坊を殺してきたか、胸に手をあてて数えてみろ、罰あたりめ！　おれたちは伊達や酔狂に、こんな、みじめったらしい、亡者の暮らしをしてるんじゃねえや。罪ふかい身だからこそ、こんな渡世でいつまでも、あがきがとれねえんじゃねえか。いったいこんな境涯へ落ちたのは、誰のせいなのだ。ちったあ悔い改めろやい」

「へ、悔い改めろが聞いて呆れら。神さまがおれたち亡者にまでお目をかけてくれようたあ、とんだ御愛嬌だぜ」

「問題は神なんぞという、あるかないかも分らないような存在じゃない。空頼みはよせ。問題は、おれたち自身の、おれたち自身による救いなのだ」と壬生十郎がのぶとい声を出した。「知っての通り、いつだっておれたちは、何か予期すべからざる大異変を待ち望んでいる。潮流の渦とか、極地の氷塊とか、地軸の果ての大瀑布とかに船もろとも捲き込まれ、こっぱみじん、一挙に自由になる日の到来を、今か今かと待ち焦れている。現におれは、見ろ、こうして日夜、羅針盤や風行図と首っぴきで、永遠の安息をおれたちに与えてくれる時間空間の原点を、大海洋のまんなかに発見しようと必死になっているんじゃないか」

「気の毒だが、お前は永久に贋コロンブス、永久に不毛な煽動家だよ。そんなものは、この地球上にゃ、ありはしねえんだ」と百助がシニックに口をゆがめた。「お前の研究は無駄だろうよ。おれたちは未来永劫、いかなる地方の港にも投錨することを得ず、ただ潮流のまにまに漂泊をつづける以外、何も出来はしないのだ。それがおれたちの、呪われた運命というものだ。真実から目をそらすな。おれたちの情熱は、過去に対する怨恨と、現に生きている人間、現世の幸福をゆたかに恵まれた人間に対する憎しみ、ただそれのみだ。ああ、おれは何年前から、もし、いつか、生ある人間が、ひょっとしておれたちの手に托される機会に恵まれたら、やつらをどうして責め苦しめ、さいなみ抜いてやろうかと、ただそればかり、考えつづけて来たことだったろう！」

「こころゆくまで人間を苦しめる、それがお前の希望のすべてか、帝王」

「そうだ。そしてそれが、死者の状態に忠実であるということだ、とおれは信じるね」

「死は不当な状態だとは思わないか」

「不当だ、不当だ、まったくもって、この上ない不当だ！」と今までむっつりしていた水夫長《ボースン》が急にどなり出した。「何だっておれたちは、とろけるようなアスパラガスが食えねえんだ、甘い香りのする上等なハバナが吸えねえんだ、舌のしびれるような辛口のラムが飲めねえんだ、昔の色女を夢にみることさえ、ああ、出来ねえんだ？　実に不当じゃないか。もし神が存在するとしたら、こんな不当な状態を素知らぬ顔で許しておく神は、明きめくらか気ちがいだぞ。もしおれたちがこれでも人間の端くれにつながる存在だとしたら、こんな状態に甘んじている人間は……」雲井千吉は昂奮のあまり絶句した。

「もちろん、おれたちの場合、ヒューマニズムなんぞは意味がない」と壬生十郎が重々しく言った。「おれたちはすでに死者なのだから、言うならば、亡者イズムがおれたちの拠って立つべき唯一の信条だろう」

「亡者イズム？　そんなものがあるのか」

「なければおれがつくるさ。亡者の資格で生きること、それがおれのモラルであり、行動指針だ。人間界の秩序と亡者の世界の秩序とを混同するなど、増上慢もはなはだしい。おれたちはどんなに躍起になっても、厚い壁でへだてられた人間界の秩序には、指一本ふれられないんだ。壁をとりはらう？　馬鹿な。おれたちの腭巾着と同じように、おれたちのそうした絶望的な試みは、いっさい無力だということを早く料簡するがいい。このなかの誰が、亡者になってから一度でも、女と枕を交わして寝たか。誰が、一度でも、玉ねぎとソオセージを腹いっぱい食ったか」

「それでもおれは食いたい……」

「希望をすてろ。おれたちは生きられるまで亡者の資格で生き、心しずかに二度目の死を待つのみだ」

「二度目の死が本当の死、本当の安息だという証拠はどこにある?」

「形而上的論争はやめろ。きりがない」と船長が苦々しげに言った。「それより、壬生、ありていに言って、お前の研究はどこまで進んだ?」

壬生十郎はデスクの上にひろげられた旧式な世界地図と、さまざまな高次方程式の書き込まれた計算紙と、雑多な製図器械と、水彩絵具で加筆された奇妙な数種のグラフとを、ちらと眺め、壁に貼られた自家製の航海図を指さして、「あの通り」と言った。「地球上全海域の潮流方向線と風位標とがすっかり記入されるまで、おれの研究は成果をあげた。赤道から両極まで、実に、おれの正確な計算による割付けを免かれた一部の海もないかのごとくだ。しかるに、遺憾ながら、あのメルカトオルさえ記入することを諦めた最後の神秘な海域だけが、まだ見つかっていない」

十郎の目が悲痛ないろをたたえ、航海図に注がれた。古びて黄色くなったその航海図には、蛇のようにのたくる点線や曲線が、赤や青や緑に色分けされて、断絶したり、屈伸したり、顫動したり、思い思いの方向に縦横に走っていた。

「それではお前は」と黒部百助が皮肉たっぷりに言った。「なにかね、おれたちの船を一挙に壊滅と虚無の淵へ追い落してくれる、いやさ、おれたち自身を永遠の漂泊とやり場のない忿懣とから解放してくれる、その最後の救いとやらが、計算によって、手品みたいに、海図のなかからつかみ出せるというのかね、え、その薄ぎたない海図のなかから?」

「やれやれ、評判以上の大山師だよ」と雲井千吉が吐き出すように言った。「死んでも性根は直らないと見える」

――贋コロンブスというのが、壬生十郎の生前からの渾名だった。彼は第一次大戦後の好景気時代に、土地の同志数名を語らい、三浦三崎から百トンそこそこの小さな遠海漁業用マグロ船を繰り出して、南氷洋横断の壮挙に出んとした。十郎の信ずるところによれば、すべての海流は外洋をめぐりめぐった末、必らず極地に集まるものなので、巧みにその流れに船を乗せさえすれば、鼻唄まじりに極洋にまで達することが出来る。ただ極地から地球の反対側に脱出するときが問題なので、それには強力なディーゼル・エンジンがぜひとも必要である。そこで彼は土地の資産家の馬鹿息子をそそのかして、二百馬力を超える最新式のディーゼルを奮発して買わせ、この馬鹿息子をも同志のひとりとし、ある夜、城ケ島の燈台を右に見て、ひそかに出発した。延縄《はえなわ》を使ってマグロを釣るので縄船とも呼ばれる小さな漁船だが、三崎の漁民はこの小船によって、赤道周辺から遠く南太平洋タスマン海あたりまで出漁する。彼らの一行はべつに怪しまれることもなく、オークランド島沖合あたりにまで達した。すると、この頃から海の色がにわかに蒼黒く変って来て、仲間たちは怖れをなし、しきりに引き返そうと言うが、十郎は断乎として承知しない。ついに口論から刃傷沙汰になって、十郎は眉間に二寸ばかりの切疵を受けたばかりか、手とり足とり、裏切った同志たちに抱えられ、海中にほうり込まれてしまった。贋コロンブスたる所以である。

今も、彼の眉間には、前頭骨から眼窩にかけて、ふかい一条の縦溝が無気味に走り、醜悪な面貌をいよいよ醜悪たらしめている。……

「それはそうと、いつまで議論していても仕方がない、赤ん坊の処置に議題をもどそう」と船長が言った。「票決をとる。まず、赤ん坊をただちに殺すべきか、それともある一定の年齢まで生かしておくべきか……」

船長が平べったい貝殻と消炭を各自にくばり、古代ギリシアの民主政治家のような厳粛な面持で、票を集めた。ふしぎなことに、あれほど議論百出のあとにもかかわらず、五票すべてが、期せずして、ある一定の年齢まで赤ん坊を生かしておくべしという一つの意見に傾いた。船長は割り切れない思いを反芻しながら、広いデスクのまわりに居並んだ四人の同僚たちの、鬼面のような顔をひとつひとつ眺めわたした。しかし、とにかく事は決したのである。満場一致の採決を見た以上、もはや二度繰り返すべき筋あいはない。四人の高級船員たちも、それぞれ何か気抜けしたような様子で、いつまでもぼんやり黙りこくっていた。

——陽のあたる甲板のキャビンで、彼らがひしめきながら初めて赤ん坊をしげしげと覗き込んだとき、この海から獲れた真珠のような無垢な子供は、二目と見られぬ無残な男たちの面貌におびえるでもなく、あたかも蕾のひらくように、無心に、ぱっと笑った。

「や、笑った。おかしな野郎だ」と雲井千吉が頓狂な声をあげた。

「そうだ。こいつは海から獲れた真珠だ。真珠と名づけようぜ」と雨野星丸が、相変らずすぱすぱ煙を吐き出しながら、浮き浮きした口調で言った。

「ちえ、文学青年め」と黒部百助が横目で睨めつけて、あざけった。

五人の男たちのなかで、たとえば情死という、かりにもロマンチックな経験をもった者は、雨野星丸ただひとりであった。いや、しかし、それとて狂言の情死ではあった。太平洋戦争末期に、彼は呉海兵団に入団したが、そこの苛酷な訓練に堪え切れず、尾道で識り合った娼家の女と手をとり合って、めくらめっぽう逃げたのである。女の所持金で明石まで辿り着いたが、金は残り少なになる。空襲で列車が動かない。それに、見つかれば確実に銃殺だと信じていたし、そろそろ女が足手まといになって来てもいたので、情死をしようといつわって、ふたりの体を女の腰紐で固く縛り、舞子ノ浜の水に浸った。紐は沖へ出てから解けるように、ある種の細工がしてあった。で、女が失神したと見てとるや、ただちに手足を自由にして、明石海峡を淡路島に向って泳ぎ出したが、はからずも、ここに京阪神地方を襲撃した帰りのアメリカ戦闘機P51の、編隊をはなれてただ一機、上空に飛来して、機銃掃射をまともに受けた。数分後に、女は折よく通りかかった釣船に救われて、一命を取りとめたのに、雨野星丸の穴だらけになった形骸は、二度とふたたび生の岸辺に流れ寄ることがなかった。……

星丸は文学愛好家で、今も船内で、誰にも相手にされないままに『情死考』という書物を執筆していた。彼の著作への執念はすさまじかった。しかし、もし彼がその述作のなかに、男女の愛欲の機微を鋭くとらえ得ていたとすれば、今こそ彼ら四人の門外漢は、何をおいても星丸の労作を一読すべきであったろう。というのは、ひとりの赤児の始末などよりずっと厄介で、ずっと困惑を覚えしめずにはおかないある問題が、まさに彼らの目の前に差し出されようとしていたからである。

しばらく前から、太陽はひねた蜜柑のような黄色い色に変り、天頂点を通らずに、水平線の上をわずかにのぼったきり、ななめに天空を截って落ちるようになった。緯度が極端に北へ近づいた証拠である。一日中、鉛色の海が古拙な銅版画のごとく蒼然としずもり、研ぎすまされた風が割れるほど肌を凍らせた。メイン・マストの見張りの老人は、盲目の眼球にもはや太陽がレモン色の幻影を映さなくなったのを、絶望的に悲しみ、いよいよ木蔦《きづた》のようにひからびた。見張り役を交替させようとしても、すでに老人の脚はマストと分かちがたく絡まり合っていて、無理に引き離せば、昆虫の脚のようにたわいなく折れてしまうにきまっていた。朝ごとに繰り返す合図の唄も、すでに彼の水分のまったく涸れた喉から発すると、容易に聴きとりがたい摩擦音でしかなかったので、唄の代りに彼は笛を吹くことになった。その昔、この老人は、自分が故郷の水郷地方で、祭の笛を吹いたことがあったような気がしたが、もしかすると他人が吹いたのを見たことがあったという、単にそれだけの記憶による錯覚かもしれなかった。

死者の世界の時間と、生者の世界の時間とが、はたして同じ均質な速さで進行していたかどうかは疑問であるが、ともかく赤ん坊は、骸骨と女たちとのあいだで、よく育った。ミルクやパンは、かつてこの船の男たちが掠奪を唯一の快楽としていた頃に貯蔵されたものが、ほとんど無際限にあった。赤ん坊はミルクをすすり、黒パンをかじって、もういっぱしの少年であった。水夫長《ボースン》の雲井千吉は生きものを養うことに純粋な熱意をよせる男だったから、親身に少年の世話を焼いたが、他の男たちは概して無関心だった。少年は女たちと同様、素はだかの上にわずかの布切を帯びて、とぐろを巻いた太い索具や、錨綱につかまって立ち上ろうとしたり、ユリ子が海へ落ちたのではないかと夢中になって探しまわると、ボオトの底の、索梯子や古い帆布などの積み重ねたあいだから、ひょっと首を出して笑ったりした。

女たちは、結局、何のためにこの船に連れて来られたのか解らないような立場にいた。男たちの誰も、ぶざまな胯巾着を誇示するものはなく、いつしかそれはひとつ残らず海中へ棄てられる運命に見舞われた。

——女を享楽する。だが、どうして？　それが問題だ。少なくとも、パイプを吸うように、酒を飲む振りをするように、ハンモックの中で目を閉じるように、この問題は自己欺瞞や暗示を許さなかった。なぜなら性的欲望の行為は、相手の意識がそこに必然に関与して来るものだったからであり、かてて加えて、亡者には亡者の自尊心があったからである。陰では偉そうな一家言を吐く百助や十郎も、進んで女たちの肌に手をふれようとはせず、却って彼女らが今ではわが物顔に、その耀かしい裸身をひらめかして船内を自由に跳ねまわるのに、なすところを知らぬ有様であった。

もし男たちの誰かが想像力と決断力の有りったけを振るい起して、娘たちに挑みかかったとしても、たちまち細螺《きしゃご》を掻きまわすようなけたたましい女の哄笑が、彼らの昂揚した状態を一ぺんに空気の抜けた風船玉のごとくに萎えしぼませてしまうことは、必至と見えた。男たちには、この決定的な敗北の知らせというべき高笑いが、つい目の前にぶらさがった罠の、不吉な金具の響きのように、おそろしく、絶えず耳にちらついた。といって、彼女らを手荒に酷使したり、あるいはこれに肉体的な拷問を加えたりする考えは、おたがい同士の自尊心が不文律のようにいましめた。もし自分がユラ子を打つとすれば、自分がユラ子をついに占有し得ず、みじめに失敗した証拠を、他の男たちの前にぶちまけるようなものではないか。要するに、彼らの無能は、おたがい肝に銘じて知っているのに、しかもなお自分だけは別物だという幻想を、彼らは自分にも他人にも信じ込ませておきたかったのである。

一方、女たちの肌は目に見えて弾み、生命《いのち》の艶は一段と増した。それはすべての気候風土、あらゆる自然現象とも無関係のようであった。今、北の果ての、終りのない夜の冷気に包まれていてさえ、彼女らは温室のなかの観葉植物のように潤沢な色艶におった。

この船には何かふしぎな効果があって、たとえば彼女らは不幸という感情をも、どこか遠い岸辺に忘れて来ていたらしかった。自分たちの境遇を悲観することは、誰か信頼出来る他人に任せておけばよいことであって、ともするとその信頼出来る他人というのは、あの形骸ばかりの船員たちであったかもしれないのである。むしろ悲しみは彼女らの唯一の娯楽になった。ダルラピッコラ。『囚われの歌』……たった一枚のレコードが、いくたび彼女らの無償の涙をしぼったことか。この涙はガラスのような透明な無機質であった。ユカ子が殊にも感傷的で、この涙の浪費家がレコードをかけはじめると、姉さん気どりのユラ子は、そっとその手を押し止めて、もういい加減におよしなさい、悲しみは濫費するものではないわ、などと、モラリストめいた金言を口にするまでになった。それはネックレスや指環に憂身をやつす女に、しまり屋の友達が与える忠言と似ていた。

船内の娯楽は、このほかにも二つあった。その一つは「かごめかごめ」である。五人の船員たちを加えて、この無邪気な遊戯をやろうと最初に発案したのは、いちばん年下の娘ユリ子である。提案を受けた船長花房万作は、「かごめかごめ」とはそもいかなる遊戯であるか、皆目覚えがなかったが、ユリ子の説明を聞くにおよんで、とにかくそれほどむつかしいものでもなく、また壬生十郎のいわゆる亡者イズムに抵触するものでもないと判断した。ただし、条件をつけて、五人の男はたとえその役が自分に当っても、まんなかにしゃがむ籠のなかの鳥には決してならないだろうと予告した。

さて、まんなかにユリ子が籠の鳥になってうずくまり、七人の男女が手を取りあって、ユリ子をかこみ、歌をうたいながらゆるゆると、その輪をまわしはじめた。

かアごめかごめ
籠のなアかの鳥イは
いついつ出やアる
…………………………

この遊びは、いざやってみると、男たちにとって意想外に面白かった。とりわけ自分が「うしろの正面」に立とうとするとき、輪の廻転を速めたり緩めたりして、すんでのこと、籠のなかの鳥になる可能性の一切を踏みにじってしまう快感は、彼らに永いこと忘れていた冒険と悪事の記憶をさえ喚び起した。むろん、それはいわば安全弁を予定した、欺瞞的な精神の活動にすぎなかったが、現在の彼らにはそれさえ新鮮な昂奮だった。

感傷的なユカ子は籠のなかの鳥になると、やはり何か抽象的な連想作用によって悲しみの感情を触発されるらしく、ぽろぽろ玉のような涙をこぼした。男たちはそれをほとんどうっとりと眺めたが、次第に彼らの関心は、遊戯そのものを離れて、このユカ子の涙を見る快楽に変った。彼らは故意に「うしろの正面」を空白にして、出来るだけいつまでもユカ子の籠の鳥の立場を永びかせようとした。涙の顕現によって、彼らはみな、自分たちがユカ子の肉体を所有したという幻想を信じたのである。ユカ子にとっても、涙をこぼすことは唯一の気晴らしであったし、男たちにとっても、幻想世界に生きることが唯一の生甲斐であったから、この馴れあいの遊戯はながく続き、やがて、日々の欠くべからざる行事になった。少年までが、大人たちの不毛な逸楽を、まことの逸楽と信じるまでに、この遊びの光景に眩惑された。

雨野星丸が、頃日、自分も泣くほどの悲哀を知りたいと思って、こっそり船艙にこもり、玉ねぎを切りきざんでみたが、ひからびた瞼はついに一滴の涙にも潤されなかった。この実験が彼の『情死考』にどんな影響を与えたかは、詳かでない。……

船内でのもう一つの娯楽というのは、ある生きものの観察であった。飼育好きな雲井千吉が、誰にも餌をやることを禁じているものである。ガラスの水槽におさまって、雌雄二体が同居している。

瀬戸内海や三浦半島近海に、カブトガニと称する蟹に似た、しかし実は太古の三葉虫の子孫である、奇妙な水棲動物を産するが、この船内に飼われている動物も、たしかにその近縁と思われた。まあ、かりにヨロイガニとでも呼んでおこう。かたちは七弦琴にそっくりで、蒼味をおびた堅牢な甲殻には、古版本の表紙に見られるような精緻な唐草模様が浮彫されている。とまれ、何よりも壮観なのは、この動物が交尾をするところである。

はじめてガラス箱の内部をのぞき込んだユラ子は、たがいに逆方向を向いてぴったり重なり合った雌雄の二匹が、どうしても二匹とは思えず、ひとつの見事な、有用性をはなれた彫刻品が砂の上に置かれていると思った。そのまま、じっと動かない。ユラ子が固唾をのんで見守っていると、しかしこの二匹のヨロイガニは、驚くべき愛情交歓を果たしつつあることが知れた。上下に重なった二匹は、たがいに相手の体を少しずつ食い合って、徐々に、上下の体勢を入れ替えているのである。それが完全に逆転するということは、完全に相手の体を食うことであった。ヨロイガニにとって愛情の交換はただちに存在の交換であった！

一時間ほどして、二匹はぱっと砂を蹴立てて左右に分れたが、その時はすでに、かつて雄であったものが雌であり、かつて雌であったものは雄であった。ふしぎな動物もあればあるものである。

雲井千吉はこの動物を愛しているというより、むしろ尊敬していた。土曜日の午後、餌をやるときに、順番で、三人の女や仲間の水夫の何人かを伴なって、彼らにヨロイガニの神秘を満喫させた。彼らはみな感動に蒼ざめ、慄えて、ガラス箱のなかをのぞき見た。するとヨロイガニは、まるでエピクロス派哲学者のように尊大に、澄んだ水の底の、ほの暗い緑いろの世界で、じっと瞑想に耽っていることが多かった。

ただ少年だけが、どうしたわけか、このヨロイガニをひどく嫌った。見せに連れて行こうとすると、頑強に拒否して泣きわめく。一度、ガラスの水槽を叩き割ろうとしているところを雲井千吉に見つかって、激怒を買った。ユリ子がかばわなかったら、あやうく子供は船内から北極の海へ放逐されたかもしれない。
「あんなきれいな模様のある動物が、どうしてお嫌いなの」とユリ子が訊くと、
「あんなの、ちっともきれいじゃないや。十郎の疵痕の方が、おれにはよっぽどきれいに見えら」と、きかぬ気らしく少年は答えた。

船は再度針路を一転して、南の海へ向かった。もうその頃には、メイン・マストの盲目の老人は、からからにひからび、小さくなって、かつてそこに人間らしきものがへばりついていたとも思われず、檣柱の一部と化した。かわりに、やはりこれも盲目の男が選ばれて、今ではその男がたけだけしく前任者の座に就いていた。

北回帰線に近づく頃から、ぽつぽつ夜光虫の燐光が、夜の海を蒸し暑くいろどりはじめると、亡者たちは角燈を灯すことを忘れ、酒にでも酔ったように、あさましく昂奮して、三々五々、甲板に踊り狂った。彼らの洞窟のような口をついて飛び出す言葉は、ことごとく生きた人間に対する呪詛であり、不当な境遇を与えた神への冒瀆であった。女たちは慄え、少年は手を打って歓声をあげた。

「人間愛などという言葉を唱えながら、戦争や殺戮を何よりも好むやつら……」と黒部百助が泥酔者のような大仰な身ぶりで言った。「科学実験に使われる犬やモルモットの魂まで時には心配してやるくせにして、その一方、毎日何千頭という豚や牛を食らい、害虫という勝手な名のもとに、自然界の微細な生命を大量圧殺しているやつら……孤児

院や養老院にたんまり寄附金を置くと、さて安んじて、自宅では女中や下男を手荒くこき使い、貧民の下品さ愚劣さに眉をひそめるやつら……」

百助がよろめきながらこう怒鳴ると、大勢の水夫たちの合唱が、「それが人間だ！」と答えた。

「……毎日の三面記事をわくわくしながら読みおえて、《ああ、何という兇悪な犯人だろう。おれにはとてもこんな残忍な真似は出来ない。おれはやつらとは別物だ、生れつきの善人だ》と考え、ようやく安堵の胸を撫でおろすやつら……他人の子供が罪を犯せば、自分の子供が罪を犯さないことに満足するやつら……かと思うと、自分の子供が殺されれば、犯人には出来るだけ厳罰をと涼しい顔して嘆願するやつら……人間愛の看板をぶらさげて、死刑を奨励するやつら……」

「それが人間だ！」

「……神だとか、学問だとか、世界観だとか、そんな幻のようなものにしがみついて、自分が一段上に立つことばかり考え、さて上に立ったと思えば、他人を地獄堕ちの賤民のごとく卑しめ、てんから軽蔑して恥じないやつら……脳中にみにくい妄想をいっぱい詰め込みながら、他人を教化し善導しようと考える不遜きわまりないやつら……自分だけは絶対に地獄の劫火から救われると確信しながら、地獄極楽を説くしたり顔したやつら……」

「しかも」壬生十郎がつけ足した。「始末のわるいことに、やつらはそれをまったく意識していない。宗教家は両手をこすり合わせて敵の前でもにこにこ笑い、学者は浪花節のラジオをぱちんと消して一国の文化を憂え、急進主義者は愚民の尻をひっぱたいて、ひっぱたき過ぎたと思うと自己批判する。誰が笑ってくれと言った、誰が憂えてくれと言った、誰が尻をひっぱたいてくれと頼んだ？」

一気に喋ると、壬生十郎はあたかも演説者が喉をうるおすように、空っぽのコップに夜光虫の浮かぶ海水をすくい取り、うまそうにぐっと呑みほした。海水はただちに体内を通過して、防水外套の裾からきらきら甲板に零れた。

「おれは貧乏人の餓鬼をたくさん間引いて殺した。社会のために貢献した。文化勲章に値するぞ！」コップを高々とさしあげて百助が言った。

「そうだ、帝王、貴様はえらい。少なくとも、相手に精神的肉体的な死を与えておきながら、小ざかしい理窟をこねまわして、他人をあざむき自分をあざむく、世の偽善者どもよりは、数等えらいぞ！」

「それなのに人間は、このおれに犯罪者の烙印を押し、大手をふって世間を渡れないような、日蔭者の身の、手ひどい返報をしくさった！」

「貴様ばかりじゃない。おれたちみんながそういう目に遭ってんだ」と雲井千吉が大音声をはりあげた。「神なんてものは、絶対にねえぞ。あったとしても、無定見で、酷薄で、陰険なやつだ。神への義務だなんて、へん、笑わせやがる。もし人間に食われることが、神によって豚たちに与えられた義務だとすれば、人間は神への義務を果たすため何者に食われたらいいんだ？　神にか？　だとしたら、神は食人鬼だ」

千吉は威嚇するように拳を天に突きあげた。百助は松葉杖で甲板を連打した。十郎は飛び出しナイフで所かまわず斬りつけた。星丸はわざわざ自室から持ち出して来た座右のパスカルの『冥想録』を、歯を食いしばって、きれぎれに破り棄てた。船長は口のなかに夜光虫の燐光をふくんで、荒い息づかいとともに、ふっふっと、青い火の玉を続けて吹き出した。花房万作の滅多に見せない十八番である。

少年はユリ子と並んで、船尾梯子に腰かけながら、心おどらせ、目を輝かせて、この物すごい地獄の叫喚と怒号と、凄惨な死人の狂態を見守った。

――少年の心に、いつしか漠然たる人間のイメージがかたちづくられていた。人間とは、少年の想像力の許す限りにおいて、とてつもなく怖ろしいもの、不正直で、残酷で、身の程しらずで、高慢ちきで、猫かぶりで、利己的で、狡猾で、ありとあらゆる陋劣と醜悪を一身に背負った、一種の黙示録的存在であった。ふと彼は、ガラス箱のなかの囚われのヨロイガニこそ、この人間というものそれ自体ではなかろうかと考えて、ぞっとした。もしあの十本脚の化けものが、夜中に水槽を這い出し、二匹揃って、おれの寝ている蒲団のなかへしのび込んで来たら？　それは時ならぬ恐怖であった。しかし彼はこの不安を恥ずべき弱さと考えて、誰にも口外することをみずから禁じた。

反面、少年は芝居めいた船内の欺瞞の生活を、「かごめかごめ」に象徴される不毛な逸楽の幻影を、自己の理想の最高形態として、そのまま素直に受け容れ、こよなく愛した。そして彼は、信頼し尊敬した、壬生十郎の冷笑を、黒部百助の残忍を、雨野星丸の裏切りを、雲井千吉の狂暴を、花房万作の傲岸を。……五人の呪われた敗残者が、十二歳の少年の目には、燦然たる光彩に包まれた純潔の騎士のごとくに思われて、誇らしかった。

灼熱の南海は暈気をこめて油のように凪ぎ、船は油の上をすべる一本の紡錘《つむ》のように、白い水脈の糸をうしろに引いて進んだ。陽がのぼると、亡者たちは南海の熱気に堪えられず、（彼らには陽光が寒いので）船底にもぐって終日、所在なさを噛みしめた。ただひとり、檣頭の見張番だけが、死者たる身の不当と、加うるに見張番としての不当と、ふたつの不当にやるかたなく忿恚《ふんい》の炎を燃やし、がたがた震えながら、空飛ぶ海鳥にさえ呪いの言葉を吐きかけた。

ここに、ボートのかげの日だまりを語らいの場所としたユリ子と少年が、のびのびと手足を伸ばし、思うさまその裸身を陽光の矢おもてにさらして、冬ごもりから出た二匹のけもののごとく、熱気を吸い込んだ甲板にじかに背中をふれて、ぬくぬくと寝そべっているのは船内の誰知る者もなかった。

ユリ子のなだらかな下腹部の流線を集めた小丘の繁みが、あるかないかの風にそよぎ、光を受けて金色に映え、少年のなめらかな小麦色の肌が、鞣《なめ》されたように強靭に陽を照り返した。

「どうして」と少年があくびまじりに言った、「どうしておれたちにはこんなに気持のいい昼間の日光が、船長や百助には不愉快なんだろう」

「それは」とユリ子もあくびに誘われて、「あのひとたちとあたしたちとは、出来がちがうのですもの」

「そう言やあ、あのひとたちはお前みたいに、ながい髪もしていないし、きれいな白い肌もしていない。おれたちみたいに、パンとチーズも食べないし、ほんとに眠ることもない。夜でも昼でも、石のような目をぽっかり開けている」

「あのひとたちは、亡者だからよ」

「亡者って、なに?」

「死んでるひとのこと」

「死んでるって、なに?」

「ああ、あなたには解らないわ」ユリ子は少年のうぶ毛の生えた頬に手をやって、「あたしたちはね、でも、あのひとたちとは違って、生きてる人間なの」

少年の目がきっとなって、

「人間なの、おれたちは?」

「そう」

「ちがう。お前もおれも、人間なんかじゃない。人間は……かたい甲羅をかぶって、十本脚して、あおい水のなかにじっとしている生きものじゃないか。おれだって知ってるんだ。お前も知ってるくせに、なぜそんな嘘を言うの?」

ユリ子は横を向いて、小さな溜息をついた。真実を語って語れないこともないが、少年が怒りと屈辱に蒼ざめ、小さな握り拳に歯をあてて嗚咽するさまが、すでに今から目に見えて、いたましかった。いや、少年は決して自分の言葉を信じはしまい。人間は少年にとって、限りなく醜いものの化身であった。少年自身にこの醜さを分かち持てと言っても、それは無理というものだろう。牡蠣の殻の醜さが、どうして真珠に理解し得よう。それに、第一あたしにだって、生と死の神秘が、光と影の謎が、この少年以上に解っていると言えるだろうか。……

「ああ、おれも、亡者になりたいなあ」と少年が、遠く飛び去って行く不可知の鳥影でも空間に追うように、目を細めて言った。

「十郎みたいに立派な疵痕はないけれど、百助みたいに、一本足で跳ぶのはむつかしいけれど、あんな、きれいな象牙色の骨になって、石のような目になって、夜光虫の酒を呑んで、甲板にわらわら集まって、おれも踊ってみたいなあ！」

「あのひとたちは、でも、生きてる人間を羨んでるのよ。あのひとたちに出来ないことが、生きてる人間には出来るのよ。楽しいこともあれば、悲しいこともあるけれど……」

「おれには何にも出来ないよ」と少年は涙ぐんで言った。「おれはいつ死ねるんだろう。いつ、雨合羽を着て、角燈をぶらさげて、甲板をひたひた走って行く立派な水夫のひとりになれるんだろう」

うつむいた少年の髪の毛のすき間に、ユリ子の指が、海藻のあいだを身をくねらせて泳ぎまわる小魚のように、もぐり込み、しなやかに動いた。少年はいつものように、彼女のふたつの乳房のあいだの谷間にふかぶかと顔をうずめて、さらに目をかたく閉じ、彼女の指が、頸筋から、わき腹から、腰の方へ、虫の這うように伝って行くのを、全身の期待でもって感じていた。見なくても、彼女のいたずらな指がどこを通り、どこを目ざして行くか、よく分った。ほらほら、いま、彼女の指が辿りつく、いま、彼女の指が辿りついた!

「あなたも、立派な水夫になれるのよ、死ななくたって」とユリ子が晴れやかに笑って、少年の上気した耳にささやいた。少年の耳は日差のなかで瑪瑙のように明るみ、血管の縞模様が透けて見えた。

「嘘だ。お前はおれを悦ばそうと思って、嘘ばかり言う……」

おさない肉体の絶望的な血の昂揚が、限りない弾力にみちて、いきどおろしく、もどかしく、ユリ子の指を搏って来た。ユリ子はその充溢を楽しく掌に確かめながら、固くなった乳首が少年の鼻や、眼や、唇にふれるたび、慄えるような生の歓喜と悲哀に、かすかにのけぞった。……

——中甲板のハッチ・ウエイから、頭半分つき出して、この情景を逐一のぞき見していた船長花房万作は、やがて、よろめく足どりで螺旋階段を降り、船底の海図室の扉を荒々しく開けた。そこでは四人の高級船員が、濛々たるパイプの煙の渦巻くなかで、車座になって、やれ雨だ坊主だ、チョンだミツだと、喧騒しきり、花札を引いている真最中であった。

花房万作は物も言わず、車座のなかにずいと割って入って、中心に置かれた座蒲団をぱっと足蹴にした。赤いカルタが散乱し、舞いあがり、はじき飛ばされた。

「何をしやがる」黒部百助が怒って、片膝立てて、手持ちのカルタを船長の金モールの胸のあたりに叩きつけた。

「破滅だ」と船長は頭を抱えて、「だからおれは最初に言ったんだ、餓鬼を生かしておいちゃならねえと……」

「説明しろ」

「ユリ子と餓鬼が通じやがった。おれはこの目で現場を見た……」

「あの子供が?」

「まさか」

「いや、あり得る」

「醜態だ!」

「恥辱だ!」

「花がひらくのも、草がのびるのも、亡者にとっては怨恨の種だからな」壬生十郎が他人事のように、嘲笑的に言った。

「ふざけるな」船長が柄にもなく開き直って、十郎の肩を強く小突いた。

「ふざけちゃいねえ」

そのまま二人は取組み合って、床に散らばったカルタのあいだを、丸太のようにごろごろ転げまわった。ぶつかり合う腕と腕の、うつろな枯木の響きがいっそ物哀しく、男たちは目を覆い、耳を覆い、消え入りたい思いで無言のまま立ちつくした。


その夜、魚油ランプの燃えつきんとする頃、船長がひとつの解決策を暗示した。「この上屈辱に堪えることは出来ない。とるべき方法はひとつだ」

「何とする?」

「赤道へ行こう」

「赤道へ!」

四人の船員たちは事の重大さに、はっと息をのんだ。赤道が亡者たちにとって、最もしのぎにくい炎熱の地方であることは、申すまでもない。


船は北太平洋を季節風に乗って、真一文字に南下した。暑熱はいよいよ圧倒的にきびしさを増し、水夫たちは生きた心地もなく、腹の底に響くような、快調にうなるエンジンの音、船腹にぶつかる波の音を怖ろしげに聞いた。檣頭の見張員は、熱さにげっそり衰えて、早くも前任者のむごたらしい末路をそっくりそのまま追いはじめた。

船内の生活は、しかし表むき、何の変化もなかった。「かごめかごめ」は相変らず日課のように繰り返され、ユカ子はその都度惜しげもなく玉のような涙をこぼし、水槽のなかのヨロイガニは、これはひとり超脱の哲学者然と、存在と所有の完璧な一致をその愛の秘儀において実践していた。

　不意に、盲目の見張員が白昼のものうい静寂《しじま》を破って、喉も裂けんばかり絶叫した。

「赤道が見えたぞお！」

　とたんに、見張員は力つきて高いマストのてっぺんから、どうと甲板に転落し、乾燥し切った木屑のように、粉々に砕けた。

　にわかにどやどやと船内に跫音の入り乱れ、階段を駈けあがる者、砕け散った見張員の残骸を蹴散らして甲板をつっ走る者、やみくもに怒鳴りながら船尾欄干に飛びつく者の動きが、あわただしい空気を醸し出した。亡者たちは瞬間おぞましい寒さを忘れたかのように、ひとり残らず船艙を飛び出し、舷側に鈴なりに群がって、もう一週間ばかりも暗い船底になじんだ不自由な眼をしょぼしょぼ見開き、眩しそうに、小手をかざして、かなた水平線のきわみを一心に望み見た。はるかかなたに、ただひとすじ、なにか赤茶けた細い帯のようなものが、波間がくれにちらちら隠見した。赤道である。以前から話に聞いていただけで、まだ一度も見たことのないものに初めて出遭うひとのように、亡者たちは声をのみ、畏怖すべき自然の神秘に打たれたように、瞠目してなすところを知らない。

　その間にも、赤道は刻一刻距離をちぢめ、やがて驚くべきその偉容を見る見るあからさまに示しはじめた。近くで見ても、それはやはり一本の巨大な帯という以外に何とも言いようのないものであった。幅は十五六メートルもあろうか、しかしその帯の両端を目で追って行くと、水平線と交わるところは針のように細く、空と水の間《あわい》にぼうと煙るようにかき消えるまで、蜿蜒として途絶えない。ほとんど水面と同じ高さで、たえず激浪に洗われ、縁には貝殻や、海藻や、エボシ貝の類など、得体の知れない水棲動物や下等生物がびっしり付着している。さらに、何とも言えず奇怪なのは、その色である。遠望したところでは、単に代赭石のような赤茶けた色であったのに、そば近く見ると、あたかも永い時の腐蝕に錆び爛れた鉄橋か何ぞの地肌を思わせるような、まぎれもないそれは金属の色なのだ。

はたしてこの帯は地球を鉢巻のようにぐるりと取り巻いているのだろうか。はたして、いつ頃から、誰の意志によって、また誰の手によって、かかる途方もない建造物（？）が、ひと知れず海洋のまんなかに、海洋をつらぬいて、忽然と横たわるに至ったのだろうか。これは自然の生成物であろうか。海神ポセイドンの作品であろうか。それとも、信じがたい話だが、何らかの歴史と文明の産物であろうか。……しかし亡者たちにとっては、ただ眼前にそれが在るということだけで、ただ己れの目がそれを見るということだけで、すべての説明はおのずから不要のごとくであった。

死人たちは手摺りに並んでいた。誰も一言も発しなかった。

滑車がきしみ、ワイヤ・ロープが船腹に沿って、一個のボートをゆるゆると降ろした。

ボートのなかには、カワウソの毛皮の上着をぴっちり着込んだ船長花房万作が、まんなかに立ちはだかり、周囲に一糸まとわぬ三人の女と、ひとりの少年が、あたかも殉教者の姿勢で、緊張と恐怖に蒼ざめ慄えながら、輪になって坐っていた。ボートが船腹にぶつかって動揺するたびに、少年はユリ子の手を強く握り、ユリ子もまた少年の手を握り返した。

「さあ、いいか」と船長がロープに片手をかけて、言った。「お前たちは、あそこに見える赤道の上に、取り残されることになったのだ。東にでも、西にでも、足の皮の破れるまで、まっすぐこの上を歩きつづけるがいい。そうすれば、いずれ陸地に到達出来るかもしれない。だが、ごらんの通り、この赤道も大分古くなって傷んでいるからな、鉄の帯はあるいは途中で腐れて無くなっているかもしれず、また、そうでなくても、風が強く吹きでもすれば、大波にさらわれて海に落ちる心配がないとは言えない。海には鱶が群れている。まあ、生きて陸地に辿りつけるのは、万に一つの僥倖だろう。いいな」

「いいよ」と少年が反抗的に言った。「おれは死にたいんだ。死んだらお前の船なんかより、もっと大きな船に乗るよ」

船長はしぶい顔をした。

「死ぬのはいやです。あたしたちに罪はありません」ユラ子とユカ子が左右から船長の足に取りすがって泣きわめいた。「あのひとが（とユリ子を指して）坊やを誘惑したのですわ。船に子供を連れて来たのもあのひとですわ。あたしたちはふしだらな真似はしませんでした。あのひとだけを罰してください。あたしたちは無罪ですわ。あのひとだけが……」

「うるせえ！」

船長が一喝するより早く、まつわりついた二人の女を突き飛ばし、底に鋲を打ち込んだ黒い長靴の足を振りあげて、したたか蹴った。あっと言う間もあらばこそ、ユラ子とユカ子は胸を蹴られ、のけぞって、宙吊りになったボートの縁から海中へもんどり打って転落した。ボートが着水しても、まだ浮きつ沈みつしている女の頭を、さらに万作は情容赦もなく、オールを取りあげて、力まかせに叩きのめした。

二人の女はそれきり沈み、かくてボートのなかは三人に減った。

赤道は降り立ってみると、やはり固い鉄の感じであった。ここに人間の足を刻む者が、はたして今までに幾人あったことか。あくまで澄み切った南海の水が、ひやひやと、新来の客を迎えるように、素足を舐《ねぶ》りに来て、むしろ爽快な気分を誘うばかりなのに、少年は夢にまで見た、死に伴なう苦痛の期待を裏切られて、浮かぬ顔をした。ユリ子は長い髪を存分に潮風になびかせて、はげしい陽光に尖った乳房を昂然と張り出しながら、今はすべてを楽観的な気分にすり変えて、誰に言うともなく、「さあ、歩きましょう」と言った。目路はるか、この道は坦々たる希望の道のようにも見えた。

一方、クラッチをきしませて、オールを漕ぎながら黙々と母船に帰る船長花房万作の背中は、あわれにもこの一幕の大詰めによって、急にひとまわり小さくなったかのように、みすぼらしく、寒々と、カワウソの毛皮のなかでひくひく慄えていた。

母船に戻ってから、万作はあらためて未練がましく、埃だらけの旧式な双眼鏡を取り出して、今は一筋のリボンのごとくにしか見えない赤道のあたりに、その焦点を合わせてみたが、このときすでに、ふたりのすがたは点より小さく捉えがたくなっていた。

恋人同士

倉橋由美子

みんながあたしを目のかたきにするのはあたしがまっ黒だからでしょうか。たしかにあたしの全身は黒一色で、ひっくりかえして脚のつけねをしらべても、白いところはみつからないのです。ヤンニの《ママ》のLがあたしを妙におそれたりきらったりするのも、あたしが黒い魔物のようにみえるからだそうでした。Lによると、あたしはあの黒豹みたいに不吉で不潔であらあらしく多淫でとりわけLをみあげるときのあたしの眼は猛獣のように不遜だというのです。もっともLは冗談めかしていい、またこれ以上のことはいいませんでしたが、それは彼女があたしの《パパ》のKと恋人同士の関係にあったからです。二人は婚約していました。奇妙なことに、KはKで、Lのヤンニをあまり快くおもっていないようでした。

「きみはミカのことをまっ黒くて気もちがわるいというけど」とあたしの《パパ》はあたしの胴を撫でながらいつもいうのでした。「黒いのはノーブルなんだ。もちろん、きみのヤンニみたいに純白というのもわるくはない。とてもきれいだし、純潔なプリンスといいたいくらいだよ」

けれどKはヤンニにはめったにさわりませんでした。一度、Kがヤンニをだきあげたとき、急にヤンニは唸り声をあげ、Kの手の甲をはげしくひっかいたばかりか、手のひらには血がにじむほどふかく歯をたてたのです。

「まあ、ヤンニ、なんてことをするの?」とLはいい、ヤンニの頭を軽くたたきました。するとヤンニはあおむけにひっくりかえり、手と足でLの手のひらをつっぱったり、咬んだりし、Lはそれがわんぱくざかりの少年に特有の粗暴な甘えかたにすぎないことをKにわからせようとするのでした。Kは笑いだし、その自尊心の傷をLの舌でなめてもらいながら「やっぱり男なんだなあ、ぼくのミカは咬んだりしたことなんか一度もないよ」といいました。「そうなのよ、あたしなんか、年中ヤンニに咬まれて、ほら、ごらんなさい、傷だらけ」そういってLも自分の手をKにみせるのでした。そのときはこれで気まずさもとりつくろわれました。しかしのちになってヤンニがあたしにうちあけたところによりますと、ヤンニはKに敵意をいだいていたそうですし、Kもヤンニをきらっていたのです。

こうした事情は、あたしとヤンニにとって不幸なことでした。

Kの家とLの家とは、あたしが車や犬に注意しながら走っておよそ五分という距離でした。ヤンニならあたしのところまで四分でこられるということでした。もっとも、はじめてヤンニがあたしのうちへやってきたときには、Lが白いマフラーでくるんでだいてきたのです。

「どう？　かわいいでしょ。ヤンニよ。あたしの子どもよ」

「いつから？」といいながら、Kはベッドの毛布をしっかりとおさえつけました。毛布の下にあたしがいたのです。鼻とひげをのぞかせて、あたしはヤンニのほうをうかがっていました。

「コッチヘコナイ？」とあたしがいいますと、Lはびっくりしてヤンニを床におとしてしまいました。ヤンニはあたしのところへもぐりこもうとしました。

「あら、ヤンニのお友だちがいるの？」

「ああ、じつはぼくのところにもいるんだ」とKは観念していいました。「女の子だよ」そういうと、Kはいきなりあたしの首をつかんでひきずりだし、あたしの股をひろげてあたしが女であることをみせるのでした。無理な姿勢をとらされたうえ、恥しいめにあってあたしは気も転倒し、大声で泣きだしました。

「まあ、いやな声。およしなさいよ」

いつもはやさしい《パパ》で、けっしてこんな乱暴はしないのに、どうやらLにたいするてれかくしのためのようでした。

「きみのは男の子かい？」

「そうよ。さあ、ヤンニ、いらっしゃい、Kがだっこしてくれますって」

ヤンニがKの手をおもいきり咬んだのはこのときだったのです。

ＫとＬが大きなからだでだきあって、顔をなめあったりしているあいだ、ヤンニとあたしはキッチンにしりぞいて、スープに使ったがらをいっしょに食べました。

「コレハウマイヤ」とヤンニがいいました。

「アタシノオヤツニパパガトットイテクレタノヨ」

「パパッテ、Ｋノコト？」

「ソウヨ。トテモヤサシイノ。キョウハスコシ様子ガヘンダケド……アンタノママ、アンタノ首ヲツカンデブラサゲタリスル？」

「アア、モットスゴイコトモスルヨ」といいながらヤンニはあたしのしっぽのつけねを軽く咬みました。くすぐったかったのであたしは笑いだし、ヤンニの肩に体当りをくわせますと、ヤンニも笑いながら、負けずにあたしのおなかの下にもぐりこみ、あたしを転覆させようとします。そうやってふざけながら、ヤンニはかれの《ママ》、つまりＬのことを話してくれるのでしたが、Ｌはヤンニの両手両足をつかんで空中に投げあげたり——それも三度に一度はうけとめてくれないそうです——ときには白いマフラーみたいにヤンニを自分の首に巻きつけたりするのです。

「イツモＬトイッショニネテルンダケド、朝目ガサメルト、ボクヲ両足デハサンデ、フワフワシタ毛ノ塊ミタイニアツカウンダ、ナンダトオモッテルンダロウナ、ボクヲ」

「ママハアンタヲ愛シテルノヨ」とあたしは多少分別臭くいいました。

「アンタダッテ、ママガ好キデショ？」

「バカダナ」といってヤンニはあたしのひげを自分のひげで払いました。

「ハズカシガラナクテモイイワヨ。アタシモパパガ好キヨ。パパモアタシガ好キナノ。毎晩アタシヲダイテネテクレル。裸デ、ツルツルシテ弾力ノアル胸ヤ腕デアタシヲダイテクレルワ。アタシガパパノ顔ノウエヲ踏ンデトオッテモ怒ラナイ」

「ボクノママダッテ、ヤサシイトキハヤサシイヨ。食事ノトキハ、自分デ噛ンデカラロウツシニ食ベサセテクレルシ、キレイ好キダカラ、ショッチュウオ風呂ニイレテ洗ッテクレルヨ」

「風邪ヒカナイ？」

「電気ストーヴノウエニカザシテ、ヨク乾カシテクレルンダ。アタタカクテ、天国ニイルミタイダ。デモ、夜ニナルト、ボクガＬノ足ヲアタタメル番サ。トテモ冷タイ、木ノ枝ミタイナ足ダヨ」

「アタシノパパハアタシヨリアタタカイワヨ」

「そうぞうしいわね、なにしてるの？」といってキッチンにはいってきたのはＬでした。彼女は脚をからみあわせてころげまわっているあたしたちをみて叫びたてました。

「Ｋ、早くきてよ、けんかしてるわ、早く、早く」

Ｋがあたしをだきあげると、Ｌはヤンニをだきあげ、こわい目をしてあたしをみつめました。

「マタクルヨ、サヨナラ」

「マタキテネ、サヨナラ」

あたしたちが首をのばしてそういうと、KもLもあたしたちの頭をおさえつけ、自分たちはすばやいキスをかわして別れました。

あたしは恋をしたようでした。もちろんあの純白のヤンニに、です。かれもあたしもほとんどおなじ月に生まれ、まだ若すぎたのですけれど、結婚するとしたら、ヤンニ以外には考えられないとあたしは心にきめたのでした。長いひげ、鋭くて男らしい爪、緑色の眼、つよくてしなやかな脚、まだ柔かい、薔薇色をした足の豆、優雅なしっぽ、それらはすべてあたしたち女を魅惑してやまないものでした。それにあの純白の毛皮！

気がつきますと、Kがあたしをじっとみつめていました。真剣な、こわい顔でした。

「なにをぼんやりしてるんだ、ミカ」とかれはいいました。「あんな小僧に迷わされちゃいけないよ。あれはみかけだけなんだ、まっ白できれいそうにみえるが、男というのは、年ごろになると声変わりして、いやらしい声をはりあげて外をほっつき歩くんだ、それも女のしりを嗅ぎまわって。あの毛だってたちまち鼠の毛みたいに汚れて硬くなるんだ。ちっともいいことなんかないさ」

「ダッテ、パパ……」とあたしはKの膝のうえで首をふりました。

「さあ、だっこしてあげるよ。ぼくといっしょにねよう」

Kはあたしをだいて、ベッドにはいりました。なんだか、大きな獣でもいたような匂いが残っているようです。いやな匂いでした。あたしは決然としておしりのほうから外へはいだそうとしました。「おとなしくするんだ、ミカ」といいながら、Kはあたしのしっぽを手のなかにまるめ、あたしを毛布のなかにおしこみ、腕を曲げてバリケードをつくってしまったので、あたしもあきらめ、はらばいになって顎をKの腕にのせてじっとしました。厚い手がゆっくりとあたしの背骨にそって動いていました。でも、いつもとはちがうのです。それは機械的な動きで、あたしのことをおもっているのではないのがわかるのです。

「パパ、ドウカシタノ?」

「きみは愛しているのか?」とKはいいました。「愛している、いない……大した問題じゃないんだ。ぼくだって、《愛してる?》ときかれたら《愛してない》と答えるほかないんだから……」

「愛シテルワ、愛シテルワ」

「うるさい。ミカは黙っていてくれ」とKはいらだった声でいい、あたしの顔全体に大きな手でマスクをしました。Lがきたあとは、よくこういうことがあるのです。あたしが生まれるまえから、いわば大昔からKとLは婚約しているのに、いまだに結婚する様子はみえません。それが問題なのだとあたしはおもっていましたけれど、口をだすべきことでもありませんから、黙っていました。それに、あたしはKがLのような女と結婚することを望みませんでした。彼女といっしょにくらすことになるとどんな危害を加えられるか知れたものではありませんし、そうでなくても、あの変な匂いのするLが毎晩

Kとおなじベッドにねて、あたしは二人のあいだで窮屈なおもいをしたうえ、Lの冷たい足をあたためさせられてはかなわないとおもうのです。でも、ヤンニもいっしょなら……ふいにあたしはそのことに気がつきました。KとLが結婚したら、あたしもヤンニといっしょにいられるにちがいありません……しかしこのときのKは絶望的にぐったりしていました。あたしは心から同情をおぼえ「ネエ、元気ダシテ」といいながら、ざらざらした舌でかれの鼻や、唇のまわりをなめてあげました。

危険を犯してLの家まで忍んでいったのは、それから二週間ばかりたったある夕方のことでした。KがLの家へでかけたとき、あとをつけて道をおぼえておいたのです。しばらくみないあいだにヤンニはいちだんと男らしくなっており、しかしあいかわらず大きく美しい緑色の眼をしてあたしに鼻をすりよせてきました。

「ヨクキテクレタネ、危イノニ」

「足、痛イワ。足ノ裏ガコンナニ汚ナクナッチャッタ」

そういってあたしが座りこんで足をなめはじめますと、ヤンニは紫がかったうぶ毛におおわれているあたしのおなかの下のほうをじっとみつめていました。ついヤンニのまえで悩ましい姿勢をとっていたのでした。ヤンニは「キミガ好キダ」といい、あたしを抱擁しようとしました。「ボクハモウ子ドモジャナインダ」

「ダメヨ、イケナイワ、ヤンニ」といいながら、あたしは自慢のしっぽをぴんとたてて逃げだしました。あたしには自信がなかったのです。

「キョウハ許シテ、アタシ、マダアンタホドオトナジャナイノヨ」

「ソンナノ、口実ダ、ドウシテボクヲコワガルンダ?」

あたしたちは黒と白の輪をえがいて走りまわり、とうとうヤンニがつよい腕であたしの胴をかかえこむことに成功すると、あたしは恐怖に似た歓喜に身をふるわせ、ヤンニの子どもがほしいことを確信し、土に爪をたてて、そう叫びました。

そのとき、あたしたちのうしろからけたたましい笑い声が襲いかかったのです。Lでした。ヤンニもあたしも立ちすくみました。

「おばかさん、あんたたち、下手くそね」

「ミカ、マズイヨ、早ク逃ゲルンダ」とヤンニは狼狽した声で叫びました。

「イヤイヤ!」

「ミカちゃん、そんなこわい眼であたしをにらまないで」とLがあたしにむかっていいました。「まるであたしを骨まで食べようという眼だわ」

「ソウジャナインダヨ、ママ」

ヤンニは悲しげな眼をしてLの脚にからだをすりつけました。Lはヤンニをだきあげ、気もちのわるいほどのやさしさでヤンニの下顎と耳のうしろを愛撫しました。それをされるヤンニはすっかり従順になって、Lの手のなかにまるめこまれ、セーターの下におしこまれて、Lの胸の谷間におさまったらしく、うっとりした顔だけをだして家のなかへつれていかれたのでした。

「モウ知ラナイ、アンタニハ会ッテアゲナイカラ」とあたしは叫び、いちもくさんにKのところへ帰りました。

その翌日のことでした。Lがやってきました。あたしはあたたかいテレビのうえで知らん顔をして眠ったふりをしていましたが、彼女はあたしをみつけると長い指をのばし、あたしの耳を折り曲げたり頭をコツコツたたいたりしたあげく、Kにいいました。

「きのう、ミカちゃんがヤンニに会いにきてたわよ」

「知らないね。ミカはずっとうちにいたとおもうんだが」

「愛しあってるのよ」とLはひどく冷酷にひびく声でいいました。

「ああ、すばらしいことだ」とKもいいましたが、まるで呪っているような調子でした。

「年ごろだしね」

「そうなのね。ヤンニもこのごろすごく発情してるわ。あなたとおなじで、オナニストなのよ」そういってLは笑いだし、Kも涙をためて笑うのでした。「あたしの枕をかかえこんで、つまりそれをミカちゃんだとおもって、妙な動作をくりかえすの。眼がすわって、気もちがわるい。それからちょっぴり枕をぬらしちゃうのよ、ヤンニのあれ、みた？ とてもかわいいのよ。あたしがあおむけにしておなかを撫でてやると、眼を細めてうっとりしてる。そして、だんだんと下へおりていくと、たんぽぽみたいな毛のなかから、薔薇色のアスパラガスがあらわれるの、ちっちゃいロケットみたいに」

「それで、結局ヤンニはミカと愛しあったの？」

「ううん、まだ。ヤンニはまだ童貞よ」

「ここへつれてくればいい」

「あなたがかまわないなら、そうしてもいいわ」

「なぜ？」

「だって、ミカちゃんに子どもが生まれるじゃない？　いいの？」といいながらLはKの首に両手をまわしてKをのぞきこみました。二人はその眼のなかにあたしには理解できない奇妙な笑いの炎をちらちらさせ、尖った蛇の頭みたいな唇を近づけて、しかしけっしてそれで吸いあうようなことはせず、鋭い舌をのぞかせながら、やがてどちらからともなく相手をくすぐりはじめるのです。なんともふしぎな恋人同士でした。あたしの知っているかぎりでは、かれらはベッドのうえでもそれ以上のことはしません。二人にとって、愛撫とはひどくくすぐったいものらしく、途中でどちらかが笑いださずにはいられないようでした。

「ヤンニとミカも、どうしてあんなことしたがるのかしら？」とLがいいました。「とてもこっけいなことだとおもわない？」

「ああ」Kはあたしをひきよせ、足の豆をおして爪をだしたりひっこめたりさせながらいいました。「ぼくたちだってそのこっけいなことをずいぶん熱心にやったことがあるね」

「結婚するの、あたしたち？」とLはいい、立ちあがりました。「もう結婚する理由はどこにもないわね」

「でも」とKはあたしの鼻にキスしてからいいました。「結婚しないという理由もないようだ」

「あたし、帰るわ」

あたしにはどうしていいかわかりませんでした。しかしべつに気をもむほど深刻なことでもなかったのでしょう。Lが帰ったあと、Kはベッドにもぐりこみました。あたしも頭のほうからはいこみました。かれがまっすぐに仰臥したので、あたしはかれの胸のうえにはらばいになり、大きなあたたかい心臓の鼓動をおなかで感じていました。そのとき、Kは首をもたげて、あたしをみつめました。

「ナニヲ考エテイルノ?」

「ミカ、好きだよ、ミカが」とKは骨のなかで反響してきたような声でいい、灰色がかったうつろな肉のレンズをあたしにむけているのです。どこをみている眼でもありません。でもそのなかに、あたしが二つ、黒い顔をちょっと傾けた二人のあたしが、うつっているのでした。あたしはKの眼のなかにいるのでした。かれはあたしを愛しているんだわ、とあたしはおもいました。もちろん、そんなことはまえからわかっていたのです。そうでなければ、排泄のしまつもできないほど小さかったころから、あたしを育てることなんかできなかったでしょう。あたしは心から《パパ》に感謝していました。でも、かれにとって、あたしはなにものかしら？　なぜかれはあたしを選んだのでしょうか？　あたしが純粋にまっ黒で、つやつやした毛皮や、緑と金色の色ちがいの眼、形のいいしっぽなどをもっていたからでしょうか？　たしかに、Kは世間の人間たちとはちがって、黒いあたしの高貴な魅力をよくみぬいています。しかしそんなこともいまはどうでもいい気もちでした。あたしが誇りにおもうのは、あたしの愛、そしてかれのあたしにたいする愛だったのです。あたしたちは最初にであったときから、たがいに選びあったというべきでした。

そんなことをあたしはKに告白したいとおもいました。できれば涙もたくさん流したかったのです。でもそれは無理なことでした。

「アタシハアンタノ女ヨ、アンタノモノナノヨ」とあたしはくりかえしていいましたが、かれはいかにも重々しい、あたしの何百倍もある巨大な存在として横たわっているだけでした。「アタシハヤンニトモ結婚シナイワ、アナタノトコロニイルワ」

あたしはかれの顔に両手をかけてその口をなめ、それから腕のつけ根の毛の房を嚙み、胸や腹のうえにざらざらした舌を走らせました。くすぐったいというよりは痛かったことでしょう。下へおりていったとき、太い柱にぶつかりました。あたしはそれを食べてしまいたいとおもいました。でも、食べたらなくなるので、Kはきっと怒ります。あたしはそれをやさしくなめはじめました。かれはからだをふるわせ、あたしをだきしめました。あたたかいものがあたしの顔いっぱいにかかったとき、あたし自身もエクスタシイのうちに聖女になったような気がしたのでした。ベッドからでて舌と唾でお化粧をなおしていますと、Kがあたしたちの食事をつくりました。といっても、あたしは少食ですから、かれの手のひらのうえで食べさせてもらうだけで十分なのです。夕食のあと、Kはテレビをみ、あたしはテレビのうえにねそべってKをみていました。やがてかれが「ミカ、ねよう」というのを待ちながら。

FIN

ウコンレオラ

山本修雄

I

私はウコンロールとウコンローレリイのボス・セックスが合体した時に神の国を追われた軟体動物である。地球人類の言葉でどのように発音すべきか、ウエッケンルウあるいはウエッケンルウリアと呼ばれてもよい。コヌレオあるいはコヌレオラとも解すべきか、寒冷路、寒冷浪亜でもいいんだ。眼も鼻も口もない。生殖器も髪も手も足も与えられてはいない。しかし私達は愛し合った。永遠に愛し合う形象そのままの姿で原罪の証明と肉体に落ちた生命を得たのである。私たちには言葉はない。地球人類が神の姿に似せられて創造された百七十四万年の往昔に存在した言葉のような永遠を約束する言葉がないので人類の言葉を借用することは許されている。しかしそれは私達が人類に対して発言を求められ、告白を強いられた時にのみ許される最も稀薄な意志表示としての言葉である。言葉のない世界は言葉のある世界に対比することはできない程強大であり、清烈であり、直接的で宏大で熾烈でもある。私は私を目撃した日本の探検隊のために、この狭隘な暗い言葉の世界に来たのであるが、これも創造主の命じ給う原罪に対する消去への手段として止むを得ない運命であったのである。

「軟体動物でありながら植物の機能を持っており、自由に宇宙空間を移動することのできる君たちの最後の目的は何であるか」と聞かれる。

「生命に目的があるのか、ないのかは私は知らない、なければならないのか、なくてもいいのではないか私は知らない。ただ生きているだけではいけないのか、構わないのか、私は知らないのだ」

「地球人類をどう思うか」

「神に似せられている姿はわれわれには羨しい。しかし、あらゆる悪徳を重ねながら主にそむいてまで、生存し続けなければならない宿命は悲惨である。私には地球人類が生殖し、老衰し、子孫を残して短期間の間に死滅するその連続的な姿が哀れに見える。私達は死滅を希望しても絶対に死滅することができないのである。この悲惨な姿でこれから何十億年生存しなければならないのか、原罪の消去の暁には死滅が果して約束されているのか、神に忘れられて棄てられた破棄物を神はまだ処理することができない程、多忙なのである。ただ一人であるからだ」

「地球上から人類を追払うこともできるではないか」

「それは数十年で可能である。しかし私たちにはそんなことは問題ではない。地球のすべての地表を私達が覆い尽したところで何になろう。私たちは岩石と少量の水分と、あらゆる金属が極く少量あれば空中でも海中でも生存することができる。また繁殖することも可能である。しかし人類自身もそうではないか。人類以外の生物と植物を放任して生活しているではないか、このような征服と生存の目的に関する世界は君達の関知することのできない世界である」

「痛いか」

「何をするんだ。お前は自分の手にナイフを刺して痛いかと聴くか」

「少し切り取らせて貰いたい。培養する」

「それは勝手だが、切断された私の肉片は一カ月の間に百四十米平方の面積に広がってゆくが構わなければやれ、木でも家屋でも、高次元元素である放射能物質も私達はこれを表面処理することができる。百四十米平方が単位でそれから後は任意に面積を拡げることも可能である。地球全地表を覆うまででも、その生長を続けることができる」

「いったい脳髄は何処にあるんだ」

「私たちを現象として観察できる全面積は脳髄であり、感覚であるとともに筋肉であり生殖器である。お前達は哀れではないか、脳髄、筋肉、生殖機能が別個に存在し、小さな、個々の単位となって勝手に歩き廻っている。人体という小さなきれぎれが二つ並んでも全然別個のことを考えている。同志が殺しあうことさえ平気で考えている。このような危険な地球人類を神はなぜ創造されたのであろう。言葉を造り、自らの姿に似せて造られた主が絶望せられているのを知らないのか」

私は何処の星からこの太陽系に迷い込んだのか、出生の星を知らない。現在地点はこの日本の人類測定学者の思考を借用すると西イリアンのウヰッセル湖の西方五十キロの山岳のなかである。高山植物はないが海抜二千五百米の標高地点で、この谷底には現在の地球人類が使用流通している黄金の十数倍に匹敵する金鉱が地下に埋蔵されてさえいる。樹木は闊葉針葉両樹林が入り混って生えており、野獣は平地に比べて少ないが鳥類は多い。私はボス・セックスである。コヌレオとコヌレオラの二人が一体になって私の人体を形成しており、この雌雄は相争ったことはない。愛し合っている高潮の時に、そのままの姿で、いわば最も純粋な形で天国を追われたのであるから至福の状態で生命を持続しつづけていることは疑う余地がない。私達は至福であろうか、言葉がないので曖昧であるとしか答えられない。不幸でもない。

II

私の形象をこの博士の言葉を借りて説明しなければならない。彼は私を菌苔類と考えているが大きな誤りである。私と言葉のやりとりをやった。彼は彼等の国語で、私は借物の言葉で私に質問し私は答えた。しかし彼は私の解答を全然信用していないのである。私は今、切取られた肉片の一部となって彼の使用しているガラスのコップに入れられ、塩漬けに会っている。しかし、五分後にはコップを割り、塩と、コップの置かれた地表の一部分の形を完全に変えて、その投入された対象物質と同体積の重量の新細胞を産み出すことができるのである。その体積に等しい平面的な任意の拡がりさえ自由に確証し、獲得することができる。私は生殖を始めた。生殖の全能が働き止めるまで、それは続くであろう。誰が私の繁殖の制止を命じるか、それを私は知らない。コップを割り、塩を包み、コップの破片の表面を曇らして徐々に全機能を働かして薄い皮膚でこの博士の冷酷な実験的与件物質を包んでいった。私を鋭い眼で観察している博士の身体の一部にも、眼に見えない同化の触手を伸ばし、やがてその触手を先導体として現物の姿をその密着部に引寄せることができるのである。しかし、それまではしたくない。この危険性に気付かぬほどの馬鹿ではなく、彼は私を大ピンセットで挟んで以前の大きな原体に投込んでくれた。私はその大ピンセットもコップの破片も、塩もいっしょに身につけて原体に帰ることができたのであった。博士はノートを出して次のような記録をとった。

一九六一年四月一二日
デイタイムH……12

私はウキッセル湖西方五十キロの地点にある、カガイエン谿谷のマリンバ河左岸においてふしぎな半植半動形態生物を目撃した。菌苔類部分と軟体動物部分に区別して記録する。

（一時になり、二次元、三次元、四次元生物と書いたが、頭脳の変調を知ったのかこれに線を入れて消した。私は彼に頭脳と筆記に関する変異を与えるような思念も、想像も送ってはいない。しかし、私はこの筆記のミスを発見して私の身体の一部分で強力な念波を送り、これを利用すればたちどころに彼を狂人にできる可能性があることを知った。こんな哀れで惨酷なことはしない。しなければならない時は私がそれを望んでするのではなく不可抗力によるものであることを付記して置く）

菌苔生態部分

数百平方米に渡って赤褐色の菌苔類様の形態で地表を掩蔽しており、その厚さは五センチないし十センチである。この地表には全然植物は生育していない。太陽の直射を好む状態的分布である。水分に対しては観察中に変化を示すほどの抵抗を示す。たとえば水筒の水を掛けると青藍色もしくは虹色に変化し、数秒でこれを吸収し、原色の赤褐色に復元するまで数分はかかる。表面を歩行しても堅いゴム様で変化はない。この部分を切断して原体から数米離して置いても、断片は数分後に原体に向かって移行し合体する。この徐行にもいかなる作用が働いて動くのか全く不明である。原体に吸引された断片は復元同化し、切断された面の傷痕が消去するまでは一時間である。

軟体動物部分

菌苔類部分のほぼ中央に直径二十メートルの凹地を形成しており、その凹地の底に、全く、獣肉を集めて重ねたような筋肉質の集合体がある。この筋肉質様の集合体は常に動いており、表面には規則的な波状の緩慢なうねりが眺められる。ピンク色の美しい滑らかな表面の色素を判別することは不可能である。体をくねらすような動きの波が全表面で移動をつづけ、動く度に色彩は変化し、数十種のスペクトルを同時に重ねたような発光を続けている。私はナイフを差し出した。その先端の部分の動きが止ったのでゴム手袋を嵌めて波のない一部分を切り取った。コップの底に食塩を入れてこの肉片を入れ三分の二の部分を塩で充たしたが、ただちに活動を始め、コップを割ってしまった。切断された肉片は、全く以前の原体の肉片と同様死滅してはおらず自由に動いた。危険なので以前の原体に投込んだが、数秒後には全く原体と同様の形態に同化された。

彼はノートを中止した。私に不可解なのは、人類の個々に細分された自由な身体が、全人類と全歴史を含めた共同単一体であることを彼等が知らないという事実である。この最も重要かつ至上至大の理念を彼等は知らない。多く死滅と年代を重ねながらなお彼等は個なる自己を尊重しあるいは極度に否定して私の提要したこの第一真理に背をむけているということである。この学術探検隊の内部においてさえ相互の反目があり、功利主義と自己主義が働いているのである。この一隊は私の生態に興味を持った篠窪万一郎博士を隊長とし、国連から差遣されたアーノルド・ストーン博士、インドネシア技官・ベステヤン博士、日本東大生・荒巻隆一、同人類学博士課程履修士・原英夫、九州大学教授・小畑慎一郎、K労災会病院外科部長・中沢元博士を主体とし、彼等がそれぞれ助手二、三名を使用している二十数名の探検隊であるが、およそ博士、教授、部長級の人々は部下を愛し、専門的なそれぞれの部門において資料の収集や写真撮影に時間を惜しんで働いているが、およそこの方面に使用される知能のエネルギーは三〇プロで後の七〇プロを相互のデリケートな確執に浪費しているのである。彼等は全員が私たちの周囲を歩いたり、表面を調査しているが、それぞれの記録は大同小異で特記するほどの相違はない。ただ一人、荒巻準博士の助手である鉱物部門の担当者、杉江信義という青年の行動が異彩である。彼は将来、第一級の社会的人物になる要素を多分に内蔵している貧しい地質学者である。なかなか抜け目がなく、マリンバ河の河床ですでに十キロばかりの砂金を集め袋に詰めて持っているが同僚達には価値のない異質の硫華鉱であると納得さして、差し当って隊とのトラブルはない。彼は他の学者たちのように無神論者ではなく、汎神論者で、原始的な、いかなる奇異な存在に対しても一応の自然的な畏怖とその個体に対する尊厳を認めて動く人間である。砂金を掻き集めて、この私達のいる現在地点を中心とした数哩平方の地域が深層部に至るまで大金鉱の鉱床であることを知っているのは彼一人である。彼は私に対してどの探検隊員よりも、正確な判断を持っているようである。すなわち私が超高度な生物であること、地球人類に匹敵するあらゆる人類に共通した頭脳を持っていることである。金鉱の鉱床のことは誰にも口外せず、再度の単独な探検隊の計画をすでに立てているようである。このような事実は反正義的であるが、何事かを成就し、多くの人類と自己のために有益な仕事をする人物はこのような個性を持った適性者でなければならぬ。私の凹地にきて、茫然と私の身体の波やうねりを眺めているがその想念のなかに彼の汎神論が入ってくる。それはこの私がこの土地や金鉱の守護者ではなかろうかという疑念に変わる。この推論はなかば当を得ているだろう。私には何の使命もなく、何の至上命令も受けてはいない。しかし正義と人類が呼んでいる道徳律は私達もこれに緊縛されているように守護しなければならない。この法則は主から流出しているもののうちで最も高度な秩序であり順序の第一系列に属するものである。私達は地に落ちても主の愛にいる限り、みだりに地上の偽義と不道徳と不和を宥さない。傍観もしない。彼は外の隊員がするように私の生きた筋肉に石を投げたり、刃物で切り取るような子供じみたことはしない。永遠の時を待つように青空を仰いで呼吸をしたり、私をみつめて涙に濡れたような眼を輝かしているだけである。

「ウコンロール・ローレリア」

彼の放心のなかに私は入っていった。放心というのは霊が自らの魂を解放して、回遊してくる多くの善悪の霊魂を招致する状態をいう。いわば容器の時なのである。あたかも水が低地に流れ込んで滞溜となるように多くの未知のもの、希い求める同心の魂、高い霊、低い魂が開かれた門から入ってくる。彼等はたがいに確執を続けるが一つの排列を終わって順序正しく並んで彼の魂を支配するようになる。また放逐せられる霊たちも多い。私はこの杉江研修生の魂のなかに触手を入れると多くの小さな霊たちを追放してしまい、彼の精神の一部に半永久的な根城を造った。

「ウコンロール・ローレリア」

と彼の唇を衝いて出た私の固有名詞は神が私たちに与えた最初にして最後の、また唯一の言葉らしい言葉である。私は彼の言葉を借りて彼との対話を試みた。私達には言葉がない。言葉より迅い現象や言葉を越えた永遠の生命は与えられているが地球人類を形成しているような生命に匹敵する言葉がないのである。彼の言葉を借りて彼と話し、私もまた、私がいかなる本質のものであるか、いかなる星系に産まれ、ここにやって来たかを解かねばならない。篠窪博士と交歓した対話は不備に終わったが、この研修生には社会悪の汚穢がなく、純真な磨かれる前の原型としての人間像がある。私は彼から、私の過去を引出そうとしているのであるが、彼はそれを知らない。「ウコンロール・ローレリア」

その三度目の忘れられた私の呼名が彼の唇を割って出た時、私は人類の温和な情緒に触れることができた。

「あなた達は何処から来たのであろう」

彼は問いかけた。篠窪博士に訊かれた時は知らないと答えた。知らないのであった。しかし今度は私が彼の精神の内容の中に適性を発見したのか、知らないとは答えられない。

「私は超銀河系宇宙から来たのであろう。その世界は地球人類も私たちも名前を知らない。光よりも速く旅を続けて数千年もかかる遠い宇宙だから主は知っておられるが、私は名前を知らない。光の何億倍か何十億倍の速度であったが、どのくらいの速さか私には人類の数字で表現することはできない」

私は今、彼の言葉を借りて私の過去に触れているので、この発言には自分ながら驚くが、どうしてこのような知っているふうな解答が私に出来るのか解らないのである。彼の言葉がすべてを知っているのであろう。

「どうして来ることができるのであろう。それにはあなた達の構造と、それに関連する宇宙構造の説明が必要ではないか」

「そうです。私はあなたが先に呼んだような名前のあるボス・セックス（男女両性）の肉体を持った未完の棄てられた生物である。地球人類は死後、天界に揚げられて男女一体となり、ボス・セックスへの形態として棲息するよう主からの形与上の約束がある。この約束をあなた達は知らない。知らないから地上生活の間に、みだりに結婚したり離婚したりしてその獣の生活を終わる。そして霊界に入った時、どれが正式の妻であるか、ボス・セックスとして一体となることのできる相手であるかに迷い、ついには、地獄へ墜落してしまう。私たちにはそれがない。初めから両性が与えられており、終末のない永遠の世界まで主が愛の干渉の手を差伸べるまで、そのような形態で存在しなければならない。私達の生理的な形態はあなた達にとっては恥ずべき、男女交合の姿態のままで生命を持続しているのである。私はそのままでは二つの生殖器であると同時に脳漿であり、血であり筋肉である。任意な拡がりを持って何処までも自己の肉体の領域を拡げることはできるが、今はその必要はない。私達の生理的現象はこのようなものであるが次に宇宙構造との関連において宇宙とはいかなるものであるかを説明しよう……

「現在の地球人類の位置を決定しなければならない。すなわち太陽系に所属する地球人類のエネルギー源となっている太陽は一千億の同僚とともに銀河系の中心を左旋回しながら大回転を続けている。地球と太陽系の関連する宇宙を第一宇宙とすると、太陽系と銀河系の中心にある銀河の基軸を構成する宇宙系を第二宇宙ということができよう。ところが、この私達の銀河系もまた、他の超銀河系の同僚とともに超絶的なある宇宙の基軸を左旋回でもって回転しているのである。この超銀河系群とある宇宙の中心基軸との関係を第三宇宙と呼ぶことができる。私に解っていることはこの第三の宇宙もまた、超宇宙を構成し、ある中心基軸の超強大なエネルギーによって左旋回を続けている構造を持ち第四宇宙を構成しているという事実である。人類の限界はおよそ想念のおよぶ限りこの第四宇宙構造の世界までであって、それ以上の宇宙は最早、宇宙ではなく、光も物質もなく、超光、超物質の世界で灼熱の創造主がおそらく光の数千億倍の光と物質をもって形造られ、生命があるとすればわれわれの想像に絶するような超生命体を形成しており、その無辺無限宏大な領域はわれわれが無辺無限と考えている超銀河系すら一点の点としてしか存在しない世界であるだろう。私たちが神に棄てられて宇宙に沈み始めた場所は第三宇宙であるらしい。私が沈める宇宙と呼びたいこの第一、第二の宇宙は第三、第四宇宙に対比できない程、未完のものである。未完ではあるが高分子構造の左傾列排列系による生物は棲んでいる。その高度なものは人類であるが彼等はいわば低次元の宇宙の底に沈められた哀れな物質の生きた塊である。地球人類が宗教を持ち、主の意志を知るようになってから生命体は一つの飛躍と進歩を遂げた。すなわち、死滅における進化への開眼と解放である。死後彼等は第二、第三の宇宙に移される。生命の経験の時代にそのような世界への開眼を受け、主はまた、生命の経験を与えて沈める宇宙の底の沈澱物が自ら浮揚してくるのを新しい高度の生命体を造られるために使用されるのである。主は第一、第二宇宙の沈澱浮遊物を第三、第四に移されてさらに高度のものとせられ、自らの永遠と不滅の姿の一部に組入れられるのである……

「たとえば人類の主、キリストは生命の時にすでにこの法則を知っており、使徒ポーロは第三宇宙の世界まで目撃した経験があるが、多くの人々は何万年、何億年かの間に僅かにこの宇宙の底を知り、第二、第三に自ら移るほど蒙昧であったのです……

「死者は再び沈める宇宙の底すなわち第一宇宙へ帰ることはありません。進化を徐々に経験しているからです。私達には死もなく、生命だけが与えられているのですが、この生命が与えられたのは第二宇宙であったのです。超銀河系群で育ち、それは霊的排列系においてですが、この銀河系に落ちてきたのです。おそらく主の怒りを受けた刑余者として私たちの自身の原罪と肉体の重みのためにこの第一宇宙に落とされ棄てられてきたのです。私はあなた達に対して一つの羨望を抱いています、それはあなた達に死が存在し、死後の上昇が約束されているからです」

中沢元博士が私の傍にやってきた。杉江研修生に手術用のメスを渡して私の肉体の一部を切断するように命じているのであった。

「怖いので私は切れません、先刻の篠窪博士の実験をごらんになっておられたでしょう。あの肉片は現在ではもとに帰って形もありませんが、これは怖るべき高等生物ですよ、ご自分で切って下さい」という。

仕方なく彼は私の胴体にメスを入れたのであった。私はふしぎな暗示を受けた。この中沢博士を捕えて同化しなければならないという戯れに似た、彼にとっては生命に懸わる暗示である。この暗示のために私はメスを受けるとそのメスを食い込ませたまま、動いていた。彼は私の滑らかな膚に片手を当ててメスを、抜き取ろうとしたが、私たちの強大な力というより拒否がそれを許さない。彼はついに断念した。今度は別のメスを握って、切り取れそうな部分に刺したが、いったい彼は何を標準にして私の軟かい部分を測定したのであろう。このメスも奪うことができた。しかし彼は私のワナにかかっていた。私の膚に片手をついて右手に力を込めて抜きとろうとした。私はそのおさえられた左手を捕えた。岩石でも木の葉でも何でも捕えたら離さない密着力を持っている私の膚である。左手は私達の肉の深部へ深部へと入っていった。杉江研修生が必死になって騒いだのでキャンプの中の人々が全員集まってくる。

III

「腕を切断した方がいいんじゃないか」

小畑教授がいう。私達の肉片はおそらくこの凹地全体の重量を加えると数トンになるだろう。彼等はたがいに中沢博士の体にロープをつけて引張ったり、左腕の周囲を切り取るために蛮刀を使ったりしたが、もはや、どのような刃物も受けつけない強大な力の作用が働いていた。腕は第一関節まで私の深みに捕えられていた。小畑教授の提案はある程度正しいが、誰も肩から中沢博士の腕を切落す者はいないのであった。私たちはある振動数の振幅を大きくした。うねりの速度を早めていった。私の精神の触手はすでに傲岸な博士の心理を攪乱に導き、脳漿を麻痺させていた。彼の巨体はぐったりとなり、誰かが引く手をゆるめたために私たちの図体のうえに、のし掛かって来たのである。私達は密着部分を素速く固めたので彼の身体は私達の肉片のうえに乗って私たちの醸成する波のうえを泳ぐような形になってしまったのであった。私たちに拳銃が射込まれた。隊のライフルの銃弾が数十発も射込まれたが私たちには何の痛手もない。それらは食用となり、新しい細胞になって変わってゆくからである。杉江研修生だけは茫然と一隊から離れ、救出の手立てを考えていたようである。博士は生理的に死んでいた。その死骸を引き出そうとして何人かが交替で、手足を捕え引っ張ったが外れる気づかいはない。それよりも彼等をとり巻く恐怖が、私たちを取巻いていた人垣の輪を拡げていった。手出しを忌否する者が大勢できてきた。私たちの細胞は一時間で完全に中沢博士の姿を体内に埋没することができたのである。

「ウコンローレリア」

杉江研修生が恐怖におびえて私の唯一の名を呼んだ。私は彼との対話を望んだ。

「博士の生命は最早帰りそうもないが遺骸だけでも取戻したい。あなたは地球人類より遥かに優れた生物ではないか、帰してくれ」

「二時間ほど待って下さい、健康体でお返し致します。回転が終わって博士の体が再び表面の波に浮ぶまでの時間です」

「おお、ウコンローレリア」

彼は納得したらしい。隊員に向って

「もう少し待って見ましょう、この肉体の動きが一回転するまで干渉を避けて眺めることです。その方法より、外にとる道がありません、危険な生物ですが自ら進んでわれわれに危害を加えるような生物ではありません。もしかしたらわれわれより進んだ知能を持っているかもわからないのです」といった。

私は博士の胴体や内臓のあらゆる細胞に触手を伸ばして見た。膀胱に結石があった。これを解消して、その汚れた石は戴くことにした。肺も患った跡があった。この白い部分を消去することもできた。弱い内臓には新しい私たちの代謝機能をとり入れて修理をしてやった。頭脳の構造を変えて温和な人間に造り代えてみた。まだ時間は早過ぎたが私たちは足から彼を吐き出し始めた。汚れた泥靴は新品同様になり、シャツも脚衣も一切、その芥と塵を拭って再生の中沢博士を徐々に送り出し始めたのである。

隊員は動かずに眺めていた。

「この尊厳な生命を持った生物に触れてはならない。三度の危険は避けねばならない」

全員がそのように考えていた。

「ウコンローレリア」

杉江研修生は私の名を呼びながら彼の低い神々に心から祈りを捧げている。私たちは最後に彼の顔を吐き終わった。

「ぎゃあ」

その声は彼が生誕の時、この地上で叫んだ声と同様の声で二度目の出生の声である。私は記憶の底からある大きな偶然を引出すようにさらに一つの暗示をうけた。彼等は全員が私の菌苔部分の上に乗って、その中央の穴の周囲に立っているのである。私の触手は風のように見えない引力を放出して彼等のキャンプ、使用道具の一切を
「がさっ」

といっきょに私の面積を構成している敷地に引込んでしまった。

IV

私自身が消え始めた。彼等もまた、一人、一人、私の掌のうえも同然な赤褐色の平面胴体のうえで消えつつあった。たがいに人々は騒然となり、身を悶え、焦りながら平地の私でない部分へ逃れようとしたが、そうはさせない。この消去が何の力によって行な

われるか私は知らない。しかし、移動しなければならないという現象だけは私に解っていた。彼等二十数人と一切の付帯道具を私は海岸に運ぶのである。私の触手の一部はすでに西イリアン北岸にあるモエというジャングルの河岸に出て、後から消えて其処へ移る私達を待っていた。モエは海岸に近い。また彼等がこのウォッセル湖へ出る時の基地でもある。そこへ彼等を運ぶのだ。私は二十数人の隊員を次々と消去してゆきながら最後に杉江研修生と中沢博士を残した。彼等はもはや、私という生物の知能の高さも能力も知り過ぎるほど知ったにちがいない。

「生きかえったのだ、生き返ったのだ」

博士は天に向かって叫び、傍らの杉江に問いかけた。

「これからどうなるんだろう。みな次々と消えていった、われわれも消えるのか、杉江」

「何処かへ、この生物は移動を始めたのです。全員の生命に別状はないと思います。あるいは地球上ではなく、外の星へ行くのかも知れません」

「そんな呑気なことがいえるか」

私達の全細胞は翅を拡げたように軽くなり、空気の重量よりも軽減され、その糸のような精神の触手はこれらの軽量物を光に近い速度で目的地に移していった。杉江研修生と中沢博士もまた、すでに私たちの肉体の一部であり、同様に解体され、基地に着いてから結合せられてゆくのであった。私達はモエのジャングルで後から飛んでくるあらゆる対象物を待ち、修復し原型をそのまま再現していった。数十分後に移動が終わった。

「モエだあ」

彼等は全員が同時に私の背で現出されると手をあげて驚いた。しかし、今度は彼等を普通の地面に放逐しなければならなかった。私はマリンバ河の岸で全面積の触手を拡げていたようにここではできなかった。大きな暗示を受けたのである。彼等をここに運ぶだけが、指令された何処からか与えられた任務であったのである。私の内部で蠢動し始めた移動因子が大きく私たちを支配し始め、指令もそれらの動きを妥当なものとして新しい移動を命じたのであろう。今度の移動はアマゾンである。彼処にはまだ当分の平和が残されているだろう。私は杉江研修生が世界的な地質人類学者となり、経済的な手腕もまた同時に発揮して全人類のために働く日があることを予見しているのである。中沢博士は温厚な、二度と探検隊などには参加しない人物に変わることも知っている。私の触手の微細な糸はすでにアマゾンに飛んで引着の基点を造り始めている。

編集後記

澁澤龍彥

自分の気に入った幻想小説のアンソロジーを、好みのままに花束のように編んでみたい、という気持が私には以前からあって、先年、すでにフランスのそれに関しては、この年来の欲求を幾らか満足させ得るような、小さな一本（東京創元新社『怪奇小説傑作集』四）をまとめ上げた。これが幸いに好評（ただし、玄人筋にだけ）で、いまだに少しずつ版を重ねているという状態なので、私は自分のアンソロジー編者としての才能に、多少の己惚れと自信をいだいた次第なのであるが、それというのも、そもそも私は文学の批評家であるよりも、むしろ贅沢な文学の美食家をもってみずから任じている、といったところがあるからでもあろう。のっけから自分の話になってしまって恐縮であるが、私はただ私の主義として、自分の好きな作家の好きな作品しか絶対にあげつらわないという、一般の職業批評家（私はそうではない）には不向きの原則をつねに頑固に守っているにすぎない人間なのである。そういう人間の編んだ幻想小説アンソロジーが、この「暗黒のメルヘン」一巻だと思っていただければそれでよいのである。

「暗黒のメルヘン」という題名についても、そこに深い仔細はない。メルヘンといえばドイツ文学が本場で、ただちにノヴァーリスの定義（「メルヘンは文学《ポエジー》の規範《カノン》である。あらゆる文学はメルヘン的でなければならぬ」）やら、ハイネの有名なエッセイやら、ドイツ・ロマン派の詩人たちの作品やらが頭に思い浮かぶけれども、ここでは、とくにメルヘンの厳密な定義には関係なく、もっぱら非現実の物語、幻想的な物語、それも「薔薇色」の物語ではなくて、どちらかと言えば「暗黒」の色調をおびた物語を、私個人の好みのままに選んだにすぎない。

ところで、私個人の好みということを言うならば、私はもともとスタイル偏重主義者で、いわゆる作者の体質から自然ににじみ出てくるような、無自覚な、自然発生的な、なまくらな文体は大嫌いなのである。とくに幻想的な物語のリアリティーを保証するのは、極度に人工的なスタイル以外にはないとさえ考えている。スタイルさえ面白ければ、その他の欠点は大目に見てもよいのである。そういう次第であるから、このアンソロジーに集められた作者たちは、いずれも一流のスタイリストばかりだと称しても差支えなく、読者はここに、現代日本文学における最も質の高い、ハイ・ブラウな、人工的なスタイルの見本を一望のもとに眺めることができるにちがいない。いわばテレビ文化や映像文化と最も相反する、文学でなければ実現できない純粋表現のスタイルである。すべてが平均化された一九七〇年代の大衆社会情況下における現代ほど、スタイルの価値が無視され、見るも無残に貶しめられている時代はないと思うので、私はあえて、そのような基準から作者と作品を選んだわけなのであった。

そうは言っても、この私のアンソロジー編集の意図を、あんまり真面目に受け取られては却って困る。私は自分の仕事の息抜きに、ちょいと楽しい、しゃれた遊びをやってみたかったにすぎないのだから。

収録作品十六篇のなかには、いわゆる純文学畑の作家の作品があるかと思うと、また推理小説作家の作品もあり、明治一桁生まれの物故作家から、昭和二桁生まれの現役作家までを幅広く含んでいるので、気むずかしい読者のなかには、これを怪しむ向きもあるであろうが、まあ、そういうことにはこだわらずに、気楽にお読みいただきたい。というのも、幻想的な文学作品は、時代や流派を乗り超えて広大だと思われるからで、私はできれば上田秋成（ロジェ・カイヨワの『幻想アンソロジー』には「吉備津の釜」が入っている）から始めたかったくらいなのである。

このアンソロジーをお読みになる読者に、私がとくに希望したいことは、いわゆる大衆小説作家と目されている小説家のなかにも、そのスタイルの独自さ、その文藻の豊かさ、その構想力の非凡さにおいて、優に一家をなしている者がいるということを認識していただきたい、ということだ。現今の文壇小説や中間小説に最も欠如しているものは、神秘や怪奇を美に変ずる言語の力、あり得べからざる一つの状況設定から、一篇のロマネスクを組み立てようとする人工的な物語作者の意志、——要するに、小説を小説たらしめる根本的な条件であるところの、遊びの要素であろうと私には思われる。そういうものに飢えている読者のために、このアンソロジーは編まれたのだ、と言っても差支えあるまい。

次に、個々の作品について簡単に述べよう。

泉鏡花「龍潭譚」

三島由紀夫氏が亡くなる少し前に、しきりに鏡花の今日に復活すべきことを説いていたが、私がこのアンソロジーのトップに、ひとりだけ大きく時代を隔てた明治の作家を持ってきたのも、一つには、そういう意味合いを含めてのことである。たしかに三島氏の言う通り、私たちは、古めかしい新派劇の原作者としての鏡花のイメージを今こそ払拭して、夢や超現実の言語体験という稀有な世界へ踏み入った、新らしい鏡花像を打ち樹てなければならないと思うのだ。

「龍潭譚」は鏡花の初期（明治二十九年）の短篇であるが、早くも後年の傑作「高野聖」の主題——すなわち、いずことも知れぬ仙境に魔性の美女が住んでいるという、きわめて浪曼主義的な主題——が現われているという点で、とくに私の愛惜する作である。少年のノスタルジックな思慕の対象であるこの美女が、聖母的な属性と魔女的な属性とを二つながら具備した、鏡花の永遠の女性であることは、この作品の「九ッ谺」の章に出てくる台詞、すなわち美女が添臥の床で洩らす、「あれ、お客があるんだから、もう今夜は堪忍しておくれよ、いけません」という、ほとんど「高野聖」のそれとそっくりな台詞によっても明らかであろう。

私たちが子供の頃にしばしば聞かされた、神隠しという恐怖と魅惑の入り混った俗信(もっとも、今ではこんな俗信も廃れているだろうが)を、浪曼主義文学の永遠の主題である詩的無何有郷に造形した「龍潭譚」は、鏡花の詩精神の最も美しく結晶した小傑作として読まれるべきであろう。

坂口安吾「桜の森の満開の下」

安吾の王朝物ともいうべき、破格なスタイルによる説話体の幻想小説である。「桜の森の満開の下の秘密は誰にも今も分りません。あるいは『孤独』というものであったかも知れません」と作者は、この不思議な小説の最後に、読者を突っぱなすように書いているが、主人公である無知な山賊が桜の森の下で漠然と予感していたものは、私の勝手な推測によれば、あるいは実存の目ざめとでも言ったものであったかもしれない。ペロオの童話『赤頭巾』や『伊勢物語』のなかの説話の残酷さにふれて、「生存の孤独とか、我々のふるさとというものは、このようにむごたらしく、救いのないものだと思います。この暗黒の孤独には、どうしても救いがない」(『文学のふるさと』)と書く坂口安吾は、しかし、この救いのない孤独のなかに、安吾自身が「切ない悲しさ、美しさ」と呼ぶところの、ニヒリズムの情緒をつねに発見しているのである。この小説においても、その事情に変りはないであろう。

石川淳「山桜」

さすがに今日、石川淳の小説を難解だの、こけおどしだのと称する頭のわるい現実べったりの批評には、お目にかかることが少なくなったのは喜ばしい傾向である。どう考えたって、石川淳の小説に難解なところは一カ所もないと私は思ってきたし、今でも思っているからである。

短篇「山桜」に、ヴィリエ・ド・リラダン風のイロニーを見たのは故神西清氏の炯眼であったが、ここにはまた、エドガー・ポーあるいは泉鏡花風の超現実的メルヘン的怪異譚の反映も宿っているように思われる。すなわち、結婚した昔の恋人の遺児の顔に、まがう方なき自分の相好を発見して驚愕するという、一種の自己像幻視のテーマと、死んだ恋人が肉体化して現前するという、一種の死美人幻視のテーマとが綯い合わされて、昭和初期の東京郊外の明るい抒情的な春の雰囲気のうちに、一瞬、白日夢のような幻覚を生ぜしめるのである。けだし石川淳の短篇の醍醐味であろう。

この作品の末尾で、夢みる主人公の恋仇き（現実を代表する男か）が、クセルクセスのように荒れ狂って、鯉の跳ねる池の水面に降り下ろす鞭の響きは、私には、戦後の名作「鷹」に現われる、あのキューロットに長靴をはいたサディスティックな少女の鞭の響きと、確実に照応しているように思われる。この鞭が何の象徴であるかはしばらく措き、石川淳が鞭のきびしさを愛しているということだけは、まず疑い得ないところであろう。

江戸川乱歩「押絵と旅する男」

私は前にも書いたことがあるが、乱歩文学の精髄は短篇にあり、その短篇のなかでベスト・ワンは何かと言えば、ここに収録した「押絵と旅する男」以外にはない、と考えている。実際、この作品には、熱のある病人の見る夢のような、作中を一貫して流れる靉靆《あいたい》たる雰囲気といい、無理のない構成といい、抑制された端正な語り口といい、ややもすれば書き飛ばしの感を免れない乱歩の他の作品には見られぬ、例外的と言ってよいほどの、完成された趣きがあるのである。

冒頭の魚津の浜の蜃気楼の描写から、汽車のなかの老紳士との邂逅の場面にいたる、熱っぽい夢のような雰囲気の持続はすばらしい。さらに老紳士の語る、十二階の凌雲閣を中心とした昔の浅草情緒の思い出や、覗きからくりや遠眼鏡などといった小道具の扱い方に、乱歩文学特有の、何か後めたいようなノスタルジーを感じるのは、私のみではあるまい。

夢野久作「瓶詰の地獄」

この物語の面白さが、多くの評者の言うように、逆の年代順に並べられた三つの手紙による構成、結末から発端へと逆行する、いわゆる倒叙形式の構成にあることは明らかであるが、作者が本当に書きたかったのは、むしろ無人島に漂着した兄と妹との、近親相姦の甘美さそのものではなかったか、と私は想像する。古くは「千夜一夜譚」の墓穴のなかの兄妹のエピソードから、最近では野坂昭如氏の「骨餓身峠死人葛」まで、肉欲にまで高まった兄妹愛こそ、人類の想像し得る最も怖ろしく、かつ最も甘美な夢の一つなのであり、作者はここで、鮮かな南国調の色彩を塗りたくるようなタッチで、この禁断の夢に耽溺しているのである。

小栗虫太郎「白蟻」

夢野久作が九州人の箆《の》太《ぶと》い豪放なスタイルの持主だったとすれば、虫太郎はいかにも神田の江戸ッ子らしい、佶屈した、神経質なスタイルの持主である。その佶屈したスタイルの頂点をなすものが、極端に会話の少なく、晦渋な自然描写と女主人公の観念的な長いモノローグだけで成り立っている、この中篇小説「白蟻」であって、その観念性と晦渋さ故に、この作品は却って異様な雰囲気の密度を高めているようにも見える。名作「黒死館殺人事件」が、もっぱらケルト・ルネサンス様式の城館内で展開される室内劇だったとすれば、この「白蟻」は、上信地方の山中の猛々しい自然を舞台に展開する、一種の野外劇とも言い得るであろう。とはいえ、いずれの舞台も際立った人工性を示していることに変りはなく、どちらも完全に閉ざされた空間、閉ざされた環境である。どうやら虫太郎の気質には、こうした一種の魔境ユートピアへの志向が本質的に備わっていたのにちがいない。なお、モノローグする「白蟻」の女主人公滝人の語り口は、あの法水麟太郎の特徴的な語り口にそっくりではあるまいか。

大坪砂男「零人」

戦争直後に輩出した多くの推理小説作家のなかで、真にスタイリストの名に値し、一時期、私の最も愛読したのが大坪砂男であったが、やがて彼は芳しからぬ風評とともに沈黙し、そして死んだ。彼には駄作も多いが、初期には粒選りの逸品が揃っている。「零人」は、べつに文学的にどうということもないが、巧みな会話で筋を運んだ、のびのびとした筆致の、しゃれた幻想譚として推奨し得るであろう。古来、詩人や物語作者の夢想のなかで、しばしば植物と女とが同一化されてきたのは、私の思うのに、その共通した受動性、定着性、ならびに、その逞ましい生命力のためであったにちがいない。そういう見地に立つとき、この「零人」は、ペルシアのワクワク伝説や、ギリシア神話のニンフの変身譚の現代版とも考えられて、一段と味わい深いものがあるであろう。

ちなみに、この小説の末尾には自己像幻視（自分自身の姿を幻覚として見ること）のテーマが現われるが、自己像幻視が死の前兆であるという説は、必ずしも大坪の独創ではなく、確かな典拠のある説なのである。

日影丈吉「猫の泉」

博学で、ディレッタントで、フランスや中国や日本の伝説を愛し、ペダントリーをちらつかせながらも、古風な渋い作風を示す日影丈吉は、今日の日本の推理小説界で、最も緻密な、最も端正なスタイルの持主である。動物を扱った七篇の短篇を集めた単行本「恐怖博物誌」に含まれる「猫の泉」は、萩原朔太郎の「猫町」のテーマと、エドガー・ポーの「鐘楼の悪魔」のテーマとを二つ合わせたかのような、実在と架空の中間に位置する不思議な町の物語である。ここでは、淡々たる叙述が却って効果をおさめているような気がする。

埴谷雄高「深淵」

些細な肉体上の変調や疾患を深遠な形而上学の比喩にすり変えてしまうのが、埴谷雄高の得意の筆法であることは、すでに読者も周知のことと思うが、この小説では、三半規管の故障による眩暈の感覚が自由の比喩となり、治療医学が政治の比喩となって、作者の果てしないモノローグ――一見したところディアローグのような体裁をとった――がはじまるのである。「死霊」におけるごとく、この小説に登場する相対立した人物も、すべて作者の観念を分有した、幽霊のような人物でしかないのだから、ここでは、人物の性格だとかタイプだとかいったものの造形やら肉づけやらは、もとより全く意味がないばかりか、邪魔なものですらあるだろう。幻想小説とはやや趣きを異にするが、完璧な観念小説の見本として、あえて「深淵」をお勧めする次第である。

島尾敏雄「摩天楼」

私の思うのに、島尾敏雄くらい夢のリアリティーを描くことに巧みな作家はめずらしい。それも、ひとえにスタイルのためであって、粘着力のある島尾のスタイルは、どうやら夢の世界の本質的な密度にぴったり対応しているらしいのである。夢の密度とは何かと言うと、明確な輪郭のある観念やイメージが、徐々にその輪郭を失い、黐《もち》のような粘性のなかに拡散して行くという傾向だろう。細密描写のように見えて、決してそうではない島尾の文体は、ときに妙な黙説法《レティサンス》を試みる。たとえば次のごとき例を見られたい。「まだまだ私は沢山のものを見て上へ上へと昇って行った。足なえの逆さ踊りとござい。こういう風に具体的に書き止めることが出来るものの外に、具象化されないどろどろした思想の化物も沢山見た。」

「私はその窓からその窓の向うのものをのぞいてみた。其処に何があったのだろう。私はどうしても思い出せない。ただ何かしらなまなましいまざまざしたものがあった。私は全身が総毛立つのを覚えた。」

具体的には何も語られていないのに、私もこの文章を読むと、奇妙に全身が総毛立つのを覚えるほどである。

安部公房「詩人の生涯」

ユーキッタン、ユーキッタンという、安部公房独特のオノマトペによって始まるこのメルヘン風の物語もまた、「デンドロカカリヤ」以後の彼の多くの作品と同じく、メタモルフォシスの系譜に属するものではある。もっとも、このあまりに抒情的な短篇は、安部の短篇としては必ずしも最良のものとは思われず、ある意味では、寓意が露骨に目立ちすぎるという欠点があるだろう。にもかかわらず、私がこれを採り上げた理由は何かと言えば、この作品世界においては、あたかもスローモーション映画のように、万物がゆるゆると変形し、流転している有様が捉えられているからであった。すなわち、これはメタモルフォシスとして眺められたところの、ヘラクレイトスの原理の絵解き、自然弁証法の絵解きなのである。私には、それが面白くて仕方がないのである。

三島由紀夫「仲間」

この極端に短かい奇妙な物語には、何の寓意があるのか。この父子連れは「死」の仲間なのか。——読者それぞれが、自分でお考えになっていただきたい。

それにしても、三島由紀夫がこれほど無造作なスタイルで書き流したことはめずらしく、その意味でも、これは珍重するに足る作品であろう。

椿實「人魚紀聞」
昭和二十三年十月の雑誌「群像」に載った作品である。「新人創作特集」と銘打たれている。当時、この作者は反時代的な絢爛たるレトリックで、敗戦直後の焼け跡風景や、男娼のいる街の風俗を抒情的に描き、さらに「人魚紀聞」に見られるように、浪曼的な伝奇小説にまで筆を染めていた。リラダン風の短篇もあったような気がする。埋もれさせておくのは惜しいと思って、あえてここに採り上げた。

倉橋由美子「恋人同士」
この作者はかつて、「近親相姦は人間が《社会》から《自然》まで下降しようとする《悪》なのです」と書いた。「恋人同士」は、この近親相姦と獣姦とがごちゃごちゃになった、世にも忌わしく世にも無邪気なメルヘンである、とも言えよう。

山本修雄「ウコンレオラ」
アンドロギュヌス（男女両性）と生命の進化に関する終末論的カバラ的夢想を、重厚な文体によって、一種のＳＦ的枠組のなかで展開した「ウコンレオラ」には、ＳＦ嫌いの私をも十分に惹きつける、哲学的神学的思考の裏づけがあるように思われる。この小説は昭和三十七年六月、ＰＲ雑誌「BOOKS」に発表されたものである。
編集部のすすめで拙作「マドンナの真珠」をも収録したが、これについての解説は省略させていただこう。

昭和四十六年一月

もうひとつの正統文学　『暗黒のメルヘン』後の世代からの解説

高原英理

「幻想小説」を英語で言うと「fantasy novel」で、これを原語の発音に近い表記としてカナで書けば「ファンタシー・ノヴェル」なのだが、現在日本で「fantasy」は「ファンタジー」と記すことがほとんどである。しかも日本で「ファンタジー」と呼ぶと、西洋中世を模した別世界での剣と魔法の冒険物語をさすことがきわめて多く、より広く見ても「異世界物語」（ハイ・ファンタジー）と「魔法のある日常物語」（ロー・ファンタジーあるいはエヴリディ・マジック）をさすのが一般的である。それらは『指輪物語』『ナルニア国物語』『ゲド戦記』『はてしない物語』『ライラの冒険』、あるいは『ハリー・ポッター・シリーズ』『メアリー・ポピンズ』『魔女の宅急便』といった作品群、そしてそれらを範として書かれた異世界あるいは日常の魔法を描く小説をさす。

ところが「幻想小説」と漢字で記した場合、こちらは作家名で言うが、泉鏡花、稲垣足穂、内田百閒、江戸川乱歩、夢野久作、澁澤龍彥、中井英夫から現在なら皆川博子、山尾悠子、外国作家であればポー、ホフマン、ノディエ、ヴィリエ・ド・リラダン、カフカ、シュルツ、ボルヘス、ガルシア＝マルケス、グラック、ピエール・ド・マンディアルグ、カルヴィーノ、カヴァン、ミルハウザー、残雪等々といったことになる。むろん『指輪物語』のトールキンも『はてしない物語』のエンデも含んでのことだが、日本で「幻想小説」と言うときの主たる作家はほぼ決まって鏡花～中井～、ポー～ボルヘス～なのである。

すなわち現在、日本では「幻想小説」と「ファンタジー」は区別されていて、子供向けでなくシリアスで文学的、芸術的、ともすれば衒学《げんがく》的な、驚異と不穏に満ちたファンタシー・ノヴェルが「幻想小説」ということに、特段の定義もないまま、ただイメージによってそう決まっている。イメージだから判断する個々によって結果は異なるだろうし、そういう区別はしないという見解もあってしかるべきだが、志ある書店が「幻想小説」コーナーを設ける場合、やはり鏡花～中井～、ポー～ボルヘス～という選択になるのが実際である。またその場合は「幻想文学」コーナーとされる場合が多く、「文学」という何かの正統性を反映しての表記と思われる。

しかもそこには純文学作品のみならず、江戸川乱歩の『押絵と旅する男』や夢野久作の『ドグラ・マグラ』、国枝史郎の『神州纐纈城』のような従来、非主流・通俗・大衆文学に数えられてきた作品も迎え入れられ、鏡花の作品同様「幻想文学の正典」の位置にある。

ここには「幻想文学とは、時の主流文学と別の基準に立つ高度な文学である」という、やはりなんとなくのイメージによる、しかし結果的には確固たる了解が成立している、と、書店の「幻想文学」コーナーの前に立つたび私は感じるものである。

では、この「ハードな」幻想小説というイメージ、さらには文学の高みとしての「幻想文学」という言わず語らずの基準がどこから発生したかと辿れば、その発端にあるのが澁澤龍彦の選による当アンソロジー『暗黒のメルヘン』なのだった。

初版は一九七一年、立風書房から村上芳正の魅惑的な装画を用いた箱入りで刊行された。この本の類《たぐ》いまれな印象深さはその装画にも多くを負うているがここではこれ以上触れない。

澁澤龍彦はその編集後記を「自分の気に入った幻想小説のアンソロジーを、好みのままに花束のように編んでみたい、という気持が私には以前からあって、」と始め、さらに「読者はここに、現代日本文学における最も質の高い、ハイ・ブラウな、人工的なスタイルの見本を一望のもとに眺めることができるにちがいない」とも記して収録作品の文学的高度さを強調した。

一九七一年当時、澁澤龍彦は長らく続いたサド裁判を終え、それにより「反体制の志高い孤高の文学者」という当時最も名誉ある虚名を獲得し、「異端文学」やシュルレアリスム芸術の紹介者として生前の三島由紀夫らに深く信頼されていたことも周知であった。その上で同編集後記にある通り「文学の美食家」を自称すれば、「一般文学史によるそれとは異なる基準で、より高級な、より面白い文学作品を選べる人」という位置づけになる。

むろんすべてイメージであるから実際の読者がどこまで認めたかはわからない。しかし文学史上の重要作品などというのも実のところ権威ある作家評論家が勝手に決めてきたものには変わらず、読む前からそれらを名作と呼ぶとしたらその根拠も与えられたイメージに他ならない。ならば「幻想小説の名作」も同様のはずである。

ここで名指しされた澁澤的「名作幻想小説」の作者には、泉鏡花、坂口安吾、石川淳、埴谷雄高、島尾敏雄、安部公房、三島由紀夫、倉橋由美子といった当時の主流純文学作家とともに、それらと全く差別なく、江戸川乱歩、夢野久作、小栗虫太郎、大坪砂男、日影丈吉、等のエンターテインメント（と当時位置づけされていた）作家が列席し、そしてまた椿實、山本修雄という当時ほぼ知られていなかった作家も呼び込まれている。そこに編者自身も加わり、「作者の属するジャンルに関係なく、文壇的権威とは異なる視線で選ばれ、結果として別の形の権威を得ることになった名作群」が現在日本で漢字表記の「幻想文学」を発生させることとなった。

繰り返すがただのイメージである。しかしまた繰り返すが大半の表現物の位置づけはイメージでしかない。よって澁澤的幻想小説を「ハイ・ブラウでかつ面白い」と認める人にそれは決定的な基準となる。このとき、満たすべき条件のひとつとなったのは当時の純文学に求められなくなったロマネスクの芸術化である。

澁澤の好んだ三島由紀夫の文学はその死の年一九七〇年までは「主流文学」であり「純文学」であったが、七〇年代以後特に八〇年代から後、三島的な、現にあることより憧憬《しょうけい》に視線が向き、美的でない現実に距離を取りつつ技巧的な修辞で語られる「人工的なスタイル」の文学の造りはむしろエンターテインメントの小説の方法となる。純文学はもっともっとだらしない実際の駄目さ、作家的意図の無効性、「美意識」の虚偽性、不如意の現場に視線を移してゆく。三島存命時代に文学の最も輝かしかった要素、忘れがたい魅惑と無残な絶望の織りなす絢爛たるロマネスクは赤江瀑や皆川博子らの巧緻《こうち》なレトリックに長けた文学に後継を得るだろう。これらの作家が三島の嫡子《ちゃくし》なのだ。そして七〇年代以後も変わらず、純文学から半ば追放されたこの人工的で芳醇《ほうじゅん》なロマネスクを「幻想文学」に求める人たちは「文学の高度さというならこちらの方が本物であるはずだ」という確信からそこに「もうひとつの正統」を想定し始める。するともはや澁澤が直接選ばずとも、谷崎潤一郎や川端康成はむろんのこと、稲垣足穂も内田百閒も岡本綺堂も中井英夫も塚本邦雄も須永朝彦も古井由吉も京極夏彦も森茉莉も尾崎翠も立原えりかも梨木香歩も川上弘美も小川洋子も、主流／非主流に関係なく「文学本来の豊饒を受け継ぐ優れた作家」として招喚されてくる。

一方もっと後になってローズマリー・ジャクスンの『幻想文学―転覆の文学』（下楠昌哉訳・訳書は二〇一八年刊）が翻訳されると、「幻想文学」は単に「非現実的な物語」というにとどまらず、言語的写実を構成すると思わされている「現実模倣の描写」

にsubversion（転覆・攪乱《こうらん》）をもたらし表現を刷新する文学であり、しかも「幻想文学」を囲い込まれたジャンルでなく広くモード（様式）と考えよ、という批評的姿勢をも獲得する。こちらから求められるのは筒井康隆や多和田葉子らである。

こうして構築／刷新という一見相容れない方向をともに含みながらも飽くまで「言語表現の人為性」を自覚する「幻想文学」は、われわれが常々そう思い込んでいる「自然な修辞」「当然らしいストーリー」への激しい批判を生じさせ、いずれの方向からも「人工的なスタイル」の意義を認めさせることになる。

その様相は澁澤が信を置いたアンドレ・ブルトンの『シュルレアリスム宣言』の戦略にも似てくる。ブルトンは自身とその認める仲間たちの表現、および自分がよしとする過去の表現者たちの表現以外の「旧来文学」一切を屑として否定し去った。ブルトンの『黒いユーモア選集』はそうした攻撃的実践の一例であり、われらだけが正しい芸術（というよりむしろ真正の表現行為）を選ぶ者であると誇示して見せたものだ。選び取る行為によって新しい基準を創るという意味では澁澤の『暗黒のメルヘン』も『黒いユーモア選集』と同列にある。

ただし、知られる通り澁澤は面倒な文壇政治・戦略には全く無関心な様子だった。また当アンソロジーではわざわざ「私は自分の仕事の息抜きに、ちょいと楽しい、しゃれた遊びをやってみたかったにすぎない」とも記して党派的独善性を回避しようとしている。

とはいえ『推理小説月旦』(一九六〇〜六一)ではこうも語っていた。

「わたしが再三にわたって主張してきたことは、推理小説に社会性や人間性を盛り込んで、いわゆる純文学に近づけるという、あの誤れる偏見を打破せよ、ということだった。『近づける』とは、なにごとであるか。文学に改良主義はない。あるのはテロだけだ。そしてミステリ小説的技巧こそ、このテロリズムを決行するに最も有力な武器なのである」

この場合はミステリを例としているがそこにとどまらず、「文学として新たに何か為そうとする者は現状ある権威を殺して自分が王座に就け」「旧弊な権威に対してこちらこそが正統であると宣言せよ」といったブルトン的革命を示唆している。これを覇権闘争の発想と見るならありきたりだが、しかし自らを恃《たの》む創作者にはときに必要な野蛮さでもある。ならばその要諦《ようてい》は「信」となる。破天荒な虚構に新たな言葉ともうひとつの正統を見出し信じることから「幻想文学」は成立する。

ただし「信」と「愚か」はほぼ同義であり、鉄の信は度し難い愚でもあると弁《わきま》えねばならない。そういうわけで、愚かさに富む私は『暗黒のメルヘン』から「ロマネスクと驚異と精緻なレトリックの織りなす新しい文学」が始まったのだと信じて疑わず、今も幻想文学を書いている。


(たかはら・えいり/幻想文学作家)

本書は一九九八年に刊行された『暗黒のメルヘン』（河出文庫／親本は一九七一年に立風書房から刊行されたもの）の新装版です。新装版刊行に際し、新たに「解説」を収録しております。

本書中に、身体や社会的身分などに関して、今日から見ると差別的内容と思われるもの、偏見を呼び起こす恐れのある表現が使用・記録されておりますが、著者が生きた時代、著作が発表された時期を鑑み、底本通りとしました。

暗黒《あんこく》のメルヘン

一九九八年 七月 三日 初版発行
二〇二五年 三月一〇日 新装版初版印刷
二〇二五年 三月二〇日 新装版初版発行

編　者　澁澤龍彦《しぶさわたつひこ》

発行者　小野寺優
発行所　株式会社河出書房新社
〒一六二-八五四四
東京都新宿区東五軒町二-一三
電話〇三-三四〇四-八六一一（編集）
〇三-三四〇四-一二〇一（営業）
https://www.kawade.co.jp/

ロゴ・表紙デザイン　粟津潔
本文フォーマット　佐々木暁
印刷・製本　中央精版印刷株式会社

Printed in Japan ISBN978-4-309-42175-9

東西不思議物語

澁澤龍彦　40033-4

ポルターガイスト、ＵＦＯ、お化け……。世にも不思議な物語をこよなく愛する著者が、四十九のテーマをもとに、古今東西の書物のなかから、奇譚のかずかずを選びぬいた愉快なエッセイ集！

世界悪女物語

澁澤龍彦　40040-2

ルクレチア・ボルジア、エリザベト・バートリなど、史上名高い悪女たちの魔性にみいられた悪虐非道の生涯を物語りながら、女の本性、悪の本質を浮き彫りにするベストセラーエッセイ集。

黒魔術の手帖

澁澤龍彦　40062-4

魔術、カバラ、占星術、錬金術、悪魔信仰、黒ミサ、自然魔法といったヨーロッパの神秘思想の系譜を日本にはじめて紹介しながら、人間の理性をこえた精神のベクトルを解明。オカルト・ブームの先駆をなした書。

秘密結社の手帖

澁澤龍彦　40072-3

たえず歴史の裏面に出没し、不思議な影響力を及ぼしつづけた無気味な集団、グノーシス派、薔薇十字団、フリーメーソンなど、正史ではとりあげられない秘密結社の数々をヨーロッパ史を中心に紹介。

幻想の肖像

澁澤龍彦　40169-0

幻想芸術を論じて当代一流のエッセイストであった著者が、ルネサンスからシュルレアリスムに至る名画三十六篇を選び出し、その肖像にこめられた女性の美と魔性を語り尽すロマネスクな美術エッセイ。

滞欧日記

澁澤龍彦　巖谷國士〔編〕　40601-5

澁澤龍彦の四度にわたるヨーロッパ旅行の記録を数々の旅の写真や絵ハガキとともに全て収録。編者による詳細な註と案内、解説を付し、わかりやすい〈ヨーロッパ・ガイド〉として編集。

夢のかたち

澁澤龍彥〔編〕　40613-8

古今東西の文学作品や名著の中から〈夢〉というテーマで数々の文章を採集し、自由な断章として編まれた澁澤ワールドの白眉。新しい感覚と知へ向けてコラージュする胸躍る「快楽の宝石箱」。

天使から怪物まで

澁澤龍彥〔編〕　40615-2

古今東西の文学作品や名著の中から強烈なエッセンスだけを選り抜いて採集し、天使学や畸型学を通じて整然と博物誌の構図に配置した澁澤世界の結晶。聖なるものからフリークまでエロスが誘う妖しい庭園。

太陽王と月の王

澁澤龍彥　40794-4

夢の世界に生きた十九世紀バヴァリアの狂王の生涯を紹介する表題作から、人形、昆虫、古本、機関車など、著者のイマジネーションは古今東西縦横無尽に展開していく。思考の源泉が垣間見える傑作エッセイ！

幸福は永遠に女だけのものだ

澁澤龍彥　40825-5

女性的原理を論じた表題作をはじめ、ホモ・セクシャリズムやフェティシズムを語る「異常性愛論」、女優をめぐる考察「モンロー神話の分析」……存在とエロスの関係を軽やかに読み解く傑作エッセイ。文庫オリジナル。

私の戦後追想

澁澤龍彥　41160-6

記憶の底から拾い上げた戦中戦後のエピソードをはじめ、最後の病床期まで、好奇心に満ち、乾いた筆致でユーモラスに書かれた体験談の数々。『私の少年時代』に続くオリジナル編集の自伝的エッセイ集。

私の少年時代

澁澤龍彥　41149-1

黄金時代——著者自身がそう呼ぶ「光りかがやく子ども時代」を飾らない筆致で回想する作品群。オリジナル編集のエッセイ集。飛行船、夢遊病、昆虫採集、替え歌遊びなど、エピソード満載の思い出箱。

澁澤龍彥訳 暗黒怪奇短篇集

澁澤龍彥〔訳〕 41236-8

珠玉のフランス短篇小説群をオリジナル編集。『澁澤龍彥訳 幻想怪奇短篇集』の続編。シュペルヴィエル『ひとさらい』のほか、マンディアルグやカリントンなど、意表を突く展開と絶妙な文体の傑作選。

プリニウスと怪物たち

澁澤龍彥 41311-2

古代ローマの大博物学者プリニウスが書いた『博物誌』は当時の世界の見聞を収めた大事典として名高いが、なかでも火とかげサラマンドラや海坊主、大山猫など幻想的な動物たちが面白い！　新アンソロジー。

極楽鳥とカタツムリ

澁澤龍彥 41546-8

澁澤没後三十年を機に、著者のすべての小説とエッセイから「動物」をテーマに最も面白い作品を集めた究極の「奇妙な動物たちの物語集」。ジュゴン、バク、ラクダから鳥や魚や貝、昆虫までの驚異の動物園。

ヨーロッパの乳房

澁澤龍彥 41548-2

ボマルツォの怪物庭園、プラハの怪しい幻影、ノイシュヴァンシュタイン城、骸骨寺、パリの奇怪な偶像、イランのモスクなど、初めての欧州旅行で収穫したエッセイ。没後30年を機に新装版で再登場。

華やかな食物誌

澁澤龍彥 41549-9

古代ローマの饗宴での想像を絶する料理の数々、フランスの宮廷と美食家たちなど、美食に取り憑かれた奇人たちの表題作ほか、18のエッセイを収録。没後30年を機に新装版で再登場。

神聖受胎

澁澤龍彥 41550-5

反社会、テロ、スキャンダル、ユートピアの恐怖と魅惑など、わいせつ罪に問われた「サド裁判」当時に書かれた時評含みのエッセイ集。若き澁澤の真髄。没後30年を機に新装版で再登場。